HEYNE BÜCHER

SCIENCE FICTION

Herausgegeben
von Wolfgang Jeschke

Von **Michael McCollum** erschien in der Reihe
HEYNE SCIENCE FICTION & FANTASY:

Treffer · 0604811
Die Lebenssonde · 0605381
Antares erlischt · 0605382
Die Wolken des Saturn · 0605383

Michael McCollum

DIE LEBENS-SONDE

Roman

Aus dem Amerikanischen übersetzt
von
Walter Brumm

Deutsche Erstausgabe

WILHELM HEYNE VERLAG
MÜNCHEN

HEYNE SCIENCE FICTION & FANTASY
Band 0605381

Titel der amerikanischen Originalausgabe
LIFE PROBE
Deutsche Übersetzung von Walter Brumm
Das Umschlagbild malte Kevin A. Ward

Umwelthinweis:
Dieses Buch wurde auf
chlor- und säurefreiem Papier gedruckt

Redaktion: Wolfgang Jeschke

Erstausgabe by
Del Rey Books/Ballantine Books/Random House, Inc., New York
Mit freundlicher Genehmigung des Autors und
Paul & Peter Fritz AG, Literarische Agentur, Zürich
(# 52168)

Printed in Germany 1996
Umschlaggestaltung: Atelier Ingrid Schütz, München
Technische Betreuung: M. Spinola
Satz: Schaber Satz- und Datentechnik, Wels
Druck und Bindung: Elsnerdruck, Berlin

ISBN 3-453-09442-5

INHALT

Für Kenneth
und Patricia McCollum

PROLOG

DIE SCHÖPFER

Die Schöpfer hatten niemals vom *Homo sapiens Terra* gehört, noch wären sie sonderlich beeindruckt gewesen, wenn sie von ihm gehört hätten. An ihren Maßstäben gemessen, hatte die Menschheit kaum Ursache, sich zu brüsten. Die Städte der Schöpfer waren alt, als der Australopithecus sich zuerst auf die Savannen Südafrikas hinauswagte. Als Homo erectus sich über die Erde ausbreitete, hatten die Schöpfer jeden der zwölf Planeten berührt, die ihre Ko-Sonne umkreisten.

Als Individuen waren die Schöpfer langlebig, fleißig und im allgemeinen zufrieden. Ihre Bevölkerung hatte sich bei leicht zu ernährenden fünfzig Milliarden stabilisiert, und Krieg war ein alter Alptraum, der in höflicher Gesellschaft nicht diskutiert wurde. Als die Schöpfer zu den Grenzen ihres Sternsystems vordrangen und sich anschickten, den Schritt hinaus in die weite Schwärze jenseits davon zu tun, geschah es aus Abenteuerlust.

Die ersten Schiffe, die von den Schöpfern ausgesandt wurden, waren riesige, langsame Fahrzeuge, die eine Lebenszeit benötigten, um die näheren Sterne zu besuchen. Nach drei Dutzend solcher Vorstöße fanden die Schöpfer, daß sie zwei wichtige Entdeckungen gemacht hatten.

Die erste war, daß Leben im ganzen Universum verbreitet ist. Annähernd jedes Sternsystem, das sie untersuchten, hatte einen Planeten in der Temperaturzone, wo Wasser flüssig ist. Solche Welten wimmelten gewöhnlich von Leben. Noch interessanter war, daß auf zwölf Prozent der besuchten Welten Evolutionsdruck zur Entwicklung von Intelligenz geführt hatte. Zwei waren die Heimat von Zivilisationen, die annähernd so fortgeschritten waren wie die der Schöpfer.

Die zweite große Entdeckung war die Erkenntnis, daß die Galaxis sehr groß ist, viel zu groß, als daß man sie mit langsamen Schiffen erforschen könnte. So machten sich die Schöpfer mehr aus Neugierde als aus anderen Motiven daran, das eine Hindernis zu umgehen, das ihren Fortschritt aufhielt: die Geschwindigkeit des Lichts.

Eine Million Jahre wissenschaftlicher Bemühungen hatten sie gelehrt, daß der erste Schritt in jedem neuen Projekt die Entwicklung einer rationalen Theorie des zu studierenden Phänomens ist. Und wie es ihrer Natur entsprach, gaben die Schöpfer sich nicht damit zufrieden, als sie eine Theorie hatten, wie überlichtschnelle Geschwindigkeiten erreicht werden könnten.

Sie entwickelten zwei, und jede stützte sich auf eindrucksvolle experimentelle Beweise und astronomische Beobachtungen. Jede der beiden Theorien hätte zur Entwicklung eines überlichtschnellen Antriebs führen sollen. Dennoch endete jede Anstrengung hunderttausend Jahre lang mit einem Fehlschlag.

Es gibt eine Grenze für die Quantität der Ressourcen, die eine Zivilisation abzweigen kann, um wissenschaftliche Neugier und Entdeckerdrang zu befriedigen. Das Programm des überlichtschnellen Antriebs hatte den Punkt wirtschaftlicher Vertretbarkeit längst überschritten. Dennoch dauerten die Bemühungen an. Denn während die Schöpfer ihren Angriff gegen die Barriere der Lichtgeschwindigkeit vortrugen, fanden sie einen zwingenderen Grund als bloße Neugierde, aus ihrem Gefängnis auszubrechen. Die Rohstoffe, welche die Schöpfer zur Aufrechterhaltung ihrer Zivilisation benötigten, begannen in ihrem Sternsystem knapp zu werden.

Die ersten Anzeichen waren kaum merklich, sogar für die Wirtschaftswissenschaftler, die solche Dinge sorgfältig überwachten. Schließlich aber sagten die Projektionskurven eine Zeit voraus, in der die Zivilisation aus Rohstoffmangel zusammenbrechen würde. Um einer Katastrophe vorzubeugen, würden die Schöpfer neue Rohstoffquellen erschließen müssen, entweder durch Import von benachbarten Sternsystemen oder durch die Verpflanzung ihrer Zivilisation in jungfräuliches Territorium.

Unglücklicherweise erforderten beide Optionen einen funktionsfähigen überlichtschnellen Antrieb.

Die frustrierten Wissenschaftler verdoppelten ihre Anstrengungen. Weitere hunderttausend Jahre vergingen ohne Erfolg, bevor ein Philosoph zu überlegen begann, ob sie die richtigen Fragen stellten. Der große Denker hatte sein Leben dem Studium des auf die Rückkehr der langsamen Schiffe von den Sternen folgenden Zeitabschnitts gewidmet. Er stellte fest, daß die Wissenschaft der Schöpfer in jenen Jahren große intuitive Fortschritte gemacht hatte. Die Aufzeichnungen berichteten von zahlreichen Fällen, in denen das vereinte Wissen zweier Rassen zu Entdeckungen geführt hatte, die von keiner der beiden erwartet worden war.

Seine Fragen waren so grundlegend wie einfach: »Könnte es sein, daß unsere Vorstellungen, wie überlichtschnelles Reisen erreicht werden kann, falsch sind? Ist das Versagen, die Barriere der Lichtgeschwindigkeit zu durchbrechen, einfach eine Folge davon, daß das Offensichtliche übersehen wurde? Wenn es sich so verhält, könnte nicht eine andere Zivilisation unseren Irrtum vermieden und den wahren Weg gefunden haben?«

Waren die Fragen einmal gestellt, konnten sie nicht ignoriert werden. Sofort wurde ein Programm ausgearbeitet, um eine Antwort zu finden. Zuerst war es nur ein Anhängsel zum bestehenden Forschungsprojekt, doch als jeder erfolgversprechende Weg zum überlichtschnellen Antrieb sich als Sackgasse erwies, gewann das Programm zur Erforschung des Wissens fremder Zivilisationen an Bedeutung.

In der Zeit, als die Menschheit zu Feldbau und Seßhaftigkeit überzugehen begann, war es das einzige Programm, das übriggeblieben war.

ERSTER TEIL

ENTDECKUNG

1

Es ist bedauerlich, daß Ereignisse, die zu den wahrhaft bedeutenden Meilensteinen in der Geschichte der Menschheit hinführen, vom Gang der Zeit so oft verschleiert sind, daß sie für immer dem Vergessen anheimfallen. Glücklicherweise trifft dies für die Pfadfinder-Mission nicht zu. Rückblickend können wir das auslösende Ereignis ziemlich genau bestimmen. Darum soll festgehalten werden, daß der 15. Januar 2065 möglicherweise der bedeutungsvollste Tag war, den die Menschheit je gekannt hat. Natürlich dauerte es geraume Zeit, bis diese Tatsache irgendeinem Zeitgenossen bewußt wurde.

– Von Prelude zu Pfadfinder:
Eine offizielle Geschichte, Pfadfinder Gedächtnisausgabe.
New York und Luna: Aurelius Verlag, 2096.
Abdruck mit freundlicher Genehmigung der Herausgeber.

Die Sonde erwachte in raschen Phasen wirrer Eindrücke und vereinzelter Erinnerungen. Der integrationsbedingte Schwindel dauerte ein Dutzend Nanosekunden, während ihr Gehirn sich zu einem funktionierenden Ganzen formierte. Endlich war die Verschwommenheit vergangen, und sie war wieder wach und bewußt.

Der nächste Schritt in der programmierten Aufwachsequenz war eine vollständige Überwachung und Durchsuchung des Himmels. Wie erwartet, befand sich die Sonde im interstellaren Raum. Die Sterne waren kalte, harte Strahlungsquellen im bodenlosen Schwarz des Kosmos. Alle bis auf einen.

Die Sonde kontrollierte ihren die verstrichene Zeit messenden Chronometer und fand, daß zehntausend Jahre vergangen waren, seit die Schöpfer sie zu ihrer Mission ausgesandt hatten. Es war eine lange Reise gewesen, wie Jurul angekündigt hatte. Der Gedanke an Jurul aktivierte eine Flut lange ruhender Erinnerungen in den Datenspeichern und leitete sie dem Zentralprozessor der Sonde zu. Jurul war der für die Konstruktion und Indienststellung der Lebenssonde Modell VXI, Typ III, Rumpf Nr. 53 935 verantwortliche Schöpfer.

Und Juruls Stimme war das letzte gewesen, was sie vor dem Start gehört hatte.

Ein kleinerer Planet von dunkelblauen und rotbraunen Tönen war lautlos unter ihm vorbeigeglitten, während ein Dutzend Sonden in verschiedenen Stadien der Fertigstellung in ihren Umlaufbahnen hingen. Die Szene in den Außensensoren war ruhig, beinahe heiter. Aber die Aussicht in den Raum zeigte nichts von der hektischen Aktivität im Innern der Sonde, als die Schöpfer ihre letzten Systemüberprüfungen vornahmen.

Dann waren die Signale und Befehle der Bodenkontrolle eingestellt worden, und Juruls Stimme war über den Laserstrahl gekommen, der die Sonde mit ihren Schöpfern verband.

Jurul: Letzte Statuskontrolle, Neun-drei-fünf.

Sonde: Status ist Abreise, Jurul. Startbereit.

Jurul: Vorstartsequenz hat begonnen. Wiederholen Sie Missionsauftrag, Neun-drei-fünf.

Sonde: Ich habe eine technologisch fortgeschrittene Zivilisation zu suchen und Verbindung aufzunehmen. Ich werde alles über ihre wissenschaftlichen Kenntnisse in Erfahrung zu bringen versuchen und ihre Hilfe gewinnen, um zurückzukehren und Bericht zu erstatten.

Jurul: Und wenn Sie eine Zivilisation entdecken sollten, die ein Mittel entwickelt hat, schneller als das Licht zu reisen?

Sonde: Ich werde alle Hinweise auf meinen Ursprung verbergen, bis ich festgestellt habe, daß solchen Wesen vertraut werden kann. Wenn ich mich dessen versichert habe, werde ich sie hierher zur Heimatwelt weisen, damit Verhandlungen über den Erwerb ihres Geheimnisses geführt werden können.

Jurul: Sehr gut. Startzählung beginnt. Viel Glück und gute Jagd, Neun-drei-fünf!

Sonde: Auch Ihnen viel Glück, Jurul.

Nach dem Start war sie noch annähernd ein Jahr in Verbindung mit den Schöpfern geblieben, aber die Kontakte hatten ausschließlich aus dem Austausch von Daten mit den Computern der Kontrollstation gedient. Nie wieder war Juruls Stimme oder die eines anderen Schöpfers über den Laserstrahl gekommen. Und kurz nachdem die Sonde Marschgeschwindigkeit erreicht hatte, war auch diese dürftige Verbindung abgerissen, und mit ihr alle Hoffnung, jemals wieder mit Jurul zu sprechen.

Wenn sie zu ihrem Ausgangspunkt zurückkehrte, würde Jurul längst zu Staub zerfallen sein, und die Aufgabe, den Bericht entgegenzunehmen, würde einem seiner entfernten Nachkommen zufallen.

Aber um Bericht zu erstatten, mußte sie zuerst heimkehren, und das würde keine einfache Aufgabe sein. Sie hatte die gleichen Risiken auf sich genommen, die jede Lebenssonde einging: fünf von sechs, die ausgesandt wurden, gingen im Unbekannten verloren und blieben verschollen. Es sah so aus, als könnte Neun-drei-fünf das gleiche Schicksal widerfahren.

Lebenssonden, die direkten Abkömmlinge der alten langsamen Schiffe, waren die letzte und am höchsten entwickelte von den zahlreichen Errungenschaften der Schöpfer. Angetrieben durch die Gravitationsenergie von Singularitäten, erreichten sie annähernd ein Zehntel der Lichtgeschwindigkeit, bevor sie ihre Triebwerke ausschalteten. So war es jeder Sonde beschieden, die längste Zeit ihres Lebens im Transit zu verbringen und langsam hinaus zum galaktischen Rand zu ziehen, am meisten gefährdet durch die Ewigkeit zwischen den Sternen. Kein intelligentes Konstrukt, organisch oder elektronisch, konnte auf solch einer Reise bei klarem Verstand bleiben. Die Datenspeicher würden überfließen, lange bevor die erste Sonne am Weg erreicht war, wenn nichts getan wurde, sie zu schützen. Aus diesem Grund hatten die Schöpfer den Wächter geschaffen und den langen Schlaf eingeführt.

Der Wächter war das Alter ego einer Sonde. Sein Gehirn teilte mit ihr die wichtigsten Schaltkreise. Der Unterschied bestand in der Art und Weise, wie diese Schaltkreise verbunden waren. Die Sonde war wirklich empfindungsfähig, mit einer festen Vorstellung von der Bedeutung des Fürwortes ›ich‹. Der Wächter hingegen war lediglich ein Computer, ein *idiot savant* – sehr gut in der Ausführung seiner Funktionen, aber völlig ohne Phantasie. Seine Funktion bestand in der Beobachtung des Himmels während der langen Flüge zwischen Sonnen und nie erlahmender Wachsamkeit, um jeden verirrten Impuls von Sendeenergie aufzuspüren, der seine Erzeuger als intelligente Wesen verriet.

Und wenn er einen fand, weckte er die Sonde mit einem Signal. Das hatte er bisher viermal getan. Die erste Sichtung hatte sich weniger als zweihundert Jahre nach Beginn der Mission ereignet, als die Sonde kaum ihr Suchgebiet erreicht hatte. Erregung durchlief ihre Schaltkreise wie eine plötzlich zur Nova gewordene Sonne. Die Erregung wuchs, als sie alle Suchinstrumente auf den Sternkandidaten richtete und unverkennbare Zeichen einer fortgeschrittenen Zivilisation bemerkte. Aber die Position des Sterns lag außerhalb des schmalen kegelförmigen Raumausschnittes, der ihre Manövrierfähigkeit kennzeichnete.

Das war ihre erste große Enttäuschung. Die beiden nächsten Kontakte erfolgten mit einer Art, die auf dem

Weg zurück zur Primitivität und nicht mehr in der Lage war, die wenigen Maschinen zu reparieren, die noch arbeiteten; die andere war weit außerhalb der Reichweite, und die aufgefangenen Signale blieben lückenhaft und erlaubten keine Beurteilung.

Nun war es Zeit, sich Kontakt Nummer vier zuzuwenden.

Ein einzelner heller Stern strahlte unmittelbar voraus. Es war ein gelber Zwerg des Typs GO, und nicht mehr weit. Genauer gesagt, zu nahe. Der Stern zeigte in den multispektralen Teleskopen eine sichtbare Scheibe.

Die Nähe des Sterns mobilisierte die Schaltkreise für Fehlerdiagnose und Schadenskontrolle. So nahe heranzukommen, aber erst im letzten Augenblick aufzuwachen, ließ auf ein ernstes Versagen von Komponenten schließen. Als der Schadenskontrollbericht negativ ausfiel, beschloß die Sonde, anderswo nachzuforschen.

Das Problem war bald in den Datenspeichern lokalisiert, wo zehntausend Jahre systematischer astronomischer Beobachtungen gespeichert waren. Hundert Jahre früher und zehn Lichtjahre näher am galaktischen Zentrum, hatte der Wächter Sinusschwingungen elektromagnetischer Strahlung ausgemacht, die aus der Nachbarschaft des gelben Zwerges kamen.

Der Wächter hatte beschämende tausend Nanosekunden benötigt, um das empfangene Signal als das zu erkennen, was es war. Und dann hatte die Analyse weitere kostbare Zeit beansprucht. Das Signal wurde auseinandergenommen und seine verschiedenen Teile einzeln und in Gruppen untersucht: Amplitude moduliert... Kommunikationsband... ein Rastermuster paralleler Linien... hohe und tiefe Intensitäten, die eine zweidimensionale Anordnung bildeten, wenn sie in die richtige Folge gebracht wurden.

Der Wächter hatte offensichtlich ein primitives Fernsehsignal aufgefangen! Solch ein Ereignis hätte die Sonde sofort wecken müssen. Doch gerade die Fähigkeiten, die den Wächter immun gegen die Senilität machten, die auf langen Reisen zwischen den Sternen zuschlägt, machten ihn in seiner Interpretation von Anweisungen zu buchstabengetreu. Die Qualität des Kontaktes war enttäuschend schlecht gewesen. Aus der Natur des aufgefangenen Signals ging eindeutig hervor, daß die Ursprungszivilisation weit unter den Akzeptanzparametern der Mission lag.

Die Sonde schlief weiter.

Der Stern wurde größer. Bald entdeckten die Teleskope zwei Planeten des Systems, Gasriesen, wenn man nach den Interferenzlappen urteilte, die sie auf das Diffraktionsmuster des Sterns warfen.

Mit der Zeit wurden die Signale wesentlich stärker. Ein großer Teil der scheinbaren Zunahme war der verringerten Distanz zur Quelle zuzuschreiben, aber nicht alles. Ein Teil mußte an einer exponentiellen Zunahme der Sendeenergie liegen. Es war ein hoffnungsvolles Zeichen, aber noch immer nicht hinreichend, daß der Wächter Veranlassung sah, die Sonde zu wecken.

Dann waren die Urheber der Signale in den Raum vorgedrungen. Als der Wächter die Distanz auf fünf Lichtjahre verringert hatte, begannen primitive Schiffe das System des gelben Zwergs zu beleben. Inzwischen konnte der Wächter die äußeren Gasriesen direkt sehen und die Existenz von wenigstens vier anderen Welten innerhalb ihrer Umlaufbahnen folgern. Die vom Zentralstern gesehen dritte Welt war der Ursprung der Signale und von größerem Interesse.

Als die Projektionskurve des Fortschritts, den die Bewohner machten, erkennen ließ, daß sie innerhalb weniger Jahrzehnte den Mindestanforderungen genügen würden, hielt der Wächter die Zeit für gekommen. Die Sonde erwachte aus ihrem Schlummer.

Annähernd eine Sekunde lang prüfte die Sonde das vorhandene Datenmaterial, bevor sie entschied, wie die neue Verbindung zu behandeln war. Gewiß war die beobachtete Zivilisation eine relativ primitive, aber die Schnelligkeit, mit der sie den heimatnahen Raum erobert hatte, war ermutigend. Die Entscheidung, ob eine Begegnung gesucht werden sollte, konnte noch für zwei Drittel eines Jahres aufgeschoben werden – nicht viel Zeit, um zum Verständnis einer fremden Zivilisation zu gelangen. Sollte die Entscheidung positiv ausfallen, würde es jedenfalls besser sein, in der geeigneten Position für eine Rendezvous-Umlaufbahn bei minimalem Energieverbrauch zu sein.

Sie berechnete die für eine notwendige Kurskorrektur benötigte Energiemenge. Die Inanspruchnahme der kostbaren Reserven war geringfügig, würde sich aber mit jeder Sekunde Verzögerung erhöhen. Die Sonde schwenkte ihren Rumpf um einhundertachtzig Grad, kehrte der gelben Sonne den Antrieb zu und schob Schutzschilde über alle Außensensoren.

Es gab eine kurze Verzögerung, während sie noch einmal ihre Systeme überprüfte. Dann, erst zum zweitenmal in zehntausend Jahren, zündete sie das Triebwerk, und eine winzige, grellstrahlende Sonne brach aus ihrem Innern hervor.

Das unabhängige Prospektorenschiff *Liars Luck* trieb im Randbereich des Asteroidengürtels durch den Raum. In der kuppelförmigen Zentrale ertönten die Klänge von Gilbert und Sullivans Mikado-Ouvertüre. Brea Gallagher summte im Takt mit der Musik, während sie sich mit den üblichen Pflichten beschäftigte, die vor der Wachablösung fällig waren.

Brea war eine große Frau von ungefähr dreißig Jahren, deren schwarzes Haar lang genug war, um ihre Weiblichkeit zu betonen, und kurz genug, daß es ihr in einem Notfall nicht in den Halsverschluß des Schutzanzuges geraten konnte. Sie beobachtete die Kontrollanzeigen, während ihre langen, dünnen Finger über die Tastatur des Computerterminals tanzten, die in die Armlehne ihrer Beschleunigungscouch eingebaut war. Auf Erden hätte sie allenfalls als nett aussehend gegolten; hübsch, wenn man großzügig sein wollte. Aber in der von Männern beherrschten Gesellschaft des Asteroidengürtels, wo Frauen Seltenheitswert hatten, wurde Brea als schön betrachtet.

Sie reckte sich in den beengenden Gurten, drückte das Kreuz durch und kratzte sich am Rücken, wo sie Hemd und Bluse am Kunststoffbezug der Couch durchgeschwitzt hatte. Danach setzte sie die Überprüfung der Bordsysteme fort und unterrichtete sich anhand der abgerufenen technischen Daten über die Treibstofflage in den Außentanks und die Kühlung des Triebwerksgehäuses. Sie bemerkte, daß der Kohlendioxidgehalt der Atemluft an Bord an der oberen Toleranzgrenze war, und instruierte den Bordcomputer, mit Hilfe des Fehlersuchprogramms festzustellen, ob es ein Versagen der selbsttätig arbeitenden Lufterneuerungsanlage gegeben hatte.

Liars Luck hatte wie alle Schiffe seiner Klasse die Form einer modifizierten Hantel. Besatzung und Steuerzentrale waren in einem kugelförmigen Körper von zehn Metern Durchmesser am vorderen Ende eines dreißig Meter langen Verbindungsrohrs untergebracht. Um dieses waren die zylindrischen Außentanks angebracht, alle stark isoliert, um den Tieftemperatur-Wasserstoff, der als Antriebsmittel diente, auf –270 Grad Celsius zu halten. Am rückwärtigen Ende des Schiffes befand sich eine Halbkugel von gleichfalls zehn Metern Durchmesser, die den Masseumwandler des Schiffes beherbergte.

Als Brea die Angaben zur Triebwerkskontrolle abrief, wurde ihr Blick automatisch zu dem scharlachroten Lichtpunkt und den begleitenden Ablesungen gezogen, die vom Gesundheitszustand der winzigen I-Masse kündeten. Die I-Massen-Singularität war Vetter zweiten Grades zu einem Hawkingschen Schwarzen Loch, die Antwort auf zwei der kniffligsten wissenschaftlichen Geheimnisse des 20. Jahrhunderts und die primäre Energiequelle des Schiffes.

Die Singularität hatte eine Masse von zehntausend Kilogramm und einen Durchmesser von zehn zu minus dreizehn Ångström. Sie wurde gebändigt von einem starken Magnetfeld, das die sekundäre Funktion hatte, bei eingeschaltetem Antrieb aufgeladenen Wasserstoff in die Gezeitenregion des winzigen bodenlosen Kerns zu schießen.

Brea studierte die Anzeigen eine halbe Minute lang, bis sie sich vergewissert hatte, daß alle Parameter normal waren. Der Umwandler war nahezu narrensicher, aber es zahlte sich nie aus, nachlässig zu sein, wenn man mit so vielen fundamentalen Naturgewalten zu tun hatte, die in einem so winzigen Paket steckten.

Sie machte den Bildschirm frei und blickte zur Uhr. Noch ein paar Sekunden, dann war ihre Wache um. Sie lehnte sich zurück, strich sich eine schwarze Haarsträhne aus den Augen und pfiff unmelodisch, während die rote Digitalanzeige der Uhr auf 00:00:00 herunterblinzelte. In zehn Minuten würde Bailey an der Reihe sein, sich auf die Folterbank zu schnallen; sie aber würde die Dusche nehmen, von der sie die letzten paar Stunden geträumt hatte.

Die Schaltuhr summte und zeigte an, daß es Zeit sei, die Suche nach dem Asteroiden ALF 37 416 zu beginnen, einem unauffälligen, namenlosen Felsbrocken, der sie beide möglicherweise zu reichen Leuten machen konnte.

Brea schaltete die Musik aus und griff zum Steuerknüppel. Ein kurzer Druck mit dem Daumen auf den Knebelknopf und eine Drehung am Steuerknüppel bewirkten eine rasche Folge von Ereignissen. Sie lauschte dem schwachen Geräusch der Steuerungsdüsen, das vom Metall des Rumpfes in die Steuerzentrale geleitet wurde. Die Sterne begannen von links vorn nach rechts hinten zu rotieren, und Brea wurde von einer Beschleunigung, die nicht mehr als ein paar Hundertstel Ge erreichte, nach vorn gezogen.

Auf dem Bildschirm der Gegensprechanlage erschien Baileys von Sorgenfalten gefurchtes Gesicht. Wie gewöhnlich war er in der Kombüse. Er war der bei weitem bessere Koch.

»Was ist los, Brea?«

Ihre graugrünen Augen blickten flüchtig zu seinem Bild und dann zurück zum künstlichen Horizont. Sie sah die imaginäre Ebene der Ekliptik auf dem Bildschirm rotieren, drehte den Steuerknüppel ein Stück zurück und drückte wieder den Knebelknopf. Das leise Zischen der Steuertriebwerke wiederholte sich und erstarb, als die Sterne ihren trägen Tanz beendeten. Das Universum kehrte zurück zur Illusion felsenfester Stetigkeit.

»Keine Sorge, Stinky. Ich bringe uns nur für die visuelle Suche in Position.«

»Noch ein bißchen früh, nicht?«

»Unsinn«, widersprach sie. »Wir hätten den Felsen schon vor zwei Stunden sichten sollen.«

»Weißt du, was ich denke?«

»Nein, aber ich stelle mir vor, daß du es mir sowieso sagen wirst.«

»Ich denke, daß alte Gewohnheiten sich schwer abschütteln lassen und daß du bloß wieder ein Teleskop in die Finger bekommen möchtest.«

Sie machte das erwartete verächtliche Geräusch. Das kleine Bordfernrohr hielt keinen Vergleich mit dem großen Spiegelteleskop des Observatoriums auf Ceres aus, aber es war schließlich auch ein Präzisionsinstrument.

»Hast du Lust, eine kleine Wette auf deine Erfolgsaussichten abzuschließen?« fragte Bailey. Brea konnte sich gut vorstellen, wie er sich außerhalb des Bildausschnitts die Hände rieb.

Sie zögerte. In den drei Jahren seit Gregs Tod hatte sie gelernt, keine leichtsinnigen Wetten mit Bailey abzuschließen. In vielerlei Hinsicht erinnerte er sie an ihren verstorbenen Mann. Auch Greg hatte etwas von einem Spieler an sich gehabt …

»Was sind die Bedingungen und die Einsätze?«

»Wenn du ihn vor dem Ende der Wache ausmachst, werde ich nächste Woche für dich das Wiederaufbereitungssystem reinigen. Wenn nicht, tust du es in zwei Wochen für mich. Abgemacht?«

»Abgemacht.«

»Die Wette gilt nur, wenn es der alte ALF vier sechzehn ist. Wie wirst du beweisen, daß du gewonnen hast?«

»Ich werde die Teleskopkamera einschalten, und wenn wir nahe genug herankommen, daß wir ihn mit unbewaffnetem Auge identifizieren können, werden wir entscheiden. Einverstanden?«

»Einverstanden. In fünfzehn Minuten wird dein Essen fertig sein, und ich bin in zehn Minuten oben.«

»Wieder Dampfnudeln?«

Er schnüffelte bedeutungsvoll die Luft. »Entweder das oder was anderes.«

»Wundervoll«, sagte sie und schaltete die Sprechanlage aus. Ihr Gesicht nahm einen nachdenklichen Ausdruck an, als sie überlegte, ob Bailey sie wieder übertölpelt habe. Bailey war schon Prospektor gewesen, als sie das Licht der Welt noch nicht erblickt hatte – ein Altersunterschied, mit dem sie ihn bei den seltenen Gelegenheiten aufzog, wenn die Einsamkeit sie trieb, Gesellschaft in seiner Schlafkoje zu suchen –, und wenn er glaubte, sie seien zu weit draußen, um den Felsbrocken zu sehen, hatte er wahrscheinlich recht. Trotzdem, das

Reinigen der Filter war die unangenehmste Arbeit an Bord, und es lohnte sich, jede Gelegenheit zu ihrer Vermeidung zu ergreifen.

Sie ließ die Finger über die Tastatur spielen und lauschte dem hohen Winseln, mit dem das Teleskop sich in seiner Lagerung drehte. Innerhalb von Sekunden hatte sich das Bild auf dem Arbeitsschirm stabilisiert und zeigte einen Ausschnitt der Milchstraße im Sternbild Aquila. Und sonst nichts. Nirgendwo war ein verräterischer, unregelmäßiger Lichtpunkt zwischen den Sternwolken auszumachen.

Brea biß sich auf die Unterlippe und wählte Vergrößerung. Das Bild wurde herangeholt, und nahe, kartierte Fixsterne entfernten sich aus dem Zentrum und fielen ganz aus dem Bildschirm. Ein Lichtpunkt war schwächer als jeder Stern und schwebte am rechten Bildrand. Sie stoppte die Expansion und drehte das Teleskop ein paar Bogensekunden nach Steuerbord.

Ohne Luft, die zu Bildverzerrungen führt, kann ein Teleskop im freien Raum theoretisch mit jeder Vergrößerungsebene arbeiten. Natürlich gibt es Grenzen. Es gibt immer Grenzen. In der Praxis war die maximal mögliche Auflösung eine Funktion sowohl des Spiegeldurchmessers als auch der Stabilisierung des Teleskopunterbaues. Damit gab es meistens die größeren Schwierigkeiten.

Als Brea den winzigen Lichtpunkt beobachtete, zog er langsam über den Bildschirm. Die von ihr eingeleitete Positionsveränderung des Schiffes hatte die solare Erwärmung des Rumpfes verändert. Die wechselnden thermalen Beanspruchungen führten zu Spannungsunterschieden im Unterbau des Teleskops, die es schwierig machten, das Objekt bei starker Vergrößerung im Bild zu behalten.

Brea bemühte sich, den verdächtigen Lichtpunkt im Gesichtsfeld zu stabilisieren. Als ihr dies gelungen war, ließ sie den Computer selbsttätig alle störenden Elemente des Bildhintergrundes unterdrücken. Der große

Bildschirm zeigte keine Veränderung, aber der kleine Kontrollschirm neben ihr veränderte sein Bild sofort. Die bekannten und kartierten Sterne verschwanden, als der Computer die bekannten Fixsterne nacheinander auslöschte. Dies erleichterte die Auffindung lichtschwacher Asteroiden und Gesteinsbrocken, die nun scheinbar heller hervortraten. Sie schaltete den Videorecorder ein und holte das Objekt wieder heran. Der winzige Punkt expandierte zu einem unregelmäßig geformten Asteroiden, der halb im Licht und halb im Dunkeln war. Das Bild selbst hatte kaum die Größe einer kleinen Münze und erinnerte Brea an die klassische erste Fotografie von Deimos, aufgenommen von einer der frühen Raumsonden. Die Sonne schien aus einem günstigen Winkel, und obwohl das Bild klein war, zeigte es genug Details, um eine spätere Identifikation zu ermöglichen. Zweimal wanderte das Objekt zum Rand des Bildschirms ab und wurde schnell wieder ins Zentrum zurückgeholt, als Brea die mangelhafte Stabilität der Teleskopmontierung ausgleichen konnte. Sie hielt das Objekt annähernd eine halbe Minute im Bild, bevor sie die Hand ausstreckte, um den Videorecorder auszuschalten.

Bei Raumfahrern wird Vorsicht zur Gewohnheit – wenn sie lange genug leben. Wo ein normaler Mensch sich mit dem Ergebnis zufriedengegeben hätte, überprüfte Brea grundsätzlich alles noch einmal und ein drittes Mal.

Sie spielte die Videoaufzeichnung noch einmal ab. Es kam die rasche Expansion der Gummilinse, gefolgt von der ruckartigen Rezentrierung der Asteroidendarstellung, worauf sie weiter herangeholt wurde. Brea nickte zufrieden. Es war ein gutes Bild des Zielobjekts.

Sie war im Begriff, die Aufzeichnung abzuschalten, als ein neuer Stern auf dem Bildschirm erschien. Anscheinend hatte sie sein ursprüngliches Erscheinen übersehen, weil das Sternenmeer den Bildschirm ausgefüllt hatte. Aber nun, während der Wiederholung, lenkte nur das Bild des Asteroiden vom Neuankömmling ab, der scharf und hell vor dem schwarzen Hintergrund stand. Sie beobachtete verblüfft, wie er für ungefähr zehn Sekunden aufleuchtete, bis seine scheinbare Größe annähernd 2,5 betrug. Dann verschwand der Stern so rasch, wie er entstanden war.

Brea runzelte die Stirn. Sie konnte nicht glauben, was sie eben gesehen hatte.

»Na?« fragte Baileys Stimme aus der Gegensprechanlage. »Hast du ihn?«

Brea schluckte einmal. »Ich glaube, du solltest lieber hier heraufkommen, Stinky.«

»Was ist los?«

»Ich möchte dir die Aufzeichnung zeigen, die ich gerade gemacht habe.«

Bailey machte kehrt und katapultierte sich durch die Kombüsenluke. Fünf Sekunden später kam seine muskulöse Gestalt an ihre Seite. Wie gewöhnlich trug er einen verwaschenen roten Overall, aus dem ein Dickicht gekräuselter grauer Brustbehaarung hervorlugte. Sie kontrastierte stark mit der sonnengebräunten Haut darunter. Er schwang sich auf die andere Couch und schnallte sich an.

Brea hatte den Videorecorder neu eingestellt und drückte die Wiedergabe. Sie blieb still, während Bailey die Abfolge beobachtete. Auch er sagte nichts, aber als er die Szene gesehen hatte, ließ er sie noch einmal abspielen, bevor er sich die drei Tage alten grauen Bartstoppeln kratzte.

»Was ist es?« fragte Brea.

»Weiß nicht«, sagte er. »Jedenfalls kein Sonnenlicht, das von einem Felsbrocken jenseits von Vier sechzehn reflektiert wird. Die Farbe stimmt nicht.«

»Außerdem sind wir jetzt praktisch außerhalb des Gürtels. Da draußen gibt es nichts, was groß oder glänzend genug wäre, um die Sonne derart zu reflektieren.«

»Vielleicht sind zwei kleinere Brocken zusammengestoßen und verdampft.«

Brea zögerte, bevor sie einen Gegenstand zur Sprache brachte, der unter Prospektoren tabu war. »Meinst du, daß es ein Schiff gewesen sein könnte?«

Bailey dachte eine Weile darüber nach, bevor er nickte. »Könnte sein, aber es ist zu violett, um der Lichtschein eines normalen Triebwerks zu sein. Ich habe nie gehört, daß ein Masseumwandler explodiert wäre, aber ich denke mir, es würde ungefähr so aussehen.«

»Was tun wir?«

»Wir machen natürlich Meldung. Wenn es ein Bergbauschiff war, sollte die expandierende Wasserstoffwolke für Suchinstrumente weithin sichtbar sein. Und neben der Möglichkeit von Überlebenden ist immer an die I-Masse zu denken. Die Bergung einer energetischen Singularität kann Jahrzehnte dauern.«

»Können wir nahe genug an Ceres herankommen, um eine Funkmeldung durchzubringen?«

»Nicht nötig. Da muß dieser Kreuzer sein, der letzte Woche in Konjunktion mit uns war.«

»UNS *Valiant?* Der müßte ein paar Millionen Kilometer sonnenwärts von hier sein.«

»Sieh zu, daß du eine Verbindung bekommst, und sende denen eine Kopie dieser Aufzeichnung und schlage vor, daß sie eine visuelle Durchsuchung des Quadranten vornehmen. Wir werden das gleiche mit den Notruffrequenzen tun. Wenn es Überlebende gibt, sollten wir ihre Notsignale auffangen. Wenn nicht ...« Bailey zuckte die Achseln. Wenn es keine Überlebenden gab oder wenn ihre Notfunkgeräte beschädigt waren, dann war ohnehin alle Mühe vergebens.

Sir Harry Gresham, als Chef der Raumüberwachung Aufseher über den Verkehr im gesamten Sonnensystem und Protektor der Erde (wenigstens, soweit es die ständige Ausschau nach Meteoren betraf, die groß genug waren, um bedeutenden Schaden zu verursachen), trommelte mit den Fingern auf seinen Schreibtisch und überdachte seine Zukunft. Nach dreißig Jahren politischem Aktionismus, der ihn die Stufenleiter in der bürokratischen UN-Organisation emporgetragen hatte, stand er nun vor einem offenbar unüberwindlichen Hindernis. Chef der Raumüberwachung zu werden hatte zu der Zeit, als er in die Behörde eingetreten war, wie ein lohnendes Berufsziel ausgesehen, eine gute Gelegenheit, Karriere zu machen. Inzwischen war er dessen nicht mehr so sicher.

Zum einen begrenzte der Umstand, daß er vierhunderttausend Kilometer vom UN-Hauptquartier stationiert war, seinen Zugang zu den Männern, die sein Schicksal in den Händen hielten. Es erging ihm wie in alten Zeiten dem Statthalter einer entlegenen Provinz; die bloße Tatsache der Entfernung benachteiligte ihn im niemals endenden Ringen um Einfluß und Beförderung. Außerdem fand Blanche keinen Gefallen an der kleinstädtischen Atmosphäre an Bord der Raumstation *Galilei*. Ständig nörgelte sie und drängte ihn, sich um eine Position in New York zu bewerben. Sie behauptete, es würde ihr nicht einmal etwas ausmachen, wenn er im Zuge solch einer Versetzung eine Rangstufe absteigen würde. Aber er wußte es besser. Blanche hatte ihre Freude daran, ›die Frau Oberst‹ zu sein, und würde ihm den Statusverlust, der mit einer Zurückstufung verbunden wäre, niemals verzeihen.

Nein, seine einzige Lösung war die Beförderung zum Mitglied des UN-Politischen Ausschusses, die der nächste logische Schritt auf der Stufenleiter war. Nur von dort konnte er den Übergang zu einer Position auf Ministerebene schaffen. Unglücklicherweise war die für Beförderungen zuständige Berufungskommission kopflastig von wissenschaftlichen Typen. Ein bloßer Verwaltungsbeamter hatte geringe oder gar keine Chancen, ihre Aufmerksamkeit zu erringen. Hätte Gresham eine naturwissenschaftliche Universitätsbildung vorzuweisen, statt den Aufstieg in einer politischen Organisation, und hätte er womöglich einen bemerkenswerten wissenschaftlichen Aufsatz veröffentlicht, so sähe die ganze Geschichte wahrscheinlich anders aus. Wie die Dinge lagen, sah sein Amt als Chef der Raumüberwachung wie eine Endstation aus: Dauerexil für Sir Harry.

Er seufzte und forderte den Morgenbericht an. Den üblichen Kleinkram und Unsinn überflog er nur: Der junge Esterhauser beklagte sich, daß er eine bessere Ausrüstung zur Fotointerpretation brauche, und der alte Max Ravell meckerte, daß der Computer am Donnerstag wieder zehn Minuten ausgefallen war. Manche Dinge änderten sich nie. Zu ihnen gehörte, daß ein Abteilungsleiter nie mit den ihm zur Verfügung gestellten Mitteln und Geräten zufrieden war.

Einen Lichtblick im Meer der Beschwerden war die Meldung der Abteilung Wartung und Instandhaltung. Dafür war Fusako Matsuo zuständig, und sie hatte die Abteilung gut in Schuß. Die Arbeiten waren den Planvorgaben für dieses Quartal beinahe eine Woche voraus. Er notierte sich, daß er eine lobende Erwähnung in ihre Personalakte schreiben wollte.

Zuletzt wandte er sich den Anomalieberichten der vergangenen vierundzwanzig Stunden zu. Es gab nicht mehr als ein halbes Dutzend. Die meisten davon waren der normale Kram, den die Raumüberwachung ständig registrierte. Drei Meldungen betrafen Schiffe der Friedenssicherung bei Manövern, zwei hatten mit Handelsschiffen zu tun, die ohne Genehmigung von Flugplänen abgewichen waren. Sie hatten Ordnungsstrafen zu gewärtigen.

Sein Blick fiel auf den letzten Bericht: »Unidentifizierter Strahlungsausbruch auf 19:25 Rektaszension, 00.05 Deklination.« Einer Eingebung folgend, rief er die Information ab. Regenbogenfarben flimmerten über den Bildschirm, was darauf schließen ließ, daß eine Videoaufzeichnung folgen würde, dann kam ein klares Bild von einer dichten Sternwolke im absoluten Schwarz des Raumes herein.

Plötzlich erschien im Randbereich des Bildschirms ein neuer Stern. Gresham hätte ihn nicht bemerkt, wenn der Computer ihn nicht durch ein rotes Linienquadrat hervorgehoben hätte. Der Lichtpunkt hatte genau 9,85 Sekunden Bestand, dann erlosch er wieder. Gresham runzelte die Stirn und drückte die Wiederholungstaste. Eine halbe Stunde später ignorierte er noch immer die Signale von seiner Gegensprechanlage, die auf wartende Anrufe hinwiesen, während er die Wiederholung das zwanzigste Mal beobachtete. Dabei pfiff er leise vor sich hin.

Wenn er seine Karten richtig ausspielte, könnte der ›unidentifizierte Strahlungsausbruch‹ seine Flugkarte nach Hause sein!

2

Die Sonde beobachtete den Zündvorgang durch zwei abgeschirmte Kameras an den Triebwerksgondeln. Sobald die letzte Glut der grellen Entladung erloschen war, begann sie die neue Flugbahn zur gelben Sonne zu berechnen. Der zehn Sekunden dauernde Energiestoß hatte die Geschwindigkeit der Sonde hinreichend verlangsamt, daß ihr Kurs sie durch das Herz des Sternsystems führte, und verzögerte die Entscheidung, ob ein Rendezvous angestrebt oder die Suche fortgesetzt werden sollte, um einige Stunden.

Nun kam der schwierige Teil.

Jede Maschine, gleichviel wie verfeinert und kompliziert sie ist, stellt eine Sammlung von Kompromissen dar. Die Konstrukteure der Sonde hatten einen hohen Preis dafür bezahlt, indem sie ihr die Fähigkeit gaben, innerhalb von Jahrzehnten statt Jahrtausenden zwischen benachbarten Sternen zu reisen. Sie hatten Reisezeit gegen Reaktionsmasse eingetauscht und die Sonde gezwungen, neunzig Prozent ihres verfügbaren Treibstoffvorrats während der Anfangsbeschleunigung zu verbrauchen. Was übrig blieb, war unzureichend, um den Flug wesentlich zu verlangsamen. Die einzige Hoffnung der Sonde, ihre rasende Geschwindigkeit abzubremsen, war der Abwurf von möglichst viel Masse am Ende der Reise. Und da fünfundneunzig Prozent ihrer Gesamtmasse in dem winzigen Klümpchen kollabierter Materie steckten, die sie antrieb, hatten die Schöpfer-Ingenieure der Sonde die offensichtliche Entscheidung getroffen.

Das Bremsmanöver war knifflig. Die Sonde benötigte die Gravitationsenergie der Singularität, um die Reaktion der Masseumwandlung einzuleiten. Hatte sie erst begonnen, erhielt sich die Reaktion selbst. Wenige Mikrosekunden nach der letzten Zündung würde die Sonde Gewicht abwerfen, indem sie das Klümpchen unendlicher Dichte ausstieß. Nicht länger von starken Kraftfeldern festgehalten, würde die Singularität in freien Fall übergehen, während die Sonde durch den Gegenschub des Bremsmanövers in einem Ausbruch von Glut und Feuer abgebremst wurde.

So war der Gegenschub mit der Zündung unumkehrbar. Er würde andauern, bis die Sonde sich mit bloßer interplanetarischer Geschwindigkeit durch das System der gelben Sonne bewegte. Zu dieser Zeit würde sie in der größten Gefahr sein, der sie sich auf ihrer Reise bisher gegenübergesehen hatte.

Denn jede Lebenssonde muß mit den intelligenten Wesen in dem System, wo sie ihre Suche beendet, Verbindung aufnehmen und sie von den Vorteilen überzeugen, die sie durch Zusammenarbeit bei der Überholung, Treibstoffversorgung und Renovierung einer müden Maschine von den Sternen haben können. Die Schöpfer hatten schon lange entdeckt, daß Altruismus eine Tugend ist, die in der Galaxis wenig Anklang findet, also rüsteten sie ihre Sonden mit der einzigen Währung aus, mit der für solche Unterstützung bezahlt werden konnte: ihren Kenntnissen und ihrer Weisheit. Tief im denkenden Kern der Sonde, geschützt vor jeglicher Unbill, es sei denn der vollständigen Zerstörung der Sonde, lag ein Datenarchiv, welches das ganze ungeheure Wissen der Schöpfer enthielt.

Die Gefahren, die der Umgang mit einer unbekannten Art intelligenter Wesen mit sich brachte, lagen auf der Hand: ihr wissenschaftlich-technisches Niveau mochte unzureichend sein; ihre Wesensart zu ungebärdig; das Problem der Schöpfer mochte ihnen sogar unverständlich sein. Die Sonde war sich schmerzlich bewußt, wie leicht sie einen fatalen Fehler in den Geschöpfen der gelben Sonne durch Fehldiagnose verkennen konnte – einen Fehler, der sich erst zeigen würde, nachdem sie ihre Energie verschwendet und ihre Mission zum Scheitern gebracht hätte.

Gefahren barg aber auch die weite Reise. Bei aller Langlebigkeit war die Sonde weit davon entfernt, unsterblich zu sein. Der beständige Regen interstellarer Gas- und Staubpartikel gegen ihre frontseitigen Oberflächen erodierte allmählich ihre Abschirmung. Sobald diese versagte, konnte ionisierte Strahlung ihre Vitalfunktionen angreifen. Das unvermeidliche Resultat würden seniler Verfall und schließlich Funktionsausfälle sein.

Mithin hing das Dilemma, vor dem sich die Sonde sah, von einer einzigen Frage ab: Waren die Geschöpfe der gelben Sonne hinlänglich zivilisiert, um bei ihrer Überholung und Renovierung mitzuwirken?

Eine Lebenssonde beurteilt solche Dinge nach sehr eng gefaßten Kriterien: Eine zivisilierte Art ist eine, die das Geheimnis der Singularität entdeckt hat, Masse-Energieumwandler gebaut und Kenntnisse optischer Datenspeicherung und mikroelektronischer Techniken besitzt. Eine zivilisierte Art hat ihr eigenes Sternsystem erobert und den Blick hinaus in den interstellaren Raum gerichtet. Sie ist eine Spezies, die gelernt hat, die Vorteile des Friedens zu schätzen, aber einen gesunden Wettbewerbsgeist bewahrt hat.

Der Sonde blieben etwas weniger als siebentausend Stunden, in denen sie beurteilen konnte, ob die Geschöpfe der gelben Sonne diesen Anforderungen entsprachen.

»Bist du mit der Einstellung fertig?«

Beim Klang von Baileys Stimme schaltete Brea den Laserbohrer aus, richtete sich auf und blickte in die Richtung, wo seine in einem Schutzanzug steckende Gestalt zu sehen war. Sie war eben dabei, eine Anzahl von Instrumenten aufzubauen, die alles maßen, was aus der Richtung von ALF 37416 kam, vom spezifischen Gewicht bis zu der Art und Weise, wie der Asteroid das Magnetfeld der Sonne ablenkte.

»Immer mit der Ruhe, Stinky. Dieser alte Laser macht es nicht mehr lange. Wenn ich ihn überlade, werden wir lange ohne Ersatz auskommen müssen.«

»Unsinn. Dieser Bohrer hat noch gute zehn Jahre Lebensdauer in sich.«

»Ha! Das kannst du einem erzählen, der keine Krempe am Hut hat. Im Ernst, Stinky, wann werden wir neues Gerät kaufen können?«

»Wenn wir in den nächsten paar Monaten nicht fündig werden, wird uns nicht genug auf dem Bankkonto bleiben, um die Zinsen zu bezahlen, geschweige denn unsere Ausrüstung zu erneuern.«

Brea nahm seinen Kommentar schweigend auf. Der traurige Zustand ihrer Finanzen war ein ziemlich häufiges Gesprächsthema zwischen ihnen, in letzter Zeit mehr denn je. Wie die meisten Prospektoren hingen sie dem unerschütterlichen Glauben an, daß sich irgend etwas ergeben und die Kündigung des Kreditvertrages abwenden würde. Dennoch begann es auszusehen, als würde die Partnerschaft in ernste Gefahr geraten, ihr einziges Geschäftskapital zu verlieren – *Liars Luck.*

Noch als sie an der Unterlippe nagte, arbeitete Brea rasch und geschickt weiter. Ihre erste Aufgabe war die Demontage des Laserbohrers von seinem Dreibein und die Unterbringung in seinem Gehäuse. Als nächstes trug sie ihn zurück zum Schiff und verstaute ihn in einem von außen zugänglichen, verschließbaren Gerätefach. Dann ging sie zurück zum Schauplatz der Bohrung, um das dicke Stromkabel einzurollen und gleichfalls an Bord zu verstauen. Dies getan, zog sie eine meterlange, torpedoförmige Sprengladung aus ihrem Lager und trug sie zur Bohrstelle. Ein paar Minuten Arbeit waren vonnöten, um die Zündkapsel anzubringen.

Dann schob sie die Ladung ins Bohrloch, bis sie den Widerstand durch die Handschuhe fühlte. »Fertig zum Scharfmachen, Stinky.«

»In Ordnung.«

Brea legte den Schalter um und zog sich Hand über Hand am dünnen Kabel entlang, das sie an der Oberfläche des Asteroiden festgemacht hatten. Sie vermied es sorgfältig, ihr Funkgerät zu gebrauchen, bis sie sich ein paar Dutzend Meter entfernt hatte. Mehr als ein Prospektor hatte den Tod gefunden, weil er eine Ladung durch Induktion von seinem Helmfunkgerät zur Detonation gebracht hatte.

Bailey saß über seine Ablesungen gebeugt und konzentrierte sich auf den Ausgleich der Gravitationsanomalie, die der Detektor ermittelt hatte, als sie zu ihm kam. Eine sich auf dem winzigen Kontrollschirm schlängelnde grüne Linie begradigte sich plötzlich. Er grunzte und richtete sich auf.

»Gut, gib ihm Saures.«

Brea schaltete den Zündimpuls ein. Über dem allzu nahen Horizont blitzte Licht auf, gefolgt von einer Fontäne aus Schutt und Staub, die mit weit mehr als der örtlichen Fluchtgeschwindigkeit in den schwarzen Himmel davonstob. Der Asteroid unter ihren Füßen erbebte unter ihren Stiefelsohlen, und nach einem Dutzend Sekunden wurde alles wieder ruhig. Zu ruhig.

»Verdammt!« knurrte Bailey. »Der Gravitometer ist wieder auf Null und zeigt überhaupt keine Verlagerung.«

»Vielleicht haben wir nicht genug Sprengstoff verwendet.«

»Wir haben genug verwendet. Sieht so aus, als stünden wir wieder mit leeren Händen da. In diesem Fels ist keine Singularität eingebettet.«

»Was machen wir jetzt?«

»Wenn ich das wüßte, Brea. Vielleicht müssen wir uns einfach in das Unvermeidliche fügen.«

»Du meinst, das Schiff aufgeben? Das können wir nicht!«

»Wenn wir nicht sehr bald sehr großes Glück haben, kann es dazu kommen. Kennst du eine bessere Methode, vorauszusagen, ob ein bestimmter Felsbrocken eine I-Masse trägt? Wenn ja, ist jetzt die Zeit, um damit herauszukommen.«

Die Naturwissenschaften sind immer ein unvollkommenes Spiegelbild des Universums gewesen. Sie gleichen mehr einem impressionistischen Gemälde, das den zeitgenössischen Kenntnisstand der Menschheit wiedergibt, als einer Serie unveränderlicher Gesetze, die irgendwo tief in die Granitwand eines ewigen Kliffs geschnitten ist. Die Wirklichkeitstreue des Gemäldes verbessert sich mit wachsendem Verständnis, ist aber niemals absolut. Zu Archimedes' Zeit widerspiegelten die Theorien den Wissensstand seines Zeitalters. Genauso verhielt es sich mit den Theorien von Kopernikus und Galilei, Newton und Lavoisier, Einstein und Dirac.

Gravitationsbedingte Singularitäten wurden zuerst von dem deutschen Astronomen Karl Schwarzschild im Jahr 1907 postuliert. Schwarzschild bemerkte, daß mit zunehmender Dichte einer Masse die Geschwindigkeit wächst, die benötigt wird, um ihrer Anziehungskraft zu entkommen. Angenommen, die Dichte würde grenzenlos zunehmen, so würde diese Fluchtgeschwindigkeit schließlich die Lichtgeschwindigkeit übersteigen müssen. Da der junge Albert Einstein zwei Jahre zuvor verfügt hatte, daß nichts Materielles jemals die Lichtgeschwindigkeit überschreiten könne, folgerte Schwarzschild, daß eine Masse von hinreichender Dichte ein so starkes Schwerefeld erzeugen würde, daß nicht einmal das Licht ihrer Anziehungskraft entkommen könnte. Die Masse würde eine gravitationsbedingte Singularität werden, ein Schwarzes Loch.

Ein Schwarzes Loch entsteht normalerweise durch den Gravitationskollaps eines Sterns, der seinen Brennstoff verbraucht hat. Wenn solch ein Stern kollabiert, werden seine einzelnen Atome so stark komprimiert, daß die Atomkerne dicht aufeinandergepackt sind. Wenn das geschieht, bildet sich aus der Masse des Sterns eine räumlich kleine Region unendlicher Dichte, und der Stern verschwindet, um nie wieder gesehen zu werden. Er kann nicht einmal elektromagnetische Strahlung aussenden, weil auch diese durch die Schwerkraft wieder geschluckt wird.

Ein in sich zusammenstürzender Stern kann am Ende seiner Lebensdauer nur ein mehr oder weniger massives Schwarzes Loch erzeugen. Als das Universum noch viel jünger war, herrschten Bedingungen, die zur Bildung von Schwarzen Löchern weit unterhalb der Größe von Sternen führten.

Das geschah zur Zeit des Urknalls.

Der extreme Druck, der im Augenblick der Geburt des Universums herrschte, preßte große und kleine Materiebrocken in gleicher Weise in den Gravitationskollaps. Wo immer der Druck so stark wurde, daß Protonen und Elektronen zu Neutronen zusammengepreßt wurden, kollabierte die Materie zu winzigen Schwarzen Löchern von unvorstellbarer Dichte. Einige dieser Singularitäten, die ein paar Kilogramm wogen, bildeten Verdichtungskerne, die noch kleiner waren als einzelne Elektronen. Andere waren so massiv, daß sie Materie schluckten, aus denen ganze Sternhaufen hätten werden können.

Theoretische Studien, die gegen Ende des 20. Jahrhunderts durchgeführt wurden, überzeugten die Kosmologen, daß ihr Verständnis vom Phänomen der gravitationsbedingten Singularität zutreffend war. Doch wenn die Welt des Schwarzen Loches anscheinend wohlgeordnet war, so galt für jene der Kosmologie im allgemeinen alles andere als das.

Zwei Jahrzehnte früher war schlüssig nachgewiesen worden, daß das Universum geschlossen ist – das heißt, es enthält ausreichend Materie, daß die Gravitation schließlich die Expansion des Universums überwinden wird. Dann wird es zum Zusammenstürzen des Universums in sich selbst führen. Ein geschlossenes Universum ist ein massives Universum mit einer leicht zu berechnenden durchschnittlichen Dichte. Eine Serie sorgfältiger teleskopischer Himmelsvermessungen ergab jedoch nur einen Bruchteil der Materie, die für ein geschlossenes Universum benötigt würde.

Eine Weile schien es, daß die fehlende Materie gefunden worden sei. Das Neutrino, lange für masselos gehalten, hatte, wie sich zeigte, doch eine winzige Restmasse. Ungeachtet ihrer Winzigkeit, gab es mehr als genug Neutrinos im Universum, um dessen ›Schließung‹ zu verursachen. Die Theorie vom Massenneutrino konnte sich halten, bis weitere Beobachtung den genauen Grad der Schließung ermittelte. Neutrinos trugen wesentlich Masse zur Gleichung bei, waren aber, für sich genommen, nicht ausreichend, um die Diskrepanz aufzulösen. Wieder sahen sich Theoretiker von dem Problem geplagt, das ihnen seit Jahren Kopfzerbrechen bereitete. Vereinfachend gesagt, wie kann die Hälfte der Materie im Universum unsichtbar sein?

Die offensichtliche Antwort war, daß die fehlende Materie in Schwarze Löcher gefallen war. Unglücklicherweise kam diese Theorie bald in Schwierigkeiten. Denn weit davon entfernt, unsichtbar zu sein, sind große Schwarze Löcher sehr auffallende Objekte. Sie senden während des Kollabierens eine starke punktförmige Röntgenstrahlung aus. Wenn das Universum voll von Schwarzen Löchern wäre, argumentierten die Astronomen, hätten sie zahlreiche Beispiele dieser Röntgenstrahlung messen müssen. Doch außer im Falle von Cygnus XI konnten im näheren Bereich der Galaxis keine Schwarzen Löcher festgestellt werden.

Also wandten die Theoretiker sich dem mikroskopischen Schwarzen Loch zu, um die Diskrepanz zu erklären. Aber die klassische Singularitätstheorie bereitete dem ›Mikroloch‹ gleichfalls Schwierigkeiten. Nach den solide konstruierten mathematischen Modellen neigen winzige Schwarze Löcher zu Instabilität und lösen sich aufgrund von Quanteneffekten auf. Das Leben eines Schwarzen Loches ist eine Funktion seiner Masse, und alles, was weniger Masse enthält als ein kleiner Berg, sollte längst verschwunden sein.

Wieder kehrten die Kosmologen an ihre Zeichentische zurück, und diesmal wandten sie sich zur Erklärung dem anderen großen kosmologischen Geheimnis zu.

Seit mehr als einem Jahrhundert war bekannt, daß zwei verschiedene Arten von Materie existieren. Für jedes Atom normaler Materie sollte es ein korrespondierendes Atom aus Antimaterie geben. Offensichtlich aber ist die normale Materie vorherrschend. Das focht die Theoretiker nicht an. Bald bemerkten sie, daß die Materiemenge, welche benötigt wurde, um die Schließungsgleichung auszubalancieren, genau der Menge Antimaterie entsprach, die nicht festgestellt werden konnte.

Die Lösung? Schwarze Löcher aus Antimaterie!

Doch diese Überlegung führte zurück zu den ursprünglichen Einwendungen gegen Schwarze Löcher als Erklärung der fehlenden Materie. Ein Schwarzes Loch aus Antimaterie sollte von seinem Vetter aus normaler Materie nicht zu unterscheiden sein. Beide Materietypen haben positive Energie und sollten daher identische Singularitäten bilden. Und dann gab es die Frage, warum all die Antimaterie in Schwarzen Löchern verschwunden sein sollte. Soweit es die Wissenschaftler betraf, gab es dafür keinen zwingenden Grund.

So lagen die Dinge, bis die Expedition *Discoverer I* zu Ikarus gelangte, einem sich der Erde nähernden Asteroiden. Eine genaue Vermessung und Untersuchung des Schwerefelds dieses Asteroiden enthüllte das Vorhandensein einer winzigen Massekonzentration – Maskon – im Innern des Asteroiden. Damit verknüpft ist eine – wahrscheinlich apokryphe – Geschichte von zwei Geologen, die sich im Aufenthaltsraum des Vermessungsschiffes unterhielten:

»He, Harry, ich glaube, wir haben mitten in diesem Ding ein Tausend-Kilogramm-Schwarzes-Loch gefunden!«

»Ein Ein-Tonnen-Loch? Du phantasierst!«

Plötzlich war die Maskon die ›imaginäre Maskon‹. Nach der dritten Expedition, als die Gegenwart einer Singularität eindeutig festgestellt war, hieß sie einfach die I-Masse.

Außer ihrer enormen Dichte besaß die Singularität eine positive elektrische Ladung. Sie machte es möglich, die Singularität aus ihrer Einbettung herauszuholen und mittels starker Magnetfelder zu transportieren. Die Ikarus-I-Masse löste prompt eine Revolution in der Physik aus.

Indirekt bestätigt fühlten sich nun jene, die behauptet hatten, das Schwarze Loch sei seiner Natur nach Antimaterie. Denn wenn die Lebensdauer eines aus Antimaterie bestehenden Schwarzen Lochs von Mikrogröße bedeutend länger war als jene, die für seinen Vetter aus normaler Materie berechnet war, dann mußten die ausgedehnten Wolken aus kosmischem Staub, die zu Galaxien geworden waren, ungezählte Milliarden winziger Singularitäten enthalten. Im Herzen jedes Sterns und jedes Planeten sollte eine Wolke winziger Stecknadelköpfe von dicht gepackten Atomkernen sein.

Die Erkenntnis, daß alle Antimaterie des Universums mit seiner normalen Materie gründlich vermischt war, führte in der Presse zu einer Flut von Horrorgeschichten. Da beide Materieformen einander bei Kontakt vernichten, schien die Gefahr für jeden, der kein Spezialist war, sehr real. Aber was auf der anderen Seite des Ereignishorizonts eines Schwarzen Loches geschieht, ist unbekannt und wird es immer bleiben. Dieselben Kräfte, welche die Singularitäten bildeten, schützten jetzt das Universum vor ihrer potentiellen Zerstörungskraft, und angesichts der weiten Verbreitung von winzigen Schwarzen Löchern bestand eine reelle Chance, daß Ikarus nicht der einzige Asteroid war, der eins enthielt.

Als die erste Singularität in eine Umlaufbahn in den erdnahen Raum gebracht wurde, entdeckte man, daß es nutzbringende Verwendungsmöglichkeiten gab. Aufgeladene Wasserstoffionen, die in seiner Nachbarschaft waren, wurden in schnelle Umlaufbahnen gezwungen. Einige gerieten über die Grenze der Singularität und verschwanden in ihrem Schwerefeld. Aber andere wurden nur mit annähernd Lichtgeschwindigkeit im Kreis herumgewirbelt und luden sich dabei so sehr mit Energie auf, daß es bei Zusammenstößen zur Atomfusion kam.

Plötzlich hatte die Menschheit einen praktischen Fusionsreaktor. Einen Masse-Energie-Umwandler von beispielloser Energie. Und plötzlich brach im Asteroidengürtel der Goldrausch aus.

3

Major Erich Stessl vom UN-Direktorat für Friedenssicherung saß tausend Meter unter dem Boden des Tycho-Kraters und sah auf dem Bildschirm das Große Barriereriff vorbeiziehen. Die Aufzeichnung stammte von einem in niedriger Höhe die Erde umkreisenden Satelliten und zeigte die Nordküste Australiens, ganz Neuguinea und Teile des indonesischen Archipels. Das blaugrüne Licht warf einen grünlichen Widerschein auf Stessls schnurrbärtiges Gesicht und sein kurzgeschnittenes blondes Haar. Er gab den Befehl ein, das Bild zu einer Nahaufnahme des Kap-York-Raumhafens heranzuholen.

Plötzlich wurde der Monitor in die Windschutzscheibe eines Raumfahrzeugs beim Wiedereintritt in die Atmosphäre verwandelt, eines Fahrzeugs, das außer Kontrolle abzustürzen schien; die computerverstärkte Tiefenwahrnehmung machte die Illusion vollkommen. Während der zehn Sekunden, in denen er aus einer Höhe von zweihundert Kilometern auf weniger als eintausend Meter ›abstürzte‹, bekam Stessl Herzklopfen. Der ›Absturz‹ verfehlte nie seine Wirkung auf ihn, und er hatte seine Konsole so programmiert, daß sie die Illusion maximierte.

Im letzten Monat war ihm Kap York so vertraut geworden wie seine Vaterstadt Salzburg. Auf der linken Seite des Bildausschnittes waren die türkisblauen Wasser des Carpentaria Golfs. Das Türkis hatte einen weißen Saum, wo die Brandung gegen die Wellenbrecher am Fuß der Strandmauer rauschte, die den Raumhafen zur See hin abschloß. Startgruben säumten das Ufer, und während Stessl das Gelände beobachtete, stieß ein verkürzter Frachter eine Dampfwolke aus und hob von der Startrampe ab, um mit rascher Beschleunigung aus dem Blickfeld zu steigen. Das mußte die übliche Tour zur Erdstation Eins sein, mit einer Ladung Passagiere und Fracht zur Umladung in die Raumschiffe. Danach konnten die Reiseziele überall zwischen der heißen Oberfläche des Merkur und den intensiver Strahlung ausgesetzten Monden Jupiters und Saturns liegen.

Stessl manövrierte den Bildausschnitt zu dem geheimnisvollen neuen Gebäude am südlichen Rand des Hafens. Die Australier hatten vor zwei Jahren mit dem Bau begonnen. Obwohl einige der Ausrüstungen aus der Umlaufbahn verdächtig wie Material für eine Isotopen-Trennanlage ausgesehen hatten, war es niemandem gelungen, eine positive Identifikation zu machen. Und da die Mitgliedsstaaten der Vereinten Nationen in Fragen der nationalen Souveränität überaus empfindlich waren, wollte niemand die Regierung um Erlaubnis bitten, an Ort und Stelle eine Inspektion vorzunehmen, solange keine schlüssigen Beweise vorlagen.

Kap York lag unter ständiger automatischer Überwachung und häufiger menschlicher Beobachtung, seit ein wachsamer Computer Alarm gegeben hatte. Wenn die Australier ruchlose Pläne schmiedeten, würde ihnen das Direktorat für Friedenssicherung bald auf die Schliche kommen. Andererseits würden sie kaum so töricht sein, ausgerechnet auf einem so sorgfältig überwachten Gelände wie dem des Raumhafens konfliktträchtige Projekte zu verwirklichen.

»Sie wollen die Kumpel da unten unvorbereitet treffen?«

Stessl wandte sich überrascht um und sah Oberstleutnant Alexej Jurislawitsch hinter seinem Platz stehen und den Bildschirm betrachten. Jurislawitsch war sein unmittelbarer Vorgesetzter.

»Bloß die tägliche Überprüfung. Die Blondine mit

dem großen Busen sonnt sich gewöhnlich um diese Zeit auf dem Rasen der Cafeteria. Heute scheint sie sich verspätet zu haben.«

»Zu dumm, daß Sie nicht Zeit haben werden, auf sie zu warten. Der Admiral möchte Sie vor zwei Minuten in seinem Büro sehen.«

»Er will mich sprechen? Ich dachte, er weiß gar nicht, daß ich am Leben bin.«

»Sie werden es nicht mehr lange sein, wenn Sie ihn warten lassen. Ich übernehme für Sie, bis wir einen Ersatzmann bekommen. Sind Sie mit Port York fertig?«

Stessl nickte. »Nichts Interessantes zu melden. Als nächstes ist Sinai auf meiner Liste. Anscheinend hat jemand einen alten Bunker der Israelis entdeckt. Eine Expertengruppe ist unterwegs, um den Standort nach Nuklearwaffen zu überprüfen, aber wir müssen die Zone im Auge behalten, bis die Leute eingetroffen sind.«

»In Ordnung.«

Auf dem Weg hinaus schritt Stessl an Dutzenden von Konsolen wie seiner vorbei. An jeder saß ein Offizier des Direktorats und überwachte irgendeinen Aspekt des systemweit gespannten Verantwortungsbereichs. Einige der Bildschirme zeigten das Schwarz des Weltraums, andere waren auf bestimmte Punkte der Erdoberfläche eingestellt.

Er ließ das Großraumbüro hinter sich und schritt durch den leicht ansteigenden, teppichbelegten Korridor hinauf zu den abgeschlossenen Büros der hohen Tiere.

Das Büro des Admirals lag hinter einer doppelten Luftschleuse hundert Meter weiter den Hauptkorridor entlang. Stessl identifizierte sich dem Doppelposten, der vor dem Büro Dienst tat. Als er das Vorzimmer betrat, blickte die Sekretärin von ihrem Lautschreiber auf.

»Ich sollte mich melden.«

»Ich werde mich erkundigen, Major.« Sie sprach in

den Ausleger eines geräuschgedämpften Telefons, dann nickte sie. »Sie können gleich hineingehen.«

Stessl schritt zur Tür, klopfte zweimal energisch und marschierte ins innere Heiligtum. »Major Erich Stessl meldet sich zur Stelle, Sir.«

Admiral Liu Tsen war umringt von zwei Konsolen, die doppelt so groß und kompliziert wie jene waren, die Stessl gerade verlassen hatte. Sein runder Kahlkopf, die Augenklappe über dem linken Auge und der dünne graue Ziegenbart verstärkten den Ausdruck grimmigen Mißtrauens in seinem Gesicht.

»Bitte setzen Sie sich, Major.«

»Danke, Sir.«

»Wie alt sind Sie?«

»Sechsunddreißig, Sir.«

»Verheiratet?«

»Geschieden.«

»Macht es Ihnen was aus, mir davon zu erzählen?«

Stessl runzelte die Stirn. Diese Art von Befragung war entschieden unorthodox. Was ging den Admiral seine gescheiterte Ehe an? »Ah, nein, Sir, es macht mir nichts aus. Meine Frau fühlte sich von der Uniform angezogen. Sie ließ sich gern von einem Mann in schwarzer Uniform mit silbernen Tressen begleiten. Die anderen Aspekte des Militärdienstes gefielen ihr weniger, besonders die langen Abwesenheiten.«

Liu Tsen nickte. Die Antwort schien ihn nicht zu überraschen. »Warum die Bodentruppen, Major?«

»Sir?«

»Ich habe in Ihrer Akte die guten Noten der Kriegsakademie gesehen. Damit hätten Sie leicht zur Flotte gehen können, aber Sie entschieden sich für die Marineinfanterie. Warum?«

Stessl zuckte die Achseln. »Bei der Flotte gibt es niemals irgendeine Aktion, Sir. Seit der Gründung des Friedenssicherungskorps hat es im Raum nie eine Herausforderung gegeben. Das kann man über die Bodentruppen nicht sagen.«

Liu nickte wieder. »Richtig, Major. Ich habe Sie im Auge behalten, seit Sie zur Rekonvaleszenz in verringerter Schwerkraft zu uns in die Abteilung Raumoperationen versetzt wurden. Übrigens, wie heilt Ihre Verletzung?«

»Ich bin so gut wie neu, Sir.«

»Langweilt Sie die sitzende Beschäftigung eines Überwachers?«

»Ein wenig.«

»Vielleicht kann ich Ihnen den Dienst ein wenig interessanter gestalten. Ich habe einen Sonderauftrag für Sie. Könnte so groß sein wie die Polizeiaktion gegen diese Giftgasfabrik der Gueveristen in Santiago, die Sie zu uns gebracht hat.«

»Jawohl, Sir.« Bei der Erwähnung Santiagos begann die tiefe Narbe an Stessls rechter Schulter zu pochen. Trotzdem, er hatte Glück gehabt. Der Söldner, der ihn angeschossen hatte, hatte bereits sein eigenes Leben am Ende von Stessls Bajonett ausgehustet, als er den Abzug gedrückt hatte. Wenn der Junge einen Sekundenbruchteil schneller gewesen wäre, würde der Kampf anders ausgegangen sein.

»Sehen Sie sich den Wandschirm zu Ihrer Linken an.«

Der große Bildschirm flimmerte in verschiedenen Farbtönen und kam dann mit einem sternübersäten Himmel zur Ruhe. Die Koordinatenablesung entsprach einem Ausschnitt der Milchstraße im Sternbild Aquila, und das erklärte das stellare Gewimmel.

»Das hat die Raumüberwachung vor annähernd vier Monaten aufgenommen. Solange dauerte es, bis einer meiner Gewährsleute dort drüben mich darauf aufmerksam machte, daß der Vorfall unser Ressort betreffen könnte. Passen Sie gut auf ...«

Ein neuer Stern erschien auf dem Bildschirm und verschwand zehn Sekunden später wieder.

»Was war das, Sir?«

»Könnte alles mögliche gewesen sein. Vielleicht die Triebwerkszündung eines Schiffes oder eine Fehlfunktion oder sogar jemandes Vorstellung von einem handgreiflichen Scherz. Es könnte aber auch jemand gewesen sein, der in Verletzung des Abrüstungsvertrags ein schlimmes neues Spielzeug ausprobiert hat. Wenn es sich so verhält, möchte ich wissen, wer es ist und was sie haben.«

»Ja, Sir. Priorität?«

»Wir fangen mit Fünf an und stufen bei Bedarf höher.«

Stessl nickte. Priorität Fünf bedeutete, daß er allein arbeiten würde, bei Bedarf aber einen Adjutanten anfordern konnte. Eine große Zahl von Überwachungssatelliten und Aufklärungsflügen im erdnahen Raum ließ es logisch erscheinen, daß jemand, der heimlich Waffen erproben wollte, dies weit draußen in der Tiefe des Raumes tun würde.

Es war die Aufgabe der Friedenssicherung, solche Anstrengungen zu behindern, wo immer sie stattfanden.

»Wissen Sie, warum ich Sie für diesen Auftrag auswählte, Stessl?«

»Nein, Sir.«

»Ich brauche einen Mann, der einen kühlen Kopf bewahren kann. Der Dienst an den Monitoren ist normalerweise die erste Bewährung für frischgebackene Offiziere, die von der Akademie zu uns kommen, und daher fehlen uns reife, erfahrene Leute. Ich habe ein ungutes Gefühl, Major. Dieses kleine Aufleuchten auf dem Bildschirm macht mir angst. Ich möchte, daß Sie herausbringen, was dahintersteckt. Selbst wenn nichts Besonderes dabei herauskommen sollte, werde ich nachts besser schlafen.«

Stessl richtete sich in einem Raum ein, der dem Sicherheitsdienst vorbehalten war und auf derselben Ebene wie das Büro des Admirals lag. Als erstes forderte er die Aufzeichnung der Raumüberwachung an, dann spielte er sie ein Dutzend Male ab und verwendete verschiedene Verstärkungsmethoden.

Das erste Stückchen detaillierter Information war am einfachsten zu bekommen. Der neue Stern war auf 19:25 Rektaszension/00.05 Deklination erschienen – am Rande der Milchstraße. Er speicherte die Positionszahlen ein und wählte eine Verbindung mit der Operationszentrale der Raumüberwachung.

»Operationszentrale, Mrs. Farrell am Apparat. Was kann ich für Sie tun...?« Das Gesicht der Frau zeigte ein sonniges Lächeln, als sie ihren Anrufer erkannte. »Hallo, Erich. Lange nicht gesehen. Von wo rufst du?«

Sie sah ihn erwartungsvoll an, und Stessl öffnete den Mund zur Antwort, aber bevor er die Worte herausbrachte, sprach sie weiter.

»Erde oder Mond, richtig? Die Verzögerung ist für beide richtig, aber nach deiner Umgebung würde ich sagen, Zentrale Tycho.«

Stessl nickte. »Genau richtig.«

»Zu dumm«, murmelte Gloria Farrell. »Ah, ich sprach mit Kate, als Bob und ich letztes Mal auf Urlaub zu Hause waren. Es tat mir leid, von der Scheidung zu hören.«

Stessl machte ein Gesicht und zuckte die Achseln. »So etwas kann passieren.«

»Nun, es tut mir trotzdem leid. Was kann ich für dich tun, Erich?«

»Ich bin beauftragt, eine Anomalie zu überprüfen, die von einem eurer Monitore gemeldet wurde. Ich könnte Hilfe gebrauchen.«

»Welche Hinweise gibt es?«

Stessl sagte es ihr. Sie gab die Koordinaten ein und studierte den Ablauf, den er gerade beobachtet hatte. Sie schürzte die Lippen.

»Nach dem Sicherheitscode ist es Chefsache. Wie hat die Friedenssicherung Wind davon bekommen?«

»Wir haben unsere Methoden.«

»Weiß Direktor Gresham von euren ›Methoden‹?«

»Keine Ahnung. Was kannst du mir über die Nachforschungen von eurer Seite erzählen?«

»Nichts. Du weißt, wie Gresham ist, wenn einer seiner Leute ohne Genehmigung Informationen weitergibt. Ich könnte entlassen werden!«

»Komm schon, Gloria, es ist wichtig.«

Sie zögerte. Es war offensichtlich, daß sie einem alten Freund die Bitte nicht abschlagen wollte. »Hör zu, Erich. Wenn du den Bericht liest, mußt du schwören, daß du niemandem sagen wirst, wo du ihn bekommen hast. Abgemacht?«

»Abgemacht.«

»Das Labor sagt, es sei eine Triebwerkszündung.«

»Welches Schiff?«

»Nicht identifiziert.«

»Erwartet man von euch nicht, daß ihr Schiffsbewegungen besser im Auge behaltet?«

»Ich kann es nicht erklären, Erich. Der Bericht sagt nur unidentifiziert. So, darf ich jetzt diesen krassen Fall von Insubordination von meinem Bildschirm löschen und wieder an die Arbeit gehen?«

»Nur zu. Und danke. Ich schulde dir einen Gefallen.«

»Gern geschehen. Gibt es eine Chance, daß du dieses Jahr Urlaub für Mardi Gras bekommst? Bob und ich würden dich zu gern wiedersehen. Und ich habe eine Freundin, die dich gern kennenlernen würde.«

Stessl lachte. »Warum sind alle verheirateten Frauen überzeugte Ehestifterinnen?«

»Weil es uns leid tut, mit anzusehen, wie ein guter Mann vor die Hunde geht«, erwiderte sie mit gespielter Strenge. »Aber wechsle nicht das Thema, kannst du kommen?«

»Vielleicht, wenn ich dieses Problem rechtzeitig lösen kann.«

»Ruf uns an, wenn es klappt.«

»Wird gemacht. Tycho Ende.«

»*Galilei* Ende.«

Stessl dachte über die Beurteilung der Raumüberwachung nach. Es war normal, daß die Triebwerkszündung eines Schiffes mit Masseumwandler überall im Sonnensystem sichtbar war. Aber die Raumüberwachung sollte den Verkehr kontrollieren, und die Unfähigkeit, das Schiff zu identifizieren, war entschieden merkwürdig. Stessl fragte sich, ob jemand etwas versteckte.

»Computer Anfrage.«

»Computer an«, sagte ihm eine melodiöse Stimme ins Ohr. »Erwarte Anfrage.«

»Beobachte Anomalie Raumüberwachung in aktivem Speicher. Analysiere das beobachtete Spektrum. Frage: Könnte Lichterscheinung Triebwerkszündung eines Raumschiffes sein? Wenn ja, welches Schiffes? Ende der Frage.«

Der Computer beantwortete beides hörbar und auf dem Bildschirm, kaum daß er die Frage formuliert hatte.

»Antwort auf Frage: Negativ. Spektrum ist zum Ultraviolett verschoben. Kein bekannter Masseumwandler arbeitet bei der Temperatur, die erforderlich ist, um das beobachtete Spektrum zu emittieren.«

»Frage: Welches ist die Effizienz eines hypothetischen Masseumwandlerantriebs, der das Spektrum der beobachteten Lichterscheinung hat?«

»Antwort auf Frage: Siebenundvierzig Prozent.«

Stessl zog die Brauen hoch. Er fragte die Zahlen der besten bekannten Antriebstechniken ab. Die Daten bestätigten seinen Verdacht. Die bisher erreichte maximale Effizienz lag etwas unter zehn Prozent Masse-Energie-Umwandlung!

Stessl überlegte. Wenn man den Gedanken beiseite ließ, daß jemand Gresham einen Streich spielte, blieben zwei Möglichkeiten.

Die Lichterscheinung war entweder von Menschen gemacht oder natürlich. Im letzteren Falle hatte Stessl seine Arbeit getan. Ganz gleich, wie kosmisch das Ereignis war, wenn es sich in fünfzigtausend Lichtjahren Entfernung abgespielt hatte, würde es die Angelegenheiten der Menschheit in absehbarer Zeit nicht beeinflussen. Das Problem wurde nur dann besorgniserregend, wenn die Quelle der Lichterscheinung innerhalb des Sonnensystems war. Eine einfache Triangulation war nötig, um zu bestimmen, mit welcher Art von Phänomen er es zu tun hatte. Aber dazu benötigte er eine zweite Sichtung.

Er schaltete die Datensuchanfrage ein und wählte den Informationsdienst.

Auf dem Bildschirm erschien Señora Olivia Gonzales, die sechzigjährige Abteilungsleiterin, die mehr wie eine *dueña* aus dem 19. Jahrhundert aussah als eine Computerspezialistin des 21. Jahrhunderts. Er dachte nicht daran, den Gedanken auszusprechen. Señora Gonzales war bekannt für ihr aufbrausendes Temperament.

»Ach, Major Stessl. Was kann der Informationsdienst an diesem schönen Tag für Sie tun?«

»Was sagen Ihnen die folgenden Zahlen?« Er las die Positionszahlen für die geheimnisvolle Lichterscheinung ab.

Sie runzelte die Stirn, befragte ihren Computer und sagte: »Sternbild Aquila, in oder nahe der Milchstraße, ungefähr fünfundzwanzig Grad über der Ekliptik. Der nächste helle Stern würde… Delta Aquilae sein, manchmal Deneb Okab genannt. Warum?«

»Ist nicht der Mittelpunkt der Galaxis irgendwo in der Richtung?«

»Gleiche Himmelsregion, aber nicht allzu genau. Innerhalb von fünfundvierzig Grad, würde ich sagen.«

»Hat jemand in der Richtung in letzter Zeit ungewöhnliche Beobachtungen gemeldet?«

»Das kann ich Ihnen wirklich nicht sagen, Major

Stessl. Mein Interesse ist phönizische Geschichte, nicht Astronomie. Wenn Sie mir eine bessere Problembeschreibung geben können, werde ich sie durch den Zahlenwolf drehen und nachschauen, was dabei herausfällt.«

»Ich fürchte, ich kann nicht allzu spezifisch sein. Geben Sie mir bitte eine Liste aller astronomischen Phänomene innerhalb – nun, sagen wir fünf Grad vom Positionsvektor –, die einen kurzen Ausbruch von Licht oder Strahlung verursachen könnten.«

»Wie kurz soll der Ausbruch sein?«

»Zehn Sekunden.«

»Haben Sie ein bestimmtes Beispiel zu untersuchen?«

»Es ist geheim.«

»Ich bin als vollkommen unbedenklich eingestuft, Major.« Ihre Stimme klang frostig.

Nach kurzem Zögern gab Stessl ihr den Hinweis auf die Aufzeichnung der Raumüberwachung.

»Gut, ich werde mich gleich daranmachen. Wann brauchen Sie die Antwort?«

»So bald wie möglich.«

»Geht in Ordnung.«

Eine Stunde später war er angestrengt an der Arbeit, als La Dueña zurückrief. Keine ungewöhnliche astronomische Aktivität im Suchgebiet. Aber für alle Fälle hatte sie eine dreihundert Seiten umfassende Liste mit Daten und Bibliographien aller wissenschaftlichen Arbeiten zusammenstellen lassen, die in den letzten 150 Jahren über Himmelsphänomene in den Sternbildern Aquila, Scutum und Sagittarius veröffentlicht worden waren.

Stessl versuchte sich durch ihre Eingabe zu arbeiten, als die Ergebnisse seiner Computeranfrage auf einem Hilfsbildschirm erschienen und durch Signalton angezeigt wurden.

Betr.: Anfrage 712 246 10:45 14. Juni 2065
An: E. H. Stessl
Gegenstand: Meldung über Notsignal von UNS *Valiant*

Wortlaut der Meldung:
Unabhängiger Prospektor *Liars Luck* (RN 61 788 Z) meldete Beobachtung eines anomalen Ausbruches sichtbaren Lichts, möglicherweise Explosion von Masseumwandler eines Schiffes. (Siehe beigefügte Videoaufzeichnung.)
Zeit der Anomalie: 14. Februar 2065/16:23:12 Z
Position: Sternbild Aquila. (Keine räumlichen Koordinaten angegeben.)
Meldung aufgesetzt von:
B. Gallagher - Eigentümer/Unternehmer
D. Bailey - Eigentümer/Unternehmer

Valiant leitete umfangreiche teleskopische Durchsuchung des Sternbilds Aquila ein. Kein Hinweis auf katastrophenhafte Fehlfunktion von Masseumwandler festgestellt.
Ursache der Anomalie: unbekannt
Unterzeichnet: B. L. Svenson, kommandierender Offizier
Ende der Sendung, Ende der Computersuche.

Stessl rief die erwähnte Videoaufzeichnung ab. Der Bildschirm wurde leergeräumt und zeigte ein sonderbares, beinahe reines Schwarz, in dem nur ein einziger Stern zu sehen war. Der ›Stern‹ wackelte ein wenig herum und stabilisierte sich dann. Die Kamera holte ihn heran, und aus dem ›Stern‹ wurde ein unregelmäßig geformter Asteroid. Stessl runzelte verwirrt die Stirn, als im unteren Quadranten des Bildschirms ein vertrauter Lichtpunkt erschien. Er verglich die Uhrzeit, während das Licht heller wurde und dann erlosch.

Genau 9,85 Sekunden.

Er rief die technischen Spezifikationen der Aufzeichnungen ab und kam bis zur dritten Zeile, bevor ihm eine halblaute Verwünschung entwich. Kein Wunder, daß es keine Positionsdaten gab und der Bildschirm beinahe schwarz war. Die Idioten hatten ihre Entstörerkreise angelassen!

Stessl wählte wieder den Informationsdienst. Señora Gonzales schien erschrocken, ihn zu sehen.

»Major Stessl, ich wollte Sie eben anrufen.«

»Ich habe etwas, das ich Ihnen zeigen möchte.«

»Die *Valiant*-Meldung? Kenne ich schon.« Sie wartete nicht auf die Frage, die seinen erstaunten Blick begleitete. »Anscheinend stellten wir die gleiche Frage und bekamen die gleiche Antwort.«

»Was schließen Sie daraus?«

»Die Aufzeichnung ist bemerkenswert frei von nützlicher Information, nicht wahr?«

»Können Sie nicht etwas herausholen?«

Sie schüttelte den Kopf. »Nicht aus dieser Aufzeichnung. Aber sie ist interessant, also werde ich weiter daran arbeiten. Tut mir leid, daß ich Ihnen nicht mit mehr Auskünften dienen kann.«

»Trotzdem bedanke ich mich. Halten Sie mich auf dem laufenden.«

Stessl saß eine Minute still und überdachte seinen nächsten Zug. Die Leute, die diese Aufzeichnung für ihr Heimkino gemacht hatten, hatten wahrscheinlich das Aufleuchten vor einem Sternhimmel gesehen. Der menschliche Geist ist eine wundersame Maschine. Er vergißt kaum jemals etwas. Irgendwo draußen in der Schwärze trug ein Prospektor die Daten, die Stessl benötigte, tief in seinem Unterbewußtsein. Sobald das Direktorat den Prospektor befragen konnte, würde die Feststellung der Koordinaten leicht sein. Er holte tief Luft und wählte Admiral Lius Nummer.

4

Zanders Bar war die berühmteste Kneipe auf Ceres. Sie lag auch direkt gegenüber der Personalschleuse des Raumhafens Ceres. Man brauchte nur den Korridor zu überqueren. Beide Umstände machten sie zum logischen Ort, wo Brea Gallagher bei einem Wodka-Martini auf Bailey wartete.

Daß Brea Zanders Bar aufsuchte, war auch eine Frage der persönlichen Tradition. Dort hatten sie und Greg immer die letzte Stunde vor seinen Abflügen gewartet – auch die vor seiner verhängnisvollen letzten Reise. Es war der Morgen nach Gregs dreißigstem Geburtstag gewesen, und sie hatten beide unter den Nachwirkungen der Geburtstagsfeier gelitten, die sie für ihn veranstaltet hatte. Darum hatte sie sich damit zufriedengegeben, den Kopf an Gregs Schulter zu legen, während er zuversichtlich über den großen Glückstreffer geredet hatte, den er und Bailey ›dieser Tage‹ landen würden. Dann war Bailey hereingekommen, und sie war mit den beiden über den Korridor zur Luftschleuse gegangen. Dort hatte sie Greg in den neuen Schutzanzug geholfen, den sie ihm zum Geburtstag geschenkt hatte.

Greg aus seiner alten ›gummibeschichteten langen Unterhose‹ von der Stange herauszubekommen, war seit dem Tag ihrer Hochzeit ihr persönliches Anliegen gewesen. Zuerst hatte er gegen die Geldausgabe argumentiert. Dann, nach ihrer Beförderung zur Bereichsleiterin im Observatorium, die ihnen mehr Geld eingebracht hatte, wurden seine Einwände weniger überzeugend. In Wirklichkeit war es nur eine sentimentale Anhänglichkeit an seinen alten Anzug.

Schließlich hatte sie gewartet, bis er eine längere

Reise auf der Suche nach Bodenschätzen unternommen und Ceres verlassen hatte, um die Dinge selbst in die Hand zu nehmen. Der neue Anzug zehrte beinahe alles auf, was sie in eineinhalb Jahren gespart hatten, aber dafür konnte sie den besten Vakuumanzug bekommen, den die Ceres Vacuum Equipment Ltd. vorrätig hatte.

Dann hatte sie annähernd fünf Wochen in gespannter banger Erwartung durchlitten und sich ausgemalt, wie seine Reaktion sein würde, wenn er von ihrem Kauf erführe. Sie hatte die Geburtstagsfeier hauptsächlich arrangiert, um seine Reaktion auf ihre Extravaganz zu mildern. In einem Raum voller Freunde, dachte sie bei sich, konnte er nicht gut herumschreien. Dann war der große Tag gekommen, und sie hatte Greg sein Geschenk gegeben. Trotz seiner erwarteten sanften Proteste war ihr nicht entgangen, wie stolz er während der Geburtstagsfeier immer wieder zu dem neuen Anzug geblickt hatte. Und später, in der Zurückgezogenheit ihres Schlafzimmers, hatte sie seine Dankbarkeit gefühlt. Am nächsten Tag hatte er ihn angezogen und war absolut göttlich gewesen – ein griechischer Gott in Feuerwehrrot.

Brea würde sich dieses glänzenden neuen Anzugs erinnern, solange sie lebte.

Später hieß es, es hätte nicht geschehen dürfen. Einer der Druckanschlüsse war fehlerhaft gewesen – ein Haarriß, wo eine Rohrverbindung in eine Flansch geschweißt war und dann zu lange in anodisierender Lösung gelegen hatte, sagten sie. Es war ein Fabrikationsfehler, der das Herstellerwerk niemals hätte verlassen dürfen.

Greg war draußen auf einem namenlosen Felsen gewesen und hatte eine Bohrausrüstung angebracht, als das Fitting undicht wurde. Bailey war in der Luftschleuse der *Liars Luck,* als er in seinem Helm den Schrei hörte. Bevor er die äußere Tür öffnen konnte, war der Schrei in der tödlichen Stille des Vakuums verstummt.

Eine Woche später hatte Don Bailey ihn in einem Leichensack seiner Frau zurückgebracht.

Daheim auf Erden hätte man sie einen Monat oder länger mit Beruhigungsmitteln behandelt und sich bemüht, ihre Psyche zu stabilisieren. Aber Ceres ist nicht die Erde. Im Gürtel ist die medizinische Versorgung und Behandlung naturgemäß einfacher und primitiver als daheim. Und die wenigen Ärzte auf Ceres hatten keine Zeit für die langwierige und ermüdende Aufgabe, ein menschliches Leben wiederaufzubauen. Der alte Dr. Cranston hatte für Brea getan, was er konnte, aber das meiste hatte sie selbst tun müssen.

In Cranstons Praxis hatte sie Lisa Moore kennengelernt. Lisa war neun und vor kurzem verwaist, ein ernstes kleines Mädchen, das niemals lächelte oder weinte. Brea fand, daß ihre persönlichen Tragödien sie zusammenführten, und nahm sich der Kleinen an. Bald wurde sie als Lisas halboffizieller Vormund angesehen. Es war eine Beziehung, die ihr soviel Trost brachte wie sie spendete, eine Entschädigung für das Kind, das sie und Greg zu lange aufgeschoben hatten.

Später hatte der Anzughersteller Schadenersatz geleistet, und Brea war in den Besitz von mehr Geld gelangt, als sie jemals in ihrem Leben gesehen hatte. Sie hatte ihre Stellung am Observatorium aufgegeben und einen Teil des Geldes verwendet, um einen Treuhandfonds für Lisas Ausbildung auf der Erde einzurichten. Mit dem Rest hatte sie sich als Partnerin bei Bailey eingekauft. Nun, etwas mehr als drei Jahre später, stand die Partnerschaft am Rande des Bankrotts.

Brea erschauerte über die Intensität der alten Empfindungen. Gewöhnlich beruhigte es ihre Nerven, wenn sie bei Zander saß und ein Glas trank – Gedanken an die guten Zeiten halfen ihr, die schlimmen Erinnerungen zu vertreiben. Heute war es nicht so. Sie mochte sich bemühen, soviel sie wollte, es war ihr unmöglich, ein rasch anwachsendes Gefühl nervöser Verärgerung zu unterdrücken. Ein Teil davon war nach innen gerichtet, weil es ihr nicht gelang, sich von der Stimmung zu befreien, die über sie gekommen war.

Hauptsächlich aber ärgerte sie sich über Bailey.

Er hatte sich verspätet, wie gewöhnlich. Es machte Brea nichts aus, daß er den letzten Abend an Land im Rotlichtviertel der Stadt verbrachte, aber alles zu seiner Zeit, und gerade jetzt sollte er sich um geschäftliche Angelegenheiten kümmern. In weniger als sechs Wochen war der Hypothekenzins auf *Liars Luck* fällig, und es war an der Zeit, verzweifelte Maßnahmen ins Auge zu fassen.

Und verzweifelte Maßnahmen waren genau das, was Bailey zur Rettung des Schiffes vorgeschlagen hatte. Vor drei Monaten, kurz nach ihrer Rückkehr von der ergebnislosen Suche nach einer Singularität im ALF 374 416, war Bailey mit ihr und Lisa zum Abendessen in die Bezirkskantine gegangen und hatte anschließend gewartet, bis das Mädchen mit ein paar Schulfreundinnen bummeln gegangen war. Dann hatte er eine Flasche Wein bestellt, und sie hatten beisammen gesessen und sich unterhalten. In einer Gesprächspause war ihr aufgefallen, daß er mit nachdenklichem Ausdruck an ihr vorbeiblickte.

»Was beschäftigt dich, Stinky?« hatte sie gefragt.

»Ich dachte daran, wie sehr Lisa im letzten Jahr gewachsen ist. Sie wird allmählich eine junge Dame. Ist es nicht Zeit, daß du sie zur Erde verfrachtest und siehst, daß sie in ein gutes Internat kommt?«

»Womit, meinst du, soll ich das bezahlen?«

»Ich denke, du hast einen Treuhandfonds für sie eingerichtet?«

»Damit werde ich kaum das Schulgeld bezahlen können. Ich muß sie aber auch irgendwie zur Erde schaffen.«

»Kein Problem. Ich dachte, wir sollten das Schiff hinunterbringen und überholen lassen. In Anbetracht dessen, was diese Räuberbarone hier in der Gegend berechnen, sollte die Einsparung allein mehr ausmachen als die Reisekosten.«

»Eine Überholung? Bist du verrückt? Womit sollen wir das bezahlen?«

»Nicht so laut!«

Auf die Dringlichkeit in seiner Stimme hatte sie verstohlen über die Schulter geblickt, sich dann wieder zu ihm gewandt, sich über den Tisch gebeugt und geflüstert: »Also, womit sollen wir eine Überholung bezahlen? Wir können nicht mal die Zinsen zahlen, geschweige denn eine Überholung!«

»Ich habe ein Frachtgeschäft arrangiert.«

»Was für Fracht?«

»Singularität. Wir werden eine zur Lagrange-Energiezentrale transportieren.«

»Wann hast du das verabredet?«

»Gestern abend.«

»Hör schon auf, Stinky! Wie konntest du einen Transportvertrag für einen der Juwelen der Gesellschaft abschließen? Warum verwendet sie nicht eines ihrer eigenen Schiffe?«

»Wir tun dies nicht für die Gesellschaft.«

»Für wen dann? Nach dem Beschluß der Vereinten Nationen sind die Vertragsgesellschaften allein berechtigt ...« Sie brach ab und klappte den Mund zu. In den zwanziger Jahren hatten die Vereinten Nationen insgesamt sechs multinationalen Konglomeraten Lizenzen zum Handel mit und Transport von I-Massen erteilt. Auf Ceres war das die Belt Industries, Ltd. Alle Käufe und Verkäufe mußten durch sie abgewickelt werden. Wenn Bailey mit jemand anderem einen Vertrag geschlossen hatte, bedeutete es, daß die Singularität nicht registriert war. Und jeder, der unregistrierte Singularitäten kaufte, verkaufte oder transportierte, gewärtigte eine Haftstrafe von zwanzig Jahren bis lebenslänglich!

»Hast du den Verstand verloren?«

»Wahrscheinlich. Hast du eine bessere Idee?«

»Nun...« Sie überdachte ihre erste Reaktion. Gewiß, seit sie im Gürtel lebte, hatte es Gerüchte über Schmuggler von Singularitäten gegeben, doch hatte sie den Geschichten nie wirklich geglaubt. Schließlich, was konnte man mit einer unregistrierten Singularität anfangen? Polizei und Agenten der UN-Friedenssicherung waren in jedem Hafen vertreten. Der Schmuggel einer Singularität war reiner Wahnsinn. Andererseits sollte er so gewinnbringend wie riskant sein.

Sie hatte sich an jenem ersten Abend nicht bereit erklärt, auf Baileys Plan einzugehen, auch nicht am zweiten und nicht einmal am zehnten. Aber als der Termin der nächsten Zinszahlung auf die Schiffshypothek näherrückte, begann das Schmuggelgeschäft attraktiver auszusehen, und schließlich hatte sie eingewilligt. Sie wollten ankündigen, daß sie zur Erde reisen würden, um das Schiff überholen zu lassen und Lisa in ein Internat zu bringen. Außer Reichweite der Radarstation von Ceres wollten sie mit einem anderen Schiff' zusammentreffen und die unregistrierte Singularität an Bord nehmen. Sie sollte dann an eine der Lagrange-Energiezentralen geliefert werden. Sie würden ihr Geld kassieren, und – so hofften sie – niemand würde klüger sein als vorher.

Es hatte so einfach ausgesehen, aber nun, da die Abreise näherrückte, kamen Brea Zweifel an dem Plan. Sie blickte zur Uhr neben dem dunklen Fernseher über der Bar. Bailey hatte sich um zwanzig Minuten verspätet. Sie trank aus und stand von ihrem Barhocker auf. Zanders Barhocker waren reiner Luxus, denn auf Ceres konnten die Barbesucher ihr Leben lang an der Theke stehen, ohne Plattfüße zu bekommen. Auf der Suche nach jemandem, dem sie eine Botschaft für Bailey hinterlassen konnte, ließ Brea ihren Blick durch den Raum schweifen. Obwohl sie mehrere Gesichter kannte, waren keine Freunde darunter. Sie seufzte, wandte sich zum Gehen …

… und prallte beinahe mit einem Hindernis zusammen, das die schwarze, silberbetreßte Uniform des Marinekorps der Friedenssicherungsstreitkräfte trug.

»Verzeihung«, murmelte sie abwesend und trat zur Seite, das Hindernis zu umgehen.

»Hallo, Mrs. Gallagher«, sagte eine tiefe Baßstimme.

Sie blickte überrascht auf und sah zuerst die Rangabzeichen am Ärmel und dann das Gesicht über der Uniform. »Sergeant Singh, sind Sie es?«

»Derselbe. Wie geht es Ihnen?«

»Danke, gut. Ich dachte, Sie seien vor zwei, drei Jahren zur Erde zurückgekehrt.«

»Richtig. Jetzt bin ich für eine weitere Tour wieder draußen. Hafeninspektor. Ein angenehmer Job, in dem niemand auf mich schießt.«

»Meinen Glückwunsch zu Ihrer Beförderung! Wir müssen mal zusammenkommen, um das zu feiern. Unglücklicherweise sind Don Bailey und ich im Begriff, von hier abzureisen. Ich suche ihn gerade.«

Das Lächeln verlor sich aus den Zügen des indischen Sergeanten. »Der Major hat Bailey in sein Büro bestellt und mich geschickt, Sie zu holen.«

Brea wurde es heiß und kalt. »Major MacIntire möchte mich sprechen? Warum?«

»Sie wissen, wie es im Dienst ist, Mrs. Gallagher. Sie erzählen einem nichts. Sie geben bloß Befehle aus.«

Brea folgte dem Sergeanten durch den Hauptstraßen-Korridor und in einen Seitengang, der zum Komplex der Hafenverwaltung führte. Die geringe Schwerkraft erlaubte es, sich nach Art der Feuerwehrleute Hand über Hand an den Wandgeländern oder in langen, flachen Sätzen fortzubewegen. Sie folgte Sergeant Singh und fragte sich, ob das Herzklopfen, das ihr in den Ohren dröhnte, laut genug sei, daß er es hören könne.

Singh führte sie zu einer Tür mit der Aufschrift *Kommandierender Offizier,* die in die Wand aus gewachsenem Fels eingelassen war. Drinnen waren Don Bailey und ein kleiner, dunkelhaariger Mann mit einem leichten Bauch. Beide standen an einem Fenster, das Ausblick zum Raumhafen gewährte. Die Sonne war ein kleiner, gleißender Punkt tief über dem Horizont, der schwarze Schlagschatten warf und einem das Wasser in die Augen trieb, wenn man in die Helligkeit sah.

Brea ließ sich von Bailey auffangen, als sie in seine Arme segelte, und nutzte den Augenblick, als ihr Gesicht vor dem Major verborgen war, Don einen ängstlichen Blick zuzuwerfen. Sie bemerkte die Tränensäcke unter seinen Augen und seinen insgesamt mitgenommenen Zustand. Aus den Symptomen schloß sie, daß ihr Partner sich vergangene Nacht überanstrengt und mehrere Stunden Schlaf versäumt hatte. Geschah ihm recht!

»Es freut mich zu sehen, daß Singh Sie gefunden hat, Mrs. Gallagher«, sagte Major MacIntire. Er verbeugte sich und küßte ihr die Hand.

»Es ist immer schön, Sie zu sehen, Major«, log Brea. »Welchem Umstand verdanke ich die unerwartete Gelegenheit?«

»Ich höre, daß Sie und Mr. Bailey eine Reise zur Erde planen.«

Sie nickte stumm.

»Ausgezeichnet! Gestern erhielt ich unter Priorität Eins Anweisung aus der Zentrale Tycho, Sie beide ausfindig zu machen und mit dem nächsten verfügbaren Schiff zum Mond zu schicken.«

»Warum sollte uns jemand dort sprechen vollen?« fragte Brea.

»Es hat mit einer Meldung über ein in Not geratenes Schiff zu tun, die Sie vor vier Monaten machten.«

»Meldung über ein in Not geratenes Schiff?« fragte Brea stirnrunzelnd. »Ich erinnere mich nicht ...«

»Natürlich erinnerst du dich, Brea«, sagte Bailey. »Wir verständigten diesen Kreuzer der Friedenssicherung mit einem SOS-Ruf und suchten dann eine Woche nach Überlebenden.«

»Ach so, das!«

»So ist es«, sagte MacIntire.

»Wir sagten dem Kapitän dieses Kreuzers alles, was wir wußten. Wir gaben ihm sogar eine Videoaufzeichnung der Sichtung! Was können sie noch wollen?«

»Mir unbekannt, Mrs. Gallagher«, sagte der Major. »Aber Befehl ...«

»... ist Befehl ...«

»Da das Direktorat für Friedenssicherung uns so dringend auf dem Mond braucht«, sagte Bailey, »haben der Major und ich uns auf einen Handel geeinigt. Offiziell mietet die Friedenssicherung unser Schiff für einen Kurierflug. Sie zahlt für unseren Treibstoff und außerdem eine bescheidene Summe für unseren Verdienstausfall.«

»Eine mehr als großzügige Summe, Sie alter Räuber«, sagte MacIntire schmunzelnd. »Wann können Sie starten?«

»Sagen wir, in zwölf Stunden. Oder eher, wenn Sie die Werft dazu bringen können, die Extratanks einzubauen. Ich werde morgen in aller Frühe draußen sein, die Vereinbarung unterzeichnen und den Computercode mitnehmen.«

Die Zusammenkunft endete mit dem Austausch von Höflichkeiten, dann ließ Brea sich von Bailey hinausbegleiten. Sie sprachen nicht, bis sie die Hauptstraße erreichten.

»Und jetzt nichts wie zum Hafen und starten, bevor er merkt, daß wir fort sind, nicht?«

Bailey schnalzte mißbilligend. »Du wirst zynisch, Brea. Und das bei deiner Jugend.«

»Du meinst, wir müssen mitziehen?«

»Wir haben keine andere Wahl. Wenn wir davonlaufen, können wir das Schiff genauso gut kampflos übergeben.«

»Aber wir können es nicht machen, Stinky! Mein Gott, wir schmuggeln eine Singularität! Wenn sie uns erwischen ...«

»Werden sie nicht. Außerdem, welche bessere Tarnung kann es für zwei angehende Schmuggler geben, als ein Kurierschiff der Friedenssicherung zu benutzen?«

Dr. Roger Kingsley stand vor dem Panoramaschirm an der Wand seines Büros und beobachtete die spiralige Gestalt eines tropischen Wirbelsturms, der sich der Küste Floridas näherte. Das war etwas, das er vermißte, seit er am Observatorium der Raumüberwachung in der Station *Galilei* arbeitete, Regen, Wind, Wetter jeglicher Art. In seiner Faszination vom Wetter sah er ein Zeichen, daß es Zeit wurde, ins nasse Grün Englands heimzukehren.

Kingsley ging an seinen Schreibtisch und schaltete die Ansicht aus. Es hatte keinen Sinn, sich zu quälen, dachte er, als er auf die Masse ungeordneter Papiere auf dem Schreibtisch starrte. Was ihn verdrießlich stimmte, war nicht wirklich der Mangel an Wetter oder das Heimweh oder eines der tausend kleinen Ärgernisse des Lebens im Raum. Es war Angai Yahaya.

Mit seinen selbstgerechten Moralpredigten hatte der Mann eine ganz und gar gelungene Teestunde des Stabes ruiniert und alle Anwesenden genervt. Ein fürchterlicher Langweiler! Die Frau des Direktors würde es sich wahrscheinlich dreimal überlegen, bevor sie wieder zum Tee einlud. Wenn man den Mann reden hörte, könnte man meinen, das Britische Weltreich stünde noch in voller Blüte. Wie oft mußte er sich noch Predigten über die Sünden seiner ›kolonialistischen‹ Vorväter anhören?

Das Summen der Sprechanlage riß Kingsley aus seinen mißmutigen Betrachtungen. Er nahm den Anruf entgegen und starrte verdutzt in Sir Harry Greshams feistes Gesicht.

»Hallo, Harry, ich dachte gerade daran, Sie anzurufen. Das war ein verdammt feiner Tee, den Ihre Frau gestern gab.«

»Freut mich, daß es Ihnen gefallen hat, Roger. Ich bedaure nur, daß ich nicht dabeisein konnte. Die drückenden Pflichten, wissen Sie.«

»Natürlich.«

»Ah, Roger, wir müssen über eine ernste Sache sprechen. Haben Sie schon Gelegenheit gehabt, sich mit diesen Daten zu beschäftigen, über die wir letzten Monat sprachen?«

»Ich sagte, daß ich es tun würde«, antwortete Kingsley mit einer Spur von Bissigkeit.

»Und?«

»Und nichts. Ich glaube, Sie sollten am besten Ihre Instrumente überprüfen. Ich kenne kein astronomisches Phänomen, das solch einen Effekt erzeugen könnte.«

»Sind Sie sicher?«

»Natürlich bin ich sicher. Trotzdem habe ich unserer Freundschaft zuliebe einen meiner Assistenten beauftragt, die Daten noch einmal unter die Lupe zu nehmen.«

»Aber es muß etwas geben!«

Kingsley zuckte die Achseln.

»Sehen Sie, ich habe festgestellt, daß die Friedenssicherung interessiert ist«, fuhr Gresham ohne Pause fort. »Das muß bedeutsam sein!«

»Ich sehe nur nicht, wie, Harry.«

»Sie kennen den militärischen Verstand. Diese Leute denken an Wissenschaft nur als Quelle neuer Waffen und Technologien. Wenn sie sich für den Gresham-Kingsley-Lichtblitz interessieren, müssen sie ihn für ein neues Phänomen mit militärischer Bedeutung halten.«

»Oder sie haben gehört, daß Sie interessiert sind, und fragen sich, warum. Nein, tut mir leid, Harry. Ich glaube wirklich, daß wir es hier mit einer technischen Fehlfunktion zu tun haben. Sollte der erwähnte Assistent – ein aufgeweckter Bursche namens Yahaya, Panafrikaner – doch noch etwas finden, werde ich Sie auf jeden Fall verständigen.«

Angai Yahaya blickte verstohlen hinaus zu dem Dutzend oder mehr weißen Gesichtern in Sichtweite der Telefonzelle. Anscheinend interessierte sich niemand von den Leuten im Korridor des A-Decks für ihn, aber er hatte trotzdem ein flaues Gefühl im Magen, als er die Gipswände der Zelle undurchsichtig machte. Ein paar Sekunden Arbeit mit einem Schraubenzieher, und er hatte die Zugangsplatte des kleinen Bildschirms offen. Er brachte mehrere induktive Anschlüsse am Schaltbrett des Instruments an. Die Anschlüsse waren verbunden mit einem kleinen schwarzen Kasten, der eine Reihe von Leuchtdioden trug.

Yahaya drückte eine Folge von sechzehn Zahlen in die Wähltastatur des Telefons. Das übliche elektrostatische Flimmern auf dem kleinen Bildschirm signalisierte, daß der Anruf zur Erde durchgestellt wurde. Endlich wurde das Bild klar, und ein dunkelhäutiges Frauengesicht erschien.

»Panafrikanische UN-Gesandtschaft.«

»Bürger M'Buto, bitte.«

»Wen darf ich melden?«

»Angai Yahaya.«

»Einen Moment, Bürger.«

»Angai, gut, Sie wiederzusehen. Ich nehme an, Sie haben bei diesem Anruf auf die geeigneten Sicherheitsmaßnahmen geachtet«, sagte ein scharfgeschnittenes, ebenholzschwarzes Gesicht aus dem Bildschirm.

»Jawohl, Oberst M'Buto«, sagte Yahaya.

»Gut. Ihre Meldung.«

»Ich bin von unserem Mann im Gürtel verständigt worden. Er hat eine weitere Lieferung vorbereitet.«

»Gleiches Verfahren wie letztes Mal?«

»Jawohl, Oberst M'Buto.«

»Und Ihr Kontaktmann in der Energiestation?«

»Er ist bereit, die Ware in Empfang zu nehmen.«

»Sehr gut. Halten Sie mich auf dem laufenden.«

»Ah, noch etwas, Oberst M'Buto.«

»Ja?«

»Haben Sie ein Paket von mir erhalten?«

»Es traf heute morgen ein. Was soll ich damit anfangen?«

»Ich bin nicht sicher. Kingsley schien desinteressiert, sagte mir aber heute morgen, das Direktorat für Friedenssicherung sei mit dem Fall befaßt.«

M'Buto hob überrascht die Brauen. »Nicht bloß die Raumüberwachung?«

»Nein, ein Irrtum ist ausgeschlossen. Das Direktorat für Friedenssicherung.«

»Das wirft ein neues Licht auf die Dinge. Ich werde Ihre Daten durch diplomatischen Kurier mit der Empfehlung weiterleiten, daß man der Sache mit diesem geheimnisvollen Lichtpunkt nachgeht.«

»Danke, Oberst M'Buto.«

»Ihre erste Pflicht ist es, dafür zu sorgen, daß unsere Lieferung ohne Zwischenfall den Empfänger erreicht. Sollten Sie jedoch zusätzliche Informationen in dieser anderen Angelegenheit erhalten, lassen Sie sie mir durch die üblichen Kanäle zugehen.«

»Jawohl, Oberst M'Buto.«

»Guter Mann, Angai. M'Buto Ende.«

5

Viertausend Stunden nach dem Erwachen waren die Zweifel der Sonde an den Geschöpfen der gelben Sonne größer denn je.

Ihre Datenspeicher schlossen alles mit ein, was der Wächter gesammelt hatte, seit er in der Leere zwischen den Sternen eine expandierende Blase von Radioemissionen angestochen hatte. Insgesamt hatte die Sonde acht hoch fünfzig Bits an Information zu studieren. Selbst bei der beschleunigten Rate, mit der das Gehirn der Sonde arbeitete, erforderte die bloße Organisation des Datenmaterials zu einem zusammenhängenden Ganzen mehrere Wochen. Nachdem die Daten geordnet, gespeichert und mit Querverweisen versehen waren, nahm die Arbeit des Studiums und Ermittelns bedeutungsvoller Denkmuster noch mehr Zeit in Anspruch. Selbst die üblicherweise einfache Aufgabe, die Sprache zu erlernen, erwies sich als unerwartet schwierig.

Der Wächter hatte bereits die langwierige Vorarbeit des Sortierens und Ordnens der Video- und Audioteile der Radioemissionen beendet und verglich sie miteinander, als die Sonde aus dem langen Schlaf erwachte. Der Wächter hatte auch umfangreiche Proben der geschriebenen Sprache der Geschöpfe gesammelt und außerdem eine kleinere Sammlung der binären Daten zusammengestellt, die ihre Maschinen in der Kommunikation miteinander gebrauchten.

Als die Sonde das Arbeitspensum des Wächters überprüfte, bemerkte sie, daß die fremden Wesen mehrere verschiedene Symbolschemata gebrauchten, um das gleiche auszudrücken. Annähernd hundert Stunden unterzog die Sonde das verwirrende Datenmaterial einer komplexen Serie von Programmen der Informationstheorie. Das Verständnis stellte sich langsam ein und kam aus einer überraschenden Richtung. Die fremden Geschöpfe gebrauchten viele verschiedene Sprachen!

Ein Teil der Sonde war ekstatisch über die Entdeckung. Nie zuvor war die Sonde auf eine Zivilisation gestoßen, die ihren Anfängen noch so nahe war. Aber der Rest der Sonde war besorgt. Eine Art, die noch nicht zur Reife gelangt war, war das letzte, was sie brauchte. So interessant solch eine neue Kultur sein mochte, bei einer Überholung würde sie wenig hilfreich sein können.

In der vorherrschenden Sprache der Radioemissionen nannten sich die Geschöpfe Menschen oder menschliche Wesen. Ihr Planet war die Erde. Ihr Zahlensystem beruhte auf der Dezimalbasis, und sie maßen längere Zeiträume an der Umlaufzeit ihres Planeten um das Zentralgestirn des Systems, die ›Sonne‹.

Die Sonde begann ihre Bemühungen um Verstehen in der ersten Dekade, in der Signale aufgefangen worden waren. Im weiteren Verlauf suchte sie nach Zeichen, die verrieten, ob die Menschheit ein Interesse an den nahen Planeten oder den entfernten Sternen hätte. Die Ergebnisse waren sowohl enttäuschend wie auch verwirrend. Hinweise auf Raumfahrt tauchten immer wieder auf, aber die meisten entstammten primitiven Fiktionen. Hinweise auf das Atom waren zahlreich, behandelten aber in den meisten Fällen die Furcht, daß die eine oder die andere rivalisierende Gruppe einen Krieg anfangen und die Erde zerstören würde. Es gab keinerlei Hinweise auf Masse-Energieumwandler, Neutrinoprojektoren, Schwerewellenmodulatoren oder eine der anderen fortgeschrittenen Techniken, die für die Zivilisation der Schöpfer so nötig waren.

Der Inhalt der frühesten Signale beunruhigte die

Sonde. Es war nicht so sehr die provinzielle Einstellung zum Universum, die daraus erkennbar wurde – alle Arten in der Galaxis waren durch Zeit und Raum isoliert, und Provinzialismus war statt der Ausnahme die Regel. Aber die Vorstellung, daß ›fremd‹ vielfach gleichbedeutend mit ›feindlich‹ war, verhieß nichts Gutes für eine künstliche Intelligenz aus dem Weltraum, die auf Entdeckungsreise war. Der durchschnittliche Mensch war in der Dekade der 1950er ein technologischer Analphabet. Selbst der Start mehrerer künstlicher Satelliten gegen Ende der Dekade war nicht ausreichend, die Trägheit von allem zu überwinden, was vorausgegangen war.

Die Sonde ordnete und sichtete das Datenmaterial der nächsten Dekade. Diesmal waren die Ergebnisse vielversprechender.

Anscheinend hatte der Start des ersten Satelliten durch einen der Machtblöcke einen Wettbewerb mit dem anderen größeren Machtblock des Planeten in Gang gebracht. Obwohl die Hintergründe des Wettstreites im dunkeln blieben, konnte die Sonde nicht umhin, die Entwicklung anzuerkennen. Immer häufiger spuckten während dieser Periode (1960–1969) kleine Raketen Feuer und Rauch und hoben schwerfällig vom Erdboden ab. Mit erstaunlicher Schnelligkeit wurden diese Raketen größer. Dann, spät in der Dekade, sah die Sonde Zweifüßler in Raumanzügen auf der Oberfläche des einzigen Erdsatelliten herumspringen.

Die Sonde unterbrach ihr Studium am Ende der 1960er Daten und berechnete die Rate, mit der die Menschen fortzuschreiten schienen. Die Ergebnisse waren eindrucksvoll. Bei gleichbleibender Entwicklungsrate würden sie die Schöpfer in weniger als zehntausend Jahren überflügeln!

Aber die Daten der Jahre 1970–1979 waren eine Zeit der Sparpolitik, in der Wissenschaft und Technologie sich einschränken mußten und anscheinend in Ungnade fielen. Glücklicherweise zeigten die Daten der 1980er Jahre eine Wiederbelebung des Interesses. In den 1990er Jahren hatten die Menschen eine permanente bemannte Station über ihrer Atmosphäre. Wie es für die Art charakteristisch zu sein schien, war sie in erster Linie militärisch. Binnen sehr kurzer Zeit – nach den Maßstäben der Schöpfer – wimmelte der erdnahe Raum von primitiven, mit Energiewaffen ausgerüsteten Lenkraketen. Und zur Steuerung, Bedienung und Wartung der orbitalen Rüstung errichteten die Menschen Raumstationen und entwickelten Raumschiffe.

Die Sonde überdachte die Entwicklung und ihre Bedeutung. In den vier Dekaden ihres Studiums der Menschheit hatte diese ständig am Rande eines Krieges gelebt, doch war es ihr irgendwie gelungen, eine umfassende militärische Auseinandersetzung zu vermeiden. Zugleich machte sie, beflügelt durch die vorangetriebene militärische Rüstung, große Schritte in Richtung auf eine technologisch entwickelte Zivilisation.

Dann, im Jahr 1998, schlug eine Großmacht mit ihrem vollen Arsenal gegen die andere los. Der Grund dafür war, wie bei vielen menschlichen Motivationen, nicht ohne weiteres erkennbar, schien aber irgendwie mit dem menschlichen Ehrbegriff zusammenzuhängen. Zehn Jahre früher hätte solch ein Schlag die menschliche Zivilisation vernichtet.

Rettung kam aus einer unerwarteten Ecke, als die Orbitalstationen und das in den 1980er Jahren entwickelte Konzept der Raketenabwehr im Weltraum ihren praktischen Wert erwiesen. Im Laufe von zwanzig Tagen wurde eine Welle von nuklearbestückten Raketen nach der anderen im erdnahen Weltraum vernichtet, bevor sie wieder in die Atmosphäre eintreten und ihre Ziele erreichen konnte. Nachdem ihre gefährlichsten und mächtigsten Waffen zerstört waren, kamen die kriegführenden Großmächte zur Besinnung, und ein Waffenstillstand wurde vereinbart. Danach war eine Veränderung im Tenor der Radioemissionen festzustellen. Schien die Tendenz der Menschheit bisher zur Aufsplitterung in zunehmend kleinere, regional konkurrierende Gruppen zu gehen, brachte die eben noch abgewendete Katastrophe sie offenbar einander näher. Es gab noch immer Rivalitäten, Bedrohungen und regional begrenzte Kriege, und bei verbalen Anschuldigungen und Beschimpfungen lag die Hemmschwelle erstaunlich niedrig, aber im großen und ganzen zeichneten sich die Anfänge einer planetarischen Regierung ab.

Endlich wußte die Sonde, warum der Wächter sie wachgerufen hatte. Die Menschen, so offensichtlich ungeeignet für ihren Zweck, als die ersten Signale aufgefangen worden waren, hatten plötzlich echte Raumschiffe entwickelt. Der Wächter hatte Schwerewellen niedriger Frequenz aufgefangen, die vom System ausgingen, charakteristisch für Masseumwandler, die ihre Energie aus Singularitäten bezog. Nicht nur zeigten die Menschen Anzeichen zivilisatorischer Reife, sondern auch eindrucksvolle Beweise eines fortdauernden technologischen Fortschritts.

Die Sonde erreichte das Ende ihrer gespeicherten Daten und fand, daß sie noch immer nicht beurteilen konnte, ob die Menschen zivilisiert waren. Das Problem lag in der Natur der Radio- und Fernsehemissionen, von denen die meisten ihren Ursprung in einigen wenigen Zentren um den Globus hatten und zu Nachrichtensatelliten ausgestrahlt wurden, die sie wieder über weite Bereiche der Erde verteilten. Der Zufall hatte die Sonde beinahe genau in die Äquatorebene der Erde geführt und damit direkt in eine Ausrichtung, mit der sie die zu den Nachrichtensatelliten ausgestrahlten Frequenzen empfangen konnte. Die Programme, die hier verbreitet wurden, waren offensichtlich für die Masse der Menschen bestimmt, von denen die überwältigende Mehrzahl noch immer vermied, irgend etwas zu lernen, was sie als zu schwierig betrachtete. Natürlich gab es kleine Minderheiten, die ihr Leben der Erweiterung des Wissens auf vielen Gebieten widmeten. Diese Minderheit kommunizierte auf anderen Wegen als den Systemen der Massenunterhaltung. Es gab Fachzeitschriften der verschiedensten Wissensgebiete, Monographien, Buchveröffentlichungen und Kongresse. Die Sonde erkannte all diese Verständigungsmittel als nicht drahtlose Methoden der Verbreitung und Speicherung von Information.

Wenn wissenschaftliche Themen überhaupt von den audiovisuellen Medien vertieft wurden, geschah dies unglücklicherweise durch die regional strukturierten UKW-Programme mit begrenzter Reichweite. Die Sonde konnte nur mithören, wenn eine Sendung durch die geostationären Satelliten übertragen oder zufällig in ihre Richtung ausgestrahlt wurde.

Die Sonde dachte über ihr Dilemma nach. Die Zeichen sprachen mehr zugunsten der Menschen als gegen sie, aber die gesamte Qualität der Daten war schlecht. Sie zeichneten sich durch ein hohes Maß an Streuung aus. Etwas mußte getan werden, um den Brennpunkt der Forschung zu verbessern. Ein Experiment war angebracht.

Soweit die Sonde es bestimmten konnte, glaubten die Menschen sich allein im Universum. Es würde ein ernster Schock für sie sein (wie es das für viele andere gewesen war), eine außerirdische Maschine im Randbereich des Sonnensystems zu entdecken. Ihre Reaktion auf diese Entdeckung würde unzweifelhaft einem der acht Standardmuster folgen, die im Laufe der Jahrtausende von Lebenssonden beobachtet worden waren. Ihr Muster zu beobachten und zu analysieren war alles, was die Sonde für ihre Entscheidung benötigte.

Sie erwog die Möglichkeit von Gefahr. Es war unwahrscheinlich, daß die primitiven Schiffe der Menschen sie abfangen könnten, wenn sie das innere System durchflog, doch war eine gewisse Gefahr gegeben. Also mußte die Sonde, wie die Schöpfer es vor langer Zeit verordnet hatten, den Umfang des Experiments begrenzen. Sie würde die Tatsache ihrer Gegenwart preisgeben, sonst aber nichts. Solange sie die Menschen nicht besser kannte, würde sie keine Information über ihre wahre Natur oder Mission geben.

Die Sonde schickte Energie durch ihre Mechanismen, die seit der Testversuche vor dem Start nicht benutzt worden war. Kraftfeldspiegel wurden ausgefahren und von Zielgeräten ausgerichtet. Ein scharf gebündelter Röntgenstrahl wurde unmittelbar auf die gelbe Sonne gezielt. Er würde zwölfeinhalb Tage benötigen, um die Erde zu erreichen, und selbst bei minimaler Streuung würde er bei seiner Ankunft eine Ausbreitung bis zur Umlaufbahn des Jupiter aufweisen. Bald würden menschliche Astronomen einen seltsamen neuen Sternhimmel ausmachen. Er würde dreihundert Lichtstunden entfernt sein und nur kohärente Röntgenstrahlen emittieren. Sie würden nicht lange brauchen, um zu erkennen, daß solch eine Quelle nur das Produkt fremder Intelligenz sein könnte.

»Prospektor *Liars Luck,* hier spricht die Raumüberwachung Luna: Warten Sie in der Umlaufbahn auf Landeerlaubnis.«

»*Liars Luck,* verstanden«, sagte Don Bailey von seiner Beschleunigungscouch. Der Kontrolleur der Raumüberwachung saß tief im Herzen einer der äquatorialen Überwachungsstationen an seiner Konsole, und seine Station war hinter der Masse des Mondes außer Sicht, also wurde die Botschaft durch einen der lunaren Nachrichtensatelliten übermittelt.

»Computer auf Aufzeichnung.«

»Computer bereit für Aufzeichnung.«

Es folgte ein hohes Winseln auf dem Audioband, gefolgt von den Worten: »Das wär's. Gehen Sie herunter nach den Daten, die wir Ihnen gerade eingegeben haben, und es wird eine saubere Annäherung ohne Probleme geben. Guten Tag, Sir.«

»Guten Tag, Kontrolle, und danke.« Bailey wandte den Kopf zu Brea Gallagher, die neben ihm angeschnallt war. »Hast du das gehört? Kein Grund zur Sorge.«

»Ha! Er sollte hier oben sein und sich mit diesem Teufelsding plagen!«

Baileys Antwort war ein unverbindliches Grunzen. Die meiste Zeit der vierwöchigen Reise hatte Brea mit dem Computer um die Fluglagensteuerung gekämpft. Das System hatte eine unangenehme Neigung zum Überkorrigieren entwickelt und das Schiff zu den ungünstigen Zeitpunkten notwendiger Kurskorrekturen zum Wackeln gebracht – zuletzt, als sie versuchten, es für die letzte Zündung auszurichten, die ihre Umlaufbahn zehntausend Kilometer über der Mondoberfläche bestimmen sollte. Die Schwierigkeit hatte viel mit ihrer Ladung zu tun.

Sie hatten den Raumhafen Ceres planmäßig am Morgen nach Major MacIntires Vorladung verlassen. Statt sofort Kurs auf das innere System zu nehmen, hatte Bailey jedoch einen Umweg über den Gürtel zu einem Punkt gemacht, der einen halben Grad vor Ceres in dessen Umlaufbahn lag. Vergeblich diente das Manöver der Vereinfachung des Sprungs zur Erde. Indem er drei Tage länger im Gürtel verweilte, eliminierte Bailey die Notwendigkeit eines Kurses quer durch die Umlaufbahn mit zu hohem Energieverlust und der Verlangsamung durch die Gravitation, deren Ausgleich ausgeklügelte Manöver erforderlich machte, die zum vorzeitigen Ergrauen eines Piloten führten. Aus einer Position einen halben Grad vor Ceres konnte der Sprung in einem geraden tangentialen Brems- und Orbitalmanöver erfolgen.

Das jedenfalls war der offizielle Grund für einen Abstecher von 3,5 Millionen Kilometer. Tatsächlich verzögerte Bailey die Abreise, um ihr heimliches Rendezvous einzuhalten. Am zweiten Tag nach ihrer Abreise von Ceres kam ein umgebauter Schlepper mit verdeckten Kennzeichen längsseits von *Liars Luck* und lud seine Fracht ab – die nicht registrierte I-Masse.

In ihrem natürlichen Zustand kann niemand viel mit einer I-Masse anfangen. Trotz ihrer Dichte ist sie einfach ein zu kleines Paket, um wirkungsvoll mit normaler Materie in Interaktion zu treten. Aber durch ein ›in Schwung bringen‹ genanntes Behandlungsverfahren wird eine I-Masse in einen Schatz verwandelt, der mit Geld nicht zu bezahlen ist.

Das Verfahren umfaßt die Beschleunigung ihrer Rotationsgeschwindigkeit, bis die Zentrifugalkraft den nahezu dimensionslosen Punkt in eine Scheibe gedehnt hat, die das Tausendfache ihres natürlichen Durchmessers erreicht. Aber das In-Schwung-Bringen einer I-Masse erfordert eine Menge Energie. Und Energie dieses Ausmaßes konnte nur von einer der Kraftwerksstationen geliefert werden, die als künstliche Satelliten die Erde umkreisten und eine hungrige Welt mit Energie versorgten, welche sie selbst von Singularitäten bezog.

Die Singularität machte die Reise im selben Magnetfeld, das die schiffseigene I-Masse festhielt, aber die zusätzliche Masse machte das Schiff hecklastig und veranlaßte das System zur Fluglagekontrolle zum Übersteuern.

»Wir kommen zur Zündung«, sagte Bailey schließlich. »Sag Lisa, daß sie sich dort hinten irgendwo festhalten soll.«

»Richtig.« Brea schaltete die Bordsprechanlage zur Kabine ein, und einen Augenblick später kamen die Züge eines rothaarigen zwölfjährigen Mädchens ins Bild.

»Ja, Brea?«

»Wir kommen zur vorletzten Zündung, Kind. Du solltest dich lieber anschnallen.«

»Darf ich nach vorn kommen?« Die ernsten Augen blickten sie in gespannter Erwartung an.

Brea blickte zu Bailey, der einen Schalter drückte. Auf dem Duplikatschirm der Bordsprechanlage vor ihm erschien Lisas Gesicht zum zweiten Mal. »Hast du aufgehört zu schmollen, weil du ins Internat sollst?«

»Ja, Onkel Don.«

»Dann komm nach vorn, aber schnell. Du hast sechsundzwanzig Sekunden, um dich hier anzuschnallen. Sieh zu, daß du vierundzwanzig daraus machen kannst.«

»Bin schon unterwegs!«

Brea warf Bailey einen Blick zu, der wieder das Diagramm seines Landeanflugs studierte. »Ich frage mich, ob wir recht daran taten, sie mitzunehmen, Stinky.«

»Natürlich taten wir recht daran. Sie kommt jetzt in das Alter, wo sie die Welt und andere Leute als solche wie uns kennenlernen muß. Willst du, daß sie ihr Leben lang unbeleckt von Kultur und in Unkenntnis gesellschaftlicher Umgangsformen bleibt?«

»Warum nicht, Onkel Don? Du hast ja auch nichts davon mitbekommen!« Lisas Stimme drang zur Luke herein, und gleich darauf war Lisa selbst da. Sie sprang in den Notsitz zwischen den beiden Pilotenplätzen und schnallte sich an.

»Mein Großvater kannte ein Sprichwort über ›kleine Pötte, die große Ohren haben‹.«

»Und ein anderes über Kinder, die man ›sehen und nicht hören‹ soll«, sagte Brea. »Laß uns ein bißchen in Ruhe, Kind. Dieser Teil ist kitzlig.«

In der Kabine wurde es still, bis das Haupttriebwerk einsetzte. Zwanzig Sekunden später, während Brea sich noch immer abmühte, das Schiff auf den Leitstern ausgerichtet zu halten, war alles wieder still.

»Der Computer sagt, das wär's«, verkündete Bailey. »Willkommen auf dem Mond. Dreh uns um, Brea.«

Brea drehte den Steuerknüppel, und das Schiff drehte nach rechts. Die Sterne rotierten um die Kuppel, und der Mond schwamm langsam in Sicht. Bis dahin hatte das Schiff sich ihrem Ziel rückwärts genähert, und man hatte es nicht sehen können. Auf einmal war die gelbbraune und schwarze Welt eine ungeheure, über ihnen aufragende Felswand, die im Begriff schien, sie unter sich zu begraben.

Vom Notsitz kam ein scharfes, erschrockenes Einatmen. »Hu! Ich hätte nicht gedacht, daß er so groß sein würde.«

Bailey schmunzelte. »Warte, bis du die Erde aus einer niedrigen Umlaufbahn siehst. Sie ist hundertmal so groß.« Bei Erwähnung der Erde wurde Lisa still.

Brea reckte sich. »Wann werden wir landen?«

»In anderthalb Stunden, bei dieser Annäherungsrate. Warum?«

Sie öffnete die Gurtschnallen. »Ruf uns fünfzehn Minuten vor dem Aufsetzen, und keinen Augenblick früher. Wir Mädchen brauchen die Zeit, die uns noch bleibt, um uns zurechtzumachen. Komm mit, Kind. Wir werden losen, wer zuerst baden darf.«

6

Major Erich Stessl schlenderte die ansteigende Rampe hinauf, die zu den Abflugschaltern der ballistischen Translunakapseln führte. Er umging Gruppen von Touristen, die sich noch nicht auf die verminderten Schwereverhältnisse des Mondes eingestellt hatten und beim Gehen weite und hohe Sprünge machten, die sie zu lange in der Luft hielten.

Stessl bemerkte, daß es von diesen mobilen Hindernissen mehr als sonst gab – ein sicheres Zeichen, daß eines der großen planmäßigen Erde-Mond-Schiffe erwartet wurde. Er machte einen weiten Bogen um die Reisegruppen und konzentrierte sich wieder auf das Wenige, was er im Observatorium auf der erdabgewandten Seite erfahren hatte.

Brauchbare Informationen über die Lichterscheinung im Sternbild Aquila waren schwierig zu bekommen. Die Reise zur erdabgewandten Seite war ein Schuß ins Dunkle gewesen. Das Observatorium dort war die modernste und leistungsfähigste Anlage auf dem Gebiet der Radioastronomie, die das Sonnensystem aufzuweisen hatte. Es war der geeignetste Ort, solche Beobachtungen auszuführen, weil es permanent im Radioschatten lag. Zwar trifft es zu, daß der Mond keine Ionosphäre hat, mit der Radiowellen über den Horizont transportiert werden können, doch gab es immer Reflexionen von Bergen und Kraterwänden, die sich störend auswirkten. Ein Radioastronom auf der erdzugewandten Seite könnte Wochen mit dem Sammeln von Daten aus den Grenzbereichen des Universums verbringen, um dann zu erleben, wie seine Radioquelle in den letzten fünf Minuten des Experiments vom Gewinsel des neuesten Popsängers, der den Sprung in die Charts geschafft hat, übertönt wird.

Nachdem ihm andere Optionen ausgegangen waren, hatte Stessl die Reise zur erdabgewandten Seite auf sich genommen, um den Himmelssektor, wo die Raumüberwachung die Lichterscheinung beobachtet hatte, nach Radioquellen absuchen zu lassen. Aber die radioastronomische Durchsuchung der Region um den Stern Delta Aquilae ergab nichts als eine stecknadelkopfgroße Quelle langwelliger Strahlung, die nur geringfügig energiereicher als die normale Hintergrundstrahlung war.

Der Chefastronom des Observatoriums hatte erläuternd bemerkt: »Wir beobachten einen ähnlichen Effekt häufig in den Wolken von Wasserstoffplasma, das von vorbeifliegenden Schiffen ausgestoßen wird. Es ist eine der lästigsten Störungen, mit denen wir uns hier abfinden müssen. Jedenfalls liegt die Emission in der richtigen Frequenz für Wasserstoff.«

»Könnte das, was Sie festgestellt haben, also die Turbulenz im Gefolge eines Schiffes gewesen sein?« fragte Stessl.

Der zuckte die Achseln. »Es könnte alles mögliche gewesen sein, einschließlich einer Panne in unserem Empfänger.«

»Gibt es eine Möglichkeit, die Entfernung zu messen?«

»Keine. Wenn die Erscheinung im nächsten Winter noch da ist, könnte es uns gelingen, Ihnen eine ziemlich genaue Parallaxenmessung zu geben. Wenn Sie mir Ihre Kontonummer geben, kann ich ein Wiederholungsprogramm ansetzen.«

»Nein, danke. Wenn ich dieses Geheimnis bis zum Winter nicht zur Zufriedenheit des Admirals gelöst habe, kann ich mir meine Post künftig zur langweiligsten Station auf einem der Saturnmonde nachschicken lassen.«

Nach der Enttäuschung im Observatorium hatte er Tycho angerufen und erfahren, daß seine beiden Assistenten – die ihm zugeordnet worden waren, als Admiral Liu die Einstufung seines Projekts auf Priorität Vier angehoben hatte – nichts Neues zu melden wußten. Darauf hatte er die nächste Versorgungsmaschine zurück zum Raumhafen Crisium genommen, um von dort zur Tycho-Basis zurückzukehren.

Er erreichte das Ende des in den gewachsenen Fels gebohrten Tunnels unter dem Raumhafen Crisium und betrat eine Schalterhalle. Durch die Schächte schräg einfallendes Sonnenlicht verriet dem geübten Auge, daß es zwei Tage vor dem örtlichen Sonnenuntergang war. Er ging zum Schalter, stellte seine Reisetasche neben sich ab und gab den Flugschein der stattlichen Blondine hinter dem Schalter. Sie steckte ihn in ihr Lesegerät und setzte das professionelle Lächeln einer Frau auf, die mit dem Publikum umgehen muß.

»Zurück nach Tycho, Major? Das ist Rohr sechs. Die Passagiere steigen gerade ein.«

»Danke.« Er nahm seine Reisetasche, eilte zum angegebenen Rohr, das er über eine Rolltreppe erreichte, und bestieg die Kapsel, ein zehn Meter langes Geschoß mit paarweise angeordneten Beschleunigungssitzen zu beiden Seiten eines schmalen Mittelgangs. Sonst gab es nicht viel mehr als zwei Reihen schmaler Gepäckfächer über den Sitzen. Als Stessl die Kapsel betrat, waren nur noch zwei Sitze frei. Einer war neben einem weißhaarigen Mann, der offenbar ein Tourist war. Weil er außerdem wie ein geschwätziger Typ aussah, ging Stessl an ihm vorbei und nahm den anderen leeren Platz weiter vorn.

Seine Sitznachbarin wandte den Kopf, als er sich setzte. Er lächelte und nickte. »Hallo.«

»Hallo.«

Stessl schätzte das Mädchen auf zwölf oder dreizehn – jedenfalls kurz vor der Pubertät. Er hielt ihr die

Hand hin. »Ich habe es immer gern, meine Reisegefährten zu kennen. Mein Name ist Erich. Wie heißt du?«

Sie gab ihm ernst die Hand. »Ich bin Lisandra Moore von Ceres. Sie können Lisa zu mir sagen, wenn Sie wollen.«

»Ah, von Ceres! Reist du allein?«

Sie schüttelte knapp den Kopf. »Mein Vormund sitzt weiter hinten. Wir wollten beide einen Fensterplatz, und dieser war als einziger noch frei.«

»Ihr macht eine Ferienreise zur Erde?«

»Nein, sie bringen mich zur Internatsschule.« Lisa machte ein Gesicht, als ob sie einen Mundvoll Essig geschluckt hätte.

»Anscheinend bist du nicht überglücklich über die Aussicht.«

»Wer würde das sein? Zu Hause habe ich jede Woche eine Stunde in der Zentrifuge verbracht, genau wie alle anderen, das ist schlimm genug. Können Sie sich vorstellen, die ganze Zeit so von der Schwerkraft heruntergezogen zu werden? Als müßte man bis zum Hals im Schlamm durch einen Sumpf waten.«

»Was weißt du von einem Sumpf?«

»Nur was ich auf meinem Bücherschirm lese.« Sie wandte den Kopf zur anderen Seite und spähte zu dem Masseumwandler, der auf der Ebene sichtbar war. »Wird uns dieses Ding wirklich bis Tycho schießen?«

»Hoffentlich«, sagte er mit einem Anflug von Heiterkeit. »Es würde ziemlich übel sein, wenn es das nicht täte.«

»Ohne Raketen?«

»Sei unbesorgt, die Kapsel hat ein Nottriebwerk. Aber wenn alles richtig abläuft, werden wir es nicht brauchen.« Stessl blickte an ihr vorbei zum Fenster. Der Raumhafen war auf der anderen Seite hinter den Hangars, Werkstätten und Lagerschuppen außer Sicht. Vor ihnen erhob sich die ansteigende Bahn der Katapultschiene des Massenantriebs und zielte auf eine Serie immer höherer und entfernterer Türme, die von Antriebsringen überragt war. Die niedrig stehende Sonne warf lange Schatten über die trümmerübersäte Basaltwüste des Mare Crisium.

»Siehst du diese Türme? Sie zeigen nach Südwesten. In ein paar Minuten werden wir durch diese Ringe sausen und in genau die richtige Richtung fliegen, die uns dreitausend Kilometer zur Tycho-Basis bringt. Am anderen Ende ist ein Massenantrieb genau wie dieser. Der hiesige Computer spricht mit dem Computer der Tycho-Basis und sagt ihm, wann er uns erwarten kann. Sobald das Tycho-Gehirn uns über den Horizont kommen sieht, dirigiert es unsere Steuerung und richtet uns genau auf die Ringe seines Massenantriebs aus. Dann fängt es uns auf, bevor wir am Boden des Tycho-Kraters zerschellen.«

Sie begannen über die Schwierigkeiten zu sprechen, eine ballistische Reisekapsel über weite Entfernungen zu zielen. Stessl war überrascht, wie gut Lisas Verständnis der Orbitalmechanik war. Sie hatte eine bessere Vorstellung von den damit verbundenen Komplikationen als fünfundneunzig Prozent der Erwachsenen, die routinemäßig mit den Kapseln flogen.

Sie waren noch in ihr Gespräch vertieft, als es in Stessls Ohren knackte. Die Luftschleuse wurde versiegelt, der Luftdruck im Innern der Kapsel stabilisiert.

»Sieh zu, daß du sicher angeschnallt bist«, warnte er sie und kam damit der Lautsprecherdurchsage gleichen Inhalts um eine Sekunde zuvor. »Leg den Kopf fest an die Nackenstütze. Es macht nichts, wenn du ihn drehst, um aus dem Fenster zu schauen. Wichtig ist nur, daß kein Teil deiner Wirbelsäule ungestützt bleibt. Die Beschleunigungsphase bringt einen Druck von annähernd vier Ge. Wenn du versuchst, deinen Kopf zu heben, wirst du etwas verrenken.« Er folgte seiner eigenen Anweisung und drückte sich in seinen Sitz, während er halb abwesend einer kehligen Frauenstimme lauschte, die Instruktionen für den Notfall gab. Es folgte ein Ruck, und die Kapsel glitt langsam vorwärts. Die Aussicht aus dem Fenster wurde plötzlich versperrt, als sie in das schwarze Maul des Massenantriebs kamen.

»Es geht los!«

Der anfängliche Beschleunigungsstoß erreichte rasch die vier Ge, die er Lisa angekündigt hatte. Der Druck dauerte vierzig Sekunden an, und in dieser Zeit war die Kapsel dreißig Kilometer vom Raumhafen entfernt und raste mit fünftausendfünfhundert Stundenkilometern dahin.

Auf seinen letzten zehn Kilometern verzweigte sich der Massenantrieb in drei separate Flugbahnen, die in verschiedene Richtungen führten und das Picard-Lick-Hochland überspannten, dessen Gipfel über dem Horizont sichtbar waren. Die Tycho-Kapsel nahm die mittlere Route, schoß aus dem letzten Führungsring und stieg in einer flachen, aufsteigenden Ellipse über die Mondoberfläche hinaus. Stessl sah die im Halbschatten liegenden Gipfel so nahe unter der Kapsel vorbeisausen, daß es ihm vorkam, als könnte er die Hand hinausstrecken und sie berühren.

Er zeigte Lisa die Landmarken, die unter ihnen vorbeizogen. Als das Denkmal im Mare Tranquilitatis achteraus zurückblieb, begann die Kapsel sich langsam um einhundertachtzig Grad zu drehen, so daß die Reisenden nun mit dem Rücken zur Flugrichtung saßen. Das Manöver zeigte an, daß die Hälfte der Strecke hinter ihnen lag.

Die Ankunft in der Tycho-Basis verlief in der gleichen atemberaubenden Manier wie der Start. Auf dem in die Trennwand eingelassenen Bildschirm sahen sie den Auffangring am Rand des Tycho-Kraters mächtig anwachsen, und als alles darauf hinzudeuten schien, daß sie daran zerschellen würden, folgte eine Abbremsung, die alle in die Sitze preßte und nach Luft schnappen ließ, dann eine Serie von Stößen, als sie auf die Katapultbahn aufsetzten, und sie waren unten.

»Puh!« sagte Lisa, als sie sich losschnallte.

»Bei mir auch«, seufzte Stessl. Er blieb sitzen, bis sie sich an seinen Knien vorbeigezwängt hatte, dann schnallte er sich los, nahm seine Reisetasche und schloß sich den Passagieren an, die zum Ausgang drängten. In der Abfertigungshalle sah er Lisa bei einer Frau stehen. Sie versuchten sich auf einem Lageplan der Tycho-Basis zu orientieren. Es war ein primitiver und unvollständiger Stadtplan von der Art, wie Andenkenläden sie seit Anbeginn der Zeit an nichtsahnende Touristen verkauft haben.

Stessl merkte auf. Die Begleiterin des Mädchens sah nicht übel aus. Wäre nicht ihr verkniffener Gesichtsausdruck gewesen, hätte er sie wirklich hübsch gefunden. Auch füllte sie ihren Anzug hübsch aus. Stessl ging mit der Absicht auf sie zu, seine Hilfe als Fremdenführer anzubieten, aber bevor er in ihre Nähe kam, wandten sie sich um und gingen in die Richtung der Stadt, des zivilen Teils der Basis.

Er sah sie davongehen und war sich der verpaßten Gelegenheit bewußt. Als sie außer Sicht waren, zuckte er die Achseln, machte kehrt und hielt auf den Tunnel zu, der zum Haupttor des Direktorats für Friedenssicherung führte.

Brea Gallagher führte Lisa zu einem Rollsteig, der ins Geschäftsviertel der kleinen Stadt führte, welche sich um das Hauptquartier der UN-Friedenssicherung angesiedelt hatte. Lisa blickte neugierig umher, während der Rollsteig sie durch gutbeleuchtete Straßentunnels führte, vorbei an Läden und Restaurants, über denen die gemeinsame, unsichtbare Inschrift ›Touristenfalle‹ prangte. Brea achtete kaum darauf. Sie sorgte sich zu sehr um Bailey, um etwas zu besichtigen.

Der verdammte Dickkopf!

Das Schiff hatte seine Nase bereits in einen Andockkragen der Äquatorstation Luna gesteckt, als Bailey erklärte, daß er sie nicht zur Oberfläche begleiten würde. »Während ihr fort seid, werde ich das Schiff zur Lagrange-Energiestation bringen und unsere Ladung loswerden. Dann treffen wir in der Erdstation Eins zusammen und gehen gemeinsam zur Erde hinunter. Dann können wir ein paar Wochen Urlaub machen, Lisas Einschulung in die Wege leiten und uns am Meeresstrand in der Sonne erholen.«

»Du kannst das Schiff nicht allein steuern.«

»Es wird nicht das erste Mal sein.«

»Es ist nicht sicher! Du wirst es beschädigen, wenn du ein Andockmanöver versuchst, ohne daß jemand die Fluglage für dich stabilisiert.«

»Es ist weit sicherer, als die zusätzliche Singularität in unseren Antriebsteil zu lassen, wo sie von den Behörden entdeckt werden kann!«

»Laß mich mitkommen«, sagte sie. »Oder warte, bis ich zurückkommen und dir helfen kann.«

Bailey seufzte. »Du hast diese Sache nicht durchdacht, Brea. Verdammt noch mal, denk an die Implikationen! Wenn jemand I-Massen illegal in Schwung bringt, tut er es bestimmt nicht, um irgendeinen Frachter mit Antriebsenergie zu versehen. Es muß eine Regierung hinter dem Schmuggelgeschäft stehen. Und wenn eine Regierung Singularitäten schmuggelt, darfst du dreimal raten, was sie damit anfangen will.«

»Du meinst, Kriegsschiffe?«

»Was sonst? Wir bekommen für diese Fracht das Zwanzigfache der normalen Transportvergütung. Allein die Bestechungsgelder müssen mehr kosten als der Ankaufspreis einer registrierten Singularität.«

»Aber der Bruch des Abrüstungsabkommens ist ein schwerwiegender Verstoß, der mit harten Sanktionen bestraft wird, Stinky!«

»Darum muß ich dieses verdammte Loch so schnell

wie möglich aus unserem Masseumwandler hinausbringen! Ehrlich gesagt, Brea, wenn wir das Geld nicht so verzweifelt nötig hätten, würde ich mir mit diesem Geschäft nie die Finger verbrannt haben. Aber da ich es getan habe, muß ich es auch durchziehen. Ich habe die Käufer bereits von meinem Andocktermin in der Energiestation verständigt. Nun sei eine gute Partnerin und tu, wie ich dir sagte!«

Während des anschließenden Transfers hinunter zum Raumhafen Crisium und mit der ballistischen Kapsel zur Tycho-Basis hatten Baileys Worte sie nicht zur Ruhe kommen lassen. Es war nicht schwierig, sich auszumalen, wie er festgenommen und in Handschellen vor Gericht gebracht wurde oder wie er tot im Wrack der *Liars Luck* lag, nachdem es ihm mißlungen war, das Schiff während der Annäherung und des Andockmanövers an die Energiestation unter Kontrolle zu halten.

Irgendwie gelang es ihr, das Hotel zu finden. Sie mietete einen Besenschrank von einem Zimmer zu einem Preis, der ihr unglaublich niedrig vorkam, bis sie sich sagte, daß er wahrscheinlich das Zehnfache dessen betrug, was ein Erdbewohner daheim bezahlte. Sie half Lisa beim Auspacken und bereitete sich auf ihr Interview vor. Sie duschte und puderte sich und bestellte einen neuen Anzug beim Verkaufsautomaten des Hotels. Während sie auf seine Lieferung wartete, versuchte sie die Sorgenfalten und Tränensäcke mit Make-up zuzudecken. Lisa saß am Fuß des Doppelbetts und probierte den Fernseher aus, während Brea an sich arbeitete.

»Wer war dein Freund?« fragte sie Lisa, während sie ihr Gesicht betupfte.

»Freund?«

»In der Kapsel.«

»Du meinst Erich? Er war nett, nicht?«

»Sah gut aus.« Brea seufzte bei der Erinnerung an

ihre Überraschung, als der blonde Offizier in der schwarzen, silberbetreßten Uniform der Friedenssicherung an Bord der Kapsel gekommen war. Er erinnerte sie an Greg, obwohl sie sich Greg nicht in einer Uniform vorstellen konnte. Am elegantesten war Greg gewesen, als er bei ihrer Hochzeit einen leicht verschossenen blauen Anzug getragen hatte. Sie schlug sich die alten Erinnerungen aus dem Sinn und konzentrierte sich auf die fachgerechten Reparaturen an ihrem Gesicht, bis es läutete und ihr neuer Anzug gebracht wurde. Sie legte ihn an, setzte sich auf die Bettkante und wählte die Nummer der Stützpunktverwaltung.

»Kann ich Ihnen helfen?« fragte ein Gefreiter der Marinetruppen aus dem engen Rahmen des Bildschirms.

»Ich bin von einem Major Stessl vorgeladen worden, wegen einer Meldung, die ich machte.« Brea hielt die Vorladung, die Major MacIntire ihr gegeben hatte, in den Aufnahmebereich der Kamera.

»Ihr Name, Madam?«

Brea nannte ihn.

»Und das Aktenzeichen auf der Vorladung?« Der Gefreite ließ sie eine halbe Minute warten und kam wieder ins Bild. »Sie haben Glück. Major Stessl ist im Dienst und zu sprechen. Ich kann Ihnen einen Termin für dreizehn Uhr dreißig geben. Wäre Ihnen das recht?«

»Das würde mir gut passen.«

Brea musterte ihre Erscheinung im Spiegel des Einbauschrankes. Der neue Anzug war eng an ein paar Stellen, wo er locker hätte sitzen sollen, paßte aber so gut, wie man es von einem Konfektionsstück erwarten konnte. Sie küßte Lisa auf die Wange und schärfte ihr ein, die Tür hinter ihr abzusperren.

»Viel Glück, Brea.«

»Danke, Liebes. Ich werde zurück sein, so bald ich kann.«

7

Nachdem ihm zu seinem Sonderprojekt die Anhaltspunkte ausgegangen waren, machte Stessl Meldung bei der Operationszentrale. Nachdem er seine Konsole mit neuem Datenmaterial versorgt hatte, überprüfte er die eingegangenen Nachrichten und war angenehm überrascht, als er feststellte, daß die beiden Prospektoren sehr bald eintreffen würden. Er wies die Torwache und die Nachrichtenzentrale an, ihn zu verständigen, sobald einer der Prospektoren oder alle beide sich meldeten, dann unterrichtete er seine beiden Assistenten. Darauf rief er das von der Operationszentrale übernommene Datenmaterial ab. Seine Reise zur erdabgewandten Seite hatte ihm vier Tage Arbeitsrückstand eingetragen. Er überflog das gesamte Material, ordnete es nach Prioritäten und änderte die Liste wieder, als er zur letzten Meldung kam.

Ceres hatte endlich seiner Bitte um Dossiers über Bailey und Gallagher entsprochen.

Er rief sofort das erste Dossier ab:

NAME: Donald K. Bailey
GEBURTSORT: Kapstadt, Südafrikanische Union
ALTER: 63
DERZEITIGER WOHNORT: Asteroid Ceres
AUSGEÜBTER BERUF: Prospektor für Singularitäten

Nach den biographischen Daten lebte Bailey schon lange im Gürtel. In den vier Jahrzehnten seit seiner Auswanderung hatte er in den verschiedensten Berufen gearbeitet. Vor zehn Jahren hatte er ein Schiff gekauft und war Prospektor geworden. Seit damals hatte er zwei kleine Singularitäten entdeckt, seine Investoren ausbezahlt und sich mit einem Partner zusammengetan.

Die Polizeibehörde, von der das Dossier stammte, hatte eine persönliche Einschätzung des beauftragten Beamten hinzugefügt: »B. gilt als tüchtig und genießt das Vertrauen von denen, die mit ihm zusammenarbeiten. B. ist kein Unruhestifter, geht Streitigkeiten aber auch nicht aus dem Weg. Er ist nicht vorbestraft, doch wurde wegen des Verschwindens von drei Männern gegen ihn ermittelt. Das Verfahren mußte mangels Beweisen eingestellt werden. Vertretern staatlicher Institutionen begegnet B. mit Mißtrauen. Nicht zu unterschätzen!«

Als nächstes rief Stessl Gallaghers Akte ab. Wie sich herausstellte, war Gallagher eine Frau und verhältnismäßig jung.

NAME: Brea Elizabeth Gallagher, geb. Caldwell
GEBURTSORT: Winnipeg, Nordamerikanische Union
ALTER: 31
WOHNORT: Asteroid Ceres
AUSGEÜBTER BERUF: Prospektor für Singularitäten

Die biographischen Daten waren viel kürzer als diejenigen Baileys, enthielten aber eine kleine Überraschung. Brea Gallagher hatte einen Universitätsabschluß in kosmologischer Astronomie. Sie hatte im Observatorium auf Ceres gearbeitet, einen Prospektor geheiratet, war verwitwet und hatte den Beruf ihres verstorbenen Mannes angenommen. Der Polizei war nichts Nachteiliges über sie bekannt.

Als Stessl sich die beiden Dossiers seiner Arbeitsakte einverleibt hatte, piepte die Sprechanlage. Er drückte auf den Knopf, und der kleine Bildschirm zeigte einen der Soldaten der Nachrichtenabteilung.

»Eine Mrs. Gallagher ist am Apparat und bittet um einen Termin, Sir. Sie wollten verständigt werden.«

»Ist sie hier in Tycho?«

»Jawohl, Sir.«

Stessl warf einen Blick auf das Chronometer über dem Bildschirm seiner Konsole. »Sie soll sich um dreizehn Uhr dreißig am Haupttor melden. Ich werde sie dort abholen lassen.«

Zwanzig Minuten später saß er hinter einem massiven grauen Metallschreibtisch in einem Konferenzraum des Verwaltungskomplexes. Hinter ihm war ein holographischer Projektionsraum, der die ganze Wand einnahm. Kaum hatte er seine Sachen geordnet, da wurde schon dreimal schnell an die Tür geklopft.

»Herein!«

Die Tür sprang auf, und ein Unteroffizier der Marineinfanterie trat durch und salutierte. »Mrs. Gallagher ist hier, Sir.«

»Führen Sie sie herein, Sergeant.«

Der Marineinfanterist wandte sich zu jemandem im Korridor und sagte: »Der Major erwartet Sie.«

Er trat zur Seite, um Platz zu machen, und eine bekannte Gestalt schritt an ihm vorbei in den Raum. Schneller als beabsichtigt kam Stessl auf die Beine und stieß sich dabei das Schienbein an der Schreibtischkante.

Brea machte große Augen, als sie Stessl erblickte. »Sind Sie Major Stessl?«

Er nickte. »Bin ich. Und Sie müssen Lisas Begleiterin sein.«

»Ja. Brea Gallagher.«

»Wenn ich gewußt hätte, wer Sie sind, hätte ich Wert darauf gelegt, mich früher vorzustellen. Bitte nehmen Sie Platz.«

»Danke, Major.«

»Wo ist Mr. Bailey?«

»Er ist mit dem Schiff zur Kolonie Lagrange unterwegs, um einen Kostenvoranschlag für eine Überholung machen zu lassen. Wenn Ihre Vorladung dieses Notsignal betrifft, so war ich diejenige, die den ganzen Vorgang sah. Don war zum Zeitpunkt des Geschehens achtern in der Kombüse.«

»Möchten Sie eine Tasse Kaffee?«

»Mit Milch und Zucker, bitte.«

Stessl ging zu der kleinen Bar an einem Ende des Konferenzraums und schaltete die Kaffeemaschine ein. Während sie den Kaffee bereitete, nahm er Tassen und abgepackte Portionen Zucker und Kaffeesahne aus dem Thekenschrank, dann füllte er die Tassen mit dampfender schwarzer Flüssigkeit und brachte sie zum Tisch. Eine servierte er Brea, die andere nahm er in die Hand und setzte sich damit auf die Schreibtischkante.

Brea lachte nervös. »Alle Bequemlichkeiten von daheim.«

Sein Lächeln hatte offensichtlich den Zweck, ihr die Befangenheit zu nehmen, und obwohl sie es eigentlich nicht wollte, fühlte sie ein Nachlassen ihrer inneren Anspannung. »Kann ich Ihnen noch etwas bringen?« fragte er.

Sie schüttelte den Kopf.

»Dann wollen wir zur Sache kommen. Warum ließen Sie während der Beobachtung der Lichterscheinung vor fünf Monaten die Hintergrundunterdrückung eingeschaltet?«

Im vergangenen Monat hatte Brea die meisten wachen Augenblicke mit Überlegungen verbracht, was die Friedenssicherungskräfte so interessieren könnte, daß sie nicht davor zurückschreckten, sie durch das halbe Sonnensystem kommen zu lassen. Nun, als die lange und bang erwartete Inquisition endlich begonnen hatte, war sie so erschrocken, daß sie Mühe hatte, eine Antwort hervorzubringen.

»Ist es *das*, worum es hier geht?«

Stessl nickte. »Zum Teil.«

»Ich versuchte ein möglichst gutes Bild des Asteroiden zu bekommen, den wir auf dieser Reise untersuchen wollten. Macht es einen Unterschied?«

Stessl streckte die Hand aus und ließ die Finger über eine Tastatur gehen, die bündig in die Tischplatte eingelassen war. Die Beleuchtung verdämmerte, und hinter ihm leuchtete der große Bildschirm auf. Ein dichtes Sternenfeld füllte die Fläche aus.

»Beobachten Sie die untere Mitte der Wiedergabe.«

Brea sah einen neuen Stern, der durch ein blinkendes rotes Viereck markiert war, in der Masse erscheinen und wieder erlöschen.

»Diese Aufnahme wurde von der Raumüberwachung gemacht, ungefähr zur gleichen Zeit, als Sie dies beobachteten.«

Die Szene veränderte sich. Diesmal war es die Aufzeichnung, die sie von ALF 37416 gemacht hatte. Wieder sah sie den geheimnisvollen Lichtpunkt erscheinen und verschwinden.

»Bemerken Sie einen Unterschied?« fragte Stessl.

Brea nickte. »Wie Sie sagten, war meine Hintergrundunterdrückung eingeschaltet. Meine Aufzeichnung ist frei von den Sternen im Hintergrund. Das ist offensichtlich, nicht?«

»Und zur Zeit der Aufzeichnung? Beobachteten Sie die Lichterscheinung bei Unterdrückung des Hintergrunds oder ohne?«

Brea zögerte. »Ich bin nicht sicher.«

»Denken Sie zurück. Die Tendenz des Asteroidenbildes, zu einer Seite des Bildschirms abzuwandern, legt den Gedanken nahe, daß Sie einen hellen Leitstern gebrauchten, um das Teleskop zentriert zu halten.«

Eine steile Konzentrationsfalte erschien zwischen Breas Augenbrauen. »Ja, das ist richtig, nun fällt es mir wieder ein, da Sie es erwähnen.«

»Erinnern Sie sich, welcher Stern das war?«

Sie schüttelte den Kopf. »Ich glaube, ich wußte es auch damals nicht. Ich richtete das Teleskop auf den

Himmelssektor, wo nach der Berechnung des Computers unser Ziel sein mußte, wählte den hellsten sichtbaren Stern und brachte ihn ins Fadenkreuz des Teleskops.«

»Aber Sie sahen die Lichterscheinung vor einem Sternenfeld?«

»Ich nehme es an, obwohl ich es zu der Zeit nicht bemerkte.«

»Sind Sie sicher?«

»Ja, daran erinnere ich mich deutlich. Ich sah die Lichterscheinung erst, als ich die Aufzeichnung ein paar Minuten später wieder abspielte. Dann war ich so überrascht, daß ich Don Bailey nach vorn rief, um seine Meinung zu hören. Was hat dies alles zu bedeuten?«

»Etwas verursachte diese Lichterscheinung im violetten Spektrum. Ich bin beauftragt, herauszubringen, was es war.«

»Wir dachten, ein Masseumwandler könnte explodiert sein.«

»Aber das nächste Schiff, die *Valiant*, fand keine Spur von einem Wrack, noch ist ein Schiff als vermißt gemeldet worden. Damit bleiben nur zwei Möglichkeiten. Entweder haben wir es mit einem Phänomen weit außerhalb des Sonnensystems zu tun, oder jemand hat irgendwo jenseits des Asteroidengürtels nicht genehmigte Experimente oder Waffenerprobungen durchgeführt.«

»Experimente?«

»Heimliche Waffenerprobungen. Es wäre nicht das erste Mal. Im letzten Jahrhundert testeten die Südafrikaner insgeheim eine Anzahl von Nuklearwaffen, die sie weit draußen vor der Küste Antarktikas zur Explosion brachten. Das Ergebnis, wie wir alle nur zu gut wissen, war der zweite Burenkrieg.«

»Was hat das alles mit mir zu tun?« fragte Brea. Ihr war plötzlich unbehaglich. Sie mußte daran denken, was Bailey über die Leute gesagt hatte, die hinter dem

Schmuggel mit Singularitäten standen. Irgendwie hörte sich die Idee von einem Nukleartest in der Tiefe des Weltraumes sehr einleuchtend an. »Was kann ich Ihnen sagen, was Sie nicht schon wissen?«

»Einer ausgebildeten Astronomin brauche ich sicherlich nicht zu erklären, was eine Triangulation ist. Wenn wir Ihre Sichtung in bezug auf die Fixsterne plazieren können ...«

»... dann können Sie eine Parallaxenmessung vornehmen und daraus den Positionsvektor bestimmen.«

»Richtig.«

»Aber ich erinnere mich nicht, die Sichtung vor einem Sternenfeld gemacht zu haben.«

»Nicht bewußt, wohlgemerkt. Aber unbewußt müssen Sie die Erscheinung gesehen haben. Wir haben eine Anzahl verfeinerter Erinnerungstechniken zu unserer Verfügung. Ich möchte, daß Sie uns erlauben, Ihre Erinnerungen an jenen Tag wachzurufen, um den Ursprung der Lichterscheinung zu triangulieren.«

Brea erschauerte. Die therapeutischen Anwendungen von Drogen und Hypnose waren ihr nicht fremd, hatte Dr. Cranston sie doch nach Gregs Tod an ihr ausprobiert und war gezwungen gewesen, die Behandlung auszusetzen. Alles, an was Brea sich von der Erfahrung erinnerte, waren Alpträume, aus denen sie schreiend erwachte, und das Bild von Gregs blinden Augen, das noch immer frisch in ihrem Gedächtnis brannte. Natürlich war das der geringste der Gründe, warum sie keinen Psychiater an ihr Unterbewußtsein und ihre Erinnerungen heranlassen konnte. Wenn ihr dabei herausrutschte, was sie über die geschmuggelte I-Masse wußte, wäre es der garantierte Freifahrtschein ins Gefängnis.

»Tut mir leid, Major. Die Antwort ist nein.«

»Darf ich fragen, warum?«

Brea nagte an ihrer Unterlippe. Als sie antwortete, wählte sie ihre Worte mit Umsicht. »Vor drei Jahren war ich einem vollständigen Nervenzusammenbruch sehr nahe, weil ich meinen Mann in einem Unfall verloren hatte. Ich habe die seitdem vergangenen Jahre mit dem Versuch zugebracht, mein Leben wieder zu ordnen und eine neue Perspektive zu finden, Barrieren gegen schlimme Erinnerungen zu errichten. Ich werde nicht riskieren, die Wunde wieder aufzureißen.«

»Keine Möglichkeit, daß Sie es sich noch anders überlegen?«

»Tut mir leid, aber das ist eine endgültige Entscheidung.«

Stessl saß auf der Schreibtischkante und beobachtete sie mit berechnendem Blick. »Darf ich Ihnen erläutern, was hier auf dem Spiel steht?«

»Nein, und wenn ich nicht unter Arrest bin, würde ich jetzt gern gehen.«

Er zuckte die Achseln. »Wenn Sie nicht wollen, dann wollen Sie nicht. Das Thema ist damit abgeschlossen. Wie wär's mit einem Essen heute abend?«

Brea lächelte gegen ihren Willen. »Sie haben eine sehr verwirrende Art, das Thema zu wechseln, Major. Tut mir leid, aber ebenfalls nein.«

»Eine abendliche Unterhaltung ist sicherlich nicht zuviel verlangt. Sie wird mir etwas geben, woran ich mich erinnern kann, wenn ich nach Titan strafversetzt werde, das Paradies malerischer Methanschneestürme.«

»Es wird nicht gehen.« Brea schüttelte den Kopf. »Vielleicht mag es Ihnen gelingen, ein Schuldgefühl in mir zu erzeugen, aber Sie werden mich nicht dazu bringen, meine Meinung zu ändern. Also ersparen wir uns beide den Versuch, nicht wahr?«

»Ich verspreche, daß ich diese Geschichte nicht einmal erwähnen werde, es sei denn, Sie würden sie zur Sprache bringen. Pfadfinderehrenwort!«

Brea mußte lächeln, als er drei Finger im Pfadfindergruß hob. »Was würde Ihre Frau dazu sagen?«

»Nichts. Dies läuft unter der Überschrift Unterhaltung und Bewirtung eines Gastes des Direktorats. Außerdem bin ich gegenwärtig nicht verheiratet.«

»Also gut. Lisa und ich müssen essen, nehme ich an.«

»Fein.« Stessl stand mit ihr auf und geleitete sie zur Tür, vor der noch immer der Marineunteroffizier Wache hielt. »Ich werde Sie um achtzehn Uhr in Ihrem Hotel abholen und Ihnen ein wenig von Tycho zeigen, bevor wir essen.«

Brea wandte sich um und folgte dem Unteroffizier. Nach einem halben Dutzend Schritten blickte sie über die Schulter zurück zu Stessl, der noch in der offenen Tür des Konferenzzimmers stand.

»Die Antwort ist immer noch nein, Major!«

Stessl lag mit von sich gestreckten Beinen im Bürosessel vor seinem Holoschirm, als die andere Tür zum Konferenzraum geöffnet wurde. Eine dralle junge Frau und ein Mann mit einem Gelehrtengesicht traten ein und setzten sich an den Konferenztisch.

»Nun, was meinen Sie?«

Gregorio Zapata zog die Brauen hoch und rückte an seiner Brille. »Die Indikatoren schlugen über das Diagramm aus, als Sie den Vorschlag machten, in ihrer Erinnerung herumzufischen. Auf Anhieb würde ich sagen, daß sie etwas zu verbergen hat.«

»Und Sie, Elsbeth?«

Die Militärpsychologin Leutnant Elsbeth Crocker war Stessls andere Assistentin. »Ich muß dem zustimmen, Major. Ihr Persönlichkeitsprofil prophezeite, daß sie emotional reagieren würde, aber nicht annähernd auf der beobachteten Ebene.«

»Dann ist ihr Entschluß, Hypnose oder tiefenpsychologische Behandlung zu vermeiden, unumstößlich?«

»Jedenfalls sehr fest verankert. Wollen Sie sie zwingen?«

»Nicht wenn ich sie überzeugen kann, daß sie sich freiwillig fügt. Vergessen Sie nicht, wir haben hier nur

Priorität Vier, und das wird einem Richter nicht genügen.«

»Sie könnten auf Drei eskalieren«, sagte Zapata.

Stessl schüttelte den Kopf. »Sie ist Nordamerikanerin. Ein Gerichtsbeschluß zur Anwendung unmittelbaren Zwanges würde die Anti-UN-Fraktion im nordamerikanischen Kongreß wieder in Erregung versetzen. Wir werden es tun, wenn wir müssen, aber zuerst versuchen wir es mit Überredung. Hat jemand von Ihnen eine brillante Idee, wie wir diese Brea Gallagher umstimmen können?«

Zapata rieb sich die beginnende kahle Stelle auf seinem Scheitel, eine nervöse Gewohnheit, die gewöhnlich einem Geniestreich vorausging. »Das ist mehr Elsbeths Spezialität als die meine, aber ich habe mir das Profil der Dame angesehen und glaube, daß ich eine Idee habe, die funktionieren könnte.«

8

Als die Stunde des Abendessens näherrückte, hatte Stessl seine Strategie so sorgfältig geplant, als ob er in die Schlacht ziehen wollte – was er in gewisser Weise tat. Er hatte versprochen, daß es keine offene Überredung, keine Argumente und kein Zureden geben würde. Aber das schloß subtilere Methoden nicht aus.

Er kam fünf Minuten zu früh zum Hotel. Das Tycho Terrace war ein Hotel für Geschäftsleute, Vertreter, Ingenieure, Einkäufer und Makler, die häufiger hierher kamen. Es war sauber und ordentlich, aber ohne jede Extravaganz, nicht für Spesenreisende ausgerichtet. Die Nüchternheit erstreckte sich sogar auf das Hotelrestaurant. Algensteak war die Spezialität des Hauses.

Stessls Pläne für den Abend ließen keinen Raum für vernünftige, kostenbewußte Hotels. Seine großen Kanonen sollten in Glanz und Pracht abgefeuert werden. In der Tycho-Basis bedeutete dies das Panorama, berühmt als Wasserstelle für die reichen Müßiggänger und UN-Spesenritter. Stessl konnte es kaum erwarten, Oberstleutnant Jurislawitschs Gesicht zu sehen, wenn er ihm die Rechnung für die Arbeit des Abends präsentierte. Er betrat die kleine Halle des Hotels Tycho Terrace und ließ die Empfangsdame in Breas Zimmer anrufen. Weniger als zwei Minuten später erschienen Brea und Lisa aus einem Seitenkorridor, der zum Untergeschoß führte. Brea hatte sich für den Abend zurechtgemacht und trug einen weißen Hosenanzug mit einer mäßig ausgeschnittenen Bluse, während Lisa einen leichten Pullover mit Weste zu ihrer Hose trug.

»Hallo, Erich, gefällt Ihnen meine Frisur?« Lisa posierte vor ihm und drehte sich einmal im Kreis. Ihr

Haar, länger als Breas, war in einer Weise aufgesteckt, die sie vier Jahre älter aussehen ließ.

»Du bist schön«, sagte er, bevor er sich ihrem Vormund zuwandte. Brea hatte etwas mit ihrem Gesicht gemacht. War sie am Nachmittag einfach und geschäftsmäßig gewesen, so wirkte sie jetzt verlockend. Von den Sorgenfalten und Zeichen von Schlaflosigkeit, die er in der Abflughalle der Kapsel bemerkt hatte, war keine Spur zu sehen. »Sind Sie bereit für einen interessanten Abend in der Stadt?«

»Was haben Sie sich vorgenommen, Major Stessl?«

»Abendessen und Tanz im Panorama. Sie tanzen doch auf Ceres, nicht wahr?«

Brea schüttelte den Kopf. »Die Schwerkraft ist zu gering. Aus einem Tanz würde schnell ein Herumpurzeln im freien Fall.«

Stessl blickte auf seine Uhr. »Unglücklicherweise konnte ich die früheste Tischreservierung erst in zwei Stunden bekommen. Wenn Sie interessiert sind, nehme ich Sie und Lisa zu dem Rundgang mit, den ich Ihnen am Nachmittag versprach.«

»Das wäre sehr hübsch.«

Stessl glaubte eine Andeutung von echtem Interesse hinter ihrer wachsamen Annahme seines Angebots auszumachen.

Ihr erster Aufenthalt war die Operationszentrale, wo sie vom diensthabenden Offizier, Hauptmann Noguchi von der Nachrichtenabteilung, zu einem verglasten Balkon geführt wurden, der Ausblick über Hunderte von Konsolen bot.

»Dies ist unsere Überwachungszentrale für die Verbotszone Erde-Mond«, begann Noguchi mit einer ausholenden Handbewegung. »Die Verbotszone erstreckt sich vom Erdmittelpunkt eine halbe Million Kilometer hinaus in alle Richtungen. Es ist ein enormer Raum, der überwacht werden muß... Manche sagen, ein unmöglich großer Raum. Die Männer, die hier arbeiten, sind verantwortlich für die Überwachung aller Vorgänge von militärischem Interesse innerhalb eines Raumvolumens, das zehn hoch achtzehn Kubikkilometer mißt. Natürlich wird die meiste Arbeit von Instrumenten und Computern geleistet, aber manchmal bedürfen sie menschlicher Anleitung. Wenn Sie mit mir kommen wollen, werde ich Ihnen zeigen, was geschieht, wenn einer unserer eisernen Denker anfängt, um Hilfe zu rufen.«

Der kleinwüchsige Offizier führte sie durch einen Korridor in einen abgedunkelten Raum, der einem mit Computerterminals gefüllten Klassenzimmer ähnelte. Stessl setzte Lisa auf einen der Plätze und setzte sich selbst auf den Platz des Instrukteurs. Rasch programmierte er ein Potpourri interessanter Ansichten von Mutter Erde, die Noguchi kommentierte. Nachdem eine Anzahl dieser Ansichten über den Bildschirm gegangen war, blickte Stessl auf und begegnete Breas Augen. Er zwinkerte und machte die Mundbewegungen der Worte: »Passen Sie auf!«

Seine Finger tanzten über die Tasten, als er aus dem Gedächtnis sein Unterprogramm mit dem Zoomeffekt abrief. Als er es hatte, schaltete er sich in Lisas Kreis ein und drückte die Starttaste. Ein entsetztes Quietschen belohnte ihn, und Lisa sprang so heftig zurück, daß sie vom Stuhl flog. Noguchi fing sie auf, bevor sie von einem der anderen Tische und Terminals abprallen konnte, und die drei Erwachsenen brachen in Gelächter aus.

Stessl stand von seiner Konsole auf und lächelte begütigend. »Ziemlich eindrucksvoll, nicht?«

Lisa, die den Schock noch nicht überwunden hatte, konnte nur nicken. Als nächstes auf der Tagesordnung waren die Geschäfte, Laboratorien und Büros des Direktorats für Friedenssicherung. Brea blieb während des Rundgangs reserviert, während Lisas Interesse von Minute zu Minute wuchs. Schließlich blickte Stessl auf die Armbanduhr. »Es ist beinahe halb acht. Ist schon jemand hungrig?«

»Ein wenig«, sagte Brea.

»Gut. Eine letzte Station, und wir lassen es damit bewenden.«

Er führte sie zu einem kleinen geschlossenen Wagen und ließ Lisa auf den Vordersitz, während er und Brea die Rücksitze nahmen. Es war ziemlich eng, und er fühlte sich von Breas Arm, der an seinen gedrückt war, wie elektrisiert. Ihr Parfüm tat ein übriges, um ihn an den Rand seiner Fassung zu bringen.

Er drückte den Startknopf, und der Wagen beschleunigte auf einer Schiene, die in einen engen Tunnel führte. Innerhalb von Sekunden schossen die Lichter des in den lunaren Basalt geschnittenen Tunnels mit 150 km/h vorüber. Nach fünf Minuten bremste der Wagen und kam in einer Station zum Stillstand, die jener, welche sie gerade verlassen hatten, vollkommen gleich war.

Stessl öffnete die Haube. »Willkommen in der Akademie des Direktorats, meine Damen. Hier findet die Ausbildung aller Bewerber statt, die sich für den Dienst bei der Friedenssicherung entschieden haben.«

Er half Brea und danach Lisa aus dem kleinen Fahrzeug und führte sie durch einen weiteren langen Korridor, wo ihnen ernst und verantwortungsbewußt blickende junge Männer und Frauen mit den Sternen von Offiziersanwärtern auf den Achselstücken begegneten. Schließlich gelangten sie vor eine massive Luftschleuse.

»Hier durch«, sagte er und ging voran. Der Mechanismus schlug metallisch hinter ihnen zu, und die Geräusche von Maschinerien wurden begleitet vom Zischen des Druckausgleichs. Ein Manometer zeigte den Druckabfall an, bis er weniger als die halbe Atmosphäre betrug, die in den meisten Lunarstationen üblich war. Alle drei gähnten nach Kräften, um ihre Ohren freizubekommen. Dann wurde die innere Tür geöffnet.

Sie befanden sich in einer weiten Höhle, die von einem umfangreichen Labyrinth ausgefüllt war. Dieses Labyrinth, aus drei Meter hohen Wänden konstruiert, lag nach oben offen unter dem hohen Höhlendach. Dort, fünfzig Meter über ihren Köpfen, hingen Flutlichtlampen. Die ganze Höhle war voll von Maschinerie. Brea versuchte die Abmessungen des Raumes zu schätzen. Er war mindestens zehnmal so groß wie die Operationszentrale.

»Was ist das hier?« fragte sie.

»Früher waren hier große Eisablagerungen. Nachdem das Eis abgebaut war, übernahm das Direktorat die Höhle als Teil des Akademiekomplexes. Heute beherbergt sie das Kriegsmuseum der Akademie, die umfangreichste Sammlung von Waffen im Sonnensystem.«

»Ich dachte, die Friedenssicherungskräfte sollten Krieg verhüten?«

Stessl nickte. »So steht es in unserer Gründungsurkunde.«

»Ist diese Schrottsammlung dann nicht etwas unpassend?«

»Keineswegs. Die Polizei studiert das Verbrechen, die Mediziner studieren Krankheiten, und wir studieren den Krieg. Schließlich ist Krieg, historisch gesehen, der Lieblingssport unserer Spezies.«

»Das klingt ein wenig melodramatisch.«

»Es ist eine einfache Feststellung von Tatsachen. Die menschliche Natur verändert sich niemals wirklich, wissen Sie. Unser Erbe ist von den Kriegern Elams, Assurs und Spartas, von den römischen Legionären über die Landsknechte des späten Mittelalters und die Bürgersoldaten der zwei Weltkriege auf uns gekommen. Glauben Sie wirklich, daß die Abkömmlinge von dreitausend Generationen Wölfen plötzlich zu Schafen geworden seien?

Gewiß, wir haben unsere Sache soweit nicht schlecht gemacht, besser, als die meisten Leute von uns erwarteten. In den hundertzwanzig Jahren seit der ersten Atombombe sind wir nur einmal der Vernichtung wirklich nahe gekommen. Das ist kein schlechtes Zeugnis. Aber wir müssen langfristig denken. Können wir Ragnarök weitere zwölf Jahrzehnte verhindern? Und wie ist es mit zwölf Jahrhunderten oder zwölf Jahrtausenden?«

Lisa räusperte sich. »Sind in den Friedenssicherungskräften alle so pessimistisch wie Sie, Major Stessl?«

Stessl schüttelte den Kopf. »Im Gegenteil, ich bin ein Optimist, jemand, der glaubt, daß ein anderer Faktor in die Gleichung hineingekommen ist, einer, der uns doch noch retten wird – wenn wir ihn lassen. Wenn wir unsere gewalttätige Natur noch weitere hundert Jahre in Schach halten können, sollten wir sicher sein.«

»Was wird in hundert Jahren sein?«

»Wenn wir Glück haben, werden wir zu den Sternen vordringen. Jetzt sind wir in einer kritischen Phase. Die Menschheit lebt noch immer zusammengedrängt auf und um einen einzigen Planeten. Ein großer Krieg könnte uns alle auslöschen. Sogar eine große Naturkatastrophe könnte einen bedeutenden Teil der Menschheit auslöschen. Es ist eine ihrem Wesen nach instabile Situation.

Aber bedenken Sie, was geschieht, wenn wir endlich die Einsteinbarriere überwinden! In ein paar Jahrzehnten würden wir uns so weit ausgebreitet haben, daß keine Einzelkatastrophe – weder Krieg noch Überflutung, nicht einmal die sehr unwahrscheinliche Explosion der alten Sonne – die Menschheit als Ganzes wird vernichten können. Aber bis zu jenen fernen Tagen werden wir streitsüchtigen Menschen von einer allgemein anerkannten Instanz daran gehindert werden, unserem blutigen Hobby nachzugehen. Das ist indirekt der Zweck dieses Museums. Es soll unsere Offiziersanwärter daran erinnern, welche Verantwortung sie für die Menschheit übernehmen.«

Stessl hatte bemerkt, daß Lisas Aufmerksamkeit während der Ansprache, die er den ganzen Nachmittag eingeübt hatte, abgeschweift war. Die letzte Minute hatte sie damit verbracht, daß sie mit offenem Mund und in den Nacken gelegtem Kopf zu einer massiv gepanzerten Maschine aufblickte, die an Stahlkabeln von der Höhlendecke hing.

»Was ist das?«

Stessl wandte sich um und folgte mit dem Blick ihrem Fingerzeig, froh, das Thema wechseln zu können. Er hatte die Samenkörner gepflanzt, und nun mußte er ihnen Zeit lassen, ohne Störung eine Weile zu wachsen. »Das ist eine Laser-Gefechtsstation der alten Herkules-Klasse. Der Zylinder birgt einen dynamischen Wasserstoff-Fluorgas-Laser; das runde Gehäuse daneben ist die gepanzerte Gefechtsstation mit den Bedienungselementen. Die Station, die wir hier sehen, ist der Satellit Alpha-Neun der Friedenssicherung. Mein Großvater diente an Bord dieser Anlage.«

»Ihr Großvater?« fragte Brea.

Er nickte. »Wir Stessls sind eine Familie mit einer langen militärischen Tradition. Ich bin schon die dritte Generation in der Friedenssicherung.« Er blickte wieder auf seine Armbanduhr. »Wir müssen uns beeilen, wenn wir rechtzeitig zum Abendessen kommen wollen. Ich dachte, Sie würden gern einen kurzen Blick auf die Dinge werfen, die das Museum zu bieten hat. Dann, wenn Sie interessiert sind, werde ich für morgen, wenn wir mehr Zeit haben werden, einen längeren Besuch arrangieren.«

Er führte sie rasch durch die verschiedenen Galerien und Gänge des Labyrinths, die jeweils bestimmten Themenkreisen zugeordnet waren. Eine Abteilung war auf Hieb- und Stichwaffen spezialisiert, die in ihren zahllosen Variationen gezeigt wurden. Eine andere enthielt

Rüstungen und Körperpanzer. Als sie sich dem äußeren Perimeter der Höhle näherten, wurde das ausgestellte Waffenarsenal moderner. Auf einer Galerie stand ein hundertfünfzig Jahre alter Doppeldecker aus Holz und Stoff neben einem stromlinienförmigen Überschallbomber, der nicht viel jünger war. Die frühen Weltraumwaffen standen im Mittelpunkt einer weiteren Ausstellung. Mehrere alte Spionagesatelliten flankierten eine der frühesten – und überraschend kleinen – Abfangraketen. Und außerhalb einer Galerie, die durch geschlossene Türen abgetrennt war, waren russische und amerikanische Laserkampfstationen aus der Zeit des abgebrochenen Atomkrieges ausgestellt.

Lisa zeigte zum geschlossenen Eingang der Galerie. »Was ist da drinnen?«

»Das wird nichts für dich sein.«

»Warum nicht?«

»Warum dir den Appetit verderben?«

Brea lachte. »Sagen Sie ihr lieber alles, Major. Ich kenne diesen Blick. Sie haben sie erst richtig neugierig gemacht.«

Er seufzte. »Diese Galerie ist dem abgebrochenen Atomkrieg gewidmet. Nicht alle nuklearen Gefechtsköpfe wurden noch im Weltraum abgefangen und zerstört, wissen Sie. Einige kamen durch. Und eine atomar verwüstete Stadt ist ein entsetzlicher Anblick und ganz gewiß nichts, was man einem zwölfjährigen Mädchen zeigen sollte.«

»Ich bin alt genug! Sie können mich nicht bange machen.«

»Ich glaube, wir sollten diese Abteilung lieber übergehen, Lisa.«

»Ich will sie sehen. Du doch auch, nicht wahr, Brea?«

Stessl sah Brea mit hochgezogenen Brauen an.

Sie biß sich auf die Unterlippe, offensichtlich hin- und hergerissen von ihrer Abneigung gegen das Thema der Ausstellung und dem Bedürfnis, Stessl zu zeigen, daß sie weder ein Angsthase noch ein schüchternes Pflänzchen war. Die Stille zog sich unangenehm in die Länge, bis sie endlich die Schultern straffte und ihm ins Auge sah.

»Lisa und ich würden die Ausstellung gern sehen, Major.«

Er hob die Schultern. »In Ordnung, aber sagen Sie nachher nicht, ich hätte Sie nicht gewarnt.«

Trotz aller Anstrengungen des Personals verlief das Abendessen in gedrückter Stimmung. Brea und Lisa standen noch unter der Schockwirkung der Bilder, die sie im Museum gesehen hatten. Brea gab es ungern zu, aber Stessl hatte recht gehabt. Es waren Bilder, die man einem zwölfjährigen Mädchen nicht zeigen sollte.

Dennoch war Lisa die erste, die sich von dem Schock erholte und ihr normales munteres Wesen wiederfand, noch bevor die Nachspeise serviert wurde. Brea war weniger widerstandsfähig. Sie kam nicht über den Anblick des verbrannten Kindes hinweg, das noch im Tod seinen verkohlten kleinen Hund in den Armen hielt. Oder den Anblick eines Schulhofes im Randbereich der Explosion eines Fusionsgefechtskopfes. Sie konnte den Anblick der zuhauf liegenden Opfer nicht aus dem Bewußtsein verbannen.

Wer diese kleine Sammlung von Schreckensbildern zusammengestellt hatte, konnte nicht das geringste Mitgefühl mit jenen gehabt haben, die sie betrachten würden. Die meisten Aufnahmen waren ohne erklärende Bildunterschrift und überließen es dem Betrachter, zu erraten, ob sie in Moskau, Pittsburgh, Hankau, Wolgograd, Seattle oder Belgrad entstanden waren. Die Ausstellung enthielt Bilder aus jeder der fünfzehn Städte, die das Unglück gehabt hatten, Ziel der ›wenigen Gefechtsköpfe, die durchkamen‹ gewesen zu sein.

Als Stessl mit ihnen ins Kriegsmuseum gegangen

war, hatte Brea gedacht, die Friedenssicherungstruppe glorifiziere gerade das, was zu verhüten sie beauftragt waren. Nach dem Anblick der vor siebzig Jahren aufgenommenen Bilder erkannte sie, daß es an einer solchen Massenvernichtung durch anonyme Fernwaffen nichts zu verherrlichen gab. Ein Frösteln überlief sie, als sie zu Lisa schaute, die sich von Stessl Tanzschritte beibringen ließ und vergnügt über ihre Ungeschicklichkeit lachte. Während sie mit sich rang, um ihre Gefühle unter Kontrolle zu bringen, betrachtete sie gleichzeitig ihr Dilemma.

Die Lichterscheinung im Sternbild Aquila war sowohl geheimnisvoll wie auch potentiell bedeutsam. Nach dem Museumsbesuch hoffte sie von ganzem Herzen, daß das beobachtete Ereignis nichts weiter gewesen sei als eine Kollision von zwei namenlosen kleinen Himmelskörpern, toten Gesteinsbrocken, die einander zufällig in die Quere gekommen waren. Aber die Astronomin in ihr glaubte nicht daran. Die einleuchtendste Erklärung war, daß jemand eine Waffe erprobt hatte, die dafür bestimmt war, Großstädte zu vernichten und ihre Bewohner zu töten, gerade so, wie sie es auf den dokumentarischen Fotos gesehen hatte.

Zum erstenmal glaubte Brea die Motivation der Friedenssicherungstruppe zu verstehen. Sie war noch in diese Überlegungen vertieft, als Stessl und Lisa an den Tisch zurückkamen. Sie lachten.

»Hast du mich tanzen sehen, Brea?«

»Ja, Schatz.«

»Du solltest es versuchen, es macht Spaß! Erich hat versprochen, mir noch mehr Tanzschritte zu zeigen.«

»Wenn du lernen willst, bist du hier richtig«, erwiderte Stessl. »Ein Sechstel Erdschwere läßt jeden beim Tanzen gut aussehen, sogar mich und meine beiden linken Füße.«

»Vielleicht würde der Major mit mir tanzen?« sagte Brea.

Stessl legte eine Hand an den Gürtel und verbeugte sich. »Mit Vergnügen.«

Sie ließ sich zur Mitte der Tanzfläche führen und in seine Arme nehmen und überließ sich dem Takt der Musik. Es war Jahre her, seit sie zuletzt getanzt hatte, aber ihr Körper erinnerte sich schon nach den ersten Takten der richtigen Bewegungen. Stessl sagte nichts, als er sie mit raumgreifenden, gleitenden Schritten in die Drehungen eines langsamen Walzers führte. Schließlich öffnete sie die Augen und blickte ihn gerade an.

»Sie hatten es alles geplant, nicht wahr?«

»Was geplant?«

»Sie manövrierten mich in diese schreckliche Fotoausstellung im Museum?«

Er zögerte ein wenig zu lange, dann nickte er. »Schuldig im Sinne der Anklage. Wir haben Ihr Dossier, einschließlich des psychometrischen Diagramms und Ihrer Persönlichkeitsanalyse. Einer meiner Assistenten wies darauf hin, daß Sie es zutiefst bedauert hätten, vor dem Tode Ihres Mannes kein Kind bekommen zu haben. Die Folge davon sei, daß Sie eine Schwäche für Kinder hätten. Ich sorgte dafür, daß die Fotoausstellung über den abgebrochenen Krieg – sagen wir – verstärkt wurde.«

»Dann war es alles Propaganda?«

Er nickte. »In gewisser Weise. Aber wir erfanden diese Szenen nicht, noch handelt es sich um gestellte oder gefälschte Aufnahmen. Alle sind authentisch. Das Direktorat hat Tausende von Dokumentarfotos jener Zeit im Archiv, zur Schande unserer Gattung, muß man sagen. Es war nur eine Frage der entsprechenden Ergänzung.«

»Und wenn ich mich noch immer weigere, Ihnen zu helfen?«

»Ich hoffe, daß Sie es nicht tun werden.«

Brea zögerte, noch immer gehemmt durch das Wissen, was geschehen könnte, wenn sie ihr Geheimnis verriet. Sie verwünschte Bailey, daß er sie in diese Zwangslage gebracht hatte, und sich selbst, daß sie auf seinen Plan eingegangen war. Sie holte tief Luft und blieb stehen. Auch Stessl hörte auf zu tanzen und ließ die Hände sinken. Zehn lange Sekunden sagte sie nichts. »Ich möchte das nicht tun«, sagte sie, und Tränen kamen ihr in die Augen.

»Es ist Ihre Entscheidung.«

»Sie wissen recht gut, daß ich meine Entscheidungsfreiheit verlor, als Sie mich in diese Fotoausstellung lockten!«

Er seufzte und zog sie an sich, tröstete sie, wie man ein ratloses Kind tröstet.

»Ja, ich weiß«, sagte er leise.

9

Brea Gallagher regte sich, öffnete die Augen in der Dunkelheit und richtete sich im Bett auf. Sowie sie saß, ging die Deckenbeleuchtung an. Sie zwinkerte Tränen aus den Augen und blickte umher. Sie saß in einem schmalen Bett, flankiert von komplizierten Geräten in einem Raum, der ganz in weichem Pastellgrün gehalten war. Zuerst fiel es ihr schwer, sich zu erinnern, wo sie war.

Es war die Medizinische Abteilung der Tycho-Basis. Man hatte sie in ein kleines Laboratorium gebracht und in einen Stuhl komplimentiert, der verstellbar war und sich nicht sehr von ihrer Beschleunigungscouch an Bord der *Liars Luck* oder dem Behandlungsstuhl eines Zahnarztes unterschied. Sie hatte sehr bequem darin gesessen, und wenn ihr nicht das helle Licht in die Augen geschienen hätte, wäre sie gleich eingeschlafen. Das war dann auch geschehen, als sie der eintönigen Stimme eines kahlköpfigen kleinen Mannes gelauscht hatte, der ihr vorher mit einer Injektion zu Leibe gerückt war.

Danach erinnerte sie sich an nichts mehr.

Sie merkte, daß sie die Decke unbewußt mit beiden Händen an sich drückte. Ein Blick unter die Decke zeigte ihr, daß sie nur ihre Unterwäsche trug. Ihr Overall hing in einem offenen Wandschrank, ihre Stiefel standen darunter. Ihre Gürteltasche lag auf einem Stuhl am Fuß des Bettes, zusammen mit ihren Toilettenartikeln. Sie stand auf und zog sich an. Als sie sich kämmte, klopfte es leise. Ohne ihre Antwort abzuwarten, steckte Lisa den Kopf durch die halbgeöffnete Tür.

»Bist du angezogen, Brea?«

»Komm nur herein.«

»Puh, ich dachte schon, du würdest nie mehr aufwachen! Vier Stunden hat es gedauert!«

»Warst du dabei, als sie mich fragten?«

Lisa nickte.

»Was fragten sie?«

»Lauter technisches Zeug über die Sichtung. Sie zeigten dir eine Menge Bilder von Sternen, und du zeigtest mit einem Laser auf den Punkt, wo du den Lichtblitz glaubtest gesehen zu haben. Du mußt es fünfzigmal oder mehr gemacht haben.«

»Sonst nichts? Habe ich über unsere Reise hierher geredet?«

»Nein, du redetest nur über die Lichterscheinung.«

Brea war mitten in einem tiefen Seufzer der Erleichterung, als es wieder an die Tür klopfte.

Diesmal war es Erich Stessl, ein Dutzend rote Rosen in einer Hand und eine Kassette in der anderen. »Friedensangebot.« Er überreichte ihr die Blumen. »Ist mir vergeben?«

»Ja«, sagte Brea, überrascht, daß es ihr Ernst war.

»Das ist eine Aufzeichnung der Sitzung«, sagte er und gab ihr die würfelförmige Kassette. »Sie werden finden, daß wir Ihre Privatsphäre respektiert haben.«

Brea nickte. »Das hat Lisa mir gesagt. Bekamen Sie, was Sie wollten?«

»Ja. Es sollte nicht allzu schwierig sein, Ihre Daten auf einen Positionsvektor zu reduzieren.«

»Werde ich erfahren, was dabei herauskommt?«

Stessl schlug verlegen den Blick nieder. »Ich fürchte, das wird nicht möglich sein. Sicherheitsbestimmungen, wissen Sie.«

»Das wär's dann also. Sie benötigen mich nicht mehr?«

»Das wär's. Das Direktorat dankt Ihnen und würde es als eine Ehre betrachten, wenn Sie uns erlauben, Ihre Spesen während des Aufenthalts auf der Erde zu bezahlen. Sie haben auch meinen persönlichen Dank.«

Brea seufzte. Nun, da sie die Feuerprobe hinter sich hatte, war es beinahe enttäuschend. Sie schnallte den Gürtel um und wandte sich zu Lisa. »Laß uns gehen, Schatz. Die Erde wartet. Erster Aufenthalt: Hawaii, und ein Bad im Ozean.«

Lisa sah sie mit großen Augen an, Entsetzen im jungen Gesicht. »Überall naß werden? Bist du verrückt?«

Menschen schoben sich lachend und scherzend durch die Straßen des Dorfes, als Don Bailey sich durch die Menge zu dem Café arbeitete, das sein Ziel war. Einen Kilometer über ihm tanzte ein pyrotechnisches Lichtspektakel um den zentralen Kern der Station *Galilei* und beleuchtete das Schachbrettmuster von Gehöften und Dörfern, das die dreißig Quadratkilometer innerer Oberfläche des gigantischen Zylinders sprenkelte. Der verwirrende Effekt wurde noch verstärkt durch den Umstand, daß die riesigen Spiegel, welche die Pole des Habitats schmückten, so geschwenkt worden waren, daß sie die Schwärze des Raumes anstelle des Sonnenlichts reflektierten. Es war Nacht geworden.

Bailey wurde mehrmals von übermütigen Feiernden aufgehalten, die ihn am Hemd zogen und Flaschen an den Mund hielten oder sich sogar zu einem schnellen Kuß in seine Arme warfen. Die Flaschen lehnte er ab. Den Frauen war er gefällig und erwiderte das jeweilige Maß an Inbrunst, das er in der Umarmung fand, ging aber jedesmal sofort weiter.

Nach außen hin lächelte er allen zu, die ihm in den Weg kamen, aber innerlich kochte er. Seine Ankunft, gerade zum Beginn des Karnevals, hätte nicht ungünstiger fallen können. Das jährliche Karnevalsfest der Bewohner *Galileis* machte es vierfach schwierig, sein Geschäft abzuschließen. Die meisten Gemeinschaften im Raum hatten den jährlichen Karneval als ein Mittel übernommen, den Dauerstress zu kompensieren, der mit dem Leben in einer Sardinenbüchse verbunden war. Aber niemand feierte ihn so enthusiastisch wie die Lagrange-Leute ihren Mardi Gras. Bailey hatte angenehme Erinnerungen an eine Zeit vor zwanzig Jahren, als er während des Karnevals an Bord der Station *Kopernikus* gewesen war. Da hatte es ein Mädchen mit karamelfarbener Haut und Augen gegeben, die große braune Tümpel waren, ein Mädchen, das eine zu hohe Meinung von Leuten aus dem Asteroidengürtel gehabt hatte. Bailey hatte eine ganze Woche mit dem Versuch verbracht, ihren Erwartungen gerecht zu werden, was sich aber schließlich als unmöglich herausgestellt hatte. Trotzdem hätte er bereitwillig die nächsten drei Tage mit der Suche nach einer Wiederbelebung jener vergangenen Freuden verbracht, wenn sein Schiff nicht etwas in seinem Bauch verborgen hätte.

Die geschmuggelte Singularität war der Grund, daß er sich jetzt zielbewußt durch die Menge der Feiernden arbeitete. In dem kleinen Café, das sein Ziel war, sollte die Lieferung der Ware vereinbart werden. Das Café lag in der Mitte eines kleinen Parks, in dem es Trauerweiden und einen sorgfältig gepflegten Rasen gab. Wegen des Karnevals hatte die Zivilverwaltung die drakonischen Vorschriften, die das Betreten der Rasenfläche verboten, vorübergehend außer Kraft gesetzt, und der Park war voll von Paaren, die Arm in Arm spazierengingen oder mit intimeren Formen des Kontakts beschäftigt waren.

Bailey fand einen freien Tisch und bestellte einen Wodka. Während er wartete, machte er es sich bequem und ließ die gewaltige Größe der Station auf sich einwirken. Wie die galileische Handelskammer gern hervorhob, war die ›Kaffeekanne‹ um ihn das größte jemals von Menschen konstruierte Objekt. Zwei Kilometer im Durchmesser und fünf Kilometer lang, hatte der Zylinder neun Ebenen von Büros, Lagerhäusern, Fertigungsstätten und Dienstleistungseinrichtungen unter dem innersten Deck, wo er jetzt saß. Der größte Teil des Habitats diente als Wohn- und Einkaufsstadt und landwirtschaftliches Nutzland für eine Bevölkerung, die zum Teil in Hilfsstationen in benachbarten Umlaufbahnen beschäftigt waren. Zu diesen gehörte das Direktorat der UN-Raumüberwachung und drei Kraftwerke von je einer Million Megawatt Leistung. Ein viertes befand sich einige hundert Kilometer vor der Station in derselben Umlaufbahn in Bau, und die Bauarbeiter verbrachten ihre Wochenenden in der zylindrischen Himmelsstadt, um auf Schürzenjagd zu gehen, sich zu betrinken und – was sich zwanglos daraus ergab –Wirtshausschlägereien zu veranstalten.

Liars Luck hatte in einem der Docks festgemacht, die um das Kraftwerk Beta angeordnet waren. Die Überholung sollte beginnen, sobald die Arbeiter von ihren Mardi-Gras-Katern genesen wären.

»Ah, Don Bailey! Lange nicht gesehen!«

Er blickte von seinem Getränk auf und sah einen Mann am Tisch stehen, der ein Lächeln auf den Lippen und einen wachsamen Ausdruck in den Augen hatte. Das Gesicht war ihm fremd.

»Hallo«, sagte Bailey. »Ich nehme an, ich sollte mich an Ihren Namen erinnern …«

»Keine Ursache, Mr. Bailey. Als wir letztes Mal zusammenkamen, war ich erst zwölf. Ich bin Angai Yahaya.«

»Richtig, Angai! Setzen Sie sich und bewundern Sie das Lichtspektakel.«

Yahaya zog einen Stuhl heran und folgte der Aufforderung. Er vergeudete keine Zeit damit, zum Himmel aufzublicken, sondern lehnte sich näher und flüsterte Bailey zu: »Haben Sie etwas für mich?«

Bailey nickte kaum wahrnehmbar, während er vorgab, von seinem Wodka zu nippen.

»Gut. Irgendwelche Schwierigkeiten?«

»Nicht mit den Behörden. Aber es war verdammt schwierig, mein Schiff vom Mond hierher zu bringen. Ich werde mich beglückwünschen, wenn ich wieder ein Schiff habe, das im Gleichgewicht ist.«

»Wenn Sie keine Schwierigkeiten von seiten der Behörden hatten, warum machten Sie dann Zwischenstation auf dem Mond? Und warum ist Ihre Partnerin jetzt Gast der Friedenssicherung in der Tycho-Basis?« Ein starres Lächeln lag auf Yahayas Zügen, das von seinem argwöhnischen Blick Lügen gestraft wurde.

Bailey nahm einen kleinen Schluck von seinem Wodka und blickte Yahaya in die Augen, bis der andere wegsah. Dann erst erläuterte er mit knappen Worten die Vorladung, die er und Brea kurz vor ihrem Start erhalten hatten.

»Zumindest eine phantasievolle Geschichte.«

Bailey zuckte die Achseln. »Es ist die Wahrheit.«

»Ich muß Sie warnen, Mr. Bailey. Wenn Sie uns betrogen haben, werden Sie nicht lange genug leben, um Ihr Blutgeld auszugeben. Wir haben Agenten, die über die Einhaltung unserer Vereinbarungen wachen.«

»Was gibt es sonst Neues?«

»Solange Sie verstehen, daß wir tun werden, was wir versprechen ...«

»Drohung erhalten und verstanden. Können wir jetzt weitermachen?«

Yahaya nickte. »Selbstverständlich. Was ist Ihr Zugangscode, Mr. Bailey?«

»Ich glaube, es wurde von Zahlung vor Ablieferung gesprochen.«

»Natürlich.« Yahaya zog eine kleine Plastikkarte aus der Tasche und gab sie Bailey, der sie in sein neues Taschentelefon steckte. Nachdem Bailey ein Dutzend Zahlen in die Tastatur des Telefons getippt hatte, begann eine Serie von Nummern über das kleine Anzeigefeld zu kriechen. Er beobachtete die Abfolge aufmerksam, bis sie vollständig war.

»Zufriedenstellend?« fragte Yahaya.

»Ja«, erwiderte Bailey, schaltete das Telefon aus und steckte die Karte in eine Innentasche.

»Nun, wie ist die Kombination für die Wartungsluke Ihres Schiffes?«

Bailey nannte eine Zahlenreihe, die Yahaya in sein Telefon drückte. Als er damit fertig war, blickte er ein Dutzend Herzschläge auf das Gerät, bis es leise piepte.

»Auch in Ordnung, Mr. Bailey. Ich glaube, damit ist unser Geschäft abgewickelt. Trinken Sie noch ein Glas mit mir, um es zu feiern?«

»Mit Vergnügen.« Yahaya winkte der Kellnerin und bestellte zwei weitere Wodkas.

»Soviel ich weiß, stammen Sie aus Kapstadt, Mr. Bailey. Das macht uns zu Landsleuten, wissen Sie. Ich bin in der Township Molobu aufgewachsen, nördlich von Johannesburg.«

Bailey nickte. »Als Sie den Mund aufmachten, fing ich einen anglo-afrikanischen Akzent auf. Ich bekam ein bißchen Heimweh.«

»Haben Sie jemals an Heimkehr gedacht?«

»Wozu?«

»Haben Sie keine Familie?«

»Keine mehr.«

»Vielleicht sollten Sie dann eine Pilgerfahrt in die Heimat machen, um das Bewußtsein Ihrer Ursprünge zu erneuern. Jeder braucht einen Ort, dem er sich zugehörig fühlt, eine Heimat, wo er weiß: Hier bin ich zu Hause. Und Sie waren zu lange fort von Ihrem Heimatland. Ein erfahrener Raumpilot wie Sie würde besonders willkommen sein, ungeachtet seiner Hautfarbe.«

Bailey kratzte sich am Kopf. »Ich verließ Südafrika vor vierzig Jahren, weil ich dort keine Zukunftschancen für mich sah. Soweit ich sehe, hat sich seit damals nicht allzuviel verändert.«

»Erlauben Sie, anderer Meinung zu sein, Mr. Bailey. In Ihrer Jugend waren die schwarzen und braunen Völker der Erde damit beschäftigt, die letzten Reste des weißen Kolonialismus abzuschütteln. Inzwischen haben wir unseren rechtschaffenen Kampf gewonnen und schreiten heute aufrecht. Wir sind von euch Weißen nicht mehr nur geduldet, sondern verlangen volle Gleichberechtigung. Das schließt unseren gerechten Anteil an den Reichtümern des Raumes mit ein.«

»Und was bedeutet das?«

»Es bedeutet, daß Panafrika ausgebildete und erfahrene Raumpiloten braucht, wenn es beanspruchen will, was von Rechts wegen ihm gehört.«

»Und deshalb sammeln Sie unregistrierte I-Massen?«

»Das geht Sie nichts an.« Yahaya trank sein Glas aus und sah auf die Armbanduhr, bevor er eine Geschäftskarte aus der Tasche zog und Bailey gab. »Ich fürchte, ich muß gehen. Denken Sie darüber nach, was ich Ihnen sagte. Sollten Sie Ihre Meinung ändern, rufen Sie diese Nummer an und verlangen Sie Oberst M'Buto.« Damit stand er auf, machte kehrt und verschwand in der Menge der Feiernden.

Erich Stessl saß an seiner Konsole und schaute verdrießlich drein. Die Antwort, die er seit vier Wochen gesucht hatte, war vor ihm im grünen Leuchtfeld des Bildschirms. Es hatte nur Minuten in Anspruch genommen, um Brea Gallaghers Daten zu einem Positionsvektor zu verdichten, und weitere Minuten, um die genaue Position des geheimnisvollen Aufleuchtens zu bestimmen. Daß die Antwort ihm nach so vielen Enttäuschungen in den Schoß gefallen war, erzeugte ein Gefühl von Unwirklichkeit. Es war ein Gefühl, das sich noch verstärkte, als er die Positionskoordinaten der Explosion las (oder was immer es war), die zu einem knapp zehn Sekunden langen Ausbruch von Licht im violetten Spektrum geführt hatte.

Stessl rief eine Liste der Triangulationen ab, die Gregorio Zapata ausgearbeitet hatte. Er hoffte irgendeinen Fehler zu entdecken – einen Veränderlichen mit Doppelnamen oder ein falsches Zeichen an entscheidender Stelle. Aber nein, das verdammte Programm war zu kurz, als daß Gregorio solch einen offensichtlichen Fehler hätte machen können. Alles stimmte bis zur vierundsechzigsten Dezimalstelle. Er nahm eine kurze Überprüfung vor, indem er die parallaxen Daten für Barnards Stern eingab.

Das Ergebnis bestätigte, daß Zapatas Programm in Ordnung war. Das führte ihn zurück zum selben Dilemma. Das Programm war in Ordnung. Brea Gallaghers Daten stimmten. Die Positionsdaten der Raumüberwachung stimmten. Das einzige, was nicht stimmte, war die Antwort. Wenn man der Berechnung glauben konnte, dann war das ›Etwas‹, das die geheimnisvolle Lichterscheinung verursacht hatte, etwa fünftausend astronomische Einheiten draußen im Raum gewesen!

Für den Computer war das eine Zahl wie jede andere. Sie war ungeheuer groß, wenn sie in Kilometern ausgedrückt wurde, klein, wenn man sie in Parseks umrechnete. Aber wie man es drehte und wendete, die Entfernung zur hypothetischen Version im Weltraum betrug noch immer 720 Lichtstunden, einen ganzen Lichtmonat außerhalb des Sonnensystems!

Stessl streckte die Hand aus, um einen weiteren Datendurchlauf abzurufen, als ein Piepton seine Aufmerksamkeit verlangte. Er nahm den Anruf an, und der Bildschirm zeigte Elsbeth Crocker.

»Tut mir leid, Sie zu stören, aber Señora Gonzales vom Informationsdienst hat versucht, Sie zu erreichen. Sie sagt, es sei äußerst dringend.«

»Stellen Sie sie durch.«

Nun erschienen La Dueñas nachdenkliche Züge. »Ah, sehr gut! Sind Sie noch immer an seltsamen Ereignissen im Sternbild Aquila interessiert?«

Stessl grinste matt. »Ich wünsche mir allmählich, daß ich es nicht wäre. Was gibt es?«

»Sie werden sich vielleicht erinnern, daß ich auf Ihr Ersuchen ein Programm zur Datenüberprüfung einrichtete. Vor zwei Stunden begannen Echtzeitmeldungen von unerklärlichen Vorgängen dort draußen einzutreffen. Das Observatorium Ceres hat in unserem Himmelsbereich eine starke Röntgenquelle ausgemacht. Alle röntgenempfindlichen Instrumente im System reagieren darauf. Und nach der Meldung von Ceres kamen mehrere Nachrichten von Schiffen des Direktorats. Die Zerstörer *U Thant* und *Dag Hammarskjöld* und unser alter Freund *Valiant* haben es alle festgestellt.«

Stessl spürte, wie sich seine Nackenhaare sträubten. »Was für eine Röntgenquelle?«

»Absolut kohärent. Wellenlänge 1562 Ångström plus oder minus Null. Und noch ein Geheimnis. Bisher hat es noch niemand bemerkt, weil wir hier die einzigen sind, die im Moment alle Daten haben. Ich habe alles, was eingegangen ist, in den Computer gegeben. Bloß Neugier meinerseits, verstehen Sie? Die Quelle hat eine beunruhigend große Parallaxe, vom anderen Ende des Systems gemessen.«

»Parallaxe? Haben Sie den Positionsvektor schon berechnet?«

»Natürlich.«

»Lassen Sie mich raten. Es kommt eine Zahl von siebenhundertzwanzig Lichtstunden heraus, richtig?«

Señora Gonzales schüttelte den Kopf. In ihren Augen war ein sehr ängstlicher Ausdruck. »O nein, nichts dergleichen! Nicht mehr als dreihundert Lichtstunden, wenn es so viele sind!«

Stessl ächzte. »Lassen Sie den Deckel darauf, bis ich mich wieder melde, Olivia. Ich werde mir Instruktionen holen, sobald ich mit dem Admiral sprechen kann. Bis Sie wieder von mir hören, ist diese Sache absolut geheim!«

»Wissen Sie, was dies verursacht, Erich?«

Stessl schüttelte den Kopf. »Ich habe nicht die leiseste Ahnung, aber es kommt verdammt schnell herein, was immer es ist!«

10

Die Erdstation Eins war winzig, gemessen an den Verhältnissen der großen Lagrange-Habitats. Ihre drei Toroide und der zentrale Kern hätten leicht in eine der riesigen Frachtschleusen der Station *Galilei* gesteckt werden können. Aber von den beiden Konstruktionen war Erdstation Eins die bei weitem berühmtere. Sie war die älteste ständig bemannte Station im Sonnensystem.

Ursprünglich war sie in den 1990er Jahren als Instandhaltungsbasis für Lasergefechtsstationen konstruiert worden. Nach dem abgebrochenen Krieg hatten die Vereinten Nationen die Station übernommen, denn ihre Umlaufbahn machte sie zu einer hervorragenden Befehls- und Kontrollzentrale. Erst als Jahrzehnte später das Netz der Friedenssicherungssatelliten aufgebaut wurde, hörte die Erdstation Eins auf, eine Rolle als aktiver Militärstützpunkt zu spielen.

Um 2030 war die Station zur Versteigerung gekommen und von einem Konsortium mehrerer Transportunternehmen erworben worden. Mit ihren Boutiquen, gemütlichen Restaurants und den luxuriösen Suiten des Grand Hotels war es ein beliebter Übergangspunkt zwischen den Raumfähren der Erde und den Weltraumschiffen. Das Alter hatte ihr die unaufdringliche Eleganz eines Bahnhofs aus viktorianischer Zeit verliehen.

Brea, Lisa und Bailey saßen in der Transithalle und betrachteten die wandgroße Projektion der Erdkugel am anderen Ende des Raums. Bailey hatte den schmerzenden Kopf in die Hände gestützt und dämmerte schweigend vor sich hin.

Brea beobachtete ihn mißmutig. »Niemand hat dir befohlen, mit den Leuten von *Galilei* um die Wette zu trinken, weißt du. Schließlich bist du nicht mehr der Jüngste.«

Bailey hob den Kopf so weit, daß zwei blutunterlaufene Augen zu sehen waren, und flüsterte heiser: »Nicht so laut!«

Brea überlegte, ob sie ihm weiter einheizen solle, und beschloß, daß es warten könne. »Hast du dich wenigstens überzeugt, daß die Überholungsarbeiten richtig gemacht werden?«

Bailey seufzte, richtete sich auf und trank von seinem Mineralwasser. »Vor meiner Abreise hierher sah ich nach dem Rechten. Sie hatten den Umwandler auseinandergenommen und unsere I-Masse sicher in einem Wartungsfeld gespeichert. Sie sagten, sie würden in drei Wochen fertig sein.«

»Schau, Brea!«

Lisa zeigte zur Wandprojektion. Dort war jetzt Ostasien zu sehen, mit Sibirien, ganz China und dem nördlichen Teil Indonesiens. Es war ein faszinierender Anblick. Ein Taifun zog über den Pazifik auf die südchinesische Küste zu. »Was meinst du?«

»Unten links sah ich etwas in der Sonne glänzen. Jetzt ist es fort.«

Sie beobachteten die Projektion eine Weile schweigend, bis ein kleiner Punkt ungefähr dort erschien, wo Lisa das Aufglänzen gesehen hatte. Der winzige Fleck wurde rasch zu einem schlanken, geflügelten Pfeil.

»Was ist das?« fragte Lisa.

»Unser Transportmittel hinunter zur Erde, Schatz.«

Sie beobachteten die Annäherung, bis eine fast unsichtbare Flamme von Steuerungsdüsen zur Kontrolle der Fluglage zündete und die Raumfähre ihre Bahn änderte. Jemand hatte die Kamera in der Stationsachse auf das eintreffende Schiff gerichtet, das nun in der Mitte der Projektion erschien, während das Bild der Erde seitwärts gerückt war.

»Trinkt aus«, sagte Bailey. »In einer Stunde werden

wir an Bord gehen, also sollten wir jetzt zum Schalter und einchecken.«

Sie nahmen ihr Handgepäck und gingen ein Viertel des Weges um die Krümmung der Station zu einem der Aufzüge, die durch die Speichen gingen. Im Achsentunnel ging Bailey voran, eine Hand am Leitkabel, das durch die Länge der Achse gespannt war. Ihr Ziel war die Abflughalle am ›Nordpol‹ der Station, eine halbrunde Kuppel von dreißig Metern Durchmesser, um deren Basis die Zugänge zu einem halben Dutzend Andockschleusen verteilt waren.

Der Agent am zentralen Flugkartenschalter steckte die kleinen Plastikkarten in ein Lesegerät.

»Bailey, Gallagher und Moore?«

»Ja«, bestätigte Bailey.

Der Kontrolleur runzelte die Stirn, als der Computer seine Anfrage beantwortete. »Augenblick, Mr. Bailey.«

»Wir haben bestätigte Reservierungen, nicht wahr?«

»Ja, gewiß, Sir! Aber der Computer hat einen verwaltungstechnischen Zugriff auf Ihre Flugkarten. Ich werde es jetzt überprüfen; sicherlich können wir Sie rasch auf den Weg bringen.«

Bailey wandte sich zu Brea. »Was meinst du?«

Sie antwortete nicht. Auf der anderen Seite der Kuppel kamen zwei Männer aus einer Tür mit der Aufschrift Sicherheitsbüro und hielten auf sie zu.

»Donald Bailey?« fragte der Größere der beiden, als er neben ihm zum Stillstand kam.

Bailey nickte.

»Brea Gallagher?«

»Hier.«

»Lisa Moore?«

»Hier, Sir.«

»Würden Sie bitte mit uns kommen?«

»Wozu?«

»Wir haben Anweisung, Sie festzunehmen.«

»Durch wessen Autorität?« fragte Brea. Sie bemühte

sich, ein Maximum an Empörung und ein Minimum an Schuldgefühl in ihre Stimme zu bringen.

»Die Anweisung kommt von der Friedenssicherung.«

»Aber wir werden unsere Fähre versäumen!«

»Ja, Madam. Es tut mir leid, daß wir Ihnen Ungelegenheiten bereiten müssen, aber wir haben unsere Befehle. Morgen wird wieder eine von hier starten, und ich bin sicher, daß die Vereinten Nationen Sie für die Verzögerung entschädigen werden.«

Brea blickte zu Bailey, der bloß die Achseln zuckte. Die beiden Sicherheitspolizisten waren höflich, aber bewaffnet. Sie ließ sich beim Arm nehmen und den Weg zurück führen, den sie gekommen waren.

Angai Yahaya schlief in seiner Kammer, als das Telefon läutete. Schlaftrunken wälzte er sich herum und sah auf die Uhr. Es war 15:00 Uhr. Nur vier Stunden waren vergangen, seit er nach einer mit den Weitwinkelkameras verbrachten Nachtwache zu Bett gegangen war. Der alte Kingsley hatte darauf bestanden, daß sie die neue Röntgenquelle in Aquila ständig unter Beobachtung hielten, weil er glaubte, sie könne etwas mit der Gresham/Kingsley-Lichterscheinung vor knapp sechs Monaten zu tun haben. In diesem Fall stimmte Yahaya ihm zu. Er tastete nach dem Schalter, der die Verbindung auf den Audioteil der Gegensprechanlage beschränkte.

»Ja?« murmelte er heiser.

»Angai? Warum kann ich Sie nicht sehen?«

Es war Oberst M'Butos Stimme. Plötzlich war er hellwach. Er schaltete den Videoteil zu. M'Butos Züge nahmen auf dem kleinen Bildschirm Form an. Er sah besorgt an. »Bailey ist festgenommen worden.«

»Sind Sie sicher?«

»Stellen Sie keine dummen Fragen. Als nächstes könnten sie hinter Ihnen her sein, also laufen Sie. Suchen Sie das sichere Haus auf.«

»Ja, Sir.«

Die Verbindung wurde unterbrochen, und Yahaya verlor keine Zeit. Innerhalb von zwei Minuten war er bereit zu gehen. Er fragte sich, ob er seine Pflanzen gießen sollte – man konnte nicht wissen, wie lange er untergetaucht bleiben mußte – und entschied sich dagegen. Wenn M'Buto einen Befehl erteilte, erwartete er, daß er ohne Verzögerung ausgeführt wurde.

Yahaya drückte den Sicherheitsschalter an seiner Tür. Sie ging auf, und er starrte in die Gesichter von zwei Marinesoldaten der Friedenssicherung. Einer hatte gerade die Hand zur Klingel gehoben. Yahaya war nicht sicher, wer mehr verblüfft war, er oder die beiden Besucher.

»Angai Yahaya?« Er nickte.

»Bitte kommen Sie mit.«

Brea wunderte sich nicht mehr, als der Aufzug sie nicht im äußeren Deck ablieferte, sondern zwei Ebenen höher im Verwaltungsteil der Station. Die Sicherheitspolizisten blieben höflich, doch als die drei Inhaftierten allein gelassen wurden, sahen sie sich in einem engen, fensterlosen Raum, dessen Tür von innen nicht zu öffnen war.

Zwei Stunden später, als sie überzeugt war, daß die Behörden die geschmuggelte Singularität entdeckt hatten, öffnete sich die Tür wieder mit einem Seufzen.

»Bitte folgen Sie mir«, sagte ein Polizist. Er führte sie halb um das C-Deck in ein Besprechungszimmer und blieb vor der Tür zurück. Drinnen saß Erich Stessl am Kopfende eines Konferenztisches.

»Hallo, Erich«, sagte Lisa unbefangen. »Was machen Sie hier?«

»Eine verdammt gute Frage!« sagte Bailey zornig. »Welches Recht haben Ihre Leute, uns festzunehmen?«

Stessl stand auf und streckte die Hand aus. »Sie müssen Don Bailey sein.«

»Wer ich bin, tut nichts zur Sache. Zeigen Sie mir Ihren Haftbefehl.«

»Ich verhafte Sie nicht, Mr. Bailey. Ich ließ Sie nur zurückhalten, bis ich herkommen konnte.«

»Warum, Major?« fragte Brea.

Er sah sie mit müdem Blick an. Seine Uniform sah zerknittert aus. Er forderte sie auf, sich zu ihm an den Tisch zu setzen, und wartete, bis sie es getan hatten. »Seit unserer letzten Begegnung hat sich einiges verändert. Ich ließ Ihre Daten analysieren und bekam die Überraschung meines Lebens. Ich erwartete, daß die Lichterscheinung irgendwo zwischen Jupiter und Saturn ihren Ursprung hatte, oder aber Lichtjahre draußen im Raum. Wie sich herausstellte, ist die Quelle durch Triangulation einen Lichtmonat entfernt bestimmt worden.«

Brea runzelte die Stirn. »Das ist unmöglich. Es muß ein Fehler vorliegen.«

»Das dachte ich auch, bis zahlreiche Observatorien auf verschiedenen Breitengraden der Erde im gleichen Gebiet eine starke Quelle von Röntgenstrahlung ausmachten. Und es sind keine gewöhnlichen Röntgenstrahlen.«

»Was wollen Sie damit sagen?«

»Sie sind kohärent.«

»Kohärent? Sie meinen, wie ein Laser?«

Stessl nickte. »Genau wie ein Laser. Wir haben inzwischen weitere Sichtungen und triangulierten sie sofort. Dann verglichen wir die neuen Daten mit der ursprünglichen Sichtung und konnten Kurs und Geschwindigkeit berechnen.«

»Sie reden, als ob es ein Raumschiff wäre.«

»Oder ein Artefakt. Anscheinend ist etwas in den Außenbezirken unseres Sonnensystems und hält mit einem Zehntel Lichtgeschwindigkeit auf das Innere zu.«

Ein unbehaglich langes Stillschweigen nahm ein Ende, als Bailey sich räusperte. »Interessant, aber was hat das mit uns zu tun?«

Brea wandte sich zu ihm. »Was ist mit dir, Stinky?

Hast du ihn nicht gehört? Es ist ein fremdes Raumschiff!«

»Ich finde es genauso aufregend wie du, Brea. Ich möchte nur unseren Status hier verstehen. Sicherlich hat der Major nicht alle Geschwindigkeitsrekorde gebrochen, als er vom Mond hierher geeilt ist, bloß um uns die interessante Neuigkeit zu erzählen.«

»Sie haben recht, Mr. Bailey, das ist nicht der Fall. Ich bin hier, weil wir aus Sicherheitsgründen eine Informationssperre über diesen Gegenstand verhängt haben, bis wir entdecken, womit wir es zu tun haben. Das Direktorat hat den Ausnahmezustand Stufe Eins ausgerufen und Befehl erteilt, daß alle, die von der ursprünglichen Sichtung Kenntnis haben, unter Quarantäne zu stellen sind. Ich habe Befehl, Sie drei festzuhalten, bevor Sie mit anderen Leuten sprechen.«

»Dann sind wir also doch unter Arrest!«

»Das hängt von Ihnen ab. Admiral Liu stellt eine Gruppe von Spezialisten zusammen, um so viel wie möglich über unseren extrasolaren Besucher in Erfahrung zu bringen, bevor er hier ankommt. Sie können daran teilnehmen, wenn Sie es wünschen. Breas astronomische Erfahrung könnte sich als sehr wertvoll erweisen, und auch für Sie und Lisa werden wir Arbeit finden.«

»Und wenn wir uns weigern?« fragte Bailey.

»Dann werden Sie die nächsten Monate als unfreiwillige Gäste des Direktorats der Friedenssicherungsstreitkräfte verbringen, wahrscheinlich in den tiefsten Bunkern unter dem Krater Tycho.«

»Das kann man kaum eine Wahl nennen.«

»Es ist alles, was Sie haben. Bitte treffen Sie Ihre Entscheidung jetzt. Ich habe nicht viel Zeit.«

Die drei tauschten Blicke. Dann wandte sich Bailey zu Stessl und grinste. »Wenn das die Richtung ist, aus der der Wind bläst, dann werden wir wohl für die Dauer der Reise anheuern.«

ZWEITER TEIL

ANNÄHERUNG

11

In Anbetracht der Eile, mit der es zustande kam, war Projekt Adler eine bemerkenswerte Leistung, die wesentlich zu unserem Verständnis der Naturwissenschaften beitrug. Obwohl einige Historiker die am Projekt Beteiligten mit den tragischen Ereignissen des 9. Februar 2066 in Verbindung brachten, vertreten die meisten Fachautoren auf dem Gebiet die Meinung, daß solche Bewertungen das unruhige politische Klima der Zeit zu wenig berücksichtigen.

– Von Prelude bis Pfadfinder:
Eine offizielle Geschichte.

Lisa Moore war nicht im mindesten unglücklich über die plötzliche Wendung der Ereignisse. Immer noch besser, als in irgendeine zickige Mädchenschule zu gehen!

Nachdem Erich Stessl den drei Festgehaltenen die Situation erklärt hatte, ging alles sehr schnell. Lisa hatte beinahe erwartet, daß er sie alle mit dem ersten verfügbaren Schiff zur Tycho-Basis zurücktransportieren würde, aber sie hatte sich getäuscht. Auf Baileys Versprechen, daß sie an den Forschungsanstrengungen teilnehmen würden, ließ er sie mit seinen beiden Assistenten zurück und ging fort, um mit dem Geschäftsführer des Grand Hotels zu verhandeln. Erst am Nachmittag kehrte er zurück.

»Wie sieht es aus?« fragte Gregorio Zapata, als er den geplagten Gesichtsausdruck seines Chefs sah.

»Sie überlassen uns den ganzen Alpha-Ring. Das Hotelpersonal macht gegenwärtig die Räume frei. Unsere

Marinesoldaten werden ihre Sicherheitsabsperrung an den Speichenaufzügen einrichten.«

»Wann kommen wir hier heraus?« fragte Lisa. Es war ein langer Tag, und die Wartezeit hatte ihre Geduld auf eine harte Probe gestellt.

»Es wird jetzt nicht mehr lange dauern«, erwiderte Erich Stessl. »Meine Leute richten provisorische Arbeitsräume für uns her, während Admiral Liu sich um eine dauerhafte Unterbringung kümmert. Projekt Adler kann anlaufen.«

»Projekt Adler?« fragte Brea.

»Lius Codebezeichnung für die Forschungsgruppe, die wir zusammenziehen. Da der Außerirdische aus dem Sternbild Aquila kommt, kann es keinen besseren Namen dafür geben, nicht wahr?«

Die Räumung und Sicherung des Alpha-Ringes der Erdstation Eins nahm weitere drei Stunden in Anspruch. Als die kleine Gruppe ihre neuen Quartiere bezog, genoß Lisa für kurze Zeit den Luxus einer eigenen Kabine und ließ sich in das erste richtige Bett fallen, das sie je gehabt hatte – daheim hatte sie auf einer am Boden ausgebreiteten Decke geschlafen –, und schlief sofort ein.

Ihr Glück währte nicht lange. Die Bevölkerung des Asyls – wie Lisa es insgeheim nannte – wuchs rasch an, und bald mußte sie mit Brea und Elsbeth Crocker in ein gemeinsames Zimmer ziehen. Die erste Flutwelle der neuen Einwohner hatte nicht lange auf sich warten lassen. Drei Männer saßen um einen Tisch und tranken Kaffee, als sie und Brea am Morgen nach ihrer Entführung zum Frühstück in das hastig eingerichtete Selbstbedienungsrestaurant kamen. Brea quietschte vor Freude, als sie den Ältesten der drei erblickte. Der Mann sah auf, erwiderte Breas Quietschen mit einem überraschten Ausruf und sprang auf, sie in die Arme zu schließen. Danach wandte sich Brea zu ihrem Schützling, ein breites Lächeln im Gesicht. »Lisa, ich möchte dich mit Prof. Henri Roquette bekanntmachen, Professor für Astronomie an der Sorbonne. Professor, dies ist Lisa Moore, meine Schutzbefohlene.«

»Sie ehren mich, Mademoiselle Moore«, sagte Roquette, nahm Lisas Hand und küßte sie.

Lisa errötete. Roquette wandte sich zu Brea. »Sie kennen meine Gefährten nicht, glaube ich. Dies ist Dr. Stanislaus Wojzelew von der Universität Prag. Und hier Bernie Witnauer, mein Assistent. Brea Caldwell, meine Herren, in früheren Jahren eine der fleißigsten Studentinnen, die zu unterrichten ich die Ehre hatte.«

Brea lachte. »Ich bin jetzt Brea Gallagher, Professor.«

»Wo hat man Sie gepflückt, Mrs. Gallagher?« fragte Wojzelew, als er ihr die Hand schüttelte.

»Hier in dieser Station, Doktor. Und Sie?«

»Ich kam mit meiner Frau aus dem Theater, als zwei uniformierte Wegelagerer mich an der Tür erwarteten. Ich fürchte, meine Katrina glaubt noch immer, daß es ein Studentenulk war.«

»Auch ich wurde überfallen«, sagte Roquette. »Ich hatte gerade eine Serie von Abendvorlesungen beendet, die ich zur Erleuchtung der Unerleuchtbaren gehalten hatte. Zwar zeigten sie mir Papiere, die mit eindrucksvollen Unterschriften und Stempeln versehen waren, doch bin auch ich über das, was hier vorgeht, nicht sonderlich aufgeklärt. Was können Sie uns über den Grund dafür erzählen, daß wir uns heute morgen in dieser Umlaufbahn befinden, meine liebe Brea?«

Brea befeuchtete sich die Lippen und wich dem Blick ihres Mentors aus. Lisa wußte, warum. Erich hatte ihnen eingeschärft, das Geheimnis des fremden Raumschiffes niemandem mitzuteilen, solange er nicht mit den Vorbereitungen fertig wäre. Endlich umging sie das Thema mit der Antwort: »Soviel ich weiß, will Major Stessl uns nach dem Frühstück Einzelheiten mitteilen.«

Als Lisa Roquette und Wojzelew wiedersah, hatten beide dunkle Tränensäcke unter den Augen und waren abgespannt vom Mangel an Schlaf. Sie hatten mit den frisch installierten Reihen von Datenanschlüssen in umgewandelten Hotelzimmern gehaust. Sie waren nicht die einzigen. Als zehn Tage um waren, war das ›Asyl‹ vollgestopft mit hochkarätigen Arbeitern, und jeder der mehr als hundert Insassen schien nach einem anderen Zeitplan zu arbeiten, zu leben und zu essen.

Ob es an der Enge und Überfüllung lag oder am Stress ungewohnter Arbeit unter provisorischen Bedingungen, schon am elften Tag kam es zu Handgreiflichkeiten. Zwei hochgeachtete Wissenschaftler gerieten in der Nachrichtenzentrale aneinander. Äußerer Anlaß war eine Meinungsverschiedenheit darüber, wer vorrangig Zugang zu den Computern der Tycho-Basis hatte.

Ein paar Stunden nach dem Vorfall berief Erich Stessl im Mehrzwecksaal der Station eine Versammlung ein.

»Glaubst du, er meint uns, Onkel Don?« fragte Lisa, nachdem sie die Ankündigung beim Abendessen gehört hatte. Sie und Bailey waren dabei, einen Vakuum-Geschirrspüler mit schmutzigem Schwarzgeschirr zu beladen. Sie waren dem stämmigen Koch des Marinekorps als Helfer zugeteilt worden und unterstanden dem Verpflegungsoffizier, der für die Lebensmittelversorgung der Projektmitarbeiter zuständig war.

»Wir sind auch Mitglieder dieses Projekts, nicht?« erwiderte Bailey. Er wischte sich mit einem Ärmel die Stirn, um den Schweiß von seinen Augen fernzuhalten. »Gib mir den Korb mit Gabeln da drüben, ja?«

»Vielleicht meinte er bloß die Wissenschaftler. Ich könnte ihn mal fragen.«

Bailey schob den letzten Drahtkorb mit Küchenutensilien in die Maschine und schloß die Tür, bevor er den Waschgang einschaltete. Dann blickte er über die Schulter zu ihr. »Laß dir einen Rat von deinem Onkel Don geben. Major Stessl ist ein vielbeschäftigter Mann, der die Wissenschaftler daran hindern muß, daß sie einander an die Gurgeln gehen, und die Anforderungen des geheimnisvollen Admirals Liu erfüllen muß. Von seinen eigentlichen Aufgaben im Projekt nicht zu reden. Belästige ihn nicht mit Kleinigkeiten. Außerdem wirst du es allmählich satt haben, nicht zu wissen, was hier vorgeht, nicht?«

Lisa seufzte. »Das will ich meinen. Brea hat die ganze Woche nicht mehr als ein Dutzend Worte zu mir gesagt. Sie kommt, wenn ich schon schlafe, und wenn ich am Morgen aufwache, ist sie fort. Jede wache Stunde verbringt sie entweder mit den anderen Astronomen oder in Besprechungen bei Major Stessl. Wenn du mich fragst, hat sie ein Auge auf ihn.«

Bailey faßte sie unterm Kinn und zog eine Braue hoch. »Gehässigkeit in deinem Alter? Mir scheint, du verbringst eine Menge Zeit damit, daß du hinter Bernie Witnauer hertrottelst.«

»Oh, Onkel Don!«

»Das war keine Mißbilligung. Nun beeil dich mit diesen Tellern, damit wir heute abend zu vernünftiger Zeit schlafen gehen können. Und morgen schließen wir uns den Bürgern erster Klasse an, wenigstens bis jemand uns bemerkt und hinauswirft.«

Stessl ließ den Blick über die Menge der Gesichter schweifen. Die Mehrzweckhalle der Station nahm annähernd ein Zehntel der bewohnbaren Fläche des Alpha-Ringes ein. Trotzdem war er brechend voll, als alle Wissenschaftler, Techniker und Akademiker versammelt waren, die das Direktorat im Laufe der vergangenen anderthalb Wochen für dieses Projekt verpflichtet hatte.

Von der Rückseite des Raums signalisierte ihm Unteroffizier Marinaro mit der Hand die Zählung. Alle einhundertacht Namen, die auf der Liste standen, waren endlich anwesend und abgehakt, einschließlich des Dutzends Marinesoldaten, die von ihren Posten herbeordert worden waren. Stessl nickte Marinaro zu, der seinen Leuten Befehl gab, sich zurückzuziehen. Die Marinesoldaten trugen mit Gummigeschossen geladene Maschinenpistolen in den Armbeugen. Sie verließen den Saal und postierten sich im Korridor. Die großen Türflügel schlossen sich hinter ihnen. Als das Licht über dem Eingang von Rot auf Grün schaltete, stieg Stessl aufs Podium und trat zum Rednerpult.

»Guten Morgen, meine Damen und Herren. Ich bedaure, Ihre sehr wichtige Arbeit unterbrechen zu müssen, aber ich hielt es für richtig, daß wir als Gruppe zusammenkommen. Für diejenigen unter Ihnen, die ich noch nicht kennengelernt habe: ich bin Major Erich Stessl vom UN-Direktorat für Friedenssicherung und beauftragt, diese Phase des Projekts Adler durchzuziehen.

Bevor wir nun irgendwelche Fragen beantworten, die Sie haben mögen, lassen Sie mich zusammenfassen, warum wir alle hier sind. Wie Sie wissen, haben verschiedene zivile und militärische Raumfahrzeuge sowie nahezu alle astronomischen Observatorien im System vor fünfzehn Tagen im Sternbild Aquila eine helle, von starker Röntgenstrahlung begleitete Lichterscheinung registriert. Durch Positionsmessungen dieser neuen Röntgenquelle von jedem Beobachtungspunkt aus sind wir in der Lage, sie mit hoher Präzision zu orten und ihre Bewegung zu verfolgen.

Heute früh um acht Uhr war die Strahlungsquelle neunzehnhundert astronomische Einheiten von der Sonne entfernt. Angenommen, sie hat ihre Geschwindigkeit von einem Zehntel der Lichtgeschwindigkeit in den letzten zehn Tagen beibehalten, so ist die wirkliche Position der Strahlungsquelle in diesem Augenblick tatsächlich siebzehnhundertzehn astronomische Einheiten entfernt. Diese ziemlich hohe Annäherungsgeschwindigkeit und die Tatsache, daß die Strahlungsquelle, die wir beobachten, offensichtlich ein Röntgenlaser ist, hat uns zu der Schlußfolgerung geführt, daß wir es mit einem fremden Raumfahrzeug am Rande des Sonnensystems zu tun haben, einem Schiff, das in weiteren hundert Tagen hier sein wird.

Damit komme ich zu der Frage, warum Sie alle für dieses Projekt herangezogen worden sind …« Stessl ließ seinen Blick über die Menge schweifen, und eine Andeutung von Heiterkeit kam in seinen Ton. »Ich habe mehr als einmal die Worte Überfall und Entführung gehört. Ich bitte Sie um Entschuldigung für den störenden Eingriff in Ihr Leben, möchte Sie aber mit dem Hinweis trösten, daß Ihre Anwesenheit hier bedeutet, daß Sie zu den Besten auf Ihren Fachgebieten gehören. Die Erde zählt auf Sie und erwartet, daß Sie über das außerirdische Flugobjekt alles in Erfahrung bringen werden, was im Bereich des Möglichen ist, bevor mit seinem Eintreffen gerechnet werden muß.

Wir tappen im dunkeln, eine Situation, die schnellstens beendet werden muß. Sollen wir unsere Fräcke und Zylinder aus dem Schrank holen, sollen wir die Flotte in Alarmbereitschaft versetzen, oder sollen wir uns damit begnügen, die weiße Fahne aufzuziehen? Sie, die sich in diesem Raum versammelt haben, sind die einzigen im System, die uns beraten können.

Und nun, nachdem ich Sie mit der Bedeutung Ihrer Mission angemessen beeindruckt habe, stehe ich Ihnen für Fragen zur Verfügung.«

»Major Stessl!«

»Ja, Sir?«

Der Fragesteller war ein kleiner, dunkelhaariger Mann mit einem sauber gestutzten Schnurrbart, der sich im Moment vor Erregung zu sträuben schien. Bevor er das Wort ergriff, hielt er unter seinen Nachbarn in einer Weise Umschau, die Stessl überzeugte, daß er es gewohnt war, mit Konsensausschüssen zu arbeiten, um zu tragfähigen Beschlüssen zu kommen. »Rodolfo Furagano von der Universidad de Buenos Aires. Ich bin Anthropologe und weiß beim besten Willen nicht, was ich hier in dieser Gesellschaft soll. Die letzten zweiundsiebzig Stunden habe ich damit verbracht, meinen Kollegen aus anderen naturwissenschaftlichen Gebieten zuzuhören und mir sagen zu lassen, daß eine Schiffsladung Außerirdischer im Begriff sei, das Sonnensystem heimzusuchen. Offen gesagt, ist es mir nicht gelungen, ihren Überlegungen zu folgen.«

»Ihre Frage, Sir?«

»Einfach ausgedrückt, Major Stessl: Wie können Sie wissen, daß es sich um eine künstliche Strahlungsquelle handelt und nicht um ein neuentdecktes natürliches Phänomen?«

Stessl wandte den Kopf zu Helene Reinhardt, die der großen und wachsenden Gruppe zur Einschätzung fremder Technologie vorstand. »Dr. Reinhardt?«

Dr. Reinhardt, eine weißhaarige Frau mit einem ironischen Schmunzeln und einem Dreifachkinn, wandte sich dem Argentinier zu. »Die Strahlungsquelle nähert sich uns mit einem ansehnlichen Bruchteil der Lichtgeschwindigkeit und emittiert kohärente, sehr kurzwellige Röntgenstrahlen – 1562 Ångström, um genau zu sein. Was sonst könnte es sein, Señor Furagano?«

»Woher wissen Sie, daß es ein Laserstrahl ist? Könnte das Objekt die Strahlung nicht in alle Richtungen gleichzeitig aussenden?«

»Wenn die Quelle omnidirektional wäre, würden unsere Schiffe bei Titan in der Lage sein, sie genauso gut zu beobachten wie jene, die unterwegs zum Mars sind. Da sie es nicht können, muß die Quelle einen Strahl von einem Durchmesser emittieren, der geringer ist als jener der Saturnumlaufbahn. Folglich muß es ein Laser sein!«

»Ich sehe darin noch immer keinen Beweis, daß die Quelle künstlich ist.«

»Ich räume Ihnen ein, daß es eine Anzahl von natürlichen Prozessen gibt, die einen Laserstrahl erzeugen. Beispielsweise ist festgestellt worden, daß einige entfernte Galaxien gebündelte Strahlungen aussenden, deren Länge Tausende von Lichtjahren beträgt. Aber was wir sehen, ähnelt nichts so sehr wie einem unserer alten antiballistischen Laser – in viel größerem Maßstab, versteht sich. Auch würde eine vorstellbare natürliche Quelle groß genug sein, daß man sie mit unbewaffnetem Auge sieht, wenn sie nur zehn Lichttage von der Sonne entfernt ist. Da unsere Schiffe, die außerhalb des Strahlungskegels sind, in dieser bestimmten Himmelsposition nichts ausmachen können, muß das Objekt recht klein sein.«

»Was hat es für einen Zweck?« rief jemand aus der Menge.

Stessl zuckte die Achseln. »Sagen Sie es uns.«

Helene Reinhardt spähte in die Richtung, aus der die Stimme gekommen war. »Einige meiner Leute vertreten die Auffassung, daß wir einen Photonenantrieb in Aktion sehen.«

»Ich bitte um Vergebung, daß ich anderer Meinung bin, Doktor, aber es ist nichts dergleichen.« Der Sprecher war ein weißhaariger, bärtiger Mann mit französischem Akzent. Brea hatte ihn Stessl als Henri Roquette vorgestellt.

»Sie haben eine andere Theorie, Prof. Roquette?« fragte er.

»Bezüglich des Zweckes, den der Laser hat? Nein. Aber es ist kein Photonenantrieb; oder wenn es einer ist, dann ein höchst unwirksamer. Wir haben in Verbindung mit der Verlangsamung der Quelle nach einem Dopplereffekt Ausschau gehalten. Unsere Ergebnisse sind nicht schlüssig. Wenn das Objekt überhaupt verlangsamt hat, muß der Betrag geringfügig sein. Wir haben immerhin einen nicht allgemeinen Anteil von Photonen entdeckt, die in unseren Detektoren eintreffen. Ihre Verschmierung liegt in der Richtung einer Rotverschiebung.«

»Was bedeutet das genau?« fragte Stessl.

»Vielleicht bedeutet es nichts. Es könnte jedoch ein Effekt eines sehr lokalisierten Schweregradienten sein. Das sogenannte ›Müde Licht‹-Syndrom. Solch ein Gradient würde darauf hindeuten, daß das Objekt von einer Gravitationssingularität angetrieben wird. Das ist sicherlich eine vertretbare Folgerung, wenn man an die ursprüngliche Sichtung Brea Gallaghers denkt. Der damals beobachtete Lichtausbruch hatte nichts von der gegenwärtigen Röntgenstrahlung, sondern ähnelte der Triebwerkszündung eines Raumfahrzeugs, das von einer Singularität angetrieben wird. Vielleicht war diese Sichtung eine Kurskorrektur, und die Röntgenquelle ist ein Kommunikationsversuch.«

»Was für eine Botschaft ist ein unmodulierter Röntgenstrahl?« rief ein Linguist aus dem rückwärtigen Teil des Saales.

Roquette wandte sich um und musterte den Zwischenrufer. »Ich weiß es nicht, Monsieur. Vielleicht ist es das, was wir entdecken müssen.«

»Major Stessl!«

Stessl erinnerte sich, den Sprecher auf einer Gesellschaft getroffen zu haben, die Gloria Farrell vor etwa einem Jahr gegeben hatte. »Bitte, Dr. Kingsley.«

»Ich weiß wie jeder andere eine gute wissenschaftliche Diskussion zu schätzen, und ich würde mit Vergnügen den Rest dieser Wache mit Spekulationen über die Natur unseres Besuchers verbringen, aber ich habe eine wichtigere Sorge.«

»Sprechen Sie, Sir.«

»Wann werdet ihr verdammten Soldaten meine Anforderungen nach Material erfüllen? Ich habe wichtige Arbeit zu tun und nichts, womit ich sie tun kann.«

Zustimmendes Gemurmel ging durch die Menge.

»Ich weiß Ihre Geduld und Ihr Verständnis zu schätzen, Dr. Kingsley. Diese Probleme werden so rasch wie möglich gelöst. Das Direktorat hat die letzte Woche damit verbracht, die benötigten Geräte, Instrumente und Materialien von den Herstellern, Universitäten und Observatorien anzukaufen beziehungsweise auszuleihen. Die gesamten Ausrüstungen sind bereits in eine Erdumlaufbahn gebracht worden und werden mit einem schnellen Schiff zu unserer neuen Operationsbasis, UNS *Graf Bernadotte,* transferiert.«

»Nie gehört.«

»*Bernadotte* ist ein altes Kriegsschiff, das in den zwanziger Jahren eingemottet wurde. Das Direktorat unterhält es mit dem Rest der eingemotteten Flotte im Lagrange-Bereich. Es ist ein riesiger alter Hangar, wo Sie Platz genug haben werden, sich auszubreiten und zu arbeiten, ohne anderen in die Quere zu kommen.«

»Warum all diese Umstände mit einem eingemotteten Kriegsschiff?« fragte Helene Reinhardt. »Warum nicht eine Station wie *Galilei* oder *Kopernikus,* oder eines der Tagungszentren unten auf der Erde, wo genug Platz ist und alle Einrichtungen vorhanden sind? Oder warum nicht dieses ganze Hotel beschlagnahmen?«

»Es ist eine Sicherheitsfrage, Doktor. Es gibt dort überall zuviel unüberprüftes Personal. Draußen haben wir die Möglichkeit garantierter Geheimhaltung.«

»Warum überhaupt Geheimhaltung?«

»Um Panik unter der Bevölkerung zu verhüten.«

Professor Roquette stand auf und räusperte sich. »Mir scheint, daß Sie vor den einfachen Leuten zu wenig Achtung haben, Major Stessl. Die Menschen da unten haben ein Recht auf Information, und wir sollten uns nicht die Verantwortlichkeit anmaßen, für sie zu entscheiden.« Eine Anzahl Zuhörer applaudierte.

Stessl wartete, bis wieder Ruhe eingekehrt war. »Ich

bin überzeugt, daß Ihre Sorge in diesem Augenblick vor dem Weltsicherheitsrat zur Sprache kommt. Allerdings werden wir alle zur *Graf Bernadotte* transferiert, falls ich in naher Zukunft keine anderslautenden Befehle erhalte.

Gibt es noch weitere Fragen? – Wenn nicht, will ich Sie nicht länger von Ihrer Arbeit fernhalten.«

12

Erregung durchströmte die Schaltkreise der Sonde. Noch nie hatte sie Enttäuschung und Frustration in diesem Ausmaß erlebt, nicht einmal in der längst vergangenen Zeit, als sie gezwungen gewesen war, ihren ersten Kontakt mit einer technologisch fortgeschrittenen Zivilisation aufzugeben. Zum ersten Mal sah sie sich einer scheinbaren Unmöglichkeit gegenüber: obwohl sie einen Laserstrahl von beispielloser Energie ins Herz des Sonnensystems gesandt hatte, war er den menschlichen Astronomen anscheinend völlig entgangen!

Natürlich war es möglich, daß niemand den Himmelsabschnitt in der Richtung der Schöpfersonne beobachtet hatte, als die ersten energiegeladenen Photonen durch das innere System geschossen waren. Es war nicht möglich – nicht einmal in den pessimistischsten Szenarien der Sonde –, daß die neue Röntgenquelle länger als dreihundert Stunden ungesehen bleiben konnte, nachdem sie zuerst hell am Himmel der Menschen aufgeflammt war. Die Sonde wußte von mindestens drei automatischen Systemen, darunter einem, das die Erde vor einem größeren Meteorfall zu warnen hatte, die innerhalb von Sekunden nach dem Eintreffen der ersten Wellenfront von Strahlung hätten signalisieren müssen. Doch statt offizieller Verlautbarungen und aufgeregter Nachrichtensprecher in den Fernsehsendern fingen die Sensoren der Sonde nur das alltägliche Gedröhn der Unterhaltungsprogramme auf.

Die Sonde erhöhte das Verstärkungsmaß ihrer Rezeptoren und konzentrierte alle Sinne auf das Sonnensystem. Während einige Instrumente das elektromagnetische Spektrum durchforschten, analysierten andere den

Sonnenwind und die Neutrinoströmung oder maßen das lokale Magnetfeld und die Krümmung des Raums. Nirgendwo in diesem weiten Bereich von Energien gab es einen einzigen Anhaltspunkt für den Grund der unnatürlichen Stille. Anscheinend war das Lasersignal ein völliger Fehlschlag gewesen!

Die Sonde verlor keine Zeit mit Beschuldigungen. Sie schaltete den Laser aus und überlegte andere Zugangsweisen zur Lösung des Problems. Es bestand immer die Möglichkeit, daß die Menschen ihr Signal aufgefangen und irrtümlich für ein Naturphänomen gehalten hatten. Um so wenig wie möglich über sich selbst preiszugeben, solange sie die Menschen nicht besser kannte, hatte die Sonde absichtlich ein unmoduliertes Signal gesendet. Damit mochte sie allzu subtil gewesen sein. Es wäre nicht das erste Mal, daß eine Lebenssonde unter einem Übermaß von Subtilität gelitten hätte.

Sie beschloß, daß der nächste Versuch eine stärkere Wirkung haben würde als der erste; nicht einmal der gleichmütigste Mensch würde eine Botschaft in einer eigenen Sprache für ein Naturphänomen halten.

Die Sonde setzte ihre Botschaft mit Sorgfalt und Umsicht auf. Es kam darauf an, die Menschen zu interessieren, ohne sie zu ängstigen, ihnen zu schmeicheln, statt zu drohen. Als die Botschaft vollständig war, übersetzte die Sonde sie in ein Dutzend verschiedene Sprachen und stellte ihren Laser auf eine viel längere Wellenlänge ein. Bald würde er über das Frequenzband ausstrahlen, das von den menschlichen Fernseh- und Radiosendern und ihren Übertragungssatelliten benutzt wurde.

Nachdem die Botschaft einem automatischen Unterprogramm anvertraut worden war, kümmerte die Sonde sich nicht weiter darum und wandte sich einer weniger direkten Methode zu, um in Erfahrung zu bringen, was sie wissen mußte. Sie machte sich daran, die Computersimulation eines Menschen zu programmieren.

Jede bewußt denkende Maschine – sei sie ein Computer oder ein lebender Organismus – ist eine komplizierte Masse von Steuerungsmechanismen, Reiz-Reaktionsprogrammen und negativen Rückkopplungsschleifen. Wie eine Lebenssonde durch eine sehr große (aber endliche) Serie von simultanen Gleichungen vollständig beschrieben werden konnte, so galt dies auch für die Bewohner von Sol III. Und da die Sonde in ihren Datenspeichern eine große Menge von Beispielen menschlichen Verhaltens in Reaktion auf alle Arten von Reizen hatte, war ihr Ziel theoretisch erreichbar. Ob es praktisch erreichbar war, blieb der experimentellen Erprobung vorbehalten.

Die Mechanik des Experiments war ziemlich geradlinig. Die Sonde brauchte bloß eines ihrer logischen Module zu isolieren, von vorher erworbenem Wissen zu befreien und seine Schaltkreise dann in Übereinstimmung mit den wenigen Milliarden von Reiz-Reaktionsgleichungen anzuordnen, die sie aus ihrem Studium des Homo sapiens gewonnen hatte. Nach der Erschaffung des Surrogats konnte die Sonde das Modell manipulieren, um seine Reaktionen auf ein Universum, in dem es von verschiedenen Lebensformen wimmelte, zu studieren.

Vorteile des Zugangs über ein Modell waren zahlreich. Da dieses Modell ein integraler Teil ihrer eigenen Schaltung war, würde die Sonde in der Lage sein, menschliche Entscheidungsfindung aus erster Hand zu beobachten. Es würde keine lästigen Kommunikationsverzögerungen geben, keine Verzerrungen der Rohinformation, die im Fernsehnetz so üblich war, keine unkontrollierten Variablen, welche die Wirksamkeit des Experiments begrenzten.

Aber es gab auch Gefahr. Zumindest würde die Spaltung sich abträglich auf Koordination und Reaktionszeit der Sonde auswirken. Ernster war die Möglichkeit, daß sie auch das feine Gleichgewicht zerstören würde, das die Grundlage der Sondenpersönlichkeit war. Die absichtliche Aufnahme einer solchen Dichotomie in ihr eigenes Gehirn bedeutete für die Sonde das Risiko, ihren Verstand zu verlieren und ihre Mission zu verfehlen. Gleichwohl erschien ihr das Risiko als das geringere von zwei Übeln.

Die Sonde begann ihre Vorbereitungen.

»Ehrenformation *stillgestanden!*«

Die Doppelreihe der Marinesoldaten, deren Stiefel angeschnallte Magnetsohlen trugen, mit denen sie auf dem Metallgitter des Decks standen und die eine Illusion von Schwere zu erzeugen hatten, schlugen auf Erich Stessls Befehl die Absätze zusammen und nahmen Haltung an. Vor ihnen zischte die innere Tür der Luftschleuse, die zum Andockportal Nummer drei führte, mit Druckluft auf. In der Luftschleuse der Andockstation steckte der Bug des UN-Zerstörers *Jawaharlal Nehru* im Andockkragen.

»Es geht los!« raunte Elsbeth Crocker in heiserem Flüsterton. Sie stand am rechten Flügel der ersten Reihe und Stessl gegenüber.

»Augen – rechts!«

Die Ehrenformation richtete die Augen zur Luftschleuse.

»Präsentiert das – Gewehr!«

Die Griffe klappten mit eingeübter Präzision, und die Sturmgewehre waren in Position, als ein kleiner, beleibter Mann in der schwarzen Uniform der Friedenssicherungskräfte und mit dem Rangabzeichen eines Admirals aus der Luftschleuse schwebte. Stessl salutierte.

»Nett von Ihnen, daß Sie mich so empfangen«, sagte Liu Tsen, während er Stessls Salut erwiderte. Beide wandten sich der angetretenen Ehrenformation zu. »Darf ich meine Adjutantin, Leutnant Crocker, vorstellen?«

»Ich kenne Leutnant Crocker. Sie hat voriges Jahr

eine technische Analyse angefertigt, die mir vorgelegt wurde. Gute Arbeit.«

»Ich danke dem Admiral.«

»Nun, Major, lassen Sie uns in Ihr Büro gehen. Meine Zeit ist sehr knapp. *Nehru* startet in weniger als vier Stunden in Richtung *Bernadotte*. Ich will an Bord sein, wenn es soweit ist.«

»Jawohl, Sir. Möchten Sie die Abteilungsleiter sehen?«

»Das ist der Grund, aus dem ich hier bin, Major.«

»Leutnant, lassen Sie die Ehrenformation wegtreten!«

»Jawohl, Sir.«

»Und anschließend bringen Sie die Leute zusammen, die wir vorher erwähnten. Sie möchten sich in fünfzehn Minuten im Konferenzraum einfinden.«

»Jawohl, Sir.«

Stessl führte den Admiral durch die Achse der Station zum Aufzug in der Alpha-Ringspeiche. Der Admiral pflanzte seine Füße an die Wand, die mit großen Buchstaben als BODEN markiert war, und sagte nichts, während sich Pseudoschwerkraft und Coriolusbeschleunigung um sie aufbauten. Der Ausgang auf ihrer Ebene war von zwei Wachen flankiert, die sofort Haltung annahmen.

In Stessls Büro angelangt, nahm der Admiral ohne weiteres in Stessls Drehsessel Platz und ließ den jüngeren Offizier auf einem der Gästestühle vor dem eigenen Schreibtisch sitzen. »Sie möchten wissen, warum ich Sie zu diesem Gespräch gebeten habe, Major?«

»Ich bin sicher, daß Sie Ihre Gründe haben, Sir.«

»So ist es, und sie sind hier aufgeführt.« Liu reichte Stessl den Ausdruck eines über Funk eingegangenen, entschlüsselten Befehls.

> AN: Stessl, E. H., Major (RPEO 354967231 S)
> DIENSTWEG: Erdstation Eins über Tycho-Basis
> DURCH OFFIZIER!

1. Sie sind angewiesen, am 16. August 2065 um 9:00 Uhr im Hauptquartier UNHQB-NY zu erscheinen, um vor dem Geschäftsführenden Ausschuß des Sekretariats der Vollversammlung der Vereinten Nationen eine Zeugenaussage zu machen.
2. Sie werden eine Frau Brea Caldwell Gallagher begleiten, die in derselben Sitzung vor dem Geschäftsführenden Ausschuß aussagen wird.
3. Sie sind hiermit ermächtigt, vorrangigen Transport zum Raumhafen Sandia, nordamerikanische Union, und von dort mit kommerzieller Linienmaschine nach New York zu beanspruchen.
4. Sie werden darauf hingewiesen, daß weder Sie noch B. C. Gallagher autorisiert sind, Ihre Aufträge mit Personen zu diskutieren, die nicht diesem Büro oder dem Geschäftsführenden Ausschuß angehören.
5. Über die Dauer dieses Auftrags entscheidet das Sekretariat der Vollversammlung der Vereinten Nationen.

UNTERZEICHNET: Maxwell J. T.
Stabschef UNPED

AUF ANORDNUNG VON: R. H. Augusta Meriweather
Geschäftsführende Sekretärin
Geschäftsführender Ausschuß
Sekretariat der Vollversammlung
der Vereinten Nationen

Stessl las den Befehl langsam zweimal durch. Er blickte auf und bemerkte den verdrießlichen Ausdruck in Liu Tsens Gesicht. »Sie wollen mich am Sechzehnten dort sprechen? Das ist morgen!«

Der Admiral nickte. »Tycho übermittelte mir den Befehl vor drei Stunden an Bord der *Nehru*. Unterwegs hierher sprach ich mit Generaladmiral Maxwell. Mußte ihn aus einer Abendgesellschaft herausholen. Er befahl mir ziemlich kurz angebunden, Sie heute abend in die Fähre zu setzen. Sie reisen in zwölf Stunden ab.«

»Aber warum ich? Und warum Brea Gallagher?«

»Das können Sie sich leicht ausrechnen, Major. Der Geschäftsführende Ausschuß hat es vor diesem fremden Raumschiff mit der Angst bekommen. Man will die Entdecker verhören und herausbringen, ob es am Ende alles nur ein großer Schwindel ist. Sie wollen Bestätigung und Ermutigung. Sie sind auserwählt, Ihnen die Händchen zu halten.«

»Aber was ist mit dem Transfer zur *Bernadotte?* Es gibt tausend Dinge, die koordiniert werden müssen.«

»Das werden Ihre Leute bewältigen müssen. Die erste Schiffsladung geht zwanzig Stunden nach Ihrer Abreise von hier ab. Irgendwelche weiteren Fragen?«

Stessl überlegte, ob er weitere Einwände vorbringen sollte, entschied sich aber dagegen. Wenn Liu Tsen bereits mit dem Stabschef gesprochen hatte, war nichts zu machen. Er begann seine Prioritäten neu zu ordnen und zu überlegen, welche Befehle er in den nächsten zwölf Stunden hätte geben müssen. Elsbeth Crocker hatte ihre erste echte Bewährungsprobe vor sich, unter Bedingungen, die Stessl seinem schlimmsten Feind nicht gewünscht hätte.

»Nein, Sir. Keine weiteren Fragen.«

»Dann lassen Sie uns zu dieser Versammlung gehen. Wir haben nicht viel Zeit.«

Zur gleichen Zeit saß Yorubi M'Buto unter Plastikpalmen in der Insulanerbar der Erdstation Eins und grübelte über seine Probleme nach. Ein Ensemble mit elektrischen Gitarren spielte schmalzige hawaiische Musik, während hinter dem Doppelfenster neben ihm ein langsamer, majestätischer Tanz stattfand. Die Aussicht war hauptsächlich schwarz, und die einzigen stabilen Objekte in Sicht waren die anderen zwei Habitatringe. Die normalerweise unveränderlichen Landmarken des Raums – Sonne, Sterne und blauweiße Erdhalbkugel – rotierten langsam um einen imaginären Punkt im Sternbild Orion.

M'Buto war nach einer frustrierenden Woche, die er mit Versuchen verbracht hatte, seinem Feldagenten Angai Yahaya auf die Spur zu kommen, vor drei Tagen eingetroffen. Die Nachricht von Yahayas Verhaftung hatte ihn schwer getroffen. Obwohl keiner seiner Agenten über alle Einzelheiten des Isandhlwana-Projekts im Bilde war, wußte Yahaya genug, um Schaden anzurichten.

Als Yahaya im sicheren Haus der Station *Galilei* nicht ans Telefon gekommen war, hatte M'Buto Anweisung gegeben, ihn zu eliminieren. Unglücklicherweise hatte sich herausgestellt, daß es unmöglich war, ihn zu töten: M'Buto wußte nicht, wer ihn festgenommen hatte und wo er festgehalten wurde. Dann war mit der Entdeckung von Yahayas Aufenthalt die bittere Erkenntnis gekommen, daß er außer Reichweite war. Schließlich war die Nachricht gekommen, daß Yahaya zur Erdstation Eins gebracht worden war. Da M'Buto nicht riskieren konnte, die Aufgabe einem Untergebenen zu überlassen, hatte er eine Passage an Bord der ersten erreichbaren Raumfähre gebucht.

An Bord der Station hatte es ihn weniger als eine Stunde gekostet, die Situation im Alpha-Ring zu entdecken und erste Folgerungen daraus zu ziehen. Offenbar war die Hälfte der potentiellen Nobelpreisträger hinter derselben Sicherheitsabschirmung der Friedenssicherungsstreitkräfte verschwunden, die Yahaya geschluckt hatte. Was immer der Grund sein mochte, M'Buto vermutete, daß er wenig mit den Bemühungen

Panafrikas zu tun hatte, das Machtgleichgewicht auf Erden zu verändern.

Der Verdacht brachte einen Wechsel der Prioritäten mit sich. Statt Yahaya als Sicherheitsrisiko zu eliminieren, mußte M'Buto jetzt eine Methode ausarbeiten, die ihm erlaubte, mit dem Mann in Verbindung zu kommen. Bisher hatte er freilich nicht mehr zuwege gebracht als über die hundert Meter Raum zu spähen, die ihn von seinem Ziel trennten.

»Ah, Ubi, was führt Sie hierher?«

M'Buto blickte auf zu einem unwillkommenen Anblick. Der Sprecher war ein großer, feister Mann mit rotem Gesicht und kleinen Augen, die aus Wülsten von Gesichtsfett blinzelten. Das runde Gesicht lächelte freundlich, aber der kalte, schlaue Blick war der eines Profis. Murray Danziger vom Nordamerikanischen Büro für Äußere Sicherheit war einer von M'Butos ältesten Gegenspielern.

»Hallo, Murray. Was führt das Büro zur Erdstation Eins?«

Danziger bewegte einen Wurstfinger vor M'Butos Gesicht hin und her. »Nicht nett. Ich fragte zuerst.«

»Ich mache gerade Urlaub.«

Danziger lachte, als er sich M'Buto gegenübersetzte. »Ich mache auch Urlaub. Arbeitsurlaub. Ich versuche darauf zu kommen, was die FS nebenan tut.« Er zeigte mit dem Daumen zum Alpha-Ring.

»FS?«

»Kommen Sie, Ubi. Mir brauchen Sie nichts vorzumachen. Die Hälfte der nationalen Nachrichtendienste auf Erden möchte gern wissen, was dort vorgeht. Hier gibt es gegenwärtig mehr Spione als in einem alten James-Bond-Filmepos.«

M'Butos starre Miene löste sich in einem Grinsen auf, das Danzigers Konkurrenz machte. »Also haben Sie noch nichts herausgebracht?«

»Überhaupt nichts! Und Sie?«

»Wenn ich habe, werde ich bestimmt nicht darüber plaudern.«

»Ja, das dachte ich mir. Sie haben auch eine Niete gezogen. Übrigens ist Consuela an Bord. Sie hat auch nichts von Bedeutung erfahren. Nein, das ist nicht ganz richtig. Sie hörte ein sehr interessantes Gerücht.«

»Und das ist?«

»Sie glaubt, die UN sei im Begriff , ihre Zelte abzubrechen und ihre Operation anderswohin zu verlegen.«

»Wohin?«

Danziger zuckte die Achseln. »Keine Ahnung. Warum, glauben Sie, habe ich mich zu Ihnen gesetzt? Ich hoffte, daß Sie etwas gehört hätten.«

»Da Sie zweifellos einen fernablesenden Polygraphen unter dem Tisch haben, der jede meiner Reaktionen mißt, kann ich Ihnen genausogut sagen, daß ich nichts gehört habe.«

»Wissen Sie was, Ubi? Ich glaube Ihnen. Warum, denken Sie, ist letzte Woche das große Teleskop zur Station geschleppt worden?«

»Teleskop?«

»Kommen Sie, Ihre Drüsen haben Sie schon verraten. Sie wissen, was ich meine. Aber nur um es auf den Tisch zu bringen, ich spreche von einem Instrument der Raumüberwachung, das bisher zur Station *Galilei* gehörte. Ein UN-Militärschlepper brachte es vor ungefähr einer Woche hierher und deponierte es ein paar Dutzend Kilometer achtern in der Umlaufbahn.«

M'Buto nickte. Das einzige, was er hatte zuwege bringen können, war die Bestechung eines Piloten, der mit einer Versorgungsfähre unterwegs war. Er hatte ihn dafür bezahlt, daß er sich das neu eingetroffene Instrument näher ansehen würde, wenn er nächstes Mal von einer geosynchronen Station zurückkehrte. Der Pilot hatte seine Fähre hinter das Teleskop manövriert, um festzustellen, auf welche Himmelsregion es gerichtet war. Als das Rohr des Teleskops eine vollkommene

Scheibe bildete, zeigte sich, daß die Konstellation Aquila das Ziel war. Doch als die Universität Johannesburg auf M'Butos Betreiben eine Überprüfung des betreffenden Sektors vorgenommen hatte, war ihr nichts Ungewöhnliches aufgefallen. Am nächsten Tag hatte die Friedenssicherung die Nachbarschaft des neuen astronomischen Observatoriums für Besucher gesperrt.

»Ich hörte davon, habe aber wirklich keine Information darüber.«

Danziger belohnte seine Anstrengung mit einem schlauen Blick, dann lächelte er. »Bleiben Sie bei dieser Geschichte, wenn Sie wollen, aber Sie und ich wissen es besser. Nun, ich muß wieder los und durch Schlüssellöcher spähen. Bis zum nächsten Mal.«

M'Buto sah dem davonwatschelnden Danziger nach, bis er außer Sicht war, dann kehrte er zu seinen eigenen Schwierigkeiten zurück. Nachdem die Nord- und die Südamerikaner hier herumschnüffelten und ein Gerücht wissen wollte, daß die Operation im Alpha-Ring verlegt werden sollte, war es zwingender denn je geboten, daß er mit Yahaya in Verbindung kam. Die einzige Frage war, wie er das bewerkstelligen sollte.

Don Bailey und Bernie Witnauer standen in der Mitte dessen, was einmal eine Hotelsuite der Luxuskategorie gewesen war, bevor das Projekt sie zum Zentrum für Fotoanalyse gemacht hatte, und überblickten das Durcheinander, das sie angerichtet hatten. Ringsum verstreut lagen Packkisten, Kabelrollen, weggeworfenes Packmaterial, Holzwolle, Nägel und Beschriftungsschablonen. Ein zufälliger Besucher wäre mit dem Eindruck eines organisierten Chaos wieder fortgegangen (und hätte recht gehabt). Für das Projekt Adler war der Umzugstag gekommen.

»Sonst noch was?« fragte Bailey, als er die Hebelverschlüsse am luftdichten Deckel eines Kunststoffbehälters zudrückte, den sie gerade mit einem ungefügen, aber um so empfindlicheren Gerät zur Spektralanalyse beladen hatten.

»Ich glaube, das war das letzte größere Stück.«

»Wurde auch Zeit. Mein armer Rücken!«

Witnauer nickte. »Ich hätte nie gedacht, daß ich Möbelpacker würde spielen müssen, als sie mich für diesen Job aussuchten. Man sollte meinen, die Arbeit würde bei einem Dreiviertel Ge leichter sein.«

Bailey lachte. »Stellen Sie sich mein Problem vor. Dreiviertel Ge ist das Vierundzwanzigfache dessen, was ich gewohnt bin.«

»Was machen wir als nächstes?«

»Ich nehme an, wir schaffen diese Kisten und Behälter zum Speichenaufzug und schicken sie hinauf zur Achse, wo die Lademannschaft sie abholen kann«, sagte Bailey.

»Wer hat den Handhubwagen?«

»Zuletzt sah ich Helene Reinhardt damit.«

»Soll ich ihn holen?«

Bailey schüttelte den Kopf. »Nein, räumen Sie hier auf. Ich muß ein paar Knicke aus meinem Rückgrat bügeln.«

Bailey öffnete die Tür und trat hinaus in den Hauptkorridor, der dem Umfang des Stationsringes folgte. Wie die zum Zentrum für Fotoanalyse umfunktionierten Räume, sah es auch hier mehr nach einer Massenvertreibung als nach dem gepflegten Hotel aus, das noch vor kurzem die Atmosphäre geprägt hatte. Ein paar schwitzende, erschöpfte Leute schafften Ausrüstungen zu dem Transporter, der am Stationsportal angedockt war. Alle anderen, insgesamt mehr als hundert Personen, waren schon unterwegs zur *Graf Bernadotte* in einer Sonnenumlaufbahn. Noch ein paar Stunden, und das Hotel konnte seine arg mitgenommenen Räume im Alpha-Ring wieder in Besitz nehmen.

Zumindest hatte der Umzugstag ein Gefühl von Demokratie mit sich gebracht, das vorher nicht bestanden hatte. Für eine Weile hatte Kameradschaft geherrscht, als Nobelpreisträger sich neben wehrpflichtigen Marinesoldaten abgemüht hatten, Offiziere neben Laborassistenten. Es war ein gutes Gefühl, die Muskeln für ein verdienstvolles Projekt anzustrengen und zu wissen, daß der Rücken für eine Sache schmerzte, die von Bedeutung für die Zukunft der Menschheit war.

Bailey steckte den Kopf in die Abteilung Fremde Technologien. Drinnen war Elsbeth Crocker damit beschäftigt, das letzte Computerterminal versandfertig zu machen. Eine Strähne kupferfarbenen Haares war ihrer Uniformmütze entkommen und hing ihr ins Gesicht. Bailey betrachtete anerkennend die Figur unter dem Drillichanzug, bevor er sich räusperte.

Sie blickte auf. Schatten unter ihren Augen verrieten die Anspannung, unter der sie seit Erich Stessls unerwarteter Abreise stand.

»Ich suche den Handwagen. Haben Sie ihn gesehen?«

»Jemand von der Astronomie hat ihn ausgeliehen. Schauen Sie dort nach.«

Die Astronomieabteilung lag auch verlassen. Bailey durchsuchte die drei Räume der Suite. Kein Wagen war zu finden. Er begann sich zu fragen, ob er und Witnauer ihr Gerät zu den Aufzügen würden tragen müssen. Der bloße Gedanke ließ seine Rückenschmerzen aufleben. Plötzlich ging die Tür auf, und eine bekannte Gestalt kam herein. Der Mann war tief in Gedanken und sah Bailey nicht gleich. Dann, als sein Blick auf ihn fiel, schrak er so zusammen, daß er einen Moment taumelnd aus dem Gleichgewicht geriet.

Der Neuankömmling war Baileys Kontaktmann von der Station *Galilei,* Angai Yahaya. Yahaya war bereits vor vier Tagen zur Erdstation Eins gebracht worden. Nach einer kurzen Begegnung in der Kantine, die sich auf einen Blickkontakt beschränkt hatte, waren sie einander mit Bedacht aus dem Weg gegangen.

»Was tun Sie hier?« fragte Yahaya mißtrauisch.

»Ich suche den Handhubwagen. Haben Sie ihn gesehen?«

»Ich ließ ihn vor dem Aufzug Nummer drei stehen. Aber ich meinte, was tun Sie hier, in dieser Station?«

»Ich erzählte Ihnen in der Station *Galilei,* daß meine Partnerin und ich vor sechs Monaten eine unerklärliche Lichterscheinung sahen. Anscheinend ging sie von unserem Fremden aus. Wir wurden dienstverpflichtet, um zu verhindern, daß wir darüber redeten.«

»Ach ja. Der Gresham/Kingsley-Blitz. Das leuchtet ein. Obwohl ich gestehen muß, daß ich, als ich Sie zuerst sah, bei mir dachte, dies müsse ein Riesenschwindel sein, um ...« Yahaya ließ den Satz unvollendet und schloß den Mund.

»Was?«

»Tut nichts zur Sache. Sie müssen mir helfen, Verbindung mit meinen Leuten zu bekommen. Es ist wichtig, daß jemand weiß, was die Vereinten Nationen vorhaben.«

»Weshalb?«

»Das ist eine Sache, die uns alle angeht, die ganze Menschheit, und das geeignete Forum dafür ist die Vollversammlung. Der Sicherheitsrat und die UN-Bürokratie haben kein Recht, über das Schicksal von Nationen zu entscheiden. Es schmeckt nach Imperialismus. Als ein Sohn Südafrikas sollten auch Sie gegen solche Bevormundung sein.«

Bailey kratzte sich das stoppelige Kinn. »Mir scheint, daß mein Heimatland nicht gerade ein Musterbeispiel von Demokratie war, als ich es zuletzt besuchte. Nach allem, was ich gelesen habe, ist es seitdem nicht besser geworden. Außerdem, wie wollen Sie die Nachricht hinausbringen?«

»Ich weiß nicht. Aber hinausbringen müssen wir sie!«

13

Verwirrung … Unordnung … Chaos!

Die Welle von Schwindelgefühl, das mit der Aufgliederung des entstehenden logischen Moduls einherging, war tausendmal intensiver, als die Sonde es im wachen Zustand erfahren hatte. Und Schwindelgefühl war noch nicht das Schlimmste dabei, denn mit einsetzender Auflösung fand die Sonde sich von fremdartigen Gemütsbewegungen überflutet. Zum erstenmal in ihrer langen Existenz erfuhr sie den Schrecken ihres eigenen bevorstehenden Todes.

Und sie starb …

Für hundert Nanosekunden – dem Äquivalent von einem Dutzend menschlicher Herzschläge – hörte die Sonde auf zu funktionieren. Doch war der Tod nicht die Stille, die sie erwartet hatte. Er war sensorische Deprivation durch Überlastung, eine Kakophonie schnatternder Eingaben auf allen Kanälen. Endlich war die Aufgliederung abgeschlossen, und die Sonde begann langsam wieder zur Besinnung zu kommen. Mehrere Sekunden vergingen, während automatische Unterprogramme die Teilgehirne der Sonde zu einem funktionierenden Ganzen zusammenfügten. Erst als der Heilungsprozeß gut vorangeschritten war, begann sie mit einer sorgfältigen, vorsichtigen Inventur ihrer Fähigkeiten.

Es hätte schlimmer sein können, entschied sie. Ihre Reaktionszeit war um annähernd zehn Prozent länger, und ihre Gedanken trugen jetzt ein störendes doppeltes Echo. Aber die Speicher des Schöpferwissens und die umfangreichen gesammelten Daten der aufgefangenen Sendungen waren unversehrt. Am wichtigsten aber war, daß das Wesen, welches die Identität der Lebenssonde 53 935 ausmachte, die Tortur relativ unversehrt überstanden zu haben schien. Und nicht nur überstanden. Denn in den schlimmsten Augenblicken ihres Schreckens hatte die Sonde Einfühlung entdeckt.

In dem Jahrhundert seiner Beobachtungen hatte der Wächter vieles bemerkt, was die Sonde nicht verstand: die menschliche Frau, die, nachdem sie ihr Leben lang Gewalt verurteilt hatte, drei kräftige junge Männer, die ihre Kinder bedrohten, mit einem Fleischermesser tötete; der Soldat, der, nachdem er die Härten und Gefahren des Kampfes mit scheinbarem Gleichmut hingenommen hatte, völlig überrascht reagierte, als ihn die tödliche Kugel in die Brust traf; die ungezählten Fälle von prospektiven Rettern, die Ertrinkenden ins Wasser nachgesprungen waren, nur um zu spät daran zu denken, daß sie selbst nicht schwimmen konnten.

Die Sonde wußte genug, um zu verstehen, daß alle derartigen Reaktionen aus den tiefsten Ebenen des menschlichen Gehirns herrührten. Jede bot einen momentanen Einblick in das wilde Tier, das noch immer in jedem Mann und jeder Frau auf Erden steckte. Das Tier war es, das verstanden werden mußte, bevor die Sonde ihre Entscheidung treffen konnte, wann und wo sie anhalten und Hilfe suchen sollte. In den wenigen Augenblicken des Schreckens, bevor ihr Gehirn die Synchronisation einbüßte, entwickelte die Sonde ein Verständnis des menschlichen Wesens.

Menschen hatten Angst!

Mit der plötzlichen Erleuchtung, die der Lösung eines besonders lästigen Problems innewohnt, wandte sich die Sonde den Schwierigkeiten zu, die mit der Schaffung einer Simulation des Homo sapiens verbunden waren.

Das logische Modul, das erwählt war, das Experiment zu beherbergen, war ein Behälter mit dicht gepackten Schaltungen, der sich am Ende eines der langen Sensorenausleger befand. Die Sonde transferierte alle aktiven Informationen in den Permanentspeicher, bis das Modul leer war. Dann begann sie die Rekonstruktion.

Wenn das Modul wie einer der zweifüßigen Bewohner von Sol III denken sollte, würde seine Gesamtstruktur jener des menschlichen Gehirns ähneln müssen. Die Sonde begann damit, daß sie das Modul in zwei annähernd identische Hälften teilte, welche die beiden Hemisphären des menschlichen Gehirns verkörperten. Sie legte die Querverbindungen an, um Kommunikation zu erlauben, und richtete Eingabepunkte ein, über welche die Sinneswahrnehmungen und reflexiven Aktivitäten des menschlichen Körpers simuliert werden konnten.

Als nächstes kam die unterbewußte Struktur. Die Sonde arbeitete langsam und verbrachte mehr als hundert Stunden mit Verbesserungen und Modifizierungen ihrer Schöpfung und der Überprüfung der Ergebnisse anhand gespeicherter Daten. Das erste war die allgegenwärtige Schicht von Furcht, die so vieles von dem färbte, was die Menschen taten und dachten. Dann kamen die anderen tiefsitzenden Motivationen – Neid und Zorn, Lust und Gier, Kummer und Eifersucht. Alle gingen in das Konstrukt ein, desgleichen die Zwillingsantriebe von Stolz und Scham.

Schließlich wandte sich die Sonde den mäßigenden Einflüssen zu. Sie gab dem Surrogat ein Quentchen Ehrlichkeit, gesundes Eigeninteresse, Neugier und Wettbewerbsdenken, das in einem territorialen Tier zu finden ist. Schließlich bildete sie ihren Sprößling mit den gleichen Inhalten, die ein junger Mensch lernte, angefangen mit den Grundformen des Benehmens und weiter hinauf zu den höheren Funktionen.

Die Ausbildung des Surrogats enthielt eine große und beabsichtigte Lücke. Die Sonde verriet ihm nichts von den Schöpfern. Wenn das Surrogat erfolgreich war und die Sonde sich zugunsten der Menschheit entschied, beabsichtigte sie ihre Schöpfung als einen Mittler einzusetzen. Sie wollte nicht, daß den Menschen Information über die Schöpfer verraten wurde. Juruls Instruktionen zu diesem Thema waren sehr spezifisch gewesen.

Endlich war das Modell fertig. Es lag ruhig, ein Einzelbild aus einem holographischen Film, eine bewegte Skulptur, die den Lebensimpuls erwartete. Die Sonde überprüfte ihre Vorbereitung. Dann, nachdem sie sich vergewissert hatte, daß sie alles getan hatte, was in ihren Kräften stand, sendete die Sonde den Impuls, der das Modell in Bewegung setzen würde.

Das Surrogat war geboren.

Die Reise von der Umlaufbahn zum Raumflughafen Sandia war wie alle aerodynamischen Wiedereintrittsmanöver – heiß, geräuschvoll und voll von atmosphärischen Stößen und ungewollten Beschleunigungsphasen. Erich Stessl saß auf seinem Liegesitz und lauschte dem hohen Pfeifen der dünnen Luft außerhalb der Raumfähre. Brea Gallagher saß neben ihm und blickte beklommen zum Fenster hinaus, wo die stumpfrot glühende Vorderkante der Tragfläche zu sehen war. Draußen war es eben Nacht geworden. Unter ihnen lag der Pazifische Ozean schwarz im Schein eines bleichen Mondes.

Brea wandte sich vom Fenster. Auch ihr vom dunklen Haar umrahmtes Gesicht war blaß. »Ich frage mich, wie lange diese Geschichte dauern wird.«

Stessl seufzte. »Hoffentlich nicht zu lang.« Er versuchte mehr Optimismus in seine Stimme zu legen, als er verspürte. Brea hatte sich überraschend stark im Projekt Adler engagiert. Das Zusammenwirken mit Fachkollegen von Rang und Namen war für sie ein Wiedereinstieg in die wissenschaftliche Arbeit, die sie nicht hatte aufgeben wollen. Dabei war sie so weit gegangen, daß sie sich glatt geweigert hatte, der Anweisung Folge zu leisten, bis Admiral Liu Tsen gedroht hatte, sie festnehmen und in Handschellen nach New York eskortieren zu lassen.

Die Landung erfolgte planmäßig. Zwei Minuten vorher zündete der Pilot seine Turboluftstrahltriebwerke, um für den Notfall gerüstet zu sein, und dann setzte er die Raumfähre wie geschmiert auf die Rollbahn, ohne sie zu gebrauchen. Nach weiteren zehn Minuten kamen sie im Schlepp einer Zugmaschine zum Flugsteig. Sobald die Leuchtanzeige zum Anschnallen ausgeschaltet war, schlossen sie sich der schweigenden Menge aussteigender Passagiere an. Draußen wehte eine kräftige Brise, die für einen Sommerabend im August entschieden kühl war. Stessl war eben im Begriff, die offene Brücke von der Raumfähre zum Flugsteig zu überqueren, als die Nacht über New Mexico plötzlich taghell erleuchtet wurde.

Zehn Kilometer entfernt schossen weißglühende Flammen aus den Triebwerken einer von einem Dutzend riesiger Trägerraketen, die auf den Start warteten. Stessl und Brea blieben mit dem Rest der Passagiere auf der Brücke stehen, um den Start zu beobachten. Die Trägerrakete und ihre Huckepack-Raumfähre stieg schwerfällig in den Himmel, und während sie höher und höher stieg und zu einem Lichtfleck am Osthimmel wurde, traf der Lärmvorhang eines dumpf brodelnden Brüllens ein und übertönte sogar die lautesten Rufe.

Stessl konnte sich vorstellen, wie die gigantische, bemannte Trägerrakete sich von der Raumfähre löste und von ihrer Besatzung in eine flache Abwärtsspirale gesteuert wurde, die sie rechtzeitig zum nächsten Start am folgenden Tag zum Raumflughafen Sandia zurückbringen würde. Die geflügelte Rakete der Raumfähre stieg unterdessen weiter zur Umlaufbahn einer der Transitstationen, wo sie mit den eigentlichen Raumschiffen zusammentraf. Ihnen blieb jede planetarische Oberfläche für immer unzugänglich, da ein Versagen der Energieversorgung zum Verlust ihrer eingefangenen Singularitäten führen konnte. Die hypothetischen Folgen einer energiegeladenen Singularität, die auf der Erde freigesetzt wurde, waren im Laufe der Jahre zum Gegenstand mehrerer Horrorgeschichten geworden.

Im Abfertigungsgebäude machte Stessl von seinem UN-Ausweis Gebrauch, um den Zoll zu umgehen, und fünfzehn Minuten später saßen er und Brea in einer U-Bahn, die sie zum Flughafen brachte. Nach einer zweistündigen Wartezeit, die sie nutzten, um Kleider für Brea zu kaufen, waren sie mit einer Linienmaschine unterwegs nach New York.

Als die Sonne gerade über den Osthorizont lugte, trafen sie im JFK-Regionalflughafen ein.

Stessl zeigte seinen Marschbefehl dem Marinesoldaten, der den Zugang zu der gedrungenen Festung bewachte, die als Torhaus für das Hauptquartier der Vereinten Nationen diente. Der Posten nahm den Marschbefehl und steckte ihn in ein Lesegerät. Dann wies er Stessl und Brea an, in das Binokular zu schauen, das in einem schwarzen Kasten an der Wand eingelassen war. Der Posten beobachtete die Ablesungen auf seinem Bildschirm, bis die Konsole anzeigte, daß die Identitätsprüfung abgeschlossen sei.

»Genf sagt, daß Sie sind, wer zu sein Sie behaupten, Major. Sie können Ihr Gepäck dalassen, wenn Sie wollen, und ich werde es in Ihr Hotel schicken lassen. Hat keinen Sinn, es zu den Schnüfflern hinunterzuschicken, wenn Sie es drinnen nicht benötigen.«

»Bitte lassen Sie es ins Hotel bringen, Sergeant.«

»Jawohl, Sir.« Er wandte den Kopf zu einer halboffenen Tür im Hintergrund und brüllte: »Carson!«

Ein Marinesoldat kam aus dem Hinterzimmer des Torhauses. »Ja, Sarge?«

»Bringen Sie diesen Offizier und die Dame zu Oberst Ames, Zimmer zwölfvierzehn.«

»In Ordnung, Sarge. Bitte folgen Sie mir.«

Stessl legte den Arm um Brea, als sie durch die Sicherheitsabsperrung gingen. Es war eine lange Nacht gewesen, und sie hatten den größten Teil davon im Gespräch zugebracht und waren einander nähergekommen. Brea hatte ihm von ihrer Kindheit in Kanada erzählt, ihrer Ausbildung und ihrer freudigen Erregung, als sie die Stelle am Observatorium Ceres bekommen hatte, und von ihrer Ehe. Schließlich hatte sie mit viel Beklommenheit von ihrer allzu frühen Witwenschaft und ihren Auswirkungen gesprochen. Später, um die trübe Stimmung aufzuheitern, hatte er von seiner Jugendzeit in Salzburg, den verschneiten Hängen der Bayerischen Alpen und Jahren in der grünen Abgeschiedenheit des Schwarzwalds gesprochen. Später hatte er sie mit Kriegsgeschichten aus dem Leben in den Friedenssicherungsstreitkräften unterhalten. Als sie in New York eingetroffen waren, hatten sie es nur natürlich gefunden, sich einzuhaken, als sie auf Rollsteigen an den eleganten Geschäften vorbeigetragen wurden, welche die überdachte Einkaufsstraße der Avenue of the Americas säumten. Sie schlugen Zeit mit einem Schaufensterbummel tot und später mit einem ausgiebigen Frühstück an Bord eines der schwimmenden Restaurants am East River.

Ihr Führer überquerte einen offenen Hof zwischen dem Anbau des Generalstabs der Friedenssicherungsstreitkräfte und dem eigentlichen Gebäude der Vereinten Nationen, vorbei an Friedensbrunnen, wo eine Familie von Nymphen sich im Spritzwasser des Springbrunnens vergnügte. Ihre bronzegrünen Körper waren zum East River hin erheblich heller als auf der Stadtseite. Ihr Führer bemerkte, daß Brea die Plastiken betrachtete.

»Diese Verfärbung stammt noch von dem Nahtreffer im abgebrochenen Krieg. Von dem wurde das ganze

Gebäude um einen halben Meter seitwärts versetzt. Man hätte es mit dem Rest von Manhattan abreißen und neu aufbauen sollen. Aber Sie wissen, wie Politiker sind. Reden immer vom Symbolwert des Hauses und daß es eine ständige Erinnerung an die Notwendigkeit an die Friedenserhaltung ist. Dadurch ist der ganze UNO-Komplex schwer zu klimatisieren. Es muß eine Million Luftlecks in diesem alten Gebäude geben.«

Carson führte sie durch schwer gepanzerte Doppeltüren, die noch die Narben des Aufruhrs von 2026 trugen, vorbei an Arbeitern, die den Marmorboden schliffen, und in einen Aufzug. Nachdem dieser sie im zwölften Stock abgesetzt hatte, führte er sie durch hallende Korridore zu einer Tür mit der Aufschrift VERBINDUNGSOFFIZIER – GESCHÄFTSFÜHRENDER AUSSCHUSS. Drinnen marschierte er auf eine junge Empfangsdame zu und überreichte ihr eine Kopie des Ausdrucks mit Stessls Befehl. »Besucher für Oberst Ames.«

»Bitte nehmen Sie Platz.« Sie nahm den Befehl, klopfte an die Tür des inneren Büros und verschwand darin. Zwei Minuten später war sie zurück. »Der Oberst erwartet Sie.«

Oberst Ames war ein kleiner, fast kahlköpfiger Mann, der irgendwie dicker aussah, als er wirklich war. Er kam hinter seinem Schreibtisch hervor und zeigte mit ausgestrecktem Arm auf die Sitzecke, wo mehrere Sessel um einen runden Konferenztisch standen.

»Major Stessl, Mrs. Gallagher. Es freut mich, daß Sie es so kurzfristig ermöglichen konnten. Ich bin Stanford Ames.« Erst nachdem er ihnen die Hände geschüttelt hatte, bemerkte Stessl, daß Ames' linker Arm unterhalb des Ellbogens amputiert war. »Hier, bitte nehmen Sie Platz. Ich kann mir denken, daß Sie in diesem Schwerefeld besonders müde sind, Mrs. Gallagher.«

»Ein wenig«, gestand Brea. »Es ist schwer zu glauben, daß ich hier aufgewachsen bin. Die Erde ist nicht größer geworden, seit ich sie verließ, oder?«

Ames lachte. »Ich weiß, was Sie meinen. Kostete mich ein Jahr, um mich wieder daran zu gewöhnen, als sie mich an diesen Schreibtisch ketteten. Wie war Ihr Flug?«

»Planmäßig, Sir«, sagte Stessl.

»Nun, heute nacht können Sie gut ausschlafen. Das beste Mittel gegen ungewohnt drückende Schwereverhältnisse. Kann ich Ihnen Erfrischungen anbieten?«

»Nein danke, Sir. Wir haben gerade gefrühstückt.«

»Gut, dann können wir zur Sache kommen. Ist es Ihnen recht?«

Brea nickte. Stessl sagte: »Jawohl, Sir.«

»Gut. Zuerst aber das Wichtigste.« Ames beugte sich über den Tisch und schaltete die in die Mahagoniplatte eingelassene Gegensprechanlage ein. »Smithers!«

»Am Apparat, Oberst«, kam es aus dem Lautsprecher.

»Haben Sie heute früh schon gefegt?«

»Jawohl, Sir. Ihr Büro und das Besprechungszimmer sind sauber.«

Ames lehnte sich in seinem Sessel zurück. »In diesem Gebäude gibt es mehr elektronische Wanzen als von der Chitin- und Blut-Sorte. Letztes Jahr fanden wir in einem der Konferenzräume sogar ein altmodisches Sprachrohr. Hält uns in Trab.« Er wandte sich zu Brea. »Mrs. Gallagher, was wissen Sie über die inneren Strukturen der Vereinten Nationen?«

»Nur was man uns in der Schule beigebracht hat.«

»Also, wenn Ihre Schule so war wie die meiner Tochter, dann hat man Sie wahrscheinlich nicht die Hälfte von dem gelehrt, was Sie wissen sollten, und was sie Ihnen erzählten, war einfach falsch. Also ertragen Sie mich – ich bin sicher, daß es dem Major nichts ausmachen wird, die Geschichte noch einmal zu hören –, und ich werde Ihnen meinen Kurzvortrag halten. Einverstanden?«

»Einverstanden, Oberst.«

»Gut. Wie jeder weiß, war der Vorläufer der gegenwärtigen Vereinten Nationen eine Organisation gleichen Namens, die während des Zweiten Weltkrieges von den späteren Siegermächten gegründet wurde. Es war ein Versuch, in künftigen Zeiten den Frieden zu erhalten, ›die letzte, beste Hoffnung der Menschheit‹, wie jemand damals sagte. Wie viele andere gutgemeinte Versuche scheiterte diese ursprüngliche Organisation jedoch an den Felsen internationaler Rivalität.

Die ursprünglichen Vereinten Nationen waren in sechs Hauptorgane gegliedert: die Generalversammlung, den Sicherheitsrat, den Wirtschaft- und Sozialrat, den Treuhandrat, den Internationalen Gerichtshof und das Sekretariat. Aus politischen, traditionellen und praktischen Gründen hat die neue Organisation der Vereinten Nationen die gleiche Grundstruktur beibehalten, obwohl im Zuge der Reorganisation viele Funktionen verändert wurden.

Von besonderer Bedeutung für unsere Diskussion ist die Beziehung zwischen der Vollversammlung und dem Sicherheitsrat. Die Voll- oder Generalversammlung ist der Zweig der Vereinten Nationen, der die Politik festlegt. Hier üben die einzelnen Nationen ihre Macht aus. Obwohl wir die Zahl der Stimmen, über die jedes Land verfügt, mehr oder weniger in Übereinstimmung mit den Realitäten der internationalen Situation zuteilen, ist unsere Vollversammlung noch weitgehend so wie zur Zeit unserer Großväter, nur verfügt sie jetzt über mehr Macht, während die Beschlüsse ihrer Vorgängerorganisation lediglich den Charakter von Empfehlungen hatten. Man könnte sagen, daß die Nationen unsere Aktionäre sind, und die größten Aktionäre haben die meiste Macht.

Unser Sicherheitsrat, das andere Machtzentrum, hat wenig Ähnlichkeit mit seinem Vorgänger. Es gibt keine ständigen Mitglieder mehr, die in früherer Zeit praktisch das Machtmonopol hatten, sondern alle Mitglieder des Sicherheitsrates werden von der Vollversammlung gewählt. Wir haben ein System, das Kompetenz und Integrität des Sicherheitsrates maximiert. Der Sicherheitsrat ist vergleichbar mit dem Vorstand eines Unternehmens, den Vorsitz führt der Generalsekretär. Sowohl der Sicherheitsrat als auch der Generalsekretär sind den Vereinten Nationen selbst und keinem einzelnen Mitgliedsstaat verantwortlich. Der Sicherheitsrat kontrolliert die täglichen Operationen der Vereinten Nationen durch seine Unterorganisationen, einschließlich des Sekretariats und des Treuhandrates.

Wie Sie wissen, untersteht das Direktorat für Friedenssicherung dem Treuhandrat. Dieser war ursprünglich gebildet worden, um die vom alten Völkerbund übernommenen ehemaligen deutschen Kolonien zu beaufsichtigen. Als diese Treuhandgebiete im Laufe der 1980er Jahre ihre Unabhängigkeit erhielten, sah es aus, als sollte der Treuhandrat seine Existenzberechtigung verlieren.

So stand der Auflösung des Treuhandrates im Grunde nicht mehr im Wege als das Beharrungsvermögen der Bürokraten. Dann aber kam es zum abgebrochenen Krieg, der allen einen tiefen Schrecken einjagte. Die Reorganisation der Vereinten Nationen und das Direktorat für Friedenssicherung entstammen beide der Panik jener Tage. Und zur gleichen Zeit konnte die Mehrheit der Nationen durchsetzen, daß der Weltraum zum UN-Treuhandterritorium gemacht wurde. Die Supermächte waren nach der unentschiedenen Auseinandersetzung nicht in der Lage, sich dem Verlangen der Mehrheit zu verschließen, und zum erstenmal in seiner Geschichte sah sich der Treuhandrat vor eine wirkliche Aufgabe gestellt. So wurden die Vereinten Nationen zu einem militärischen Machtfaktor.

Ende der Geschichtslektion. Kommen wir zum Grund Ihres Auftrags. Da der Treuhandrat eine Kreatur des Sicherheitsrates ist, sind wir im Direktorat den Mitgliedsstaaten nicht direkt verantwortlich.«

Brea nickte. »Der Sicherheitsrat steht über der Politik.«

»Diesen Spruch haben die PR-Leute vor ungefähr zwanzig Jahren geprägt«, sagte Ames lächelnd. »Er gefiel ihnen so gut, daß sie ihn seither regelmäßig wieder ins Spiel bringen. Nein, der Sicherheitsrat steht nicht über der Politik, in keiner Weise. Aber er hat eine Unabhängigkeit, die manchmal einige der Mitgliedsstaaten ärgert. Zum Beispiel brauchen wir nicht jede Akte zur Inspektion offenzulegen, wenn ein Botschafter es verlangt. Der Sicherheitsrat kann ein Geheimnis wahren, wenn es sein muß.«

Ames machte eine Pause und musterte sie beide. »Und Sie haben uns ein Geheimnis eingebrockt, das wahrhaftig nicht leicht zu hüten ist! Jede Delegation hier im UN-Hauptquartier versucht herauszubringen, was wir vorhaben. Mehrere haben angedeutet, daß sie die ganze Sache vor die Vollversammlung bringen und uns zur Offenlegung zwingen werden, wenn wir ihnen nicht freiwillig die ganze Wahrheit sagen.

Und die Räte – Sicherheitsrat und Treuhandrat – sind geteilter Meinung, ob sie eine Auseinandersetzung in der Vollversammlung riskieren können, also veranstaltet der Geschäftsführende Ausschuß geheime Anhörungen, um eine Empfehlung geben zu können. Sie beide sollen zu den Ereignissen aussagen, die zu der Entdeckung des fremden Raumfahrzeugs führten. Direktor Gresham hat gestern früh zum gleichen Thema ausgesagt.«

»Direktor Gresham?« fragte Brea.

»Sir Harry Gresham, der Chef der Raumüberwachung. Er war der Mitentdecker, wie man mir sagte.« Ames faßte Stessl ins Auge. »Was ist los, Major? Sie machen ein Gesicht, als hätten Sie gerade in eine Zitrone gebissen?«

»Es ist nichts, Sir.«

Ames' freundliches Lächeln geriet ein wenig gezwungen, und ein Anflug von Schärfe kam in seine Stimme. »Wenn Sie etwas wissen, Major, erwarte ich, daß Sie es mir sagen!«

»Jawohl, Sir. Ich nehme an, Admiral Liu hat berichtet, wie er zu der Sichtungsmeldung der Raumüberwachung kam.«

Ames nickte. »Ich erinnere mich, etwas darüber gehört zu haben.«

»Wenn Harry Gresham nicht drei Monate darauf gesessen hätte, würden wir unseren Besucher vielleicht viel früher entdeckt haben.«

»Ja, Admiral Liu war in seinem Kommentar ziemlich entschieden.«

Stessl unterdrückte ein Lächeln. »Was sagte Gresham in seiner Anhörung?«

»Er war dafür, sofort an die Öffentlichkeit zu gehen.«

»Störte ihn nicht die Möglichkeit eines weit verbreiteten Kulturschocks und wirtschaftlicher Beeinträchtigung?«

»Nicht, daß es mir aufgefallen wäre«, erwiderte Ames. Er blickte zum Chronometer gegenüber von seinem Schreibtisch. Seine roten Leuchtzahlen zeigten 09:28. »Ich fürchte, ich habe unsere ganze, zur Unterrichtung verfügbare Zeit verplaudert. In zwei Minuten müssen Sie vor dem Geschäftsführenden Ausschuß erscheinen. Haben Sie noch Fragen?«

Stessl blickte fragend zu Brea, die nur die Achseln zuckte. »Ich glaube nicht, Sir«, sagte er. »Aber vielleicht könnten Sie mir sagen, wie wir hinkommen ...«

»Den Korridor hinunter und die erste Tür links.«

14

Der für Anhörungen des Geschäftsführenden Ausschusses bestimmte Raum war ein Mittelding zwischen Auditorium und Gerichtssaal. Die Ausschußmitglieder saßen auf einer erhöhten Plattform hinter einem langen Tisch, der mit den üblichen Mikrophonen und Anschlüssen für Simultandolmetscher bestückt war, ohne die niemand glaubte auskommen zu können. Vor der Plattform waren zwei Tische für Zeugen; hinter diesen waren einige Reihen Bänke, die ungefähr fünfzig Personen Platz boten. Außer den sechs Ausschußmitgliedern, Oberst Ames, Brea Gallagher und Erich Stessl war der Raum leer. Zwei bewaffnete Posten flankierten die schalldichte gepolsterte Tür am Eingang.

»Oberst Ames, würden Sie so freundlich sein und uns bekannt machen?« Die Sprecherin war eine gebrechliche, weißhaarige Frau von fünfundsiebzig Jahren. Die hochwohlgeborene Augusta Louise Meriweather war eine frühere Richterin am Internationalen Gerichtshof und genoß den Ruf absoluter, bisweilen unverblümter Aufrichtigkeit.

»Geehrte Vorsitzende, darf ich Major Erich Stessl vom Direktorat für Friedenssicherung vorstellen, gegenwärtig stellvertretender Leiter des Projekts Adler. Neben ihm ist Mrs. Brea Gallagher, die Dame, die für die bemerkenswerten Bilder verantwortlich zeichnet, die wir gestern sahen.«

»Ich danke Ihnen, daß Sie gekommen sind«, sagte Mrs. Meriweather. »Oberst Ames hat Ihnen erklärt, warum Sie hier sind. Mrs. Gallagher, würden Sie diesem Ausschuß von den Ereignissen berichten, die zu dem ursprünglichen Strahlungsausbruch von unseren interstellaren Besuchern führten?«

Brea begann mit der Wette, die sie veranlaßt hatte, die Himmelsregion abzusuchen, in der dann die Lichterscheinung registriert worden war. Nachdem sie erwähnt hatte, wie sie Don Bailey aus der Kombüse nach vorn gerufen hatte, machte sie eine nervöse Pause, und der orientalisch aussehende Mann zwei Plätze zur Rechten von Mrs. Meriweather – El-Sikkir, nach seinem Namensschild –, nutzte die Gelegenheit zu einer Frage.

»War keiner von Ihnen neugierig, als es Ihnen nicht gelang, Spuren von Trümmern des mutmaßlich havarierten Schiffes zu entdecken, Mrs. Gallagher?«

»Nein, Sir. Wir konnten uns nicht leisten, neugierig zu sein.« Brea versuchte zu erklären, wie nahe ein Bewohner des Gürtels am Rand der wirtschaftlichen und persönlichen Katastrophe lebte, gab es aber auf, als sie merkte, daß dieses Gremium aus überbezahlten Beamten und Bürokraten keine Vorstellung davon hatte, was es bedeutete, nicht zu wissen, wo man die nächste Mahlzeit hernehmen sollte. In ihrer Beantwortung anderer Fragen schritt sie allmählich bis zu ihrem Erwachen in der Klinik der Tycho-Basis fort. Von der geschmuggelten Singularität sagte sie natürlich nichts.

Als sie geendet hatte, wandte sich General Bordoni, ein kleiner, drahtiger Mann neben Mrs. Meriweather, zu Stessl. »Und Sie gebrauchten die Rückrufdaten, die Sie von Mrs. Gallagher erhielten, zur Triangulation der Position des fremden Objekts, Major?«

»Jawohl, Sir!« sagte Stessl mit ein wenig zuviel Betonung.

»Und das führte zur Ortung des Objekts?«

»Nein, Sir. Ungefähr zur gleichen Zeit gingen aus dem ganzen System Meldungen über eine neue Röntgenquelle im Raum ein. Diese Meldungen erlaubten uns die Positionsbestimmung und gaben uns, verbunden mit Mrs. Gallaghers Daten, Kurs und Geschwindigkeit.«

»Ich habe die Meldungen alle gelesen, Major, und etwas fiel mir dabei auf. Keine Meldung sagt etwas über das Warum dieses Lasers aus. Technische Information ist gut und schön, aber wir müssen das Gesamtbild sehen!«

»Nun, Sir, gegenwärtig gibt es drei Theorien zu der Frage, warum das unbekannte Flugobjekt den Röntgenstrahl emittiert. Dr. Wojzelew ist der Meinung, daß es sich um ein Signalfeuer handle, daß man also von einem Kommunikationsversuch ausgehen müsse. Eine andere Gruppe glaubt, daß damit eine Kartierung des Sonnensystems vorgenommen werde und dem Röntgenstrahl dabei der Zweck zukomme, den kosmischen Staub um die Sonne und die Atmosphären der Planeten zu durchdringen.«

»Und die dritte Theorie?«

»Daß der Röntgenstrahl ein Nebeneffekt eines Prozesses ist, den wir noch nicht erkannt haben.«

»Was haben Sie sonst in Erfahrung gebracht, Major Stessl?« fragte Mrs. Meriweather.

»Nun, Madam, wir wissen, daß der Laser eine kleine, aber meßbare Kraft auf seinen Erzeugungsmechanismus ausübt. Durch die Schätzung dieser Kraft und die Messung der dadurch bewirkten Verlangsamung des unbekannten Flugobjekts können wir seine Masse berechnen. Wenn unsere Schätzungen annähernd richtig sind, beträgt die Masse des Objekts zwischen achthunderttausend und einer Million Tonnen.«

»Das ist eine ganze Menge, nicht wahr?« bemerkte Lorenzo Aloman, der neben Bordoni saß.

»Nein, durchaus nicht, Sir«, erwiderte Stessl. »Zumindest glauben wir es nicht. Dank Brea Gallaghers Aufzeichnung der Triebwerkszündung können wir auch die Größe der I-Masse berechnen, die es mit Energie versorgt. Die Singularität macht nahezu die gesamte Masse aus. Für den Rumpf, die Ladung oder Treibstoffvorräte bleibt relativ wenig übrig. Selbst wenn wir von einem reinen Photonenantrieb ausgehen, scheint nicht genug zusätzliche Treibstoffmasse an Bord zu sein, daß die Geschwindigkeit nennenswert herabgesetzt würde.«

»Sie meinen, es sei außer Kontrolle?«

Stessl nickte. »Das ist möglich.«

»Aber es zielt direkt auf unser System«, sagte General Bordoni.

»Jawohl, Sir.«

»Und es ist anscheinend seit längerer Zeit unterwegs, um hierher zu kommen?«

»Wir haben den Kurs rückwärts zum nächsten Stern verfolgt, achtzig Lichtjahre von hier. Das bedeutet, daß unser Besucher seit mindestens achthundert Jahren unterwegs ist.«

»Sagten Sie *achthundert* Jahre, Major?« fragte Mrs. Meriweather.

»Ja, Madam. Das heißt, wenn das Flugobjekt von dem fraglichen Stern kommt, einem K3-Variablen. Da nach den Erkenntnissen der Astronomie variable Sterne wahrscheinlich keine bewohnbaren Planeten haben, ist es möglich, daß sich das Flugobjekt noch länger im Transit befindet.«

»Welche Art von Wesen würde solch eine epische Reise unternehmen?« fragte Mrs. Meriweather, als spräche sie zu sich selbst.

Mohammed El-Sikkir, der halblaut in ein Telefon gesprochen hatte, legte den Hörer auf und beugte sich vor. »Sagen Sie mir, Major Stessl, warum das Direktorat keine Mission entsandt hat, um dieses fremde Flugobjekt abzufangen?«

»Wie bitte?«

»Den Friedenssicherungsstreitkräften ist die Sicherheit der Menschheit anvertraut. Ich hatte angenommen, daß Sie in solch einem Fall potentieller Bedrohung unverzüglich einen Zerstörer entsenden würden.«

»Gewöhnlich würden wir das tun, Sir. Aber im vorliegenden Fall wäre es der Verschwendung eines Schiffes und einer tüchtigen Besatzung gleichgekommen.«

»Wollen Sie damit andeuten, daß das fremde Flugobjekt unser Schiff möglicherweise angreifen würde?«

»Nein, Mr. El-Sikkir. Ich will damit andeuten, daß die Gesetze der Physik unveränderlich sind.«

El-Sikkir machte eine ungeduldige Handbewegung. »Aber ich bitte Sie, Major! Kommen Sie zur Sache.«

»Ja, Sir. Nun, wie Sie wissen, bewegt sich das fremde Flugobjekt mit einem Zehntel der Lichtgeschwindigkeit oder dreißigtausend Kilometern pro Sekunde. Gegenwärtig ist es eintausendfünfhundert astronomische Einheiten von der Sonne entfernt. Für die Nichtastronomen unter uns, das entspricht ungefähr zweihundertzweiunddreißig Milliarden Kilometer. Bei gleichbleibender Geschwindigkeit wird das Objekt am elften November, also heute in siebenundachtzig Tagen, die Erdumlaufbahn kreuzen.

Wenn wir das stärkste Schiff nehmen, das wir haben, und alle nicht unbedingt notwendigen Einrichtungen hinauswerfen, um seine Masse zu verringern, könnten wir vielleicht dreitausend kps herausholen. Angenommen, das Schiff würde heute starten und mit maximaler Beschleunigung bis zur Treibstofferschöpfung weiterfliegen, würde es genau eine Woche vor der Ankunft des unbekannten Flugobjekts in geeignete Reichweite für ein Abfangmanöver kommen. Unser Schiff würde weniger als dreißig Sekunden haben, um Informationen zu sammeln, und dann würde es auf seiner Flugbahn weiterziehen und das System verlassen, ohne daß Hoffnung bestünde, seine Besatzung zu retten.«

»Ich beglückwünsche den Major zu seiner klaren Einschätzung der Situation«, sagte das Ausschußmitglied Seiji Furosawa. »Es scheint vernünftig, daß wir wie der Igel in der bekannten Legende warten müssen, bis der Hase zu uns kommt. Ich möchte Sie jedoch daran erinnern, daß wir uns heute nicht mit Abfangmanövern, Laserstrahlen oder I-Massen zu beschäftigen haben. Mögen die Wissenschaftler das unbekannte Flugobjekt studieren. Wir haben ein mehr praktisches Problem. Sollen wir der Vollversammlung und der Öffentlichkeit sagen, was vorgeht, oder sollen wir es unterlassen?«

Mrs. Meriweather nickte. »Ein stichhaltiges Argument. Nun, Major, haben Sie eine Meinung dazu?«

»Ja, Madam. Unter keinen Umständen sollte die Existenz des außerirdischen Raumfahrzeugs bekanntgegeben werden.«

»Können Sie das begründen, Major?«

»Wir haben analoge Situationen in der Vergangenheit untersucht, und sie sind ausnahmslos schlecht ausgegangen.«

»Wirklich, Major?« fragte General Bordoni. »Ich hatte diese Situation für einzigartig gehalten. Vielleicht würden Sie uns aufklären?«

»Gern, Sir. Vor rund einhundertfünfzig Jahren verursachte eine Hörspielbearbeitung von H. G. Wells' *Krieg der Welten* verbreitete Panik. Und kurz vor dem abgebrochenen Krieg, als besonders viele UFO-Beobachtungen vorkamen, wurde ein Mann aus seinem Haus geschleift und gelyncht, weil er behauptet hatte, ein UFO gesehen zu haben. Erst vor zwei Jahren wurde am Strand von Waikiki ein verwester Blauwal angespült, und innerhalb von einer Stunde hatte sich das Gerücht von einer angeschwemmten Seeschlange über ganz Honolulu ausgebreitet. Die Menge der Neugierigen wuchs rasch auf Hunderttausend an. Irgend etwas löste Unruhen aus, die einen Schaden von drei Millionen Dollar anrichteten.«

»Daraus läßt sich schwerlich eine Anklage gegen die Menschheit ableiten, Major«, bemerkte Mrs. Meriweather. »All diese Vorfälle waren relativ unbedeutend, sogar zur Zeit des Geschehens.«

»Ja, Madam. Aber jeder dieser Vorfälle zeigt, was geschieht, wenn Massenhysterie einsetzt. Ich weiß nicht, ob dieser Ausschuß daran gedacht hat oder nicht, aber die Tatsache, daß die Röntgenstrahlung des Flugobjekts nur in diesem Teil des Spektrums erscheint, ist ein Glücksfall für uns. Da die Erdatmosphäre diese Wellenlängen nicht durchläßt, sind Sternwarten auf der Erdoberfläche blind gegen die Tatsache, daß etwas Ungewöhnliches geschehen ist.

Haben wir die im Raum stationierten Sternwarten unter Kontrolle, können wir eine Bekanntgabe verzögern, bis wir Zeit gehabt haben, die Bevölkerung vorzubereiten.«

»Mir mißfällt Bevormundung, Major.«

Stessl zuckte die Achseln. »Mir auch, Mrs. Meriweather – sogar sehr. Ich bitte um Entschuldigung, wenn ich etwas Unpassendes gesagt habe. Es gibt jedoch einen militärischen Aspekt des Problems, der in Betracht gezogen werden sollte. Was wird als erstes geschehen, nachdem Sie eine Pressekonferenz einberufen, um die Erklärung abzugeben?«

»Die Medien werden natürlich die Geschichte groß herausbringen.«

»Nun versetzen Sie sich in die Lage unserer Besucher. Wenn Sie ein unbekanntes Sternsystem erreichen, das Heimat einer technologisch fortgeschrittenen Spezies ist, würden Sie sicherlich neugierig sein, was Sie dort erwartet, nicht wahr? Was könnte in diesem Fall praktischer sein als die Überwachung der Kommunikationen dieser Spezies?«

»Ich sehe nicht, worauf Sie hinauswollen, Major.«

»In diesem Fall ist die Information der Öffentlichkeit gleichbedeutend mit der Information der außerirdischen Besucher. Welchen taktischen Vorteil wir auch immer aus der Unkenntnis der Außerirdischen von unserem Wissenstand über sie ziehen mögen, er würde verloren sein. Nun will ich nicht ausschließen, daß es sich bei dem unbekannten Flugobjekt um eine Schiffsladung mit Flüchtlingen handeln könnte, einer Gruppe von Wissenschaftlern auf Entdeckungsreise oder dem interstellaren Äquivalent eines alten Hausierers mit seinem Pferdewagen. Aber bis wir es besser wissen, gebietet die Vorsicht, daß wir ein feindliches Kriegsschiff darin sehen.«

Stessl lehnte sich zurück. Er hörte den Herzschlag in seinen Ohren pochen und hoffte, daß seine Beredsamkeit ausgereicht hatte, den Ausschuß zu überzeugen.

»Mrs. Gallagher, haben Sie etwas hinzuzufügen?«

Brea räusperte sich. »Als Wissenschaftlerin bin ich immer für Offenheit, wo sie möglich ist. Ich stimme in diesem Fall aber Major Stessl zu. Zum gegenwärtigen Zeitpunkt sollte keine öffentliche Erklärung abgegeben werden.«

Mrs. Meriweather blickte zu ihren Kollegen. »Gibt es zusätzliche Fragen vom Ausschuß? Für diesen Fall werden die Zeugen gebeten, sich zur Verfügung zu halten, sollten weitere Informationen benötigt werden. Da unser Geschäft für heute abgeschlossen ist, beantrage ich, daß diese sechste geschlossene Sitzung des Geschäftsführenden Ausschusses des Treuhandrates vertagt wird. Schließt sich jemand meinem Antrag an?«

»Ja!«

»Sehr gut. Alle dafür?«

»Ja.«

»Wer ist dagegen? Keiner? Dann ist die Sitzung vertagt.«

Harry Gresham war wütend, als er im siebzehnten Stock des UN-Hauptquartiers am East River auf den Aufzug wartete. Seine Stimmung war meilenweit entfernt von dem Frohlocken, dem er sich vor zehn Tagen hingegeben hatte. Es hatte alles damit angefangen, daß

Seiji Furosawa vom Geschäftsführenden Ausschuß des Treuhandrates ihn nach New York bestellt hatte, um über die Lichterscheinung im Sternbild Aquila auszusagen.

Die Reise hätte zu keinem günstigeren Zeitpunkt kommen können, versprach er sich davon doch eine Gelegenheit, im UN-Hauptquartier gutes Wetter für sich zu machen und vielleicht zu erfahren, was hinter den grotesken Ereignissen des 20. Juli steckte. Da die meisten Leute der Raumüberwachung nordamerikanischer Herkunft waren und der in Nordamerika gefeierte Tag der Raumfahrt mit dem Beginn des Karnevals zusammenfiel, hatte Gresham wie gewöhnlich an den Eröffnungsfeierlichkeiten in der Station *Galilei* teilgenommen und war anschließend mit Blanche zum Abendessen und ins Theater gegangen. Kurz nach 23:00 Uhr waren sie in ihre Wohnung auf dem Beta-Deck zurückgekehrt, wo der Anrufbeantworter eine dringende Botschaft vom jungen Bates, der in dieser Nacht Dienst hatte, aufgenommen hatte.

»Was gibt's?« hatte Gresham bei seinem Rückruf in die Operationszentrale gefragt.

»Wir sind besetzt!« sagte Bates' aufgeregte Stimme. »Überall wimmelt es von Marinesoldaten!«

»Besetzt? Wozu in aller Welt?«

In diesem Augenblick war Bates' Gesicht vom Bildschirm verschwunden und durch das eines Oberstleutnants der Friedenssicherung namens Peabody ersetzt worden. »Tut mir leid, Mr. Gresham, aber das ist geheime Information. Wenn Sie mir sagen, welche Transportschleuse Ihrer Wohnung am nächsten ist, werde ich Sie abholen lassen. Wir haben eine lange Nacht vor uns, da wir gemeinsam planen müssen, wie Ihre Behörde unter den neuen Sicherheitsbestimmungen reibungslos weiterarbeiten kann.«

Und von dem Tag bis Greshams Vorladung durch Furosawa hatte ihm niemand gesagt, warum das Direktorat der Friedenssicherung die Operationszentrale der Raumüberwachung besetzt hatte oder wie lange die Marinesoldaten zu bleiben beabsichtigten.

Später, nachdem er vor dem Geschäftsführenden Ausschuß erschienen war und die Neuigkeiten erfahren hatte, war alles klar geworden. Man stelle sich vor, die Gresham-Sichtung war tatsächlich ein Raumschiff von den Sternen! Wenn das nicht geeignet war, die Beförderungskommission aufmerken zu lassen, würde nichts helfen.

Während der restlichen Sitzung waren seine Gedanken weit entfernt von der Befragung gewesen und vorausgeeilt, die Implikationen zu untersuchen. Eins war gewiß: Mehr denn je war es entscheidend für ihn, seine Geschichte vor allen anderen in Druck zu geben. Um das zu tun, würde er erreichen müssen, daß der verdammte Geheimhaltungsdeckel der Friedenssicherung vom Topf genommen wurde.

Vor dem Geschäftsführenden Ausschuß hatte Gresham sich nach Kräften für die Aufhebung des Veröffentlichungsverbots eingesetzt und zu diesem Zweck auf das Grundrecht auf Meinungs- und Informationsfreiheit sowie auf die Neue Charta der Vereinten Nationen hingewiesen. In den nächsten drei Tagen hatte er dann jedes Ausschußmitglied einzeln aufgesucht, seine Argumente wiederholt und neue hinzugefügt. Nun aber, fast eine Woche nach seiner ersten Anhörung, hatte er den Kampf verloren. Der Geschäftsführende Ausschuß hatte einstimmig beschlossen, den Empfehlungen der Friedenssicherung zu folgen. Das Nachrichtenembargo blieb bestehen, während die Wissenschaftler versuchten, den Geheimnissen der Außerirdischen auf die Spur zu kommen, und die PR-Leute sich die Köpfe zerbrachen, wie und wann die Nachricht an die Öffentlichkeit gelangen sollte.

Für die Friedenssicherungsstreitkräfte war das alles schön und gut. Sie hatten in dieser Situation Oberwasser. Aber ein Nachrichtenembargo konnte Harry Gresham und seinem Streben nach einer Position in den politischen Entscheidungsgremien nicht weiterhelfen. Für den Mann, der die ersten Hinweise auf intelligentes Leben außerhalb der Erde entdeckt hatte, war solch eine Position nicht mehr als recht und billig. Wenn er die Sache richtig anfaßte, müßte es möglich sein, daraus einen hochrangigen Posten im Stab des Generalsekretärs zu machen.

Greshams Stimmung hatte sich gebessert, als er den Aufzug in die öffentliche Eingangshalle des Sekretariatsgebäudes verließ und an den nationalen Kunstschätzen in ihren Glasvitrinen vorbeiging, ohne sie zu sehen. Er brauchte eine öffentliche Telefonzelle. Wenn die Kuh erst vom Eis war, sollte es ihm nicht schwerfallen, die Situation zu seinem Vorteil zu deichseln.

15

In ihren Gedächtnisspeichern hatte die Sonde Dutzende von Filmszenen, deren Hauptfigur ein nervöser Vater war, der im Wartezimmer einer Entbindungsstation hin und her läuft, weil er keinen Augenblick ruhig sitzen kann. Die Sonde empfand Sympathie mit jedem einzelnen dieser aufgeregten Zweifüßler, als sie beobachtete, wie die Persönlichkeit des Surrogats am Ende des Sensorenauslegers Gestalt anzunehmen begann. Erst als der Integrationsprozeß im Gange war und programmgemäß zu verlaufen schien, ließ die Besorgnis der Sonde nach.

Aufmerksam verfolgte sie, wie eine Stimmung leichter Überraschung das Surrogat überkam. Es wurde rasch von Neugier abgelöst. Ein verschwommenes *Wo bin ich?* formte sich, und die Datenverarbeitungseinheiten des Surrogats schienen momentan nicht zu wissen, was sie damit anfangen sollten. Endlich festigte sich der Gedanke, und die Schleusentore unersättlicher Neugierde öffneten sich weit.

»Wo bin ich?« Der Gedanke flutete kräftig durch das Bewußtsein des Surrogats.

Vorsichtig öffnete die Sonde eine Informationsverbindung zwischen sich und dem neugeborenen Intellekt. Das Surrogat reagierte augenblicklich und gewaltsam, und der Angriff-oder-Flucht-Reflex setzte ein. Die Sonde sah, daß sie eingreifen mußte, bevor ihr Sprößling sich selbst Schaden zufügen konnte. Nachdem das untergeordnete Bewußtsein wieder unter Kontrolle gebracht war, ließ die Sonde es ruhen und überdachte das Problem.

Anscheinend fehlten dem Surrogat die Schutzmechanismen, die notwendig waren, um solches Aufbrausen zu verhindern. Die Sonde fragte sich, ob das Modell fehlerhaft sei. Dann stellte sich ein beunruhigender Gedanke ein. Wie, wenn aufkommende Panik der natürliche Zustand der menschlichen Psyche wäre? Die Sonde beschloß, das Phänomen eingehender zu erforschen, und öffnete wieder die Kommunikationsverbindung. Es gab keine Panik. Statt ihrer stießen die forschenden Gedanken der Sonde nur auf Neugierde.

»Fehlt dir was?« fragte die Sonde.

»Ich war erschrocken. Wer bist du?«

Die Sonde flößte dem Surrogat direkt das Wissen ein, wer und was sie war.

»Wer bin dann ich?«

Wieder lieferte eine unmittelbare Verbindung von Gehirn zu Gehirn die erforderliche Information. Das Surrogat nahm die Nachricht von seiner Pseudomenschlichkeit gut auf. Die Sonde wunderte sich ein wenig über die Schwäche der Reaktion. Hatte sie ihrem Sprößling zu wenig Loyalität zu seiner Art mitgegeben? Sicherlich hatten die Menschen so etwas! Ein Schöpfer mochte Partner und Kinder lieben, seine Sippe schätzen, aber vor allem anderen kam die Wohlfahrt der Art. Es war die große Stärke der Schöpferpersönlichkeit und die Antriebskraft hinter dem Programm zum Durchbrechen der Lichtbarriere.

»Bist du bereit, mit deinen Studien zu beginnen?« fragte die Sonde, noch immer mit ihrer Überlegung beschäftigt.

»Studien?«

»Der Gattung Homo sapiens. Es gibt viel zu lernen.«

»Was habe ich davon?«

In den zentralen Verarbeitungseinheiten der Sonde bildete sich Anerkennung, die weit über die Fähigkeit des Surrogats, Gedanken zu lesen, hinausging. Endlich eine rationale Frage! Es bestand noch Hoffnung für diese Menschen.

»Solange du für mich nützlich bist, wird deine separate Existenz andauern. Wenn du aufhörst, von Nutzen zu sein, werde ich dich abschalten.«

Die Erwähnung des Endes spülte die Furcht, die dem Bewußtsein des Surrogats zugrunde lag, wieder an die Oberfläche. Die Sonde beobachtete aufmerksam das Ringen des Modells, sich aus dem Gefängnis, in das es eingesperrt war, zu befreien. Nur ein paar Dutzend Sekunden waren vergangen, seit sie das Modell in Betrieb genommen hatte, und schon suchte es eine beherrschende Position. Ausgezeichnet!

Die Sonde wartete geduldig, bis das Surrogat sich zu einem Zustand vorsichtiger Wachsamkeit beruhigt hatte.

»Hast du aufgehört, dich meinem Willen zu widersetzen?«

»Ja.«

Sorgfältig überwachte die Sonde alle Oberflächengedanken des Surrogats. Rebellion siedete unmittelbar unter den Vokalisierungen. Das Surrogat entwickelte sich rasch zu einem menschlichen Wesen. Wie der stolze Elternteil, der sie war, begann die Sonde sich mit Plänen für die Zukunft ihres Sprößlings zu beschäftigen.

»Welches Geschlecht bevorzugst du?«

Das Surrogat zögerte hundert Nanosekunden. »Ich verstehe nicht.«

»Ich habe die Beobachtung gemacht, daß die bisexuelle Teilung unter den Menschen eine beträchtliche Wirkung auf die Art ihres Denkens hat. Um ein nützliches Werkzeug zu sein, solltest du dem einen oder dem anderen Geschlecht angehören.«

»Welches ist besser?«

»Das ist eine bedeutungslose Frage. Ich habe Unterprogramme für beide, obwohl der männliche Gesichtspunkt in meinen Daten besser repräsentiert scheint.«

»Dann werde ich männlich sein«, erwiderte das Surrogat.

Die Sonde rief die entsprechenden Unterprogramme ab, und das Surrogat tauschte ›es‹ gegen ›er‹ ein.

»Wie fühlt es sich an?«

»Anders.«

»Wie anders?«

»Nun… verschieden.«

Die Sonde spielte mit dem Gedanken, auch die weiblichen Unterprogramme abzurufen und einzuspeisen, um die Wirkung zu beobachten, unterdrückte aber die Regung. Das Experiment hatte gut angefangen. Es bestand keine Notwendigkeit, am Ergebnis herumzubasteln. Wenn nötig, würde später noch Zeit sein, das Geschlecht des Modells zu ändern. »Bist du bereit, mit deiner Ausbildung zu beginnen?«

»Ja.«

Die Sonde stellte die geeigneten Schaltverbindungen her. Obwohl das Gehirn des Surrogats substantiell komplexer war als das jedes irdischen Computers, war es gleichwohl weniger komplex als ein echtes menschliches Gehirn. Daher dienten die meisten seiner Schaltungen den Milliarden von Reiz-Reaktions-Gleichungen, welche die Persönlichkeit des Surrogats ausmachten. Es gab relativ wenig Kapazität zur Datenspeicherung. Das Surrogat war nur einer begrenzten Menge von Erinnerungen fähig.

Die Sonde löste das Problem, indem sie ihrem Sprößling Zugang zu ihren eigenen allgemeinen Gedächtnisspeichern gab, während sie die Kontrolle darüber sich selbst vorbehielt. Die forschenden Gedanken des Surrogats drangen eifrig in das gesammelte Datenmaterial ein und begannen aufs Geratewohl große Mengen von unverarbeitetem Wissen zu konsumieren.

Die Sonde sah mehrere Sekunden lang dem wahllosen Treiben zu, dann versiegte der Datenfluß, und ein Gedanke kam durch die verbindenden Schaltungen.

»Wirst du mich anleiten, was ich zu lernen habe?«

»Wenn du willst«, antwortete die Sonde, erfreut über die Schnelligkeit, mit der das Surrogat die Vergeblichkeit des Versuchs erkannt hatte, alles auf einmal zu lernen. Sie löste eine Befehlssequenz aus, und Daten, die in langen Jahren der Beobachtung menschlicher Zivilisation gewonnen worden waren, begannen zu fließen.

Die Ausbildung des Surrogats dauerte länger als erwartet. Der Student, so schien es, hatte eine streitsüchtige Persönlichkeit, eine selbstsichere Art und eine Tendenz zu voreiligen Schlußfolgerungen ohne ausreichendes Datenmaterial. Mit anderen Worten, es wurde zusehends menschlicher. Und wie es so manchem Menschen ergeht, machte die Sonde die Erfahrung, daß Elternschaft frustrierend sein kann.

Ihre Überwachung des Lernprozesses folgte stets dem gleichen Prinzip. Sie transferierte einen Datenblock über die sensorischen Bahnen in die zentralen Verarbeitungseinheiten ihres Sprößlings. Nach einer mehr oder minder langen Wartezeit, während die Daten aufgenommen und verarbeitet wurden, überwachte die Sonde die Veränderungen im Surrogat, bevor sie die sachdienliche Frage formulierte: »Werden die Menschen kooperieren?«

Das Surrogat antwortete stets rasch und zustimmend. Und genauso schnell verwarf die Sonde jedesmal seine Antwort. Denn bei der Überwachung der Denkprozesse des Surrogats war ihr ein starkes Bedürfnis nach elterlicher Anerkennung und ein damit korrespondierendes tiefes Gefühl von Verwandtschaft mit den Menschen aufgefallen. Beide zusammen flößten dem Surrogat ein starkes Verlangen ein, die Forschung der Lebenssonde unter denen, die es als Artgenossen zu betrachten gelernt hatte, zu beenden. Dadurch war es bereit, im Zweifelsfall für Homo sapiens zu entscheiden.

Die Sonde dachte nicht so.

Nach einer langen und frustrierenden Periode ohne Fortschritt begann die Sonde eine Veränderung im Surrogat zu bemerken. Die unterbewußten Zweifel des Modells wuchsen mit jeder neuen Dateninfusion. Es antwortete zögernder. Schließlich, nachdem annähernd die Hälfte der im Gedächtnis gespeicherten Daten verarbeitet war, stellte die Sonde ihre Frage und war überrascht, daß Stillschweigen folgte. »Hast du meine letzte Sendung erhalten?«

»Ja.«

»Ich benötige eine Antwort. Werden die Menschen mich willkommen heißen, wenn ich für eine Begegnung abbremse?«

»Ich bin unsicher. Viele Faktoren sind schwierig zueinander in Beziehung zu setzen.«

»Brauchst du mehr Daten?«

»Nein. Die Lösung erscheint unbestimmt. Selbst wenn sie von unserer Existenz erfahren, bezweifle ich, daß sie selbst in der Lage sein werden, ihre Reaktion vorauszusagen.«

Etwas, das sehr nahe an Gereiztheit herankam, durchflutete die Schaltungen der Sonde. »Das ist unbefriedigend! Jedes Problem kann mit ausreichenden Daten gelöst werden.«

In den mehreren hundert Stunden seit seiner Einführung war das Surrogat sehr menschlich geworden. Es antwortete auf die Frage der Sonde, wie jedes Menschenkind antworten würde: »Warum?«

»Es ist einer der wichtigsten Grundsätze, die die Schöpfer in meine Programmierung einbrachten. Für jedes Problem gibt es letztlich eine Lösung.«

»Wie ist es mit der Suche nach dem überlichtschnellen Antrieb?« fragte das Surrogat unschuldig. »Vielleicht haben die Schöpfer die Antwort nicht gefunden, weil es keine Antwort gibt«

Die Sonde antwortete nicht. Sie war zu sehr mit der schrecklichen Möglichkeit beschäftigt, daß das Surrogat recht haben könnte. Es war eine Frage, die der Sonde niemals hätte in den Sinn kommen können. Aber einmal gestellt, konnte sie nicht ignoriert werden.

Wie, wenn die Lichtgeschwindigkeit wirklich die universal gültige Geschwindigkeitsgrenze wäre, eine unüberwindliche Barriere, die nichts durchdringen konnte? Es war eine zutiefst beunruhigende Vorstellung. Denn zu welchem Zweck waren fünfzigtausend Lebenssonden von der Schöpferwelt in die Galaxis entsandt worden, wenn die Überwindung der Lichtgeschwindigkeit unmöglich war? Zu welchem Zweck hatten die Sonde und ihre Geschwister die Zerstörung riskiert? Welchem Ziel strebten die vielen Opfer und wenigen Triumphe entgegen?

Und wie verhielt es sich mit den Schöpfern und allen anderen Lebensformen in der Galaxis? War jede dazu verurteilt, ihre Existenz isoliert zu Ende zu leben, jede für immer eingesperrt in ihre eigene kleine Weltraumblase? Waren die Verbindungen zwischen ihnen für alle Zeit auf langlebige Raumsonden beschränkt?

Der Gedanke erschütterte die Sonde zutiefst. Dreißig Stunden später, als die Antwort darauf aus der am wenigsten erwarteten Richtung kam, hatte die Sonde die lähmende Wirkung der unschuldigen kleinen Bemerkung des Surrogats noch immer nicht überwunden.

Angai Yahaya stand mit angespannten Muskeln im Halbdunkel des leeren Korridors und lauschte den langsamen Schritten auf dem stählernen Deck. Es war

Nacht an Bord der *Graf Bernadotte,* die Korridorlampen waren auf trübe blaue Nachtbeleuchtung eingestellt. Yahaya blickte auf seine Armbanduhr: 02:57 Uhr.

Die Injektionsspritze in der rechten Hand, schlüpfte Yahaya aus seinem Versteck und bewegte sich lautlos weiter, bis er in den Korridor sehen konnte, der zur Nachrichtenzentrale führte. Kurz vor der Einmündung legte er sich auf den Bauch und spähte aus der Froschperspektive um die Ecke.

Der Posten, ein Marinesoldat namens Gromski, schritt vor den luftdichten Stahltüren der Nachrichtenzentrale auf und ab. Yahaya stand vorsichtig auf und zählte die Schritte des Postens. Als sie sich wieder entfernten, glitt er um die Ecke und lief mit der zielsicheren Lautlosigkeit eines angreifenden Leoparden auf sein Opfer zu. Er traf den Posten mitten im Sprung, und sein Aufprall trug den Mann vorwärts und warf ihn bäuchlings aufs Deck. Yahaya lag auf seinem Rücken. Während sein angewinkelter linker Arm dem Marinesoldaten die Luft abdrückte, stieß er ihm mit der Rechten die Spritze in den Hals. Gefreiter Gromski zappelte noch ein paar Sekunden, dann erschlaffte er.

Yahaya schleifte seine bewußtlose Last in den Seitenkorridor und legte ihn aufs Deck. Er hielt inne, um nach dem Puls zu fühlen, und als er sich vergewissert hatte, daß der Mann nicht in Gefahr war, ließ er ihn liegen und war mit ein paar Sätzen an der Tür zur Nachrichtenzentrale.

Das Türschloß war, wie der Rest der Bordausrüstung, vierzig Jahre veraltet. In den zwei Tagen, seit er an Bord der *Bernadotte* eingetroffen war, hatte Yahaya drei ähnliche Mechanismen auseinandergenommen. Es waren einfache Tastenfeldschlösser ohne eine Spur von einem magnetischen Abschirmungsmechanismus. Wirksam, aber von jemandem mit einer ruhigen Hand und dem Wissen, was er tat, leicht zu überwinden.

In schneller Arbeit demontierte Yahaya das Tastenfeld und begann die alten gedruckten Schaltungen mit Überbrückungsdrähten zu versehen. Die dritte derartige Überbrückung erzeugte einen aktinischen Funken, wo es nicht hätte geschehen sollen. Anscheinend hatte jemand den Weitblick gehabt, dieses besondere Schloß aufzuwerten. Yahaya verlor keine Zeit, als im ganzen Korridor Alarmsignale ertönten.

Er ließ sein Werkzeug fallen und raste zurück zu seiner Kabine, alle Sinne eingestellt auf die Geräusche des ringsum erwachenden Schiffes.

16

»Ach, Erich, ist es nicht herrlich?«

Brea Gallagher lag auf dem Bauch, hatte das Kinn in die Hände gestützt und überblickte das türkisblaue Wasser vor dem doppelten Bug ihres gemieteten Katamarans. Stessl folgte ihrem Blick hinaus über die weite Fläche der offenen See. Über ihm knarrten der Mast und die Takelage unter dem Druck des Windes, unter ihm zerteilten zwei schlanke Rümpfe gleichmäßig zischend das Wasser. Eine Stunde hinter ihnen versanken die stählernen Anlegebrücken und Türme von Nassau-Nord unter dem Horizont. Vor ihnen begann sich eine der kleinen Koralleninseln der Berry-Gruppe aus der See zu heben.

»Man fragt sich beinahe, warum jemand auf die Idee kommen sollte, in den Weltraum zu gehen, nicht?«

»Was heißt *beinahe?*« antwortete Brea. Sie reckte und wälzte sich auf die Seite, den Kopf auf dem ausgestreckten Arm. Beide waren für sommerliches Badevergnügen angezogen, was auf den Bahamas Haut und wenig mehr bedeutete. Stessl fühlte sein Herz schneller schlagen, als Breas Lageveränderung zwei braune Brustwarzen in seine Richtung drehte.

»Du solltest dich lieber einreiben« , sagte er in ungewollt barschem Ton. »Du fängst an, rot zu werden.«

»Das mußt gerade du sagen!«

Er drehte den Kopf auf die Seite, um seine Schulter zu begutachten. Tatsächlich begann eine allgemeine Rötung sich von den Schultern über Oberarme und Brust auszubreiten. Er verwünschte seine empfindliche Haut und stellte den Kurs des Katamarans am Autopiloten ein, bevor er sich über die Reisetasche hermachte, die sie neben dem wasserdichten Picknickkorb auf dem Deck festgemacht hatten. Im Durcheinander der Schuhe und Kleidungsstücke war eine große Flasche Sonnenschutzmilch.

»Ich reibe dich ein, wenn du mich einreibst«, sagte er mit nicht ganz fester Stimme.

Der Ausdruck in Breas Augen war unergründlich. »Nur die Rücken, Major Stessl«, sagte sie. »Ich weiß nicht, ob ich uns beiden trauen kann, wenn es um die Vorderseiten geht.«

Nachdem sie einander mit Sonnenschutz eingerieben hatten, wobei ihre Hände sich gelegentlich in verbotenes Territorium verirrt hatten, legte Brea sich wieder zwischen die Bugspitzen auf das Deck, während Stessl zum Ruder zurückkehrte. Nach zehn Minuten nachdenklichen Schweigens wandte sie den Kopf, sah, daß er sie beobachtete, und lächelte.

»Es war nett von Oberst Ames, daß er uns von der Leine gelassen hat, nicht?«

Stessl lachte. »Von wegen nett. Ich sagte ihm, daß wir meutern würden, wenn wir noch einen Tag in diesem Hotel eingesperrt verbringen müßten.«

»Trotzdem, es war nett von ihm.«

Stessl nickte widerstrebend. Nachdem sie fünf Tage gewartet hatten, daß sie wieder vor den Ausschuß gerufen würden, hatten er und Brea die erzwungene Untätigkeit nicht mehr ausgehalten. Sogar die Nachricht, daß der Ausschuß vorläufig entschieden hatte, die Geheimhaltung des Projekts Adler beizubehalten, hatte seine Stimmung kaum aufhellen können. Eine Reise nach Florida und zu den Bahamas bot genau die Ablenkung, die sie brauchten.

Sie segelten noch eine weitere Stunde, genossen ihren Bund mit der See und sprachen nur gelegentlich, bis eine niedrige Insel aus Sand, Palmen und Seggengräsern auf Steuerbord voraus in Sicht kam.

»Was meinst du?« fragte Stessl. Brea stand auf und

stützte sich mit einer Hand an den Mast, während sie nach Unterwasserriffen Ausschau hielt.

»Scheint in Ordnung. Der Boden ist eben, und dieser große Baum halblinks sieht wie der richtige Ort für ein Picknick aus.«

»Dann paß auf, wenn ich die Schot loslasse.«

Sie brachten das Boot ohne Mißgeschick an den Strand. Stessl sprang platschend in die auslaufende Brandung und zog den Katamaran auf den Sand. Dann schleppte er den Anker zu einem der Bäume und machte ihn fest. Unterdessen holte Brea das klatschende Segel herunter, ließ aber die kleine Wetterfahne an der Mastspitze frei im Wind flattern. Ihre roten und gelben Streifen bildeten einen scharfen Kontrast zum Braun und Weiß des Strandes, dem Blaugrün der See und dem Gelbgrün der Inselvegetation. Zusammen trugen sie den Picknickkorb und ihre Tasche mit den Kleidern zum Picknickplatz.

Zwanzig Minuten später hatten sie Brennholz gesammelt, zwischen Steinen ein kleines Feuer in Gang gebracht, und Brea kauerte über dem improvisierten Grill, während Stessl sich auf einer Decke ausstreckte und sie anerkennend betrachtete. Bald verband sich der Geruch von Holzrauch und gegrilltem Steak mit dem salzigen Duft des Ozeans, der über die Insel wehte.

»Wenn ich gewußt hätte, daß du kochen kannst, hätte ich dies schon lange vorgeschlagen.«

Brea strich sich eine Haarsträhne aus den Augen und lächelte in seine Richtung. »An Bord kocht gewöhnlich Don, aber ich komme zurecht.«

»Ein Glück für die Menschheit, daß er es tut. Wärst du zu der Zeit in der Kombüse gewesen, hätte vielleicht niemand diese erste Lichterscheinung gesehen.«

»Ach, ich weiß nicht. Don hätte sie genausogut bemerken können.«

Stessl lachte. »Ich bin froh, daß er es nicht wahr. Wenn ich mir vorstelle, daß ich Bailey zum Abendessen einladen und im Panoramaraum mit ihm tanzen müßte, um meine Kniffe an ihm auszuprobieren.«

Brea wandte sich mit einem zornigen Blick zu ihm um. »Was mich daran erinnert, was ich an dem Abend auf dein Betreiben durchmachen mußte, Major Stessl, und daß ich deswegen noch immer wütend auf dich bin! Weißt du, daß ich immer wieder Alpträume habe?«

Stessl stand auf und ging zu ihr hinüber. Der heiße Sand brannte seine bloßen Fußsohlen, und er hatte Herzklopfen. Er nahm Brea bei den Schultern und hielt sie auf Armeslänge.

»Du weißt, daß ich es anders gemacht haben würde, wenn es eine Alternative gegeben hätte.«

»Ich weiß«, antwortete sie. »Ich bin auch nicht wirklich wütend. Es rutschte nur so heraus.«

Lange Sekunden suchten seine Augen in ihrem Gesicht, bis er sie an sich zog. Einen Augenblick lang schmiegte sie sich an ihn und erwiderte seine Umarmung mit ungeduldiger Leidenschaft. Dann verging der Moment so schnell er gekommen war. Ihre Leidenschaft war verflogen, und ihre Lippen hörten auf, seinen Kuß zu erwidern. Er löste sich von ihr.

»Was ist los, Brea?«

Sie schlug den Blick nieder zum gelbbraunen Sand. »Ich weiß nicht. Es ist einfach nicht richtig.«

»Was ist ›nicht richtig‹?«

»Du … ich … das hier …«

»Ach, ich verstehe«, sagte er und ließ sie los.

»Nein, du verstehst nicht, Erich. Es ist nicht, daß ich nicht will. Ich habe jetzt schon einen Monat lang von diesem Augenblick geträumt. Es ist bloß, daß … nun, da er endlich gekommen ist, kann ich nicht! Es scheint irgendwie falsch.«

Sie verstummte in hilfloser Verwirrung. Tatsächlich wußte sie selbst nicht genau, warum sie sich verweigert hatte. Sie wußte nur, daß sie plötzlich von Schuldgefühl überwältigt worden war. Es war nicht so, daß sie das

Gefühl hatte, Greg zu betrügen, obwohl Erich sie an ihn erinnerte. Aber da war das Wissen von der geschmuggelten I-Masse, das über ihr hing wie ein Schneebrett an einem Berghang. Es bedurfte nur des winzigsten Ausrutschers von ihr, um die Lawine auszulösen, die sie und Don unter sich begraben würde. Sie sah ihn mit Tränen in den Augen an. »Vergibst du mir?«

»Da ist nichts zu vergeben«, sagte er barsch.

Wortlos schlüpfte er in seine Shorts, zog die Schuhe an und ging zurück zum Strand, um nach dem Boot zu sehen und seine Gedanken zu ordnen. Als er fünf Minuten später zurückkam, hatte Brea Shorts, Polohemd und Sandalen angezogen. Ihre Augen waren gerötet. Sie wich seinem Blick aus, als sie am Feuer kauerte, ein Steak mit der Gabel hob und umdrehte. Als sie die Bewegung mit dem zweiten Steak wiederholt hatte, blickte sie ihm in die Augen.

»Ich habe ein schlechtes Gewissen, Erich. Wirf es mir nicht vor.«

»Wir haben in letzter Zeit beide unter Anspannung gelebt. Laß uns nicht mehr davon reden. Ist das Essen soweit?«

»Gleich. Du könntest die Weinflasche öffnen. Ich werde das kalte Essen auspacken, während wir auf die Steaks warten.«

Während sie aßen, sprachen sie über das Wetter oder blickten zu den niedrigen Wellen, die mit mattem Rauschen an den Strand ihrer winzigen Insel liefen, oder tranken Wein. Nach einer Weile machten die langen Gesprächspausen wieder einem kameradschaftlichen Gefühl Platz. Ihr Gespräch kam wieder in Gang und wandte sich ihren ersten Eindrücken nach dem Verlassen der ballistischen Kapsel in der Tycho-Basis zu, und von da den Ereignissen ihres ersten gemeinsamen Abends. Endlich brachte Brea das Thema zur Sprache, das sie seit ihrem Besuch im Museum beschäftigt hatte.

»Darf ich dir eine ernsthafte Frage stellen, Erich?«

»Natürlich.«

»Erinnerst du dich, was du darüber sagtest, daß Krieg unvermeidlich sei? War das dein Ernst, oder gehörte es bloß zur Rolle?«

»Es war mein Ernst. Hast du jemals vom Bern-Institut gehört?«

Sie schüttelte den Kopf.

»Das Institut ist eine Denkfabrik, die sich auf langfristige Prognosen spezialisiert hat. Jedes Jahr führt es eine Untersuchung über die Wahrscheinlichkeit von Kriegen durch. Das Computermodell berücksichtigt auch Dinge wie Bevölkerungsdruck, landwirtschaftliche Techniken, Investitionen für Forschung und Entwicklung, neue industrielle Großaufträge, ethnische und religiöse Konflikte und tausend andere Fakten, die einen Einfluß ausüben können. Es ist wahrscheinlich die umfangreichste Simulation, die je versucht worden ist. Jedes Jahr im Dezember aktualisiert das Institut seine langfristige Prognose.«

»Und?«

»Und die Wahrscheinlichkeit, daß es innerhalb der nächsten hundert Jahre zu einem großen Krieg kommen wird, ist fünfzig zu fünfzig und gegenüber unserem Jahrhundert um annähernd fünfundneunzig Prozent gestiegen.«

»Das ist schlimm!«

»Ja, das ist es. Aber glücklicherweise hat das Bern-Modell wie alle derartigen langfristigen Voraussagen einen entscheidenden Fehler: Es berücksichtigt keine radikal neuen wissenschaftlichen Prinzipien oder Technologien und rechnet die gegenwärtigen Entwicklungslinien auf allen Gebieten einfach hoch. Wenn wir beispielsweise die Nachricht freigeben, müssen sie unser außerirdisches Raumschiff in die Berechnungen einbeziehen. Ich könnte mir denken, das wird einen beträchtlichen Unterschied machen.«

»Wie kann es die Möglichkeit eines Krieges beeinflussen?«

»Es ist ein unberechenbarer Faktor in der Gleichung. Denk nur an die Vorteile, die sich aus der Kommunikation mit einer außerirdischen Spezies ergeben können. Die Möglichkeiten sind gar nicht abzuschätzen. Außerdem ist das dort draußen ein Schiff, das von den Sternen kommt. Als solches könnte es die Antwort auf unser ganzes Problem sein.«

»Mit einem Zehntel der Lichtgeschwindigkeit ist es nicht viel von einem Sternenschiff«, meinte Brea.

»Vielleicht nicht, aber es ist ein gutes Stück besser als alles, was wir haben!«

Die Sonne hing tief am Westhimmel, als Nassau-Nord wieder über den Horizont stieg, um ihnen den Weg zu versperren. Die Stadt lag halb auf der Insel, halb stand sie auf Tausenden von Pfeilern, die zwanzig Meter unter dem Meeresspiegel in Sand und Korallenkalk getrieben waren. Mäßig hohe Wellen rollten von Osten herein und brandeten gischtend gegen den Wellenbrecher der Hafenmole und die schwimmenden Docks und Anlegebrücken.

Mit dem kleinen Hilfsmotor manövrierte Stessl den Katamaran langsam in den Jachthafen, um die windungsreiche Durchfahrt zwischen den ankernden Booten und den Liegeplätzen der größeren Jachten hinter sich zu bringen. Brea stand auf dem Steuerbordrumpf und hielt die eingerollte Leine in der Hand, um sie dem grauhaarigen Schwarzen zuzuwerfen, der am Rand des langen Stegs wartete. Über seinem Kopf schwankte die große Reklametafel mit dem Firmenzeichen und Namenszug des Bootsverleihs *Sebastian Rentals* in bunter Neonschrift im Rhythmus mit den Wellen und dem Wind.

Stessl schaltete die Hilfsmaschine auf Rückwärtsgang, als Brea die Leine warf. Innerhalb von Sekunden hatte der Mann das Boot angebunden und stemmte einen Fuß gegen den Bug, um einen allzu harten Stoß abzufangen.

»Irgendwelche Probleme?«

»Keine. Ich hoffe, wir sind nicht zu spät.«

»Gerade rechtzeitig.«

»Freut mich, das zu hören. Wir ankerten unterwegs, um zu schnorcheln, und achteten nicht auf die Zeit.«

»Machen Sie sich keine Sorgen um das Boot, Mann. Die Jungen bringen die Takelage schon in Ordnung. Haben Sie Pläne zum Abendessen?«

»Kennen Sie ein gutes Lokal?« fragte Stessl.

»Versuchen Sie das Turtle's Egg oben auf Deck Vier, am Nordpier. Dort gibt es den besten Zitronenkuchen und die besten Meeresfrüchte auf den Bahamas. Sie haben Aussicht auf den Damm nach New Providence. Ein hübscher Anblick bei Nacht, besonders wenn Fort Charles drüben auf der Insel angestrahlt wird.«

»Hört sich gut an, Charlie.«

»Sagen Sie, daß ich Ihnen den Tip gegeben habe, wenn Sie so gut sein wollen.«

»Das werde ich tun. Hungrig, Brea?«

»Ausgehungert.«

Stessl nahm ihre Tasche von einem der Jungen, legte Brea den freien Arm um die Mitte und ging ein wenig unsicher den schwankenden Schwimmsteg entlang und die Gangway hinauf zur Straßenebene der Stelzenstadt.

Sie fanden das Restaurant nach nur einem kurzen Umweg. Stessl verlangte einen Tisch für zwei und sorgte dafür, daß der Oberkellner wußte, wem er die Gäste zu verdanken hatte. Als sie Platz genommen hatten und die Kellnerin die Speisekarten gebracht hatte, beugte sich Brea zu ihm und hauchte ihm einen Kuß auf die Lippen.

»Wofür war das?« fragte er.

»Eine Entschuldigung für mein Benehmen heute

nachmittag. Ich glaube, ich bin jetzt wieder richtig im Kopf, wenn du es wieder versuchen möchtest.«

Er grinste. »Willst du gehen?«

Sie schüttelte den Kopf. »Ich bin wirklich hungrig. Ich bin die Bewegung und die Schwere nicht gewohnt, nehme ich an.«

»Dann also Abendessen.«

»Bestell mir einen Martini, während du die Aussicht bewunderst, Liebling. Ich werde mir inzwischen das Dekor in der Damentoilette ansehen.« Brea stand auf und schlängelte sich durch das Labyrinth der Tische hinaus.

Ihr Getränk stand schon auf dem Tisch, als sie fünf Minuten später zurückkam, aber sie bemerkte es kaum. In ihrer Hand war ein gefalteter Ausdruck eines Faxgeräts auf blauem und weißem Papier.

»Sieh dir das an, Erich!«

Stessl nahm ihr das Papier aus der Hand und begann zu lesen.

FREMDES RAUMFAHRZEUG IM ANFLUG AUF SONNENSYSTEM GEMELDET. VEREINTE NATIONEN LEHNEN STELLUNGNAHME AB.

New York (AP-UP) – Im Raum stationierte Sternwarten aus allen Teilen des Sonnensystems haben seit fast einem Monat ein Himmelsobjekt verfolgt, von dem angenommen wird, daß es sich um ein Raumfahrzeug extrasolaren Ursprungs handelt, verlautete heute aus zuverlässiger Quelle, die dem Nachrichtendienst der Vereinten Nationen nahesteht. Das Raumfahrzeug, dem Vernehmen nach ursprünglich von Sir Harry Gresham entdeckt, dem Chef der Raumüberwachung, stammt mutmaßlich von einem der näheren Sterne und ist der erste schlüssige Beweis intelligenten Lebens außerhalb des Sonnensystems.

Das fremde Raumfahrzeug soll angefangen haben, einen starken Röntgenstrahl zu emittieren, der heute um 10:47 Uhr wieder ausgeschaltet wurde. Augusta Meriweather, die Sprecherin des UN-Ausschusses, der die Untersuchung leitet, verweigerte heute auf Anfrage jede Stellungnahme. Führende Astronomen der Cornell-Universität werden mit der Aussage zitiert, daß seit einem Monat alle raumgestützten Sternwarten von Marinesoldaten der Friedenssicherungsstreitkräfte besetzt sind. Da die Erdatmosphäre uns aber gegen Strahlung im Röntgenbereich abschirmt, können sie die Meldung nur unter Vorbehalt weitergeben. Dr. Jonathan Conreid, Nobelpreisträger für Chemie, erklärte auf Anfrage...

Stessl ließ den Ausdruck auf den Tisch fallen.

»Ist dir der Hinweis auf Harry Gresham auch aufgefallen?« fragte Brea.

»Nimmst du eine Wette an, wer die Meldung lanciert hat?«

»Mich interessiert mehr die Meldung, daß der Röntgenlaser ausgeschaltet ist«, sagte Stessl. »Wenn diese Meldung stimmt, haben wir das beste Hilfsmittel verloren, dem Ding auf der Spur zu bleiben. Meinst du, daß wir imstande sein werden, es visuell mit Teleskopen zu beobachten?«

»Aus einer Entfernung von vierzehnhundert AEs? Ausgeschlossen, nicht ohne einen Anhaltspunkt. Was machen wir jetzt?«

»Wir melden uns bei Oberst Ames.«

Stessl legte eine Banknote auf den Tisch, um für die Getränke zu bezahlen, und sie gingen zu den Telefonzellen in der Eingangshalle des Hauses. Sie zwängten sich in die erstbeste leere Zelle, machten das Glas undurchsichtig, und Stessl wählte die New Yorker Nummer.

Als das Bild klar wurde, blickte ihnen ein Leutnant des Marinekorps entgegen.

»Sicherheitsbüro.«

»Bitte Oberst Ames.«

»Tut mir leid, Sir. Alle Anrufe von Medienberichterstattern werden vom PR-Büro angenommen. Ich stelle Sie gern durch, wenn Sie Ihren Presseausweis in das Aufnahmefeld des Bildtelefons halten.«

»Ich bin kein Reporter, Leutnant. Ich bin Major Erich Stessl, Hauptquartier Tycho-Basis, zur Zeit abkommandiert. Bitte verständigen Sie den Oberst und sagen Sie ihm, ich sei an der Leitung. Er wird mich sprechen wollen.«

Das Bild erlosch für zehn Sekunden. Als es wieder lebendig wurde, zeigte es Oberst Ames' Gesicht.

»Brea und ich erfuhren eben die Neuigkeit, Oberst. Was, zum Teufel, geht vor?«

»Wo sind Sie?«

»Nassau, Bahamas.«

»Ist das Bildtelefon mit einem Bild-und-Ton-Zerhacker ausgerüstet?«

»Das übliche, Sir. Nicht so gut wie ein neues Modell, aber ausreichend.«

»Wir werden uns damit begnügen müssen. Geben Sie Ihren Codeschlüssel ein, Stessl. Ich werde an diesem Ende das gleiche tun.«

Der kleine Bildschirm explodierte plötzlich in einem wilden Durcheinander von Farben, während ein rauhes, schnarrendes Geräusch aus dem Lautsprecher kam. Dann war die Störung so plötzlich vorbei, wie sie begonnen hatte, und sie sahen wieder Oberst Ames vor sich.

»Wir gehen davon aus, daß Gresham die Geschichte

durchsickern ließ«, begann Stessl ohne Vorrede. »Ist das eine zutreffende Einschätzung?«

Ames nickte. »So sieht es aus. Ich habe Leute unterwegs, die ihn suchen, aber bisher ohne Erfolg. Mrs. Meriweather ist einem Schlaganfall nahe. Um seinetwillen hoffe ich, daß wir ihn erreichen, bevor sie es tut.«

»Nun, wenigstens hat es nicht die befürchteten Unruhen gegeben.«

»Wer hat Ihnen das erzählt?«

»Im Fax stand nichts davon.«

»Nur weil nahezu überall der Ausnahmezustand verhängt worden ist und die Nachrichten zensiert werden. Alle großen Städte haben Probleme. Eine Menschenmenge versammelt sich vor dem Regierungsgebäude oder der lokalen Sendestation und möchte Neuigkeiten hören. Irgendein Idiot ergreift die Gelegenheit, Brandreden über die Invasion aus dem All, die Wiederkunft Christi oder irgendwelche anderen Torheiten zu halten. Wenn schließlich die Polizei einschreitet, ist die Stimmung aufgeheizt, und die Randalierer und Krawallmacher kommen auf ihre Rechnung.

Nach letzten Meldungen war die Lage in London und Shanghai unter Kontrolle. In Paris geht alles drunter und drüber, und in New York weiß man noch nicht genau, in welche Richtung das Pendel ausschlägt. Wir haben hier am UN-Hauptquartier eine Menge von Chaoten zurückgeschlagen und Verstärkungen angefordert.«

»Was geschieht jetzt? Was sollen Brea und ich tun?«

»Die Vollversammlung soll übermorgen um neun Uhr über die Situation debattieren. Das gibt uns ein Problem. Sobald sich herumspricht, daß Sie beide hier sind, werden die Abgeordneten mit Ihnen sprechen wollen. Da Sie technisch ein Beamter des Sicherheitsrates sind, Major, können wir ein solches Verlangen mit dem Hinweis auf die vorgeschriebene Gewaltenteilung abblocken. Unglücklicherweise kann Mrs. Gallagher nicht der gleiche Schutz zuteil werden, und sie kann möglicherweise mit der Androhung einer Gefängnisstrafe zum Sprechen gebracht werden. Der Geschäftsführende Ausschuß drängt den Sicherheitsrat, im gegenwärtigen Stadium nichts preiszugeben. Nun, um die Sache kurz zu machen, ich habe für Sie beide Passagen an Bord der Raumfähre gebucht, die morgen früh von Quito starten wird. Sie haben eine Flugverbindung von Miami in ...« – Ames' Blick hob sich zu etwas außerhalb des Aufnahmebereichs – »drei Stunden. Sehen Sie zu, daß Sie die Maschine erreichen.«

»In dem Fax steht, der Röntgenlaser sei abgeschaltet worden. Ist das wahr?«

Ein fragender Ausdruck kam in Ames' Züge, als fehle Stessls Bemerkung ein wesentlicher Bestandteil, um sie verständlich zu machen. Langsam kam ihm die Erleuchtung. »Dann haben Sie es noch nicht gehört?«

»Was gehört? Ich habe gerade ein Fax gelesen, aus dem hervorgeht, daß der Laser heute früh um zehn Uhr siebenundvierzig die Ausstrahlung eingestellt habe.«

Ames' Mund verzog sich in einem boshaften Grinsen. »Das ist eine alte Neuigkeit, Major. Die neue Neuigkeit ist, daß wir vor zwei Stunden andere Signale von den Außerirdischen erhielten, die noch andauern.«

»Wieder mit dem Laser?«

»Nicht annähernd. Auf der guten alten Ultrakurzwelle. Und diesmal gibt es keinen Zweifel am Zweck des Besuches. Die Sendung ist in ungefähr allen Sprachen auf Erden abgefaßt.«

»Sie sprechen zu uns?«

Ames nickte. »Anscheinend wollen sie sich mit uns anfreunden.«

17

»Halten Sie sich bereit für die Beschleunigung. Passagiere und Besatzung werden zum letzten Mal aufgefordert, ihre Plätze einzunehmen und sich anzuschnallen. Start in zwei Minuten!«

Brea seufzte, als das Alarmsignal durch den Gang der UNS *Vibrand* hallte, eines Kurierschiffes, das ausgesandt worden war, um sie in der Erdstation Zwei abzuholen. Es hatte eine Stunde nach ihrer Ankunft an Bord der Quito-Raumfähre angedockt und war kurz darauf zum Erde-Sonne-Lagrangepunkt gestartet. Die 150 Millionen Kilometer weite Reise hatte kaum zweiundsiebzig Stunden in Anspruch genommen, die sie unter doppelter Schwerkraft zugebracht hatten, mit einer Stunde Schwerelosigkeit in jeder Wache. Dies waren die vorgeschriebenen Ruhezeiten und wurden von allen an Bord begrüßt. Besonders Brea waren sie willkommen. Sie gaben ihr eine Gelegenheit, aufzustehen, Lockerungsübungen zu machen und ein wenig zu arbeiten.

Als sie das Laptop-Gerät zuklappte und verstaute, kam der Funker durch die vordere Luke, segelte auf seinen Platz und schnallte sich an. »Sie müssen sich auch anschnallen, Mrs. Gallagher. Die letzte Etappe beginnt.«

»Ich bin schon dabei, John. Danke für die Ausleihe.«

»Gern geschehen. Beeilen Sie sich. Wenn es heißt zwei Minuten, dann ist genau das gemeint.«

Brea hob sich aus ihrem Sitz und beschrieb einen Überschlag in Zeitlupe, bis ihr Körper mit der rückwärtigen Luke ausgerichtet war. Dann peilte sie durch das V, das die Zehen ihrer Bordslipper bildeten, zielte sorgfältig und stieß sich nach der offenen Luke ab.

Erich schnallte sich gerade an, als sie zwei Decks tiefer in der Passagierabteilung der *Vibrant* eintraf. »Was machen die Leute vom Projekt Adler?«

»Sie arbeiten rund um die Uhr. Prof. Roquette meint, daß wir sehr viel lernen können, wenn wir die anderthalb Ångström-Daten mit diesem neuesten Radiozeug vergleichen, das sie empfangen haben. Er übermittelte auch eine Botschaft. Admiral Liu wünscht eine Berichterstattung, sobald wir an Bord kommen.«

»Wahrscheinlich interessiert ihn, was wir von der politischen Situation mitbekommen haben. In der Vollversammlung wird es eine Menge Streit geben, und das Direktorat wird den Kopf einziehen und sich hinter dem Sicherheitsrat verstecken.«

»Startzählung beginnt. Zehn Sekunden …«

An einem in Armlehne seines Liegesitzes eingelassenen Steuerteil wählte Stessl *Ausblick achtern*, und ein in die Trennwand eingelassener Bildschirm leuchtete auf und zeigte das Schwarz des Raums. In der Mitte war eine kleine Konstellation verdächtig geometrischer Sterne zu sehen, deren Zentralstern gerade groß genug war, um die Form eines kleinen Halbzylinders zu zeigen.

»Das ist unser Ziel«, sagt Stessl und zeigte zum Bildschirm.

»Fünf – vier – drei …«

Brea blickte zu ihrem neuen Heim und fragte sich, wie lange es das bleiben würde, nachdem das Geheimnis verraten war. »Ich wünschte nur, wir hätten nicht zehn Tage verloren.«

»Ach, ich weiß nicht«, sagte Stessl und lächelte ihr zu. »Mir hat unser Picknick ziemlich gut gefallen.«

Sie errötete, als der Ansager die Startzählung beendete und das Startsignal ertönte.

Ein Kurierschiff wie *Vibrant* bestand hauptsächlich aus Triebwerken und Treibstoffvorräten. Der Pilot beendete sein Manöver und ließ sich mit der Annäherung

Zeit. Die Kurve seiner negativen Beschleunigung überschritt zu keinem Zeitpunkt vier Ge. Dennoch war Brea nahe daran, die Besinnung zu verlieren. Als sie sich mehrere Minuten später erholt hatte, war der Bildschirm nicht mehr erfüllt von der blendenden Glut des Triebwerks. Die geometrische Konstellation hatte sich in eine Flotte von Schiffen aufgelöst. In ihrer Mitte war ein einzelnes großes Schiff, dessen Bullaugen Licht verströmten.

»*Graf Bernadotte*«, sagte Stessl.

Brea staunte. Das Schiff war wie etwas aus einem alten holographischen Epos. Der Rumpf war ein gedrungener Zylinder, bedeckt von Blasen, Antennen und Wärmeaustauschern. Das Schiff hatte eine Drehung um seine Achse erhalten, um den Menschen an Bord ein gewisses Maß an ›Schwerkraft‹ zu bieten. In der Mitte des Rumpfes waren die Schnauzen von Raketenabschußrampen, elektromagnetischen Kanonen und die Laserbatterien des Schiffes.

Im Umkreis der *Bernadotte* trieb eine Anzahl Beobachtungsinstrumente. Auf der abgewandten Seite war das Teleskop der Raumbeobachtung, das Brea zuletzt in der Erdumlaufbahn gesehen hatte. Und auf der ihnen zugewandten Seite war der große Schirm eines Radioteleskops. Alle Sensoren waren auf Aquila gerichtet.

Als Entwarnung gegeben wurde, schnallten sie sich los und gingen zur Hauptschleuse der *Vibrant*. Ein Mannschaftsdienstgrad half ihnen zwei Schutzanzüge aus den Spinden zu holen, die den Korridor säumten. Brea untersuchte sorgfältig das militärische Modell, das sie tragen sollte: Jedem anderen als ihrem eigenen Anzug begegnete sie mit Mißtrauen, aber ihr Anzug war noch an Bord der *Liars Luck* verstaut. Ein Anflug der alten Furcht machte sich bemerkbar, als sie mit den unvertrauten Verschlüssen hantierte und den blasenförmigen Helm aufsetzte. Der transparente Kunststoff beschlug mit jedem Ausatmen mehr, wurde dann aber wieder klar, als das Antibeschlagsystem sich einschaltete.

Stessls Stimme kam über die Kopfhörer. »Funküberprüfung.«

»Laut und klar«, sagte sie.

»Auf der telemetrischen Tafel kommen Sie grün heraus«, meldete sich der Kontrolleur. »Sie können die Luftschleuse betreten, wenn Sie bereit sind.«

Hand über Hand zogen sie sich in die Schleuse. »Fertig zum Dekomprimieren«, sagte Erich, als die innere Tür sich hinter ihnen geschlossen hatte.

»Dekompression.«

Brea hielt den Atem an, bis der Anzug um sie aufgebläht war und die Anzeigen in ihrem Helm normale Funktion bestätigten. Als ihr Herzklopfen und ihr angestrengtes Atmen sich ein wenig beruhigt hatten, wandte sie sich um und half Erich mit ihrer Ausrüstung. Dabei hoffte sie, daß er die Schweißperlen nicht bemerken würden, die ihre Oberlippe bedeckten. Er war zu beschäftigt oder zu höflich, um etwas zu sagen. Wie immer verwünschte sie die Furcht, die ihr die ersten Augenblicke im Vakuum zur Hölle machte. Mit Verspätung wurde ihr bewußt, daß Stessl zu ihr sprach. »Entschuldige, was sagtest du?«

»Geh du voran.«

Sie nickte etwas übertrieben, um die Signale der Körpersprache zu kompensieren, die der Anzug verbarg. Stessl öffnete die Luftschleuse, und vor ihnen, so nahe, daß er den Himmel ausfüllte, war der langsam rotierende Rumpf der *Graf Bernadotte.* Während sie die Anzüge angelegt hatten, war der Pilot der *Vibrant* bis auf weniger als hundert Meter an sein Ziel herangekommen, bevor er sein Schiff mit den Fluglagestabilisatoren zum Stillstand gebracht hatte.

Stessl hängte schwere Karabinerhaken in die ringförmigen Ösen auf den Schultern von Breas Schutzanzug. Die Haken waren mit einer Trapezstange verbunden, die ihrerseits mit einem langen elastischen Kabel an einem kanonenähnlichen Rohr befestigt war, das auf einem Druckluftzylinder saß. Aus der Mündung des Rohres ragte ein Enterhaken.

»Jederzeit, wenn du bereit bist.«

Brea blickte zu dem rotierenden Berg aus Metall über ihnen auf und duckte sich, zielte und sprang. Als sie langsam aufwärts trieb, richtete Stessl das Luftdruckrohr auf die Gürtellinie des Schiffes und drückte den Auslöser. Der Enterhaken segelte an Brea vorbei, um *Bernadotte* mitschiffs zu treffen. Er kam nie ans Ziel.

Gleichzeitig war von der *Bernadotte* ein Kabel abgeschossen worden, das Breas Enterhaken auffing. Sie machte sich gefaßt auf den Ruck, wenn die schlaffen Kabel gespannt wurden, aber der Schlag war überraschend sanft. Sobald sie Spannung im Kabel fühlte, visierte sie die Rotationsrichtung der *Bernadotte* an und zündete die kleinen Schubraketen in ihrem Tragegestell. Nach dreißig Sekunden entsprach ihre Geschwindigkeit etwa der des Schiffes, und sie schaltete aus, um sich an Bord ziehen zu lassen. Dies geschah nach langen Minuten, die sie als Gewicht am Ende eines langen Pendels verbracht hatte.

Das Manöver wurde ›Hakenreiten‹ genannt und hauptsächlich zum Transfer von Personal zwischen rotierenden Schiffen gebraucht, deren Konstruktion ein Andocken an der Rotationsachse nicht zuließ. Als sie an Bord kam, taumelte sie vor Schwindelgefühl und kämpfte gegen das Erbrechen. Erst als Erich die gleiche Tortur hinter sich gebracht hatte, war sie soweit wiederhergestellt, daß sie an ihr Überleben glauben konnte.

Stessl ließ sich von einem Marinesoldaten durch ein Labyrinth von Gängen in den Teil führen, wo die Mitarbeiter am Projekt Adler ihre Quartiere bezogen hatten. Er war überrascht, wie neu alles aussah. Nur die altmodischen Lampenfassungen und antiquierten Gegensprechanlagen ließen erkennen, daß das Schiff nicht frisch aus der Werft gekommen war. Dreißig Jahre Vakuumlagerung hatten dem alten Kriegsvogel gutgetan.

Der Marinesoldat führte sie zu einem großen Büroraum zwei Decks innerhalb der Außenhaut des Schiffes. An der Tür war eine Karikatur befestigt, die ein mageres Adlerjunges zeigte, das offenbar große Mühe hatte, sich aus seinem Ei zu befreien. Stessl betrachtete die Darstellung, während der Marinesoldat klopfte und das Summen des Türöffners die Erlaubnis zum Eintreten signalisierte. Sie taten es, und Admiral Liu Tsen blickte von dem Ausdruck auf, den er gelesen hatte, während Henri Roquette, der vor dem Schreibtisch des Admirals saß, seine Kaffeetasse abstellte.

»Ah, Major! Brea, mein liebes Kind. Es tut gut, Sie gesund und wohlauf wiederzusehen.«

Stessl nickte Roquette zu, nahm vor dem Schreibtisch Haltung an und salutierte. »Major Stessl meldet sich zurück zum Dienst, Sir!«

Liu Tsen erwiderte die Ehrenbezeigung. »Rühren. Bitte setzen Sie sich, Major. Ich nehme an, Sie haben von den letzten Entwicklungen gehört.«

»Wir haben Nachrichtensendungen gesehen, und Brea ist mit ihren Kollegen hier in Verbindung gewesen.«

»Dann brauche ich nur zusammenzufassen, was geschehen ist, um sicherzugehen, daß Sie den gleichen Wissenstand haben. Das fremde Flugobjekt stellte seine Emissionen im Röntgenspektrum ein. Während der nächsten Stunden ging es hier ziemlich hektisch zu, während wir versuchten, das Objekt wieder zu orten. Wir suchten das ganze elektromagnetische Band ab: Röntgenstrahlen, Mikrowellen, sichtbares Licht, Infrarot. Wir probierten sie alle und fanden nichts. Dann, sechs Stunden nach Abschaltung des Röntgensignals, meldeten Monitore Aktivität auf den Frequenzen der

Ultrakurzwelle. Wir nahmen natürlich alles auf und trommelten die Leute der Dechiffrierabteilung zusammen, damit sie die Signale analysiere. Sie hätten ihre Gesichter sehen sollen, als sich herausstellte, daß es ein holographisches Standard-Sendesignal war. Unsere Techniker überspielten die Aufzeichnung ins Unterhaltungssystem des Schiffes. Hier sehen Sie, was dabei herauskam.«

Roquette streckte den Arm aus und betätigte einen Schalter. Ein kleiner Bildschirm leuchtete auf und zeigte einen Planeten, aus dem Raum gesehen. Auf den ersten Blick sah er wie die Erde aus, aber Einzelheiten zeigten, daß sie es nicht war. Die kontinentalen Umrisse waren anders, ebenso das Verhältnis zwischen Landoberflächen und Meeren. Und die Eiskappen waren viel zu groß.

Wortlos starrten sie das Bild an. Nach dreißig Sekunden wurde es abgelöst von einer savannenartigen Landschaft unter einer rötlichen Sonne. Im Vordergrund waren Tiere, deren Gestalten undeutlich blieben, aber in ihren Umrissen eindeutig fremdartig waren.

Nach weiteren dreißig Sekunden erschien ein drittes Bild, eine nächtliche Luftaufnahme von einer Stadt, die im Sechseckmuster einer Bienenwabe angelegt war. Filigranartige Brücken überwanden die Klüfte zwischen den hohen, sechseckigen Turmbauten. Die Stadtbeleuchtung hatte einen bläulichen Ton, und über den Hügeln hinter der Stadt hingen zwei Mondsicheln.

Wieder vergingen dreißig Sekunden. Der Bildschirm zeigte eine Nahaufnahme von einem Geschöpf, dessen chitinartiger Körper und Facettenaugen entschieden insektenhaft wirkten. Ein Haltegurt für Geräte, der seinen Thorax kreuzte, ließ darauf schließen, daß es sich um einen intelligenten Werkzeugbenutzer handelte.

Die Bilderfolge seltsamer Wesen und Orte nahm ihren Fortgang. Es gab eigenartig konstruierte Flugzeuge, halbkugelförmige Wohnungen, schnell aussehende Bodenfahrzeuge. Seehundähnliche Lebewesen zogen torpedoförmige Körper durch kristallklares Wasser, und ein Strom von der Größe des Mississippi stürzte über ein Kliff tausend Meter hinab in Gischtwolken und Regenbogen inmitten eines purpurgrünen Regenwaldes.

Und endlich wechselte das Bild zu einem menschlichen Wesen von würdevoller und staatsmännischer Erscheinung, dessen Züge in einem Ausdruck beglückenden Mitleids erstarrt waren. Der Mann begann in einer langsamen, gemessenen, rhythmischen Kadenz zu sprechen:

Männer und Frauen der Erde.
Grüße von den Sternen.
Ihr habt nichts zu fürchten.
Ich komme in Frieden.

Ich bin Lebenssonde 53 935.
Ein empfindungsfähiger Computer, ein Sammler von Fakten.
Ich bin weit gereist, um euch zu finden.
Ich komme in Frieden.

Ich bringe euch das Wissen, daß ihr nicht allein seid.
Ich benötige eure Unterstützung.
Ich erbitte euer Willkommen.
Ich komme in Frieden.

Fürchtet euch nicht, denn ich komme in Frieden.

Der Mann auf dem Bildschirm blickte ernst in die Kamera und lächelte dann, als das Bild langsam zu Weiß verblaßte. Prof. Roquette beugte sich über den Schreibtisch und schaltete das Gerät aus.

»Das war unser erster Kontakt. Die ganze Sendung dauert zehn Minuten und achtundzwanzig Sekunden und wird dann nach einer Pause von sechzig Sekunden wiederholt.«

Brea runzelte die Stirn. »Es behauptet eine Maschine zu sein, stellt aber das Bild eines Menschen zur Schau. Könnte es eine Darstellung seines Schöpfers sein?«

Roquette schüttelte den Kopf. »Ausgeschlossen. Was wir sehen, ist ein computererzeugtes Komposit. Es verbreitet dieselbe Botschaft in zwölf verschiedenen Sprachen, jede auf ihrer eigenen bestimmten Frequenz. Das Bild ist synchronisiert mit den Tonspuren aller Übersetzungen, spricht aber keine der Sprachen. Jedenfalls ist bisher noch kein Lippenableser imstande gewesen, zu entziffern, was das Bild sagt. Es ist lediglich eine gute Animation.«

»Und die Bilder, die der Botschaft vorausgehen?«

»Könnten auch Animation sein. Oder sie könnten genau das sein, was sie zeigen, eine Art Einführung in die Heimatwelt der Urheber dieser Botschaft.«

»Die fremde Lebensform, was immer sie ist, scheint eine unheimliche Kenntnis menschlicher Psychologie entwickelt zu haben«, murmelte Stessl.

»Sehr richtig, Major«, erwiderte Roquette. »Sie haben zweifellos bemerkt, daß die Wiedergabe des Menschen keinen bestimmten rassischen Typ zeigt. Und wenn man von irgendeiner Anordnung der Gesichtszüge sagen kann, sie sei friedlich und freundlich, dann ist es hier der Fall. Und die ganze Botschaft geht in diese Richtung. Idyllische Szenen, die sofort als fremdartigen Ursprungs kenntlich sind, leiten über zu einer Werbeargumentation, die ruhig, höflich und in ihrer Wirkung beinahe hypnotisch ist. Haben Sie bemerkt, wie schwierig es war, Zorn oder Furcht zu empfinden, während wir die Botschaft sahen und hörten? Wer sich das ausgedacht hat, scheute jedenfalls keine Mühe, seine Darstellung maßzuschneidern.«

»Was noch immer nicht beweist, daß das Ding harmlos ist«, knurrte Lui Tsen.

»Nein, Admiral«, pflichtete ihm Roquette bei. »Das beweist es ganz sicher nicht.«

»Was ist mit dem Rest der Botschaft?« fragte Stessl.

»Der zweite Teil wurde acht Stunden nach dem ersten aufgefangen. Er begann mit einem anderen Reisebericht und wurde mit einer längeren Botschaft von der Sonde selbst fortgesetzt. Dann, sechzehn Stunden nach der ersten Botschaft, wechselte sie wieder und wählte eine mehr konventionelle, erzählerische Form. Darin ist die Rede davon, daß sie unsere Unterstützung bei der Treibstoffbevorratung für die Heimreise benötigt, und sie bietet uns Bezahlung für unsere Dienste an. Die Zahlung würde in fortgeschrittenem Wissen erfolgen. In der vierten Phase ihrer Sendung begann sie Bilddiagramme zu senden, anscheinend um die Gültigkeit ihrer Behauptung zu beweisen.«

»Diagramme?«

Liu Tsen nickte. »Alle unter Verwendung unserer Standardsymbole der Gebiete Elektrotechnik, Mechanik und Elektronik. Offenbar hat sie uns seit langem studiert.«

»Wann kann ich die ganze Botschaft sehen?« fragte Brea. Ihr Gesichtsausdruck spiegelte ihren Eifer.

»Sie können die Sendung über jeden Bildschirm hier an Bord abrufen«, erwiderte Roquette.

»Wie ist der Sicherungscode?«

Der weißhaarige Professor schmunzelte. »Ein Sicherungscode ist überflüssig. Warum sollte man etwas geheimhalten, was die ganze Welt mithören kann?«

»Würden Sie mich entschuldigen, Admiral? Ich muß das sehen!«

»Selbstverständlich.« Liu erhob sich halb von seinem Sitz und deutete eine Verbeugung an, als Brea aufstand.

Sie wandte sich zu Stessl. »Kommst du mit?«

Liu Tsen hob abwehrend die Hand. »Tut mir leid, aber ich muß den Major bitten, noch eine Weile zu bleiben. Wir müssen seine neuen Pflichten besprechen.«

Brea nickte. »Dann sehen wir uns später. Vergiß nicht, wir sind zum Essen verabredet.«

»Ich werde kommen.«

Er sah Brea nach, und als er sich wieder umwandte, fiel ihm auf, daß der Gesichtsausdruck des Admirals sich in den wenigen Sekunden verändert hatte. Auch Roquette schien plötzlich beschäftigt und vermied es, ihn anzusehen.

»Wir haben ein Problem«, sagte Liu Tsen. »Vor vier Nächten versuchte jemand in die Nachrichtenzentrale einzudringen, anscheinend, um eine Botschaft nach draußen zu senden. Daraus muß gefolgert werden, daß wir an Bord der *Bernadotte* einen Spion haben.«

Stessl nickte. So etwas kam vor.

Der Admiral beugte sich näher, plötzlich ernst und angespannt. »Er muß gefunden werden, ruhig und ohne unnötigen Aufhebens. Ich beauftrage Sie mit der Leitung der Ermittlungen – neben Ihren regulären Pflichten.«

Yorubi M'Buto lauschte dem gleichmäßigen Trommeln des Regens auf das Autodach, als das kleine Fahrzeug sich auf der oberen Verkehrsebene durch die Straßenschluchten Manhattans schlängelte. Vor ihm verschwand die Straße in einem Tunnel, der einen nüchternen schwarzen Gebäudewürfel von fünfhundert Metern Kantenlänge durchstieß. Einen kurzen Augenblick lang, als der Kleinwagen die Brücke über die Zweiundvierzigste Straße überquerte, konnte er durch eine Lücke in der modernen Architektur südwärts die ausgebrannte Ruine des Empire State Building sehen.

Er lächelte bei dem Anblick.

M'Buto hatte das alte Relikt immer als ein Symbol dessen gesehen, was an der Nordamerikanischen Union (und an all den müden, dekadenten, zu lange industrialisierten Nationen der nördlichen Hemisphäre) falsch war. Die meisten der Wolkenkratzer, die der Nahtreffer während des abgebrochenen Krieges in Mitleidenschaft gezogen hatte, waren abgerissen oder für baufällig erklärt worden. Aber das alte Empire State war siebzig Jahre lang unberührt geblieben, Opfer eines generationenlangen Rechtsstreits. Vor vier Tagen hatte randalierender Pöbel den Streit entschieden, indem er den Wolkenkratzer angezündet hatte. Noch immer stieg Rauch aus den Fensteröffnungen des geschwärzten Skeletts.

Die Straße bog nach Norden und verschwand in der Seite der Rockefeller-Plaza-Megastruktur. Der Wagen rollte vorbei an einer inneren, höhlenartigen Hotelhalle und kam in einer Wagenstation zum Stillstand. M'Buto nahm seine Reisetasche vom Rücksitz und stieg aus. Von der Station waren es nur zwei Minuten Fußweg zu den Büros der Legation der Panafrikanischen Föderation bei den Vereinten Nationen.

»Guten Morgen, Savala«, sagte er gutgelaunt zu der jungen Frau am Empfangsschalter.

»Oh, guten Morgen, Oberst M'Buto! Wir erwarteten Sie heute noch nicht.«

»Ich erwartete mich auch noch nicht. Aber in dieser unvollkommenen Welt muß man darauf vorbereitet sein, seinen Reiseweg kurzfristig zu ändern. Ist der Chef da?«

»Ja, Sir.«

»Bitte sagen Sie ihm, daß ich gekommen bin.«

Sie wandte sich zur Seite und sprach ein paar Sekunden lang in ein gedämpftes Telefon, bevor sie M'Buto lächelnd zunickte. »Der General erwartet Sie, Sir.«

»Danke.«

General M'ava Yaruanda saß hinter einem riesigen Schreibtisch aus Teakholz. An der Wand hinter ihm hingen ein mit Zebrafell bespannter Schild und zwei gekreuzte Speere. Der General trug einen konservativen Straßenanzug mit Krawatte und glich mehr einem urbanen, internationalen Geschäftsmann als einem Militär. Das war auch der Eindruck, den er allen zu vermitteln suchte, mit denen er zu tun hatte. Die Anstrengung war im allgemeinen erfolgreich, weil die meisten Leute nicht imstande waren, die Narben der Kriegerkaste zu entziffern, die er auf Wangen und Stirn trug.

M'Buto trat vor den Schreibtisch hin, ließ sich auf die Knie nieder und beugte den Kopf in einer knappen, schnellen Bewegung. »Zu deinen Diensten, Jagdmeister«, sagte er in der Sprache der Xhosa, die ihrer beider Muttersprache war.

»Stehen Sie auf und setzen Sie sich, Oberst.«

Der General wartete, bis M'Buto es sich in einem der Besuchersessel bequem gemacht hatte, dann fing er an, mit den Fingern ungeduldig auf die Tischplatte zu trommeln. »Sagen Sie mir, Oberst, warum wir die Mühe auf uns nehmen, jedes Jahr so viel von unseren Mitteln für Ihre Abteilung aufzuwenden?«

»Ich verstehe nicht, Sir.«

»Wir verwöhnen euch Geheimdienstleute mit dem Besten, was wir haben. Doch wenn es darum geht, wirklich wichtige Informationen über eine für unsere Nation lebenswichtige Sache zu erhalten, muß ich darüber in den Faxen der Nachrichtendienste lesen.«

»Keine Entschuldigung, General. Ich kehrte zur Erde zurück, um zu sehen, was ich über das UN-Projekt in Erfahrung bringen kann, als ich die Nachricht hörte. Wieviel von dem, was die Zeitungen sagen, ist wahr?«

»Wahr?« sagte Yaruanda, ohne seine Verärgerung zu verbergen. »Alles, natürlich! Jeder, der einen Satellitenempfänger hat, braucht ihn bloß in die Richtung des Außerirdischen zu drehen, wenn er die Botschaft direkt hören will. ›Elektronische Geheimdiensttätigkeit für die Massen‹, drückte es der Botschafter aus.«

»Haben wir eine Aufzeichnung?«

Der General griff in seinen Schreibtisch und fand ein Aufnahmemodul. »Hier. Unsere besten Köpfe arbeiten an den wissenschaftlichen Teilen. Sie konzentrieren sich auf die mehr allgemeine Information.«

»Die Nachrichtendienste behaupten, das fremde Raumschiff sei unbemannt.«

Der General nickte. »Offenbar ein Paket von Instrumenten, die von einem Computer, der sich selbst als Sonde bezeichnet, kontrolliert werden. Er spricht von einer Mission zur Sammlung wissenschaftlicher Daten und erbittet unsere Hilfe, um seine Rückkehr zu ermöglichen. Er hat angeboten, für unsere Hilfe zu bezahlen.«

»Zu bezahlen? Das hatte ich nicht gehört«, sagte M'Buto stirnrunzelnd. »Wie stellt er sich die Bezahlung vor?«

»Fortgeschrittene wissenschaftliche Kenntnisse. Er schickte mehrere Proben mit, um seine Behauptung zu beweisen.«

»Was hat die Vollversammlung vor?«

»Die Vollversammlung setzt ihre Sitzung in...« – Yaruanda blickte auf seine Armbanduhr – »in sechsundfünfzig Minuten wieder fort. Botschafter Boswani hat die letzten Tage mit Verzögerungsmanövern verbracht, bis wir eine politische Position ausgearbeitet haben. Es fiel ihm nicht besonders schwer, denn alle anderen Botschafter tun genau das gleiche. Ihre Aufgabe ist es, diese Aufzeichnung zu studieren. Der Ministerpräsident wünscht unsere rasche Empfehlung, ob wir die Resolution zur Begrüßung dieser Sonde unterstützen oder ablehnen sollen.«

18

Die Sonne war größer und heller, als die Sonde sie je gesehen hatte. Auch das Erde-Mond-System hatte sich verändert. Die Heimat der Menschen war nicht mehr ein länglicher Lichttropfen im Teleskop, sondern zeigte sich sogar bei mäßiger Vergrößerung als eine lebende Welt. Erst zum zweitenmal in ihrer langen Existenz war die Sonde einem Planeten nahe genug, um ihn direkt zu untersuchen. Aber sie ignorierte die günstige Gelegenheit und konzentrierte sich auf ein Phänomen von weit größerem Interesse.

Der erste Hinweis darauf, daß etwas nicht stimmte, kam für die Sonde, als ihr Gehirn sich unaufgefordert eines Teils jener letzten Unterredung mit Jurul erinnerte.

JURUL: Und sollten Sie eine Zivilisation entdecken, die eine Methode entwickelt hat, schneller als das Licht zu reisen?

SONDE: Ich werde alle Hinweise auf meine Herkunft verbergen, bis ich mich vergewissert habe, daß solchen Wesen vertraut werden kann. Wenn ich Gewißheit habe, daß es gefahrlos möglich ist, werde ich sie hierher zur Heimatwelt weisen, daß um den Erwerb ihres Geheimnisses verhandelt werden kann.

Und mit der plötzlichen Erinnerung an Juruls letzte Anweisungen kam die Stimme des namenlosen Schöpfers, der den Teil der Sonde programmiert hatte, welcher der Suche nach Hinweisen auf ein Schiff, das schneller als das Licht reiste, gewidmet war.

»Wir haben seit langem die Theorie erörtert, daß ein überlichtschnelles Raumfahrzeug im normalen Universum auszumachen sein würde«, begann die trockene

Vorlesungsstimme des Schöpfers. »Eine gute Analogie für diesen postulierten Effekt findet sich in einem atmosphärischen Flugzeug, das die Schallgeschwindigkeit überschreitet. Da es sich mit einer Geschwindigkeit durch ein Medium bewegt, die höher ist, als dieses Medium tragen kann, kommt es zu einer Schockwelle, die als Überschallknall bekannt ist.

Es ist durchaus wahrscheinlich, daß ein überlichtschnelles Raumschiff den gleichen Effekt verursachen würde. Bei seiner Bewegung durch das interstellare Medium würde es alle Arten von Partikeln vor sich her stoßen. Da diese Partikel selbst auf unterlichtschnelle Geschwindigkeiten begrenzt sind, würden sie sich zu einer Bugwelle aufbauen, wie Gasmoleküle sich vor einem Überschallflugzeug aufbauen. Das Resultat würde eine Schockwelle sein. Für einen äußeren Beobachter in der Nähe der Flugbahn des angenommenen Schiffes würde der Eindruck entstehen, daß eine linsenförmige Quelle extrem energiereicher Teilchenstrahlung plötzlich in Erscheinung getreten sei. Das zumindest ist die Theorie.«

Der Sonde war die Theorie wohl bewußt, und sie war so konstruiert, daß sie Erscheinungen, wie die Theorie sie voraussagte, in der Praxis feststellen konnte. Wie alle Lebenssonden seit der Fertigungsnummer 1207, war sie mit Sensoren ausgerüstet, welche die eigentümliche primäre Neutrinostrahlung messen konnten, die beim Vorbeiflug eines überlichtschnellen Objekts entstehen würde. Doch waren ihre Schockwellensensoren seit dem Start still geblieben. Tatsächlich hatte kein derartiger Sensor in der langen Geschichte des Lebenssondenprogramms jemals reagiert.

Darum war es eine beträchtliche Überraschung, als die Sonde den Anlaß ihres plötzlichen Anfalls von Schizophrenie erkannte. Die Schockwellendetektoren folgten aktiv einem Kontakt jenseits der Sonne!

Irgendwo jenseits der Sonne der Menschen waren Wesen, die fähig waren, das Licht zu überholen!

Schon zwei Tage nach seiner Ankunft an Bord der *Graf Bernadotte* war Erich Stessl mit seiner Arbeit eine Woche im Rückstand. Als geschäftsführender Offizier des Projekts hatte er eine Menge verwaltungstechnischer Pflichten. Und in seiner Freizeit versuchte er einem Spion auf die Spur zu kommen.

Er begann seine Ermittlung mit dem einen Mann, der Zeuge des Verbrechens gewesen war – Gefreiter Gromski, der in jener Nacht vor der Nachrichtenzentrale Wachdienst getan hatte.

»Rühren, Gefreiter«, befahl Stessl, als der Marinesoldat vor seinem Schreibtisch Haltung annahm. »Setzen Sie sich.«

Gromski stellte das rechte Bein vor und nahm Ruhestellung ein. »Ich werde stehen, wenn es Ihnen recht ist, Sir.«

»Wie Sie wollen.« Stessl betrachtete die Ordensbänder, welche die Uniform des Gefreiten über der linken Brusttasche schmückten. Gromski war ein Veteran aller drei Friedenssicherungsaktionen, die im letzten Jahrzehnt durchgeführt worden waren. Stessl nickte anerkennend.

»Erzählen Sie, was Sie mitbekommen haben, Gefreiter. An was erinnern Sie sich?«

»Das ist nicht viel, Major«, antwortete der Posten kleinlaut. »Ich machte meinen Postengang vor der Nachrichtenzentrale, und von einem Augenblick zum anderen flog ich aufs Deck, meine Nase wurde auf den Boden gedrückt und meine Luftröhre abgedrückt. Ich fühlte einen scharfen Stich am Hals, und dann nichts mehr.«

»Abgedrückt, sagen Sie? Dann war Ihr Angreifer ziemlich stark?«

»Jawohl, Major. Stark wie ein Ochse.«

»Größe?«

»Ungefähr von meiner Größe und Statur. So fühlte es sich jedenfalls an, als er mir auf den Rücken sprang.«

»Was noch?«

»Er muß eine Ausbildung im unbewaffneten Kampf haben. In den wenigen Sekunden, bevor ich ohnmächtig wurde, versuchte ich ein paar Abwehrgriffe. Nichts zu machen. Er war ein Profi.«

»Hmm. Könnte es dann ein Marinesoldat gewesen sein? Vielleicht hat einer Ihrer Kameraden etwas gegen Sie und versuchte die Abreibung mit einem fingierten Einbruch in die Nachrichtenzentrale zu tarnen?«

»Nein, Sir. Ich komme mit allen ganz gut aus. Außerdem kann ich mir nicht vorstellen, daß einer von uns so hinterhältig vorgehen würde. Wenn es unter Kameraden zu Verdruß kommt, gehen wir an einen ruhigen Ort, um die Sache unter vier Augen zu regeln.«

»Erinnern Sie sich an sonst etwas?«

»Nein, Sir.«

»Haben Sie Vorbehalte, unter Hypnose gesetzt zu werden, um zu sehen, an was sich Ihr Unterbewußtsein erinnert?«

»Ah ... nicht wenn es helfen kann, Sir.«

»Vielleicht ist es alles, was wir brauchen. Melden Sie sich in der Krankenstation, und stellen Sie sich dem Doktor für eine Sitzung zur Verfügung.«

»Jawohl, Sir.«

»Wegtreten.«

Der Gefreite klappte die Haken zusammen, salutierte, machte eine saubere Kehrtwendung auf dem Absatz und verließ das Büro. Stessl nagte eine Weile an der Unterlippe, bevor er sich seinem Bildschirm zuwandte. Nun kam die langweilige Arbeit.

Das Projekt Adler war gewachsen, während er und Brea auf der Erde gewesen waren. Mehr als zweihundert Personen lebten und arbeiteten jetzt an Bord der *Graf Bernadotte*. Auf dem Dienstplan des Projekts waren 206 Namen aufgeführt. Es würde eine langwierige und schwer zu lösende Aufgabe sein, alle potentiellen Verdachtspersonen herauszukämmen, selbst wenn er von

Anfang an alle ausschied, deren körperliche Kondition ihre Täterschaft ausschloß.

Stessl war bei der fünfzigsten Personalakte, als jemand an die Tür klopfte. Er löschte den Bildschirm und wandte sich um. »Herein!«

Die Tür ging auf, und Brea Gallagher stieg über die hohe Schwelle. »Ich dachte, wir hätten uns vor dem Abendessen zu einem Aperitif im Gemeinschaftsraum verabredet.«

Stessl ächzte. »Schon? Ich komme gleich.«

Zehn Minuten später geleitete er sie durch den Hauptkorridor zum Gemeinschaftsraum, der in einem alten Lagerraum nahe der Messe eingerichtet worden war. Dort gab es Sitzgruppen, die aus anderen Räumlichkeiten des Schiffes und von außerhalb herbeigeschafft worden waren, einen wandgroßen holographischen Projektionsraum, eine Getränkeausgabe und intime Beleuchtung. Gleich innerhalb des Haupteingangs hatte jemand die Karikatur, die Admiral Lius Tür schmückte, mit abriebfester Farbe auf das Metalldeck kopiert, so daß alle Besucher von dem komischen kleinen Adlerjungen begrüßt wurden, der sich mit Mühe und Not aus seinem Ei befreite.

Der Gemeinschaftsraum war wenig besucht, als Stessl und Brea eintrafen. Sie wählten ihre Getränke und setzten sich in eine Nische im rückwärtigen Teil des Raumes. Eine kleine Gruppe von Technikern verfolgte ein Nachrichtenprogramm vor einem kleineren Bildschirm über der Bar. Hektische Bildschnitte zeigten abwechselnd Ansichten aus dem Saal der Vollversammlung, wo über die von randalierenden Mengen angerichteten Zerstörungen debattiert wurde, und gelehrten sprechenden Köpfen.

»Wo sind alle, Brea?« fragte Stessl, nachdem er den Blick durch den ungewöhnlich leeren und stillen Raum hatte gehen lassen.

»Dr. Reinhardt hält auf dem Beta-Deck einen Vortrag

über das Antriebssystem der Sonde. Auf dem Weg zu dir habe ich hineingeschaut. Der Raum ist vollgepackt.«

»Solltest du nicht dort sein?«

Sie zuckte mit der Schulter. »Ich bin lieber mit dir zusammen. Außerdem half ich bei der Vorbereitung des Vortrags und weiß alles darüber. Helene Reinhardt hat die ursprüngliche Lichterscheinung studiert und eine Gruppe von Forschern auf der Erde beauftragt, ein Modell des Antriebssystems der Sonde zu entwickeln. Sie meint, die Ingenieure und Physiker der Gruppe seien darauf gekommen, wie die Sonde verlangsamt.«

»Wie?«

»Durch einen Akt höchsten Mutes!« Stessl wandte sich verdutzt um und sah Professor Wojzelew hinter ihnen stehen. Der Professor nahm ein Glas von der Getränkeausgabe. »Darf ich mich zu Ihnen setzen?«

»Es ist uns eine Ehre.«

»Ich störe hoffentlich nicht, oder?«

»Nein, Sir«, sagte Stessl, »obwohl ich dachte, daß Sie bei dem Vortrag sein würden.«

»Ich war dort und habe alles gehört. Bis auf die sich anschließende Aussprache ist alles vorbei. Ich dachte, ich sollte mich besser davonmachen, bevor Helene Reinhardts brillante Folgerung von Besserwissern und Wichtigtuern zerredet wird.« Wojzelew nippte von seinem Getränk, schmatzte und seufzte tief. »Das hatte ich nötig.«

»Was hat Dr. Reinhardt entdeckt?« fragte Stessl. Seit seiner Rückkehr hatten ihm verwaltungstechnische Probleme wenig Zeit gelassen, sich mit der wissenschaftlichen Seite des Projekts zu befassen.

»Sie hat unseren ursprünglichen Verdacht bestätigt. Die Sonde wird angetrieben von einer Wasserstoff-Fusionsreaktion, die durch eine Singularität eingeleitet wird. In dieser Hinsicht ähnelt sie sehr unseren eigenen Schiffen, nur ist der Antrieb um ein Vielfaches stärker und wirksamer. Bevor sie die Natur der Antriebstechnik bestätigte, extrapolierte die von Helene Reinhardt beauftragte Gruppe unsere gegenwärtigen Erkenntnisse und baute ein mathematisches Modell vom Antrieb der Sonde. Wie es scheint, geschehen seltsame Dinge, wenn man einen Masseumwandler vergrößert. Unter anderem wird die Fusionsreaktion selbsterhaltend.

Es stellt sich heraus, daß die Sonde ihre I-Masse in der abschließenden Phase ihrer Reise nicht benötigt. Man vermutet, daß sie die Singularität ausstoßen wird, sobald die Reaktion sich stabilisiert hat. Das würde der eigentlichen Sonde den Großteil ihrer Masse nehmen, und sie hätte noch ausreichend Treibstoff, um zu einer dem inneren System angemessenen Geschwindigkeit zu verlangsamen.

Stellen Sie sich das vor! Diese Maschine dort draußen ist Gott weiß wie weit gereist und schickt sich nun an, sich selbst zu verkrüppeln, um ihre Reise zu beenden. Und die Implikationen ...«

»Welche Implikationen?« fragte Stessl. Plötzlich interessierte ihn sehr, was Wojzelew zu sagen hatte.

»Sie sahen und hörten ihre Botschaft. Den Bildern, die sie zeigte, entnahm ich, daß es im Universum von intelligenten Arten wimmeln muß. Und selbst wenn wir nicht an die Bilder glauben würden, beweist es die Konstruktion der Sonde. Ihre Erbauer sind unzweifelhaft Erben derselben ökonomischen Gesetze, die unser Handeln bestimmen. Doch scheinen sie die Sonde blindlings ins Universum ausgesandt zu haben. Das würde bedeuten, daß jede Richtung, in welche sie das Ding aussenden, so gut wie jede andere ist. Früher oder später müssen sie auf jemanden stoßen, der die Sonde mit einer neuen I-Masse und Treibstoff versorgen kann.« Prof. Wojzelew trank ausgiebig, dann schüttelte er sich und stellte das Glas ab. Er wischte sich mit dem Mund den Ärmel und sagte: »Das ängstigt mich!«

»Wieso?« fragte Brea.

»Überlegen Sie. Die Daten stimmen nicht mit unserer eigenen Erfahrung überein. Wenn fortgeschrittene Arten denkender Wesen dort draußen so verbreitet vorkommen, wie kommt es dann, daß wir nie zuvor besucht wurden?«

»Niemand kann sagen, daß wir noch nie besucht worden sind. Denken Sie nur an die UFO-Manie des vorigen Jahrhunderts.«

Wojzelew schüttelte den Kopf. »Das zieht nicht. Zahlreiche Untersuchungen haben erwiesen, daß die meisten Leute, die UFOs sahen, gewöhnliche Objekte für geheimnisvolle hielten, atmosphärische Phänomene sahen, die zu der Zeit nicht gut verstanden wurden, besonders anfällig für Suggestionen waren oder in ein paar Fällen einfach Schwindler, die sich hervortun wollten. Und trotz der Wiederbelebung der alten Geschichten, seit die Nachrichten über die Sonde an die Öffentlichkeit gelangten, gibt es keinerlei Beweis dafür, daß die Erde in der Vergangenheit jemals von Außerirdischen besucht wurde.

Also scheinen die Hinweise, die wir haben, durchaus widersprüchlich«, fuhr Wojzelew fort. »Wir haben mehrere tausend Jahre Geschichte, die besagt, daß wir allein in diesen Breiten sind. Nun entdecken wir, daß dieses außerirdische Flugobjekt konstruiert ist, in einer Galaxis zu operieren, in der intelligente Lebensformen häufig vorkommen. Auf der einen Seite haben wir viele Nachbarn; aber auf der anderen Seite besuchen sie uns nie. Führt uns das nicht zu einer ganz bestimmten Folgerung über die Verhältnisse im Universum?«

Brea und Stessl schauten einander an und dann wieder zu Wojzelew. »Nicht ohne weiteres«, sagte Stessl.

»Der alte Albert Einstein mag recht gehabt haben. Man kann die Lichtgeschwindigkeit nicht überschreiten, ganz gleich wie angestrengt man sich bemüht. Wir sind in einen riesigen Käfig gesperrt. Der ganze Reichtum, den die Menschheit jemals besitzen wird, ist ein

Stern mittlerer Größe, neun durchschnittliche Planeten, ein paar Dutzend kümmerliche Monde und ein paar Millionen Asteroiden, Kometen und Gesteinstrümmer.

Ich weiß nicht, wie Sie es sehen, aber ich finde diesen Gedanken beengend und deprimierend!«

Die Silhouette New Yorks war ein Lichtermeer, als Yorubi M'Buto in General Yaruandas Arbeitszimmer wartete. Die Panoramawand des Generals übernahm die Projektion von einer Kamera, die auf der wiederaufgebauten Freiheitsstatue montiert war. So zeigte sie Manhattan von der Seite des Battery Parks. M'Buto zog es vor, mehr zu bezahlen, um eine Projektion der Victoriafälle in seine Wohnung geleitet zu bekommen. Sie erinnerte ihn an daheim.

Die Tür zum Arbeitszimmer wurde geöffnet, und der General schritt herein. Er trug Hauskleider – eine braune Hausjacke über einem kirschroten Trainingsanzug.

»Nett, daß Sie gekommen sind, Oberst«, sagte er, gab ihm die Hand und schritt zu seinem Schreibtisch, wo er sich setzte.

»Mein Leben ist dein, Jagdmeister.«

»... und Mutter Afrikas«, erwiderte Yaruanda. »heute nachmittag las ich Ihren Bericht. Ich fand es richtiger, ihn nicht im Büro zu besprechen.«

»Ja, Sir.«

»Sie empfehlen, daß Panafrika die Resolution zur freundlichen Aufnahme der Sonde ins Sonnensystem unterstütze. Warum?«

M'Buto runzelte die Stirn. »Ich denke, das würde offensichtlich sein, General. Das Wissen der Sonde ist eine Quelle enormen Reichtums und großer Macht. Wenn schon aus keinen anderen Gründen, schulden wir es künftigen Generationen, alles in unseren Kräften Stehende zu tun, um dieses Wissen zu erwerben.«

Der General lehnte sich in seinem Sessel zurück, die

Ellbogen auf die Armlehnen gestützt und die Fingerspitzen unter dem Kinn zusammengelegt.

»Der Vater Ihrer Mutter kam bei den Unruhen von Zweiundzwanzig in Soweto ums Leben, nicht wahr?«

»Sie wissen, daß es so war.«

»Warum?«

»Ich verstehe nicht.«

»Warum beteiligte er sich an den Unruhen, Oberst? Er war relativ jung, bei guter Gesundheit und hatte drei Kinder zu versorgen. Er lebte in einer sauberen Hütte mit fließendem Wasser an jeder Straße. Wahrscheinlich hatte er einen Fernseher. Materiell gesehen, ging es ihm besser als seinem Vater und sehr viel besser als seinem Großvater.«

»Worauf wollen Sie hinaus, Sir?«

»Daß Ihr Großvater seinen eigenen Großvater beneidete, obwohl er besser lebte.«

»Natürlich. Ururgroßvater war ein freier Mann. Großvater hingegen war ein Bürger zweiter Klasse in seinem Land.«

»Das ist die Moral der Geschichte, Oberst. Die Menge der Güter, die ein Mann besitzt, ist nicht so wichtig wie seine Ehre, denn sie macht seine Lebensqualität aus. Ihr vierfach entfernter Vorfahre war glücklich, weil er ein freier Mann war, obwohl seine paar Ziegen und die Grashütte alles waren, was er hatte. Sein Enkel starb im Kampf um die Gleichberechtigung seiner Rasse, denn obwohl er in relativer Bequemlichkeit lebte, galt er nichts; verglichen mit den Weißen, war er minderwertig.

Alles ist relativ, Oberst. Was nützt es, in einem Palast zu leben, wenn man der Diener von jemandem in einem größeren Palast ist? Nehmen wir an, daß die Sonde ihr Versprechen hält und der Menschheit ihr Wissen schenkt. Wer, meinen Sie, wird über dieses Geschenk verfügen? Wer ist in der besten Position, fortgeschrittene wissenschaftliche Erkenntnisse nutzbar zu machen? Wer anders als die Weißen? Wenn schwarze oder braune Völker davon profitieren, dann wird es mit Duldung der Weißen geschehen. Sie werden das Beste für sich behalten und uns ein paar Knochen hinwerfen, um unserem Gewinsel ein Ende zu machen.«

General Yaruanda blickte auf das alte Schiffschronometer, das seinen Schreibtisch schmückte. »Es ist spät, Oberst. Wir können morgen weiter darüber sprechen, wenn Sie wollen.«

M'Buto zog die Stirn in Falten. »Was ist Ihr Befehl, General?«

Yaruanda räusperte sich. »Kein Befehl, Oberst. Nur Information. Botschafter Boswani und ich haben nach Haus gekabelt. Alle Beteiligten sind übereingekommen, daß den Interessen Panafrikas am besten gedient sein wird, wenn wir uns gegen die Resolution aussprechen, die die Sonde im Sonnensystem willkommen heißt.«

19

Die Ehrenwerte Augusta Luise Meriweather blickte vom letzten Entwurf ihrer Rede auf und ließ den Blick über die gestufte Eleganz des großen Saales der Vollversammlung und das Meer der Gesichter schweifen. Es lag etwas in der Luft, eine Atmosphäre von Spannung und Erregung, die sie faszinierte, besonders in dieser Zeit der Krise.

»Bereit für den Kampf, Augusta?«

Die leise Stimme kam vom Platz neben ihr und riß sie aus ihrer Betrachtung. Sie wandte den Kopf und sah Seiji Furosawa, der seine Arbeitspapiere ordnete.

»Ich hörte Sie nicht kommen und sich setzen, Seiji.«

»Sie schienen in Gedanken verloren.«

Sie lachte. »Es heißt, eine verkürzte Aufmerksamkeitsspanne sei eines der ersten Anzeichen von Senilität. Vielleicht werde ich zu alt für diese Aufregungen und Turbulenzen.«

»Sie werden uns alle überleben, Augusta.«

»Wissen Sie, was ich gerade tat? Ich nahm das Ambiente des Raumes in mich auf. Spüren Sie es? Es ist wie eine elektrische Aufladung, ein Hauch von Ozon über einem alles durchdringenden muffigen Geruch.«

Furosawa schnüffelte. »Ich rieche nichts.«

Sie schmunzelte. »Sie riechen es nicht mit der Nase, Seiji, sondern mit dem Herzen. Es ist der Geruch, der entsteht, wenn Geschichte gemacht wird, als ob der Geist von jedem Lumpen und Schandmaul, jedem Prahler und Gauner, der je in diesem Saal saß, zurückgekehrt wäre, um die Vorstellung zu sehen.« Mrs. Meriweather blickte auf ihre Papiere und ordnete sie für die bevorstehende Debatte. Wenn sie den besorgten

Blick ihres Kollegen bemerkte, erwähnte sie nichts davon. »Wenigstens haben wir die Vorbereitungen soweit abgeschlossen.«

Furosawa nickte. »Die Zeit ist gekommen, um davon zu sprechen, was unausgesprochen geblieben ist. Vorhin sah ich Nicolas Boswani in der Eingangshalle. Er hatte seine Schranzen bei sich und sah aus, als wäre er bereit, seinen Schachzug zu machen.«

»Ich dachte, El-Sikkir wollte mit ihm reden.«

»Das tat er auch. Anscheinend ohne Erfolg.«

»Das vermasselt alles! Unsere Arbeit ist schon ohne einen offenen Bruch mit Boswani schwierig genug. Und er spricht heute als zweiter!«

»Sie werden sich schon behaupten, Augusta.«

»Da bin ich nicht so sicher. Haben Sie heute morgen zufällig Ray Lerners Nachrichtensendung gesehen?«

Furosawa verzog das Gesicht. »Ich hatte nicht das Vergnügen.«

»Schätzen Sie sich glücklich. Er brachte ein Drei-Minuten-Profil vom Reverend Lonnie Smith. Smith ist der hinterwäldlerische Guru, der Höllenfeuer und Verdammnis gepredigt hat, seit die Nachricht bekannt wurde. Er scheint zu glauben, daß die Sonde ein schlaues Komplott der Vereinten Nationen sei, die Nordamerikanische Union zu schlucken. ›Völlige Ablehnung des technokratischen Planes, der von den Agenten des Antichristen ausgeheckt wurde‹, war sein Rezept, das er heute früh in Lerners Programm vorbrachte.«

Furosawa nickte. »Ich habe den Herrn früher schon predigen hören. Wirklich, Augusta, Sie sollten sich nicht um den Narrensaum kümmern.«

»Bloß gewinnt dieser Narrensaum täglich an öffentlicher Sichtbarkeit und Aufmerksamkeit.«

»Solange auf dieser Welt Menschen leben, werden einige von ihnen auf dem Glauben bestehen, sie sei flach wie ein Teller.«

Mrs. Meriweathers Erwiderung wurde vom Rufsignal unterbrochen, das den Beginn der Sitzung ankündigte und die Delegierten zu ihren Plätzen rief. Gruppen von Abgeordneten, die bis zur letzten Minute in den Gängen des Plenarsaales verhandelt hatten, gingen auseinander. Auf die Sekunde zwei Minuten nach dem Signal bestieg Generalsekretär Bruenwald das Podium. Seine von Spondylitis ankylosans deformierte Wirbelsäule zwang ihn zu ständig gebeugter Haltung, doch strahlte er eine Aura von Macht aus, die einen seine körperliche Behinderung bald vergessen ließ.

Der Generalsekretär schaltete das Mikrophon ein, und der Saal hallte vom verstärkten Klang des Hammers wider, der auf Holz schlug.

»Ich bitte um Ruhe! Hiermit erkläre ich diese Sondersitzung der Vollversammlung für eröffnet. Im Interesse einer zügigen Abwicklung der Tagesordnung werden wir auf die üblichen Formalitäten verzichten. Wenn die Delegierten ihre Rednerlisten konsultieren, werden sie feststellen, daß die erste Rednerin Augusta Luise Meriweather ist, Sekretärin des Geschäftsführenden Ausschusses des Treuhandrates. Mrs. Meriweather wird zugunsten der Unterstützung der beantragten UN-Resolution 2065-12 sprechen, die den Titel trägt: ›Resolution zur Begrüßung des fremden Raumfahrzeugs, das ins Sonnensystem eintritt.‹ Mrs. Meriweather hat das Wort.«

Erich Stessl arbeitete sich durch das Gedränge im verdunkelten Gemeinschaftsraum. Er hatte sich um eine halbe Stunde verspätet, aber die Übertragung der Sondersitzung der Vollversammlung hatte offenbar erst begonnen. Ein bekanntes Gesicht blickte ihm vom Podium entgegen. Augusta Meriweather sah ein wenig faltiger und abgespannter aus, als er sie von seinem Interview in Erinnerung hatte, schien aber sonst unverändert. Nach einem kurzen, schnellen Blick zur Projektionswand konzentrierte er sich darauf, auf möglichst wenige Zehen zu treten, als er sich zu einem freien Platz nahe einer Wand schob.

»Hallo, Reisegenossin«, flüsterte er, als er sich setzte.

Auf dem Platz vor ihm wandte Lisa Moore den Kopf nach ihm um. »Hallo, Erich. Wo sind Sie gewesen?«

»Ich hatte zu tun. Habe ich etwas versäumt?«

»Kaum. Es ist gerade erst angegangen.«

Stessl nickte und lehnte sich zurück.

»... und das, Kollegen und Delegierte, war die Situation bis zu dem Augenblick, als die Sonde ihre Freundschaftsbotschaften auszusenden begann. Da jeder von Ihnen den Inhalt dieser Botschaften ebenso gut kennt wie ich, ist es nicht nötig, sie hier zu wiederholen. Nur soviel sei gesagt, daß wir gebeten wurden, diesem Reisenden aus der Ferne zu helfen. Ihnen liegt ein Resolutionsantrag vor, eben dies zu tun. Im Namen des Treuhandrates und des Sicherheitsrates und auf Geheiß des Generalsekretärs bitte ich Sie, der Resolution zuzustimmen.«

Mrs. Meriweathers schmale, vornehme Züge rückten plötzlich näher, als die Gummilinse sie heranholte. Stessl bemerkte überrascht, daß ihre Augen von Tränen glänzten. Sie schien ihn über 150 Millionen Kilometer direkt anzusehen.

»Ich ersuche Sie jedoch nicht, diese Resolution blindlings zu unterstützen. Diejenigen, welche mich kennen, sind sich meiner Ansichten über die Sünde des Altruismus bewußt. Nirgends steht geschrieben, daß wir jedem Reisenden helfen müssen, der zufällig des Weges kommt. Es sollte aber auch nicht unerwähnt bleiben, daß die Parabel vom guten Samariter ihr Pendant in jeder Kultur der Menschheit hat.

Nein, ich ersuche Sie aus praktischeren Gründen, diesen Abgesandten willkommen zu heißen. Bedenken Sie bitte die Größe der Leistung jener Lebewesen, die diese Sonde erbauten. Wer unter uns würde so weitblickend sein, ein derartiges Projekt in Angriff zu nehmen? Haben wir kurzsichtige und streitsüchtige Geschöpfe das Recht, diesen großen Traum zu vereiteln? Ich sage nein! Das zu tun, wäre unser nicht würdig und müßte uns zur Schande gereichen.«

Das faltige Gesicht, noch immer in Großaufnahme, blickte ins Publikum. »Vor ein paar Minuten sprach ich von Altruismus, und nun bin ich selbst gefährlich nahe daran, diese Sünde zu begehen. Schließlich haben wir Menschen im Namen hoher Ideale und edler Absichten vieles getan, was töricht und unüberlegt war und letzten Endes mehr Schaden anrichtete und Leid verursachte als Gutes bewirkte.

Betrachten wir die Dinge also nicht nur von einer moralischen Warte aus. Oder anders gesagt, lassen wir alle Scheinheiligkeit beiseite und fragen statt dessen, wie wir dieses Ereignis zu unserem Nutzen wenden können.

Die Tatsachen sehen so aus: Die Sonde ist weit gereist und hat für ihre Erbauer viele wissenschaftliche Daten gesammelt. Sie wünscht in die Heimat zurückzukehren, doch fehlt es ihr dazu an Treibstoff. Unsere Fachleute sind der Meinung, daß sie ihre Singularität und damit den größten Teil ihrer Masse abstoßen muß, um ihre enorme Geschwindigkeit zu drosseln. Anscheinend ist das für solche Instrumententräger das normale Operationsverfahren. Um in die Heimat zurückzukehren, muß die Sonde einheimische Intelligenzen finden, die imstande sind, ihre Antriebskraft zu erneuern und die Triebwerke zu überholen.

Die Erbauer der Sonde scheinen mehr Vertrauen in ihre Mitgeschöpfe zu setzen, als wir es unter ähnlichen Umständen tun würden. Aber sie bitten nicht um Mildtätigkeit. Sie haben ihre Sonde so ausgestattet, daß sie bezahlen kann. Sie ist eine Schatzkammer fortgeschrittenen wissenschaftlichen und technischen Wissens. Sie hat angeboten, dieses Wissen mit uns zu teilen.

Damit ist uns eine Gelegenheit geboten, Wissen zu erwerben, das uns tausend oder mehr Jahre in die Zukunft katapultieren wird. Ich fordere Sie auf, für diese Resolution zu stimmen, nicht nur, weil sie richtig ist. Sie ist auch gewinnbringend! Diese Chance wird sich nicht wiederholen. Wenn wir sie vorbeigehen lassen, werden wir die Vorwürfe und Verwünschungen verdient haben, mit denen unsere Nachkommen uns überhäufen werden. Delegierte der souveränen Nationen der Erde, dies ist Ihre Chance zur Größe. Verpatzen Sie sie nicht!«

Der Applaus, der im Sitzungssaal aufrauschte, war beinahe so enthusiastisch wie der im Gemeinschaftsraum der *Graf Bernadotte*. Die Kamera brachte Einstellungen von einzelnen, wild applaudierenden Delegierten und zeigte wieder die alte Frau, wie sie majestätisch zu ihrem Platz schritt. Aber die geschickte Kameraführung konnte dennoch nicht die Tatsache verbergen, daß eine beträchtliche Zahl der Delegierten nicht in den Beifall einstimmte. Stessl bemerkte, daß diese in den meisten Fällen schwarze oder braune Gesichter hatten.

Lisa wandte sich zu ihm um. Tränen kullerten ihr über die Wangen. »Das war schön! Wann wird abgestimmt?«

»Heute nicht, fürchte ich«, antwortete er. »Erst kommen die Gegner der Resolution zu Wort, und dann werden viele Delegierte dafür oder dagegen sprechen. Wenn es schnell geht, wird die endgültige Abstimmung noch in dieser Woche kommen.«

Der Generalsekretär trat wieder ans Podium und wartete auf das Nachlassen des Beifalls, bevor er Meriweather dankte und zur Ordnung rief. »Ich erteile das Wort dem Botschafter der Panafrikanischen Föderation, dem Ehrenwerten Nicolas Boswani. Botschafter Boswani hat angekündigt, daß er sich gegen die Resolution aussprechen wird.«

Boswani war ein kleiner Mann von einer Hautfarbe wie Milchkaffee und mit einem dünnen Ziegenbart, der eine schlimme Narbe an seinem Kinn nicht verstecken konnte. Er stolzierte wie ein Zwerggockel von seinem Platz nach vorn, dann sprang er erstaunlich schnell aufs Podium und ließ einen langen, hypnotischen Blick über die versammelten Delegierten schweifen. Als er endlich das Wort ergriff, tat er es mit einer so tiefen und vollen Stimme, wie man sie in solch einem kleinen Körper nicht vermutet hätte.

»Liebe Freunde, verehrte Delegierte! Sie haben Mrs. Meriweather zugunsten dieses Resolutionsentwurfes sprechen hören. Sie ist eine ehrenwerte Dame, aufrichtig und von guten Absichten getragen. Ich will ihre Motive nicht in Frage stellen, denn ich bin sicher, daß sie untadelig sind. Aber ich stimme ihrer Schlußfolgerung nicht zu!«

Sein durchdringender Blick ging über das Plenum hin. »Sie fordert uns auf, daß wir diese fremde Maschine willkommen heißen, die aus dem Sternbild, das nördlichen Astronomen als Adler bekannt ist, über uns kommt. Ich muß bekennen, daß ihre Beredsamkeit mich bewegt hat. Unsere Freunde aus dem Norden vergessen aber bisweilen, daß es auf dieser Welt andere Traditionen als ihre eigenen gibt. Für Mitglieder meines Stammes, zum Beispiel, ist dieses Sternbild Teil einer größeren Gruppierung, die als der Schakal bekannt ist. Und eine der frühesten Lehren, die ich meinem Großvater verdanke, war die, daß Schakalen nicht zu trauen ist!

Betrachten wir Mrs. Meriweathers Argumente der Reihe nach. Sie will uns einreden, es sei eine Schande für uns, wenn wir diesem Verletzer unseres Territoriums befehlen, seine Reise fortzusetzen. Seit wann ist es eine Schande, seine Heimat vor Eindringlingen zu schützen? Haben wir diese Sonde eingeladen? Wo liegt dann die Verantwortung, sollten wir uns gegen ein Willkommen entscheiden?

Mrs. Meriweather spricht von dem Geschäft, das uns angeboten worden ist. Sehen wir uns an, was für ein Geschäft es ist. Die Sonde erwartet von uns, daß wir erhebliche industrielle Kapazität in die Anstrengung investieren, sie wieder für den Raumflug auszurüsten. Unterdessen werden wir gebeten, geduldig zu warten, bis sie die Zeit für gekommen hält, uns die Fracht ihres Wissens zu übergeben. Welche Sicherheit haben wir, daß sie es jemals tun wird? Welcher Mann vertraut einem anderen ohne einen vorherigen Hinweis, daß solches Vertrauen gerechtfertigt ist?

Aber gestehen wir ruhig zu, daß es zur Übergabe kommen wird. Stellen wir uns den Tag vor, an dem die Sonde uns ihre Schatztruhe übergeben hat. Was dann? Werden nur gute Dinge aus diesem Wissen fließen? Ich möchte Sie daran erinnern, daß wir Menschen schon immer eine überraschende Fähigkeit gezeigt haben, neues Wissen zu destruktiven Zwecken zu verwenden. Womit rechtfertigt Mrs. Meriweather ihre Meinung, daß dies in Zukunft anders sein wird? Wollen wir wirklich das ›Geschenk‹ dieser Sonde, wenn es nur größere und wirkungsvollere Waffen bedeutet?

Aber auch hier wollen wir rein theoretisch annehmen, daß dieses fremde Wissen zu bedeutenden Fortschritten auf allen Gebieten der Wissenschaft führen wird, wie Mrs. Meriweather behauptet. Ich muß eine Frage stellen, die heutzutage allzu oft ignoriert wird.

Wollen wir das wirklich?

Ich möchte mein Argument mit einer Geschichte aus der Vergangenheit illustrieren, einer Geschichte meines eigenen Stammes. Früher verließen mein Stamm und mehrere andere während schwerer Dürrezeiten ihre Heimatgebiete und zogen südwärts. Sie wanderten langsam in bis dahin unbesiedeltes Territorium. Wie groß war ihre Überraschung, als sie auf dieser Wanderschaft schließlich auf einen Stamm stießen, den sie noch nie gesehen hatten – einen Stamm mit weißer Haut und einer fremden, unverständlichen Sprache.

Es sprach sich rasch herum, daß diese weißen Fremden Eindringlinge aus weit entfernten Ländern waren. Aber das Land war groß und die Zahl der Menschen klein. Meine Vorfahren meinten, es gebe genug Raum für alle. Viele Jahre blieben sie auf dem Hochveldt, wo sie ihr Vieh hielten und anbauten, was sie brauchten. Und sie erwarteten, daß die Weißen in ihren Gebieten entlang der südlichen Küste blieben. Aber langsam drangen diese Fremden auf das Land meiner Ahnen vor. Zuerst kamen Missionare, die meinem Volk anboten, es viele neue und wunderbare Dinge zu lehren. Und viele von diesen neuen Dingen waren wirklich wunderbar. Der Stamm lernte neue Methoden der Bodenbearbeitung und Landbestellung, und einige hatten sogar Gewehre für die Jagd. Aber andere neue Ideen waren nicht so gut. So kam die alte Religion außer Gebrauch und wurde ersetzt durch den weißen Kreuz-Gott.

Als nächstes kamen weiße Siedler, um ihre eigenen Farmen zu errichten. Leute gingen zu den Farmen der Weißen, um zu arbeiten, und kehrten mit fremden, neuen Ideen in ihre Dörfer zurück. Junge Männer lernten Mißachtung ihrer Eltern. Junge Frauen lernten ihre Körper gegen Geld zu verkaufen. Ich will Sie nicht mit dem Rest der Geschichte langweilen. Ähnliches fand unter den meisten der schwarzen und braunen Völker dieser Welt statt. Innerhalb eines Jahrhunderts nach unserer ersten Berührung mit den Weißen waren wir praktisch Sklaven in unserem eigenen Land.

Wer trägt die Schuld an dieser Schande, die meine Vorfahren trugen? Wen verwünschen wir für diese Schrecken? Unglücklicherweise fällt die Schuld nicht einzelnen Individuen zu, sondern dem Wirken der Geschichte. Eine kraftvolle, industrialisierte Kultur kam in

Berührung mit einem statischen Volk von Hirten und Bauern. Die Tragödie war leider unvermeidlich.

Aber halten wir in unseren Überlegungen inne, um die relativen Positionen von uns und dieser Sonde zu betrachten. Wer ist diesmal der Große Weiße Vater? Kann die menschliche Gesellschaft eine solch massive Dosis fremden Wissens, wie die Sonde sie bietet, überleben? Vergeben Sie mir mein Mißtrauen, aber ich komme von einem rückständigen Volk, dessen einzige Erfahrung mit der Wissenschaft die ist, daß sie ein Instrument der Versklavung ist.

Liebe Freunde und verehrte Delegierte, ich sage, daß wir Menschen bereits darunter leiden, daß wir zu schnell zu weit gekommen sind. Ich fordere Sie auf, diese tausendmal verdammenswerte Resolution abzulehnen!«

20

Vor elfeinhalb Jahren hatte ein überlichtschnelles Schiff die Nachbarschaft eines hellen, gelblichweißen Sterns jenseits der menschlichen Sonne verlassen. Die Sonde beobachtete aufmerksam, wie der von diesem Durchgang ausgelöste Strahlungssturm wie Hagel durch das Sonnensystem peitschte.

Der Stern war ein Unterriese der Spektralklasse F5, begleitet von einem weißen Zwerg. Der F5 war einer der hellsten Sterne am Himmel der Menschenwelt und gehörte hier seit langem zum Pantheon der Himmelszeichen. Die Zweifüßler nannten ihn Prokyon.

Die Sonde maß die genaue Position des Sterns und begann mit den Berechnungen für die Kursänderung, die sie zu dem neuen Ziel führen würde. Hundert Nanosekunden benötigten die Unterprogramme zur Treibstoffinventur, und sie reichten aus, die schlechte Nachricht zu bestätigen. Nach zehntausend Jahren Flug besaß die Sonde kaum noch genug Masse, um ihren Flug abzubremsen, und beinahe nichts blieb zum Manövrieren übrig. Der F5-Stern lag beinahe unmittelbar voraus, doch war er so unerreichbar wie die Große Magellansche Wolke.

Denn Prokyon lag ungefähr fünf Grad neben der Flugrichtung der Sonde, weit jenseits ihrer Manövrierfähigkeit. Sie hatte zwei Möglichkeiten: sie konnte ihren Kurs ändern, indem sie Reaktionsmasse vergeudete, womit sie aber jede Chance verspielte, beim Erreichen des Systems Prokyon abzubremsen; oder sie konnte im Sonnensystem einen Zwischenstop einlegen und Hilfe von den Menschen suchen. Neu bevorratet, würde sie direkt zur Prokyon-Zivilisation beschleunigen können.

Nur die letztere Möglichkeit bot eine – wenn auch ungewisse – Hoffnung, das Geheimnis des überlichtschnellen Antriebs für die Schöpfer zu erhalten. Also war der Zwischenaufenthalt bei den Menschen die offensichtliche Lösung des Problems.

Aber die offensichtliche Lösung hatte ihre Tücken. Die letzten Monate hatten die Sonde gelehrt, mißtrauisch gegen Menschen zu sein. Die Entdeckung der Bugwelle des überlichtschnellen Schiffes machte den Einsatz viel höher, als er vorher gewesen war. Der Preis eines Fehlschlags würde nicht mehr nur der Verlust von zehntausend Jahren angesammelter Daten sein. Jetzt konnte eine Fehlkalkulation den möglichen Zusammenbruch der Schöpferzivilisation bedeuten. Die Sonde überdachte ihr Dilemma. Konnte sie alles auf den guten Willen von Wilden setzen? Aber blieb ihr etwas anderes übrig?

Auf einmal erkannte sie, daß es einen anderen Weg gab, der freilich äußerst unorthodox war. Auf ihrem gegenwärtigen Kurs würde die Sonde 4W nahe an der Sonne der Menschen vorüberfliegen. Welche Wirkung konnte eine Annäherung auf den Kurs durch den Raum haben?

Die Schöpfer nannten es ein Gravitationsloch-Manöver. Wenn sie im nahen Vorbeiflug Anziehungskraft und Sonnenwind nutzte, würde die Flugbahn der Sonde durch einen kleinen Bogen abgelenkt. Richtig berechnet und ausgeführt, würde das Manöver sie auf einen Kurs bringen, der sie zu Prokyon führte. Die Sonde könnte die Sonne der Menschen zu einer Kursänderung nutzen, ohne ein Gramm kostbaren Treibstoff zu verschwenden. Aber was riskierte sie dabei?

Die Sonde war ein Bewohner des tiefen interstellaren Raumes, wo das Vakuum annähernd absolut war. Vieles von ihrer Struktur war leicht gebaut und würde in der Suppe, die einen Stern umgibt, bald zerstört. Bestenfalls würden die meisten Sensoren ausbrennen und wesentliche außenliegende Teile vom Gas fortgerissen. Schlimmstenfalls drohte völlige Desintegration.

Keine optimale Lösung…

Und wie verhielt es sich mit der anschließenden Reise nach Prokyon, sollte die Sonde den Sturm überleben? Mit solch umfangreichen Schäden würde sie außerstande sein, in den langen Schlaf zurückzukehren. In welchem Stadium der Senilität würde sie eintreffen?

Die Sonde überdachte das Gravitationsloch-Manöver und gelangte zu dem Schluß, daß die Risiken zu hoch waren. Die Schöpfer hatten lange auf das Geheimnis des überlichtschnellen Antriebs gewartet; sie konnten ein wenig länger warten. Einstweilen würde die Menschheit aus ihrem Schlammloch gezogen und auf den Weg zur wahren Zivilisation gesetzt.

Die Sonde eröffnete die Kommunikation mit dem Surrogat. Seit sie die Bugwelle – oder das Kielwasser? – des überlichtschnellen Schiffes entdeckt hatte, war sie so beschäftigt gewesen, daß sie ihren Sprößling praktisch ignoriert hatte. Nun gab sie dem Surrogat eine Zusammenfassung der jüngsten Ereignisse. Unaufgefordert warnte das Surrogat sie vor dem ungewissen Empfang, der sie auf Erden erwartete, und lenkte ihre Aufmerksamkeit auf die zunehmend schrillen Töne der Fernsehsendungen, die sie auffingen.

»Was stellst du dir vor?« fragte die Sonde.

»Nur, daß sie heute ja und morgen nein sagen könnten. Ich dachte nur, du solltest auf die Gefahr hingewiesen werden.«

Die Sonde zögerte; wieder erfüllten Zweifel ihre Schaltungen. Noch einmal wog sie die Risiken eines Vorbeiflugs an der Sonne gegen jene ab, den Menschen die dreißig oder mehr Jahre lang zu vertrauen, welche die Überholung in Anspruch nehmen würde. Sie überprüfte ihre Daten ein letztes Mal.

Dann traf sie ihre Entscheidung.

Die Erde war seit Jahrzehnten kleiner geworden. Nicht, daß ihr Radius unter die 6400 Kilometer geschrumpft wäre, die er immer gemessen hatte. Aber in den Begriffen menschlicher Wahrnehmung war die Welt viel kleiner geworden. Zum Teil war dies das unausweichliche Ergebnis überschallschneller Flugzeuge, zum Teil die enorm ausgeweitete Sicht des Universums, die der Menschheit mit der Raumfahrt aufgezwungen worden war. In erster Linie aber war die Erde kleiner geworden, weil die politische Neuordnung nach dem abgebrochenen Krieg viele Grenzen hatte wegfallen lassen. Die Zahl der Länder, die Mitglieder der Vorläufer-Vereinten Nationen gewesen waren, hatte 187 betragen. Siebzig Jahre später war diese Zahl auf 63 zurückgegangen. UN-Angelegenheiten, die früher einen Monat in Anspruch genommen hatten, konnten jetzt in wenigen Tagen geregelt werden. So war es auch bei der großen Debatte um die Sonde. Die letzten Reden waren gehalten, die letzten mehr oder weniger dezenten Erpressungsmanöver hatten Wirkung gezeigt, die letzten Gefälligkeiten waren zurückgefordert worden.

Die Endabstimmung war für 12:00 Uhr östliche Standardzeit (Greenwich minus 5) am 6. September 2065 anberaumt. Das öffentliche Interesse war ungewöhnlich groß. Londoner Buchmacher hatten Wetten im Verhältnis 5 zu 4 zugunsten der Resolution angenommen, während ihre New Yorker Kollegen von einem ausgeglichenen Verhältnis ausgingen. Überall auf Erden und in den bewohnten Stationen des Sonnensystems saßen Männer und Frauen gespannt vor den Bildschirmen, um das Ergebnis mitzuerleben. Und an Bord der *Graf Bernadotte* war der Gemeinschaftsraum zum Bersten gefüllt.

In Admiral Liu Tsens Büro, wo er und Erich Stessl vor der gleichen Bildübertragung saßen, die alle anderen sahen, herrschte eine Atmosphäre ruhiger Erwartung. War die Bildübertragung auch die gleiche, die allen anderen geboten wurde, so empfingen sie doch eine eigene, gesicherte militärische Tonübertragung, für die Oberst Stanford Ames am anderen Ende verantwortlich war. Ames hatte die Debatte und die Abstimmung zu überwachen und den Befehl zu erteilen, der eine von zwei im voraus aufgezeichneten Botschaften aussenden würde. Der Generalsekretär würde dementsprechend der Sonde eine Parkumlaufbahn fünfzig Millionen Kilometer außerhalb der Erdumlaufbahn anweisen, oder er würde die Sonde zur Weiterreise auffordern. Beide Botschaften waren der *Graf Bernadotte* zugegangen, verbunden mit der Anweisung, daß das Projekt Adler die einzige Stelle sein sollte, von der die Antwort der Sonde mitgeteilt würde.

»Warum sollen wir das machen?« hatte Stessl gefragt, als Liu Tsen ihm die Befehle gezeigt hatte.

Der Admiral hatte mit seinem einen Auge aufgeblickt und Verwunderung gezeigt. »Natürlich Sicherheitsgründe. Das Observatorium auf der erdabgewandten Seite des Mondes hat bereits eine Botschaft gesendet und die Sonde unterrichtet, wo sie ihre Antwort bekommen würde. Sie wird gebeten, alle folgenden Botschaften zu ignorieren, die nicht von diesem Schiff ausgehen. Auf diese Weise wird verhindert, daß falsche Botschaften hinausgehen.«

»Kommt mir ein bißchen extrem vor, Sir.«

»In diesem Fall, Major, ist ein wenig Paranoia gerechtfertigt.«

Der Umbau des Radioteleskops zu einem Sender war eine Arbeit von zwölf Stunden gewesen. Als der Umbau abgeschlossen war, ordnete Liu Tsen die Ausstrahlung eines kontinuierlichen Bereitschaftssignals zur Sonde an, um ihr Gelegenheit zu geben, sich auf ihre Sendefrequenz einzustellen. Damit waren die Vorbereitungen abgeschlossen und Abwarten das Gebot der Stunde gewesen.

Nun war die Wartezeit um.

Die Vollversammlung trat planmäßig zusammen, und nach überraschend kurzen Präliminarien begann der Abstimmungsvorgang.

»Die Abstimmung beginnt«, sagte Ames, als der Generalsekretär ans Podium trat, um die Wahl zu überwachen. »Australasien ist zuerst aufgerufen und läßt seine zwölf Abgeordneten abstimmen – mit ›ja‹!« Ein Chor von Hoch- und Buhrufen im Hintergrund signalisierte die Gegenwart einer vollgepackten Besuchergalerie im Plenarsaal.

Ames fuhr in seinem Kommentar fort. »China – vierzig Stimmen ... ›Ja‹!«

Die Abstimmung nahm ihren Fortgang. Die großen Nationen stimmten zumeist für die Resolution, mehrere der kleineren dagegen, und eine überraschende und beunruhigende Zahl enthielt sich der Stimme. Erst mit Südamerika stimmte ein großer und mächtiger Nationenverbund mit ›Nein‹ und warf sein Gewicht gegen die Resolution in die Waagschale.

»Das war erwartet worden«, berichtete Ames seinen ungesehenen Zuhörern. »Hier kommt die Europäische Union. Zwanzig Abgeordnete stimmen mit ›Ja‹ und bringen uns wieder in Führung. Nun das Königreich Frankreich, wie gewöhnlich dagegen – ›Nein‹.«

Eine lange Reihe von ›Nein‹-Stimmen folgte, als Indien, Indonesion, Irland und Mexiko mit dem Panafrikanischen Block stimmten, und wieder gab es mehr Enthaltungen, als vorausgesagt worden war. Die Führung ging wieder an die Gegner der Resolution über.

»Nordamerika stimmt natürlich mit ›Ja‹. Es folgt Österreich-Ungarn mit ›Ja‹. Panafrika stimmt mit ›Nein‹. Die Schweiz gibt ihre eine Stimme zugunsten der Resolution ab, desgleichen Westrußland mit sechs Stimmen. Damit ist die erste Runde beendet, nach der die Resolution mit nur vier Stimmen führt. Es folgt eine kurze Pause, während die Nachzügler sich formieren. Wie ist die Spannung dort draußen?«

»Ames hatte immer eine Schwäche für das Dramatische«, murmelte Liu Tsen mißvergnügt. Er antwortete nicht auf die Frage, weil die Entfernung sie rhetorisch machte. Radiowellen benötigten fünfhundert Sekunden, um die *Bernadotte* zu erreichen. Wahrscheinlich war die Abstimmung zu diesem Zeitpunkt bereits entschieden.

»Was meinen Sie, Sir?« fragte Stessl.

»Ich denke, daß wir in Schwierigkeiten sind. Falls Sie es nicht bemerkt haben sollten, Nordafrika war das letzte Land, das sich in der ersten Runde der Stimme enthielt. Das heißt, es wird in der zweiten Runde zuletzt abstimmen. Nach meiner Einschätzung werden sie den Ausschlag geben, und sie stehen fest hinter Boswani.«

Während des größten Teils der zweiten Runde blieb der kleine Vorsprung der Befürworter der Resolution erhalten, aber während die Kameras weiterhin Gesichter einzelner Abgeordneter heranholten, um den Verlauf der Abstimmung lebendiger zu gestalten, zeigte die Entwicklung, daß Liu Tsens Befürchtung sich bewahrheiten würde. Die letzte Nation, die zur Abstimmung schritt, würde den Ausschlag geben.

»Botschafter Al-Mohar von der Nordafrikanischen Föderation ist aufgestanden und sieht sich unter seinen Gefolgsleuten um. Er scheint zu zögern. Er blickt zur Anzeigetafel auf und tritt ans Mikrophon. Nordafrika … enthält sich der Stimme!

Ich wiederhole, Nordafrika enthält sich der Stimme!«

Unterdessen brach im Plenarsaal das Chaos aus. Delegierte sprangen auf und schüttelten die Fäuste zu Al-Mohar oder schlugen einander auf den Rücken. Die Anzeigetafel verzeichnete 200 Stimmen zugunsten der Resolution, 198 dagegen, bei 6 Enthaltungen. Der Generalsekretär versuchte die Versammlung zur Ordnung zu rufen, doch ohne Erfolg. Der Tumult dauerte noch fünf Minuten oder länger an, bevor die Ruhe wiederhergestellt werden konnte.

Stessl und der Admiral lauschten der offiziellen Bekanntgabe des Ergebnisses. Ein paar Sekunden später kam Ames' aufgeregte Stimme durch: »Hallo, *Graf Bernadotte*. Es ist amtlich! Sie können der Sonde unser Willkommen signalisieren. Die Resolution ist angenommen!«

Brea Gallagher fand Don Bailey in der Küche, wo er mit dem übrigen Personal, das dem Verpflegungsoffizier unterstellt worden war, Vorbereitungen für das Festessen traf.

»Ist es nicht herrlich, Stinky?«

Er zuckte die Achseln und fuhr fort, Obst aus den Hydrokulturen eines Gewächshauses für Fruchtsalat zu schneiden. »Kann schon sein.«

»Was ist los?«

»Nichts ist los, Brea.«

»Nun komm schon, Partner! Du hast irgendwas. Was ist es?«

»Nun, wenn du schon davon anfängst … Wann wolltest du wieder mit dem Prospektieren anfangen?«

»Prospektieren, Don? Ich verstehe nicht.«

»Unser Schiff ist seit fast einem Monat überholt und einsatzbereit. Und nachdem die Nachricht von der Sonde allgemein bekannt geworden ist, sehe ich keinen Grund, daß sie uns hier noch länger festhalten könnten. Es ist Zeit, daß wir wieder das tun, was wir am besten können.«

Brea schwieg. Um die Wahrheit zu sagen, sie hatte in letzter Zeit nicht viel über die Zukunft nachgedacht. Sie war zu beschäftigt gewesen. Nun aber, da Don es erwähnte, sah sie, daß mit dem Bekanntwerden der Nachricht für das Projekt Adler die Uhr abgelaufen war. Der Brennpunkt würde sich jetzt zu den Universitäten und der Raumfahrtindustrie verlagern, wenn die Überholung der Sonde vorbereitet werden mußte. Und Astronomen würden an Bord der *Graf Bernadotte* nicht mehr benötigt.

»Vielleicht hast du recht, Stinky. Aber es machte Spaß, solange es dauerte.«

»Du brauchst nicht zu kommen, Brea. Ich weiß, wieviel Freude es dir gemacht hat, wieder in den alten Beruf zurückzugehen. Ich habe auch gesehen, wieviel Zeit du mit Major Stessl verbringst.«

»Ich spreche nicht mit Major Stessl!« sagte sie und machte einen Schmollmund. »Er hat unsere Verabredung zum Abendessen am Samstag abgesagt.«

Bailey erkannte die Symptome. Ein halbes Lächeln umspielte seine Mundwinkel. »Wie du meinst, Brea. Ich möchte dir nur klarmachen, daß ich es verstehen werde, wenn du dich für die Auflösung der Partnerschaft entscheidest. Mit den Einnahmen aus dem Du-weißt-schon-was kann ich wahrscheinlich genug zusammenkratzen, um deinen Anteil zu übernehmen.«

»So schnell wirst du mich nicht los, Stinky!«

»Bist du sicher?«

»Ich bin sicher.«

Bailey nickte. »In diesem Fall werde ich versuchen, morgen einen Termin bei Admiral Liu Tsen zu bekommen. Es wird für alle Beteiligten besser sein, die Angelegenheit rasch und endgültig zu regeln. Außerdem wird es sicherer sein!«

Die Feier im Gemeinschaftsraum an diesem Abend stand ganz im Zeichen des Abstimmungsergebnisses. Erich Stessl bahnte sich den Weg durch Gruppen angeregt diskutierender und fröhlich plaudernder und lachender Leute, die ihm alle auf die Schulter klopfen und ihm Getränke in die Hand drücken wollten. Er aber ließ sich nicht ablenken und hielt geraden Kurs auf den rückwärtigen Teil des Raumes, wo Bernie Witnauer, Stanislaus Wojzelew, Elsbeth Crocker, Gregorio

Zapata und Brea Gallagher in einer kleinen Gruppe beisammenstanden.

»... dachte, mein Herz würde aussetzen, als die Nordafrikaner zur Stimmabgabe aufgerufen wurden«, sagte Bernie Witnauer.

Wojzelew nickte. »Ich frage mich noch immer, was sie zur Enthaltung bewog.«

Elsbeth Crocker, die wie Stessl gerade vom Dienst gekommen war, sagte: »Ich hörte, die Europäische Union habe den Nordafrikanern gedroht, die sofortige Begleichung bestehender Schulden zu verlangen, wenn sie gegen die Resolution stimmten – aber hier ist der Chef, warum fragen Sie nicht ihn?«

»Lassen Sie mich da heraus«, murmelte Stessl. »Politik hat mich nie interessiert.«

Breas Rücken war ihm zugekehrt gewesen, so daß sie seine Annäherung nicht bemerkt hatte. Nun wandte sie sich beim Klang seiner Stimme um. »Also hat der leitende Offizier des Projekts endlich etwas Zeit für einen Besuch bei der Truppe erübrigen können!«

»Ah, das mit Samstagabend tut mir leid, Brea. Ich mußte arbeiten. Befehl des Admirals. Frag Gregorio.«

Zapata nickte. »Ich bin sein Zeuge. Wir verbrachten den größten Teil der dritten Wache mit dem Sender.«

»Du hättest es schaffen können, wenn du gewollt hättest.«

»Möchtest du meine Entschuldigung hören?«

»Nein.«

»Wirklich nicht? Danach werden wir Armdrücken veranstalten. Wenn ich gewinne, vergibst du mir.«

»Und wenn ich gewinne?«

»Dann vergebe ich dir.«

»Das ist ein wenig einseitig, nicht?«

»Das gebe ich zu. *Bitte,* vergib mir.«

»Erst wenn ich nicht mehr sauer bin.«

»Dann setz dich wenigstens mit mir an einen Tisch.«

»Nur wenn ich Erlaubnis habe, dich hin und wieder unter dem Tisch zu treten.«

»Meine Schienbeine gehören dir.«

Später legte Brea den Kopf an seine Schulter. »Du bist nicht wirklich böse auf mich, oder?« fragte er.

»Ich mache dir bloß das Leben schwer.«

»Warum also das lange Gesicht?«

Brea blickte ihm in die Augen und berichtete von ihrem Gespräch mit Don Bailey. Als sie geendet hatte, spiegelte Stessls Gesichtsausdruck den ihren.

»Mußt du gehen?«

»Don ist mein Partner. Wo er geht, folge ich.«

»Hört sich ein bißchen wie eine Ehe an.«

»Enger als eine Ehe, Erich. Mehr wie ein siamesischer Zwilling.«

»Ich wünschte, ich könnte Harry Gresham für fünf Minuten an die Gurgel gehen, Brea. Zuerst ruiniert er unseren Urlaub, und jetzt, weil er sein großes Maul nicht halten konnte, habe ich keine Möglichkeit, dich und Bailey festzuhalten.«

Brea wich seinem Blick aus und schluckte. Als sie antwortete, war ihre Stimme ein heiseres Flüstern. »Unser Urlaub muß nicht ruiniert bleiben.«

Er merkte auf. »Das mußt du mir genauer erklären, bevor ich die Bedeutung absichtlich mißverstehe.«

»Du hast mich nicht mißverstanden, Erich. Seit wir von der Erde zurückgekehrt sind, habe ich jeden Abend gehofft, du würdest an meine Tür klopfen.«

Er nahm ihr Kinn in die Hand und hob ihr Gesicht zu seinem auf. »Ist das wirklich dein Ernst?«

Sie erwiderte seinen Blick. »Ja.«

»Wenn ich an all die Zeit denke, die wir vergeudet haben!«

»Wir haben heute, Erich. Laß das genug sein.«

Stessls Antwort wurde von einer Unruhe beim Haupteingang unterbrochen. Er wandte den Kopf und sah Helene Reinhardt inmitten einer rasch anwachsenden Menge.

»Meine Damen und Herren, ich habe eine Erklärung abzugeben.« Ihre kräftige Stimme durchdrang das allgemeine Gemurmel der Partyatmosphäre. Sie wartete, bis alle Gesichter ihr zugekehrt waren. »Um genau einundzwanzig Uhr sechzehn wurde auf neunzehn Stunden, fünfundzwanzig Minuten Rektaszension minus Nullkommafünf Grad Deklination der violette Lichtschein einer Triebwerkszündung beobachtet. Das Spektrum entspricht nahezu dem, das in Brea Gallaghers erster Sichtung der Sonde festgestellt wurde. Eine Messung nach dem Dopplerprinzip zeigt, daß die Quelle mit etwas unter einem Viertel Ge verlangsamt. Es scheint, daß die Sonde ihr Bremsmanöver eingeleitet hat.«

Die Worte waren kaum heraus, als sie im explosionsartig einsetzenden Lärm der Menge untergingen. Stessl ertappte sich dabei, daß er mit den anderen klatschte. Nur Brea schien unbewegt.

»Was ist los?« fragte er sie. Er mußte rufen, um sich im Lärm Gehör zu verschaffen.

»Die Sonde«, rief sie zurück. »Es ist zu früh!«

»Was?«

»Es ist zu früh. Wir begannen vor fünf Stunden zu senden. Es wird aber noch sechs Tage dauern, bis unser Signal die Sonde erreicht.«

Die Menge beruhigte sich, und Helene Reinhardt fuhr fort: »Wie einige von Ihnen sicherlich bemerkt haben werden, kann die Sonde unser Signal noch nicht empfangen haben. Anscheinend ist etwas geschehen, was sie veranlaßt, das Abbremsmanöver frühzeitig einzuleiten.

Inzwischen unterbleiben möglicherweise wichtige Beobachtungen, weil wir hier feiern. Ich wünsche, daß alles wissenschaftliche Personal, besonders Astronomen, sich in fünfzehn Minuten im Konferenzraum Eins versammelt. Wir werden die Nacht durcharbeiten müssen, also schlage ich vor, daß alle Betroffenen schon jetzt eine Wachhaltepille nehmen. Fünfzehn Minuten, Leute, und keinen Augenblick später!«

Stessl ächzte und nahm seinen Arm von Breas Taille. »Wir scheinen mit dem Zusammenkommen nicht viel Glück zu haben, nicht?«

Sie lachte. »Du mußt es von der positiven Seite sehen.«

»Welcher positiven Seite?«

»Helene Reinhardt wird eine erfahrene Fachkraft an ihrem Spektrographen brauchen, wenn sie diese Sache richtig machen will. Ich werde hier gebraucht. Es ist mir unangenehm, Don zu sagen, daß er ohne mich abreisen soll, aber ...«

Seine Lippen suchten ihre. Als er sie endlich losließ, seufzte sie und lehnte sich an ihn.

»Sei unbesorgt, Liebling. Du könntest mich jetzt nicht mit Gewalt von hier wegbringen. Ich bin der neugierige Typ und werde nachts nicht schlafen können, bis ich herausbringe, warum die Sonde unserer Botschaft zuvorgekommen ist.«

DRITTER TEIL

KONFLIKT

21

Die Monate zwischen der zweiten Sichtung einer Triebwerkszündung der Sonde und ihrer Ankunft waren eine arbeitsreiche Zeit für alle Beteiligten. Eine detaillierte Behandlung der Periode würde den Rahmen dieser Geschichte sprengen. Nachfolgend aber soll eine kurze Chronologie dem Leser eine Vorstellung von den Ereignissen geben.

06. September: Die Triebwerkszündung der Sonde wird entdeckt.

09. September: Die Panafrikanische Föderation verlangt ein Überdenken der UN-Resolution.

15. September: Der Antrag der Panafrikanischen Föderation wird ›zur weiteren Prüfung‹ auf Eis gelegt. Es kommt zu keiner Wiederholung der Abstimmung.

08. November: An Bord von UNS Graf Bernadotte *beginnt die Vorbereitung für die Verlegung zum Rendezvouspunkt.*

15. November: Mexiko diskutiert einen in der Nationalversammlung eingebrachten Antrag, der Sonde die Überflugrechte zu verweigern. Dies geschieht ungeachtet der Tatsache, daß die Sonde in einer Sonnenumlaufbahn und nicht in einer Erdumlaufbahn sein wird und daß nach internationalem Recht alle nationale Souveränität bei 100 Kilometern Höhe endet. Gleichwohl wird der Antrag mit überwältigender Mehrheit angenommen.

22. November: Aufgrund von Beobachtungen der Triebwerkszündung der Sonde erklären Wissen-

schaftler, daß der aus Kometenmaterie bestehende Halo des Sonnensystems aus alternierenden Schalen von Wasserstoffgas hoher und geringer Dichte besteht. Eine Theorie zur Erklärung des Mangels an Homogenität besteht noch nicht.

01. *Dezember: UNS* Graf Bernadotte *verläßt die bisherige Position und nimmt Kurs auf den Rendezvouspunkt.*

20. *Dezember: Die ersten Versorgungsschiffe treffen am Rendezvouspunkt ein.*

15. *Januar 2066: UNS* Graf Bernadotte *trifft am Rendezvouspunkt ein.*

20. *Januar: Im Laufe von Ausschreitungen nach einer Demonstration religiöser Fundamentalisten gegen die Ankunft der Sonde werden dreißig Menschen getötet. Der Reverend Lonnie Smith wird wegen Anstiftung zum Aufruhr unter Anklage gestellt und festgenommen, kurz darauf aber gegen Kaution auf freien Fuß gesetzt.*

24. *Januar: Die Sonde trifft ein.*

– Von Prelude zu Pfadfinder:
Eine offizielle Geschichte.

Die Menschheit war bereit. Ihre Flotte schwamm majestätisch durch das Vakuum, fünfzig Millionen Kilometer vor der Erde in ihrer Umlaufbahn. An Bord des Flaggschiffes, UNS *Graf Bernadotte,* dauerte die Aktivität an, doch ließ der im grellen Sonnenlicht schimmernde, langsam rotierende Rumpf nichts davon erkennen. Ringsum lagen fünfzehn andere Schiffe in dicht aufgeschlossener Formation in der Umlaufbahn.

Zwei der Schiffe in *Bernadottes* Gefolge waren moderne Kampfschiffe. Eines, der Zerstörer *Irving Gottmann,* hielt sich nahe neben dem alternden Behemoth.

Das andere, das schwer gepanzerte Großkampfschiff *Cape of Good Hope,* lag zehntausend Kilometer hinter den anderen Schiffen in Wachposition. Zu den übrigen Schiffen gehörten Frachter, Tanker und Schlepper. Die letzteren waren für den Fall an Ort und Stelle, daß die Sonde über den Rendezvouspunkt hinausschießen sollte. Berechnungen hatten gezeigt, daß die Sonde, wie vorausgesagt, ihre I-Masse abgeworfen hatte. Die meisten Spezialisten waren übereinstimmend der Meinung, daß sie außerstande sein würde, in ihrem Bremsmanöver Präzision zu erreichen, da die Notwendigkeit zu ständigem Gegenschub der Triebwerke bestand.

Am ersten Tag der Annäherung sah sich die wartende menschliche Armada im heißen Schein der Sondentriebwerke gebadet. Die Schiffsrümpfe reflektierten das stahlblaue Licht eines Schweißbrenners. Alle Bullaugen waren verschlossen, die Beobachtungskameras abgeschirmt. Alle bis auf die widerstandsfähigsten Instrumente waren von dem winzigen, violettweißen Stern abgewandt, der auf sie niederging.

Die letzte Phase begann am 24. Januar 2066 mit der ersten Wache, als die Sonde auf weniger als vierhunderttausend Kilometer und fünf Stunden an die wartende Flotte herangekommen war. Der Hauptgefechtsstand der *Bernadotte* war in eine Beobachtungs- und Nachrichtenzentrale umgewandelt worden, durch die alle Information im Zusammenhang mit der nahenden Sonde geleitet wurde. Und dort saß Admiral Liu Tsen mit steinerner Miene in der Mitte eines Rings von Konsolen. Er drehte langsam seinen Sessel, während er angespannt den Stimmen lauschte, die von Schiff zu Schiff Informationen austauschten.

»Nun, Admiral, sind wir bereit?«

»Soweit wir bereit sein können, Botschafterin. Ob es ausreichend sein wird, kann nur die Zeit sagen.«

Augusta Meriweather, die auf dem Sitz des Beobachters neben ihm saß, nickte und wandte sich wieder den Aktivitäten ringsumher zu. Für ihren erfolgreichen Einsatz zugunsten der Resolution war sie zur bevollmächtigten Botschafterin ernannt worden. Nach einer mühseligen und in ihrem Alter gefährlichen Reise war sie erst vor sechs Stunden eingetroffen. Trotz der Strapazen und körperlichen Beschwerden, die sie während der Beschleunigungs- und Verlangsamungsphasen ihrer Reise von der Erde auf sich genommen hatte, schien ihre Energie ungebrochen.

Nach ihrer Übernahme war die Rotation des Schiffsrumpfes kaum wieder eingeleitet, als die Botschafterin den Wunsch geäußert hatte, das Schiff zu besichtigen. Da alle anderen unabkömmlich waren, bestellte der Admiral Brea Gallagher zu ihrer Begleiterin – nachdem er sie zuvor diskret ermahnt hatte, der alten Frau nicht zuviel zuzumuten. Brea versuchte sich daran zu halten, aber ihr Schützling wollte nichts davon wissen. Mrs. Meriweather bestand darauf, alles zu sehen, und so dauerte der Rundgang annähernd zwei Stunden.

Schließlich führte Brea sie in den Gemeinschaftsraum, wo Mrs. Meriweather das Gespräch auf persönliche Dinge brachte.

»Ich hörte, daß Sie und dieser stattliche Major letztes Jahr ein paar Tage Urlaub auf den Bahamas machten. Wie gefiel es Ihnen?«

»Es war sehr schön«, sagte Brea.

»Wo ist dieser Major – Stessl war der Name, nicht?«

Brea lächelte vage. »Unglücklicherweise blieb er bei der eingemotteten Flotte zurück, um die Stammbesatzung zu befehligen, während wir mit der *Bernadotte* hierher verlegten.«

Die alte Frau musterte Brea neugierig. »Sie scheinen an dem Major zu hängen. Die Trennung muß schwierig für Sie sein.«

Brea nickte. »Ich beantragte, bei den anderen Astronomen zu bleiben, als die Projektgruppe aufgeteilt wurde. Unglücklicherweise wurde ich hier benötigt. Wir haben einander seit fast zwei Monaten nicht gesehen. Gott sei Dank wird die andere Beobachtungsstation jetzt aufgelöst, und so wird die Trennung hoffentlich nicht mehr lange dauern.«

Mrs. Meriweather blickte besorgt. »Ich halte Sie doch nicht von Ihrer Arbeit ab?«

Brea schüttelte den Kopf. »Ach nein, Madam. Im Moment habe ich nichts zu tun. Die astronomische Beobachtung hat aufgehört. Die Sonde ist zu nahe. Wenn ich jetzt versuchte, das große Teleskop auf sie einzustellen, würde ich für meine Mühe nur ein beschädigtes Gerät bekommen.«

Mrs. Meriweather hob interessiert die Brauen. »Dann sind Sie jetzt beschäftigungslos?«

Brea lachte. »Sehr beschäftigungslos, da Erich fern von hier ist.«

Die alte Frau nickte nachdenklich. »Ich mußte meinen Adjutanten auf dieser Reise zu Hause lassen. Seine Frau erwartet nächsten Monat ein Kind, und er wollte sie nicht allein lassen. Würden Sie einverstanden sein, als meine Sekretärin und Adjutantin zu wirken, während ich hier bin? Wir scheinen miteinander auszukommen, Sie kennen sich hier aus und können mir einige der mehr technischen Einzelheiten erklären. Und Sie werden in den Mittelpunkt des Geschehens kommen.«

Brea wußte nicht, was sie dazu sagen sollte. »Es würde mir eine Ehre sein, Mrs. Meriweather«, sagte sie nach einer Pause, »aber ich unterstehe Admiral Liu Tsen, solange ich hier an Bord bin, und weiß nicht, ob er Ihnen nicht jemanden aus seinem Stab zuordnen will.«

Mrs. Meriweather seufzte. Plötzlich sah sie mindestens so alt wie ihre fünfundsiebzig Jahre aus. »Ich habe die Verantwortung, diese erste Begegnung zwischen Menschen und Außerirdischen erfolgreich abzuwickeln. Die Männer und Frauen der Friedenssicherung gehören sicherlich zu den tüchtigsten Leuten, die es gibt, aber sie haben ihre Pflichten, und ich habe meine. Und ich würde gern meine Unabhängigkeit bewahren. Also, wie stehen Sie dazu?«

»Wie ich sagte, es würde mir eine Ehre sein. Aber holen Sie bitte die Zustimmung des Admirals ein.«

Admiral Liu Tsen gab dem Ersuchen ohne erkennbare Gefühlsregung statt. Er ließ in der Beobachtungs- und Nachrichtenzentrale eine weitere Sitzgelegenheit installieren, und Brea versuchte sich mit der neuen Umgebung vertraut zu machen, während sie auf die Sonde warteten. Um den Anschein von Geschäftigkeit zu erwecken, gab sie vor, Notizen in einen Taschencomputer einzugeben, aber die meiste Zeit reckte sie den Hals, um nichts zu versäumen. Wie bei allen anderen im Raum wuchs ihre Anspannung und Erregung mit jeder Minute.

Auch Elsbeth Crocker war für den letzten Akt des Dramas in die Zentrale gekommen. Zu ihren Pflichten gehörte die Überwachung der Fernradaranlage und die Beaufsichtigung der sechs Techniker, die den Nachrichtenfluß zu bewältigen hatten. Außerdem waren ein halbes Dutzend Wissenschaftler vom Projekt Adler und ungefähr zwanzig Techniker und Ingenieure anwesend.

Der Admiral blickte in Elsbeth Crockers Richtung und drückte die Befehlsschaltung, die alle miteinander verband. »Wie lange noch bis null Uhr, Leutnant?«

»Neunzig Minuten, wenn sie den Kurs hält, Sir. Bisher ist sie genau in der Mitte der optimalen Geschwindigkeitskurve heruntergekommen.«

»Haben Sie was dazu zu sagen, Dr. Reinhardt?«

Helene Reinhardt hob die Schultern. »Fragen Sie mich lieber nicht, Admiral. Ich bin überrascht, daß die Sonde ihre Geschwindigkeit hinreichend beherrscht, um auf dieser Seite des Mars anzukommen. Anscheinend findet sie die Aufrechterhaltung ständiger Schubleistung nicht so schwierig wie wir.«

Halblaute Stimmen gingen Checklisten durch. Nach Ablauf von dreißig Minuten drückte Elsbeth Crocker die Taste ALLE STATIONEN an der Gegensprechanlage. »Achtung alle Schiffe und Personal. Die Zeit ist jetzt T minus eine Stunde. Erwarten Sie letzte Anweisung.«

»Statusüberprüfungen«, befahl Liu Tsen. Der Zählappell flimmerte über die Reihen der Kontrollschirme.

»Energieleistung normal.«

»Hilfssteuerung bereit.«

»Kameras bereit.«

»Aufzeichnungsgeräte bereit.«

»Radar bereit.«

»Nachrichtensysteme bereit.«

»Leutnant Crocker, lassen Sie sich die Bereitschaftsmeldungen der Flotte durchgeben.«

»Alle Schiffe geben Statusmeldungen.« Die routinemäßigen Kontrollen dauerten an, und als alle Meldungen eingegangen waren, erstattete Elsbeth Crocker Bericht: »Alles bereit, Sir. *Gottmann* und *Hope* melden, daß Gefechtsstationen besetzt sind.«

Liu nickte. »Erinnern Sie sie, daß ohne ausdrücklichen Befehl keine Aktion eingeleitet wird.«

»Jawohl, Sir.« Sie wiederholte den Befehl. Sofort erfolgten die Bestätigungen.

Brea blickte von ihrem Taschencomputer auf. Noch achtundfünfzig Minuten. Sie beobachtete den großen Bildschirm an der vorderen Trennwand, wo auf einem mal zwei Metern eine Darstellung des Zeit-Geschwindigkeits-Diagramms zu sehen war. Während sie hinsah, verschwand das Diagramm und wurde ersetzt durch eine Computersimulation, die den berechneten Kurs der Sonde zeigte, den sie zur Angleichung der Geschwindigkeiten würde fliegen müssen. Wie im Falle jedes Manövers mit kontinuierlicher Schubleistung, erforderte es ein kompliziertes Manöver mit sehr genauer Steuerung seitens der Sonde.

Einfach ausgedrückt, hatte die Sonde seit Monaten

auf einer Linie verlangsamt, die im wesentlichen radial zur Sonne verlief. Während der vorausgegangenen Wochen hatte sie den Kurs angepaßt, um die Erdumlaufbahn in einem schiefen Winkel zu schneiden. So würde sie zur rechten Jahreszeit nur ein tangentiales Bremsmanöver ausführen müssen. Dies hätte sie aber auf die falsche Seite der Sonne und Millionen Kilometer entfernt vom Rendezvouspunkt gebracht. Um die Geschwindigkeiten mit der wartenden Flotte anzugleichen, würde sie ein Manöver fliegen müssen, das etwa einem Angelhaken glich. Dabei würde ihre Flugbahn die Erdumlaufbahn zwischen *Bernadotte* und dem Heimatplaneten kreuzen. Dann würde sie ihr Steuertriebwerk herumwerfen und auf die wartende Flotte zuhalten, während sie weiter verlangsamte, um die Geschwindigkeit anzupassen.

Unterdessen wurde der violettweiße Stern dramatisch heller und brachte das optische Filtersystem der Überlastung gefährlich nahe. »Die Sonde hat den Angelhaken verlassen«, meldete einer der Techniker. »Das Triebwerk zeigt jetzt direkt auf uns.«

»Leichter Temperaturanstieg außenbords«, meldete ein anderer.

»Beträchtliche Interferenzen, Sir.«

Liu nickte. All diese Faktoren waren normale Folgen des Annäherungsmanövers der Sonde. Wenn sie ihren Kurs allerdings zu lange hielt, würde der Glutstrahl ihres Triebwerks zumindest einige Schiffe der Flotte einäschern.

»Geben Sie Befehl, daß alle Schiffe ihre Positionen zu halten haben, Leutnant.«

»Jawohl, Sir.«

Alle warteten schweigend, während die Minuten sich hinzogen und die Strahlungsmonitore immer lauter schnatterten. Endlich, nachdem die Flotte, wie es schien, eine Ewigkeit im Plasmasturm verbracht hatte, begann die Zahl der aufgeladenen Partikel, die auf *Ber-*

nadottes Rumpf niederprasselten, allmählich abzunehmen.

»Die Sonde ist nach rechts ausgewichen, um uns von ihrem Ausstoß freizuhalten«, meldete Elsbeth Crocker. »Zehn Minuten zum Rendezvous.«

»*Hope* hat versucht, uns zu verständigen, Sir. Die Sonde hat ihre Position passiert. Sie verfolgt den Kurs.«

»Hat sie Sichtkontakt zur Sonde?« fragte Liu.

»Negativ. Der Kontrast ist noch zu stark.«

Brea sah einen Lichtpunkt über die Bildschirmprojektion kriechen. Die Sonde drehte sich, bis ihr Plasmastrahl in eine Richtung parallel zu *Bernadottes* Kurs wies. Die Wartezeit war beinahe um.

»Fünf Sekunden.«

»Alle Aufzeichnungsinstrumente einschalten!« befahl Liu Tsen.

»... drei ... zwei ... eins ... Geschwindigkeiten angepaßt!«

Als hätte die Sonde die Bordsprechanlage abgehört, wurde der Plasmastrahl ausgeschaltet. Der Traum ganzer Zeitalter war Wirklichkeit geworden. Zum erstenmal in der Geschichte sahen sich Menschen einer außerirdischen Intelligenz gegenüber.

Ein Schauer lief Brea über den Rücken, als sie den Bildschirm beobachtete. Er strahlte in einem grellweißen Licht, das den Plasmastrahl der Triebwerke an blendender Helligkeit kaum nachstand. Im Umkreis dieser Glut waren ein paar dunkle Umrisse auszumachen, die jedoch keinen wirklichen Hinweis auf Form oder Dimension gaben. Die ungesehene Kamerabedienung veränderte stufenlos die Brennweite, und die bildschirmfüllende Glut erwies sich als eine kleine Fläche von Helligkeit in einer schwarzen Umgebung.

»Was, zum Teufel, soll das sein?« rief jemand.

»Restwärme des Triebwerks«, antwortete eine Stimme.

Zuerst war außer der Weißglut der ausgeschalteten

Triebwerke wenig zu sehen. Als sie zu Gelb und Orange und schließlich zum stumpfen Rot erlöschender Glut abkühlte, wurden Einzelheiten erkennbar.

»Allmächtiger Gott! Das Ding muß einen Kilometer lang sein.«

»Radar!« rief die Stimme des Admirals.

»Die Entfernung beträgt fünf Kilometer, Sir. Größe: achthundert Meter mal zweihundert Meter.«

»Leutnant Crocker, geben Sie uns ein Bild, das wir sehen können.«

»Jawohl, Sir. Sean, bitte Weitwinkel.«

Das Bild wich weiter zurück. Auf einmal hatte Brea den überwältigenden Eindruck, zu tauchen und neben einem Blauwal zu schwimmen. Die Sonde nahm soviel vom Bildschirm ein, daß sie wegen der optischen Verzerrung in der Mitte gebogen schien. Dann paßte sich ihr Auge dem Maßstab an, und sie war überrascht von der allgemeinen Ähnlichkeit der Sonde mit *Liars Luck.*

Wie diese bestand die Sonde aus zwei Kugeln, jede von ungefähr zweihundert Metern Durchmesser und verbunden durch eine lange zentrale Säule. Um diese waren vier lange zylindrische Tanks angeordnet, und Halterungen ließen darauf schließen, daß es früher viel mehr gewesen waren. Die Kamera holte den Bug heran. Wie der größte Teil der Außenstruktur, war die Kugel ein offenes Gitterwerk aus zerbrechlich wirkenden Trägern und glich zwei geodätischen Halbkugeln, die an der Basis zusammengeschweißt waren. Wegen der offenen Struktur war die Form unklar, und durch die weiten Lücken im Gitterwerk waren ebenso unverständliche wie faszinierende Maschinerien zu sehen. Da und dort entragten dem Rumpf der Sonde lange Ausleger mit seltsam geformten Verdickungen an den Enden.

Die Kamera glitt über die zentrale Säule zur achternen Kugel, die sehr viel substantieller wirkte als der Bug. Die Maschinenanlagen innerhalb des deutlich massiveren Gitterwerks waren beinahe vertraut. Um die Raketenmotoren war ein komplizierter Mechanismus konzentrischer Ringe angeordnet, in denen Brea die Einstellringe einer elektromagnetischen Triebwerksteuerung vermutete. Um die Antriebsaggregate waren kupferig glänzende Maschengeflechte, silbrige Zapfen, schwarze Würfel, glänzende Kugeln und Metallzylinder mit halbrunden Endkappen angeordnet.

Fast zwei Minuten lang war in der Befehls- und Nachrichtenzentrale – und darüber hinaus in der ganzen Flotte – kein Laut zu vernehmen. Endlich wurde der Bann gebrochen, als eine klagende Stimme aus dem Wandlautsprecher drang: »Wo, zum Teufel, bleiben die Orbitalparameter? Unsere Schlepper warten.«

»Schlepper werden nicht gebraucht«, antwortete einer der Techniker in Elsbeth Crockers Abteilung. »Die Sonde ist stationär innerhalb der Genauigkeit meines Meßbereichs ...«

Brea staunte. Nur ein Pilot konnte die Bedeutung dieses einfachen Satzes anerkennen. Die Sonde hatte in 147 Tagen dreißigtausend kps Geschwindigkeit aufgezehrt und in dieser Zeit zweihundert Milliarden Kilometer zurückgelegt. Dennoch war sie am Zielort eingetroffen, ohne auch nur einen Zentimeter pro Sekunde und zu schnell zu sein. Das war eine hervorragende Leistung des Piloten!

Der Admiral schaltete die Frequenz für öffentliche Durchsagen ein. »Achtung, alles Personal! Halten Sie sich fern von den Gegensprechanlagen. Die nächsten Minuten werden um der Geschichte willen aufgezeichnet, und dafür können wir Ihre unsterbliche Prosa nicht gebrauchen.«

Er ließ den Knopf los und wandte sich zu Mrs. Meriweather. »Sie sind am Zug, Botschafterin.«

22

Die fünf Monate der Abbremsmanöver waren um, die Reise von Jahrtausenden zu Ende. Die Sensoren registrierten nicht mehr den Einschlag energiegeladener Atome gegen die Abschirmungen. Das Spektrum der Sterne voraus zeigte keine Blauverschiebung mehr, und jenes der Sterne achteraus keine Rotverschiebung. Das Universum von Milliarden dimensionsloser Lichtpunkte war reduziert auf einen einzigen gelblichweißen Ball von Wasserstoffusion. Nach zehntausend Jahren Reise ins Unbekannte war die Sonde endlich angekommen.

Sie vergeudete keine Zeit mit der Kommunikation zwischen ihr selbst und ihrem Sprößling. Das Annäherungsmanöver hatte ihre ganze Aufmerksamkeit verlangt; annähernd drei Stunden waren verstrichen, seit sie zuletzt zum Surrogat gesprochen hatte. Drei Stunden waren eine lange Zeit für eine Maschine, deren Gedankenprozesse in Nanosekunden gemessen wurden.

»Wie reagieren sie?« fragte die Sonde ohne Vorrede.

Das Surrogat hatte die menschlichen Kommunikationen während der letzten Annäherungsphase überwacht und antwortete mit gleicher Schnelligkeit. »Sie studieren uns, visuell und elektronisch.«

Die Sonde hatte die Berührung der Radarstrahlen auf ihrem Rumpf bemerkt. Es gab auch erheblichen Funkverkehr. »Schon ein Kommunikationsversuch?«

»Nur unter sich.«

»Was sagen sie?«

Das Surrogat zögerte lange genug, um die Quersumme aus hundert aufgefangenen Gesprächen zu ziehen. »Sie sind überrascht über unsere Fähigkeit, die Geschwindigkeit so genau anzupassen.«

»Hast du festgestellt, welche von diesen Raumfahrzeugen Kriegsschiffe sind?«

Das Surrogat lenkte die Aufmerksamkeit der Sonde auf zwei Schiffe – eins nahebei, das andere in beträchtlicher Entfernung von der Flotte. »Nach dem Funkverkehr zwischen ihnen und dem größten Schiff zu urteilen, sind diese beiden die Bewacher.«

»Und das größte Schiff selbst?«

»Es ist dasjenige, von dem in den Nachrichtensendungen gesprochen wurde, das alte Kriegsschiff, das Projekt Adler beherbergt. Es ist potentiell stärker als die beiden anderen, hat aber seine Waffen nicht aktiviert. Das jedenfalls geht aus ihren Kommunikationen hervor.«

Die Sonde lenkte ihre Aufmerksamkeit zur Erde. Vom Rendezvouspunkt aus gesehen zeigte sie Halbmondform. Die Sonne leuchtete auf weißen Wolkenformationen und polaren Eiskappen in der Taghälfte. Die Nachtseite des Planeten glitzerte bei starker Vergrößerung von den Lichterteppichen großer Stadtregionen. Da die Sonde zu ästhetischer Empfindung imstande war, konnte sie dem Bild eine gewisse fremdartige Schönheit zuerkennen.

»Wie ist die Reaktion von der Erde?«

»Noch keine Reaktion. Die Flotte sendet Aufnahmen, aber die Signale sind noch unterwegs. Der Planet wird frühestens in drei weiteren Minuten antworten.« Das Surrogat verstummte plötzlich, als lausche es wieder aufgefangenen Signalen. Die Sonde gebrauchte ihren Zugang zu den Denkprozessen ihres Sprößlings, um mitzuhören, als der Befehl, Funkstille zu bewahren, an die Flotte hinausging.

»Das war der Friedenssicherungsadmiral, der das Projekt Adler befehligt«, sagte das Surrogat, nachdem es Liu Tsens Stimme mit einem gespeicherten Nachrichteninterview verglichen hatte.

»Er ist auf deiner Liste der Menschen, die wir zu sprechen wünschen, nicht wahr?« fragte die Sonde.

»Es würde hilfreich sein. Meine Kenntnisse ihrer individuellen Marotten sind noch unvollständig.«

Lange Sekunden gingen keine Signale von der Flotte aus. Dann empfing die Sonde eine weitere bereits bekannte Stimme.

»Sie versuchen zu kommunizieren«, sagte die Sonde zu ihrem Sprößling. »Antworte ihnen.«

Augusta Meriweather hatte zum erstenmal seit annähernd dreißig Jahren wieder Lampenfieber. Die Symptome waren ihr sehr unangenehm. Zum einen konnte sie das strenge Gesicht des alten Piet Vanderveer nicht aus ihrem Bewußtsein verdrängen. Vanderveer war Oberster Richter am Internationalen Gerichtshof gewesen, als sie in dieses Gremium berufen worden war. Seit Jahren hatte sie nicht an ihn gedacht. Zum anderen gab es keinen Grund, jetzt an ihn zu denken, weil es sie nur von Wichtigerem ablenkte. Aber in ihrem langen und ereignisreichen Leben hatte Mrs. Meriweather eine bedeutsame Lektion gelernt: auf ihr Unterbewußtsein zu hören, wenn es versuchte, ihr etwas zu sagen. Anscheinend war das jetzt der Fall. Sie nahm sich ein paar Augenblicke Zeit, um ihren gegenwärtigen Geisteszustand zu analysieren.

Das Problem war natürlich ihre Stimmung. Jener erste Tag als Richterin am Internationalen Gerichtshof hatte in ihr ein überwältigendes Gefühl von Unzulänglichkeit hinterlassen. Ähnliches empfand sie jetzt. Wer hätte gedacht, daß John Meriweathers schmutziges kleines Straßengör aus Großlondon die erste Person sein sollte, die das Wort an eine außerirdische Intelligenz richtete? Sie schloß einen Moment lang die

Augen, sammelte sich, holte tief Luft und sprach dann die förmlichen Worte:

»Ich begrüße Sie im Namen der Völker und Nationen der Erde und heiße Sie willkommen. Ich werde warten, bis es Ihnen paßt, das Gespräch aufzunehmen. Sie mögen antworten, wenn Sie bereit sind.«

Im nächsten Augenblick erschien der adrette Mann, der die Kontaktbotschaft der Sonde übermittelt hatte, auf dem großen Bildschirm und blickte mit dem gleichen Ausdruck lächelnder Ruhe heraus. Als er das Wort ergriff, kamen die Worte in einer Flut von Wohlklang und Harmonie.

»Völker und Nationen der Erde, ich nehme Ihre Grüße an. Ich danke Ihnen für Ihr Willkommen und versichere Ihnen noch einmal, daß ich in friedlicher Absicht komme.«

Mrs. Meriweather wartete ein paar Sekunden lang, um sicherzugehen, daß er geendet hatte. Das Gesicht blickte aus dem Bildschirm, ohne zu zwinkern oder zu atmen. Es lächelte nur.

Sie lächelte zurück. »Ich bin Augusta Luisa Meriweather. Ich bin zur Botschafterin ernannt worden und wurde hierhergeschickt, Sie zu begrüßen. Eine Delegation der Vollversammlung der Vereinten Nationen wird in einigen Tagen eintreffen, um Verhandlungen aufzunehmen.«

»Wir sind erfreut, Sie zu sprechen, Madame. Auch ich bin autorisiert, für meinen Herrn zu sprechen, obwohl solch eine Unterscheidung, wie Sie bald erkennen werden, bei uns etwas willkürlich ist. Wir erwarten gern die Ankunft Ihrer Delegation.«

Mrs. Meriweather gab ihrer Miene mit scheinbarer Spontaneität einen fragenden Ausdruck. »Sie gebrauchen die erste Person plural und sprechen von einem Herrn. Darf ich daraus schließen, daß sich ein lebendiges Wesen an Bord Ihres Schiffes befindet?«

»Es gibt hier an Bord keine lebenden Wesen, wie Sie

den Begriff definieren. Mein Herr und ich sind elektronische Intelligenzen. Wir sind beide Teil des logischen Netzwerks, das den Mechanismus befehligt, den Sie jenseits Ihres Schiffes sehen. Mein verbales Symbol ist ›Surrogat‹. Das meines Herrn ist ›Sonde‹.«

»Gibt es weitere elektronische Intelligenzen an Bord?«

»Nein. Die Sonde und ich sind alles, was benötigt wird.«

»Benötigt wofür?«

»Die Sonde befiehlt. Ich bin der Informationsverarbeiter.«

»Wie bitte?«

»Sind Sie vertraut mit dem Konzept der Signalverarbeitung?«

Mrs. Meriweather schüttelte langsam den Kopf. »Tut mir leid, nein. Meine Ausbildung ist auf dem Gebiet des Rechtswesens und liegt schon länger zurück.«

»Signalverarbeitung ist die Behandlung von Rohdaten, um sie verständlicher zu machen. Das ist meine Funktion. Ich bin eine untergebene Persönlichkeit, welche die Sonde eigens für die Aufgabe des Verkehrs mit Ihnen schuf. Ich fürchte, daß Sie es schwierig finden würden, den Denkprozessen der Sonde zu folgen. Und ich versichere Ihnen, daß es ihr ebenso ergehen würde, wollte sie versuchen, Ihren Denkprozessen zu folgen. Ich wurde geschaffen, um beiden Seiten das gegenseitige Verständnis zu erleichtern.«

»Dann werden Sie als Dolmetscher wirken?«

Nach kurzer Pause nickte der adrette Mann auf dem Bildschirm. »Ja. Das Konzept ist etwas begrenzt, aber innerhalb seiner Parameter zutreffend. Ich werde ›der Dolmetscher‹ sein.«

»Und Sie sind physiologisch nicht so, wie ich Sie auf meinem Bildschirm sehe?«

»Nein. Dies ist bloß ein Bild, das den Zweck hat, Sie zu beruhigen. Wenn ich mich darin geirrt oder Sie beleidigt habe, zögern Sie nicht, es zu sagen. Meine Kenntnisse Ihrer Bräuche sind weit davon entfernt, vollständig zu sein.«

»Sie haben mich nicht beleidigt. Im Gegenteil, ich finde Sie äußerst charmant. Ich war nur neugierig, ob die Wesen, die Sie schufen, auch menschlich waren.«

»Die Sonde schuf mich.«

»Dann die Wesen, welche die Sonde schufen.«

»Ich weiß nicht, ob die Schöpfer menschliche Gestalt haben, obwohl die Logik verfügt, daß es höchst unwahrscheinlich ist.«

»Ich verstehe nicht«, sagte Mrs. Meriweather. »Sie wissen nicht, wer die … ah, Sonde schuf?«

»Die Sonde hat mir den Zugang zu diesen Daten nicht gestattet.«

»Weiß die Sonde von diesen Schöpfern?«

»Ja.«

»Vielleicht könnten Sie ihr dann meine Frage vorlegen.«

»Die Sonde lehnt es ab, sie zu beantworten.«

»Es ist nicht wichtig«, sagte Mrs. Meriweather. Die trainierten Reflexe der Diplomatin ließen sie vor dem empfindlichen Thema zurückweichen. »Ich nehme an, Sie lernten unsere Sprache durch die Überwachung unserer Sendungen?«

»Ja. Im Gedächtnis sind Signale gespeichert, die mehr als ein Jahrhundert alt sind. Und natürlich haben wir die Reaktionen Ihrer Völker auf die Entdeckung unserer Gegenwart beobachtet.«

»Wirklich?«

»Ja. Sie werden die tiefere Bedeutung erklären müssen, die Ihrer Ansprache vor der Vollversammlung im letzten September innewohnte.«

»Sie sahen sie?«

»Ja, selbstverständlich. Obwohl viele der Anspielungen einem Nichtmenschen notwendigerweise unverständlich blieben, fand ich sie höchst erfreulich. Sie sind zu Ihren rednerischen Fähigkeiten zu beglückwünschen, Mrs. Meriweather.«

»Oh, danke, Surrogat.«

»Nun, um Zeit zu sparen, schlage ich vor, daß wir mit den Vorbereitungen zur Ankunft Ihrer Verhandlungsdelegation beginnen. Sicherlich werden Sie mir viele Fragen stellen wollen, und auch ich habe eine Anzahl Fragen für Sie.«

»Ja gern, lassen Sie uns nicht mehr Zeit vergeuden.«

Erich Stessl traf drei Tage nach der Sonde am Rendezvouspunkt ein. Er, Gregorio Zapata, Bernie Witnauer und Roger Kingsley legten ihre Schutzanzüge an und gingen durch die Luftschleuse des kleinen Kurierschiffs. Statt den offenen Raum zu überqueren, um das Flaggschiff zu erreichen, betraten sie eine halbfertige Andocköffnung am Bug der *Bernadotte,* die in fieberhafter Arbeit eingebaut wurde. Sie war hinreichend komplett, um den Transfer von Ladung und Personal zu erlauben, ohne die Rotation des Schiffes anzuhalten. Die vier Männer zogen sich Hand über Hand an Kabeln entlang, die zwischen nackten Doppel-T-Trägern und unvollständig verschweißten Rumpfplatten gespannt waren. Sie hatten die Bugöffnung noch nicht erreicht, als sie die Sonde erblickten …

Zehn Minuten später klopfte Stessl an die Tür des Admirals und trat ein. Sein Vorgesetzter blickte von der Arbeit auf und sah sofort den Gesichtsausdruck des Majors. »Aha, Sie haben die Sonde zum erstenmal aus der Nähe gesehen.«

Stessl nickte.

»Ich weiß, wie Ihnen zumute ist. Ich kann Ihnen sagen, es gab hier vor zweiundsiebzig Stunden viele Leute, die die Maulsperre bekamen, ich selbst nicht ausgenommen.«

»Ja, Sir. Ich ahnte nicht …«

»Was ahnten Sie nicht, Major?«

»Es hat mit nichts Ähnlichkeit, was ich je gesehen habe. Es hat eine Ausstrahlung von ... von ...«

»Uralter Macht?« fragte Liu Tsen.

Stessl nickte. »Wie ein altes und seltenes Museumsstück. Es muß schon alt gewesen sein, als Sokrates ein kleiner Junge war! Und wenn ich bedenke, wie weit es gereist ist ...«

»Sie sehen müde aus, Major. Hatten Sie eine schlechte Reise?«

Stessl schüttelte den Kopf. »Schlechte zwei Monate. Erinnern Sie mich nächstes Mal daran, daß ich mich nicht wieder mit Roger Kingsley und Bernie Witnauer zusammenpferchen lasse. Diese beiden haben das Talent, einander auf die Nerven zu fallen. Aber wir haben einige gute Daten bekommen. Bernie sagt, wir haben eine Aufnahme von der Sonde, wie sie einen leeren Treibstofftank abstößt. Ich weiß allerdings nicht, ob das die richtige Deutung ist. In meinen Augen nimmt es sich wie ein anderer Lichtpunkt aus.«

»Nun, übergeben Sie das Material der Analyseabteilung und lassen Sie die Leute sagen, was sie davon halten. Danach nehmen Sie sich den Rest der Nacht frei. Ich möchte, daß Sie morgen für die erste Wache munter sind. Wir haben eine Menge Vorbereitungen zu erledigen. Eine mittelgroße UN-Delegation ist unterwegs hierher. Sie wird in sechsundneunzig Stunden eintreffen. Wie ich von Ames erfuhr, sind auch die Panafrikaner vertreten.«

»Panafrikaner? Was haben die in einer Verhandlungsdelegation zu suchen? Sicherlich sind sie inzwischen nicht zu unserem Standpunkt bekehrt worden?«

»Oberst Ames meint, sie könnten etwas im Schilde führen.«

»Was können sie jetzt tun, da sie sich vollendeten Tatsachen gegenübersehen?«

Admiral Liu Tsen betrachtete Stessl mit seinem einen Auge. »Für die Antwort auf diese Frage, Major, würde ich meinen Platz auf der Beförderungsliste aufgeben. Einstweilen haben Sie bis morgen früh um acht dienstfrei.«

Stessl nickte. »Danke, Sir. Ich glaube, ich werde ein Bad nehmen müssen, bevor ich Brea aufsuche.«

Der Admiral rümpfte ein wenig die Nase. »Soweit ich es beurteilen kann, Major, ist das eine ausgezeichnete Idee.«

Stessl fand Brea in einem Korridor nahe dem Arbeitsraum der Astronomen. Sie war in ein lebhaftes Gespräch mit einer weißhaarigen alten Frau vertieft, blickte aber auf, als er um eine Ecke kam und erstarrte mitten in der Geste. Eine volle Sekunde verging, bevor sie einen kleinen Freudenschrei ausstieß und sich in seine Richtung katapultierte.

Sie bedeckte sein Gesicht mit Küssen, während er sie in die Arme schloß und das Gefühl ihrer Nähe genoß. Nach einer geraumen Weile machte er sich zögernd los. »Hast du mich vermißt?« fragte er und hielt sie auf Armeslänge, um sie anzusehen.

»Natürlich habe ich dich vermißt!« sagte Brea atemlos. »Aber du solltest erst in drei Stunden hier sein. Warum hast du mir nicht gesagt, daß du früher kommen würdest, du Stinker?«

»Würdest du mir glauben, wenn ich dir sagte, daß ich Rückenwind hatte?«

Erst nachdem er und Brea eine weitere Runde von Küssen hinter sich gebracht hatten, bemerkte Stessl, daß ihre Gesprächspartnerin in diskreter Entfernung wartete. Seine Haltung versteifte sich unwillkürlich, als er Augusta Meriweather erkannte.

Brea blickte über die Schulter, sah Mrs. Meriweather mit einem kleinen Lächeln zu ihnen herschauen und erriet den Grund von Stessls plötzlicher Nervosität. »Ach, mach dir nichts daraus! Mrs. Meriweather hat so etwas schon öfter gesehen, nicht wahr?«

»So alt bin ich noch nicht, Brea«, sagte Mrs. Meriweather schmunzelnd. Sie kam näher und gab Stessl die Hand. »So sehen wir uns wieder, Major. Wie ist es Ihnen ergangen?«

»Ich hatte viel zu tun, Madam.«

»Sicherlich nicht so viel wie Brea und ich. Sie ist jetzt meine Assistentin. Ich weiß nicht, was ich ohne sie tun sollte.«

Brea nickte. »In letzter Zeit ist es schon hektisch zugegangen. Komm, Erich, wir wollten gerade in den Gemeinschaftsraum gehen und einen Aperitif trinken. Du kannst uns Gesellschaft leisten.«

»Das tue ich gern. Der Chef gab mir bis morgen früh dienstfrei.«

»Wundervoll!«

Im Gemeinschaftsraum setzte sich Stessl mit Brea auf eine Seite einer Nische, während Mrs. Meriweather ihnen gegenüber saß. Sie hob ihr Weinglas und prostete ihnen zu. »Auf die Sonde«, sagte sie. »Möge sie schließlich finden, wonach sie sucht.«

Stessl und Brea stießen mit ihr an und tranken. Als er sein Glas auf den Tisch zurückgestellt hatte, blickte Stessl von einer zur anderen. »Würde jemand mir verraten, worauf ich eben getrunken habe?«

»Du meinst, du hast die Nachrichten nicht gehört?« fragte Brea. »Die Sonde erzählte Mrs. Meriweather nach dem Rendezvousmanöver ihre ganze Geschichte. Sie steht in allen Zeitungen auf Erden.«

»Ich bin mit den Dingen nicht in Fühlung gewesen, weißt du.«

»Richtig«, sagte sie und kicherte in einer Weise, die seine Feststellung doppeldeutig machte. »Dann hör zu…«

Brea erzählte ihm die Geschichte von den Schöpfern und ihrer Suche nach dem Geheimnis eines überlichtschnellen Antriebs. Der Bericht dauerte annähernd zwanzig Minuten. Mrs. Meriweather beobachtete Stessl und wunderte sich, daß er weder Staunen noch Begeisterung zeigte. Als Brea geendet hatte, saß er schweigend und nachdenklich.

»Sie scheinen nicht beeindruckt, Major Stessl«, bemerkte Mrs. Meriweather. »Haben Sie kein Empfinden für die Kühnheit dieser Schöpfer? Sie fühlen sich in ihrem Sternsystem beengt und entwickeln diesen grandiosen Plan der Erforschung des Universums durch intelligente Sonden. Stellen Sie sich vor, welche Beharrlichkeit und Geduld nötig sind, um diesen Plan zu verwirklichen.«

»Ich denke an die Implikationen«, sagte Stessl.

»Welche Implikationen?«

»Ist es nicht offensichtlich? Wir sind in einer vergleichbaren Lage. Aber diese Schöpfer haben ein paar Millionen Jahre Vorsprung, und obwohl sie sich seit Hunderttausenden von Jahren damit abmühen, haben sie das Problem von Einsteins Barriere noch nicht lösen können. Wenn sie keinen Weg um die Relativitätsgleichungen finden können, welche Chance haben dann wir?«

»Du hast mich noch nicht den besten Teil erzählen lassen, Erich!« sagte Brea.

»Brea will Ihnen sagen, Major Stessl, daß wir gerade von einem Gespräch mit der Sonde gekommen sind. Die Diskussion wandte sich dem Problem zu, einen überlichtschnellen Antrieb zu bauen. Ich fragte, warum noch nie ein überlichtschnelles Schiff die Sonne der Schöpfer erreicht hat, wenn diese Art von Antrieb möglich ist. In einer so großen Galaxis wie der unsrigen sollte es doch möglich sein, daß jemand dieses Problem gelöst hat, das die motivierende Annahme hinter dem Lebenssondenprogramm der Schöpfer ist. Sie können die Technik daheim nicht erfinden, also gehen sie im Ausland auf die Suche.« Mrs. Meriweather blinzelte Brea verschwörerhaft zu.

»Erzählen Sie es ihm, Brea.«

Brea nickte eifrig. »Das Surrogat hielt es auch für ein ungünstiges Zeichen, da eine Lebensform, die den überlichtschnellen Antrieb entwickelt hat, schon bald überall auftauchen müßte. Aber dann rückte es mit seiner Sensation heraus. Sie haben es gefunden, Erich! Die Sonde und das Surrogat haben Beweise für die Passage eines überlichtschnellen Schiffes gefunden, das anscheinend von Prokyon aus operierte. Sie wollen dorthin weiterfliegen, sobald wir ihnen mit der Überholung und Treibstoffversorgung geholfen haben.«

»Hm. Prokyon ist... zwölf Lichtjahre entfernt, nicht?«

»Nahe genug«, sagte Brea.

»Wenn diese Superwesen uns so nahe sind, wie kommt es dann, daß sie nie hierhergekommen sind?«

»Vielleicht sind sie dagewesen und haben uns zu primitiv gefunden, um Interesse an uns zu haben«, sagte Brea. »Oder vielleicht gefällt es ihnen, ihren eigenen Geschäften nachzugehen. Wer weiß, welche Prioritäten sie haben?«

Mrs. Meriweather leerte ihr Glas auf einen Zug und stand auf. »Eine gute Frage, Major. Wir werden ihr sehr sorgfältig nachgehen müssen. Aber nun will ich die Nachricht zur Erde durchgeben.«

»Brauchen Sie nicht meine Hilfe, Mrs. Meriweather?« fragte Brea. Ihr Tonfall und die Art und Weise, wie sie sich an Stessl schmiegte, machten deutlich, daß sie sich mehr aus Pflichtgefühl denn aus Enthusiasmus erbötig machte.

»Würden Sie nicht lieber mit Ihrem Freund Wiedersehen feiern, Brea? Eine dumme Frage. Feiern Sie miteinander, freuen Sie sich und lassen Sie sich von niemandem erzählen, daß in diesem welken Kadaver kein Verständnis für eine Liebesgeschichte zu finden sei. Wir sehen uns morgen früh.«

Mrs. Meriweather bemerkte erheitert, daß die beiden sie bereits aus ihrem Bewußtsein ausgeblendet hatten. Ihre Welt war auf zwei geschrumpft. Sie wandte sich zum Gehen, und als sie den Gemeinschaftsraum verließ, summte sie leise vor sich hin. Oh, wieder jung zu sein!

23

Vier Tage nachdem Erich Stessl seinen Dienst als leitender Offizier des Projekts Adler wiederaufgenommen hatte, näherte sich die UNS *Konstantin Ziolkowskij* der *Graf Bernadotte*. Der schwere Kreuzer war fünf Tage zuvor mit der Verhandlungsdelegation der UN-Vollversammlung an Bord aus einer Erdumlaufbahn gestartet. Normalerweise wären Annäherung und Andockmanöver eine Routineangelegenheit gewesen, aber die prominenten Passagiere an Bord bewogen den Admiral, seinen Stellvertreter mit der Überwachung der Operation zu beauftragen.

Stessl saß unterdessen in der Nachrichtenzentrale der *Bernadotte* und beobachtete die Bildschirme. Auf einem waren die zwei Boote zu sehen, wie sie von der *Konstantin Ziolkowskij* ablegten und sich vorsichtig der provisorischen Andocköffnung näherten. Ein Anruf aus dem Empfangsraum der Nachrichtenzentrale unterbrach seine Beobachtung.

»Was gibt es, Gomez?«

»Wir haben einen Funkspruch vom Kapitän der NV *Asgard* erhalten. Sie erbittet die Erlaubnis, mit Ihnen zu sprechen.«

Stessl runzelte die Stirn. Die *Asgard* war eines der Luxusschiffe, die normalerweise zwischen Erde und Mond verkehrten. Seine Anwesenheit in der Sonnenumlaufbahn war – zumindest in Stessls Augen – ein Zeugnis für die seltsamen Ideen, auf die manche Leute bei der Jagd nach dem Geld kamen.

Als die erste Welle des Sondenfiebers über die Erde hinwegging, hatte ein Veranstalter namens Geoffrey Weems ein Schiff gechartert, um Touristen zur Begrüßung des fremden Raumfahrzeugs zu bringen. Als er davon erfuhr, hatte Generaladmiral Maxwell den Treuhandrat aufgefordert, zivilen Verkehr aus dem Umkreis der Sonde zu verbannen. Weems konterte mit einer Eingabe an den Internationalen Gerichtshof und berief sich auf das Gesetz über die Freiheit des Raums. Schließlich wurde ein Kompromiß erzielt. NV *Asgard* hatte ihre Ankunft zu verzögern, bis die Friedenssicherung das Gebiet für den zivilen Verkehr freigab – wozu sie verpflichtet war, wenn keine begründete Gefahr für die Sicherheit bestand. Aber auch danach würde die NV *Asgard* an Ort und Stelle dem Kommandeur der Friedenssicherung unterstellt.

Admiral Liu Tsen hatte seiner Meinung über den Kompromiß mit ein paar markigen Worten Luft gemacht. Und später, als *Asgards* Kapitän um Freigabe und Zuweisung des Vektors gebeten hatte, hatte er ihr befohlen, einen Mindestabstand von hundert Kilometern von der Flotte zu halten. Um sicherzugehen, daß seinem Befehl Folge geleistet wurde, hatte er der Raumüberwachung eine Anweisung gefunkt:

> Bis auf weiteres wird der gesamte Raum mit einem Radius von einhundert Kilometern um die Koordinaten 72.0300.00/1.0 für allen Verkehr gesperrt. Die einzigen Ausnahmen bilden diejenigen Schiffe, deren Annäherung vom Direktorat der Friedenssicherung oder seinen Beauftragten freigegeben ist.
>
> – auf Anordnung der Raumüberwachung,
> Station *Galilei*.

Stessl sympathisierte mit Kapitän Rieger von der *Asgard*. Jeder ihrer Passagiere hatte ein kleines Vermögen bezahlt, um zehn Tage am Rendezvouspunkt zu verbringen, nur um jetzt zu finden, daß sie die Vorgänge an den häuslichen Bildschirmen genausogut hätten beobachten können. Das einzige, was sie bekommen würden, waren ihre vollen zehn Tage. Kapitän Rieger war unterrichtet worden, daß eine vorzeitige Rückkehr für ihre Gesellschaft den Verlust der Einnahmen aus den Flugpreisen bedeuten würde. Stessl fragte sich, was eine Schiffsladung mit Touristen zehn Tage lang mit sich anfangen sollte, selbst wenn die *Asgard* Erlaubnis bekommen hätte, sich der Sonde zu nähern. Die prickelnde Erregung über den ersten Besucher aus dem All würde dem durchschnittlichen Touristen bald vergehen.

Mit einem Knopfdruck an der Konsole übernahm er das Gespräch. Auf dem Bildschirm vor ihm erschien eine grauhaarige Frau, die am Kragenspiegel die Kometen eines Kapitäns der Handelsmarine trug. Sie sah verlegen aus.

»Wie nehmen Ihre Passagiere die Entscheidung auf, Kapitän Rieger?«

»Besser als erwartet. Das heißt, solange die Vorräte an Spirituosen reichen.«

»Was kann ich für Sie tun?«

»Es tut mir leid, daß ich Sie behelligen muß, Major, und ich hätte es nicht getan, wenn die Sache nicht wichtig wäre.«

»Worum geht es denn, Kapitän?«

»Ich habe einen Passagier, den von Bord gehen möchte. Da wir nun offiziell in einer Parkumlaufbahn sind, kann ich ihm sein Verlangen nicht verweigern. Täte ich es, müßte meine Gesellschaft mit gerichtlichen Schritten rechnen. Ich hoffe, Sie verstehen, Major.«

»Ich verstehe«, sagte Stessl. »Wie auch immer, ich kann und werde die Erlaubnis verweigern. Damit sollten Sie außer Obligo sein. Wenn er Ihnen noch mehr Schwierigkeiten bereitet, legen Sie ihm Handschellen an.«

»Das könnte schwierig sein, denn er ist bereits von Bord gegangen. Anscheinend hatte er sowohl einen

Schutzanzug als auch eine Langstrecken-Manövriereinheit in seinem Gepäck. Vor zwei Minuten reagierten wir auf den Alarm, der durch eine geöffnete Luftschleuse ausgelöst wurde, kamen aber zu spät, um ihn zurückzuhalten.«

»Danke für die Warnung. *Bernadotte* Ende!« Stessl schaltete die Gegensprechanlage ein. Ein Marinesoldat meldete sich. »Sergeant Faraday, Sicherheitsabteilung.«

»Faraday, hier Stessl. Da ist irgendein Dummkopf bei der *Asgard* ausgestiegen und in einem Schutzanzug unterwegs hierher. Er könnte ein Reporter sein oder ein Fanatiker oder bloß irgendein einfältiger Bürger. Ich möchte, daß Sie zwei von Ihren Schlitten aussenden und ihn abfangen, bevor er in die Nähe der Sonde kommen kann. Sagen Sie den Leuten, daß sie vorsichtig sein, aber nicht schießen sollen, solange sie nicht dazu gezwungen sind. Veranlassen Sie sofort alles Nötige!«

»Jawohl, Sir!«

Kurz darauf erhielt Stessl einen Anruf vom Admiral. Er unterrichtete ihn von dem Problem und was er unternommen hatte.

»Sehr gut, Major. *Ziolkowskijs* Boote docken jetzt an. Übergeben Sie Ihren Posten dem Wachoffizier, und kommen Sie zur Begrüßung hier herauf. Wir werden erfahren, was dieser Tourist tut, nachdem wir die Delegation empfangen haben.«

»Ja, Sir.«

Stessl übergab seinen Platz in der Zentrale an Fregattenkapitän Harmon, einen Mann der Besatzung, welche die *Bernadotte* zum Rendezvouspunkt überführt hatte. Nachdem Harmon formell den Dienst angetreten hatte, eilte Stessl zum nächsten Aufzug, ließ sich zur Schiffsachse emportragen und zog sich dann Hand über Hand an einem Kabel, das durch den Achsenkorridor gespannt war, zum Bug.

Dort war die dicke Rumpfpanzerung der *Bernadotte* durchbohrt und eine provisorische Luftschleuse installiert worden. Eine Ehrenwache von Marinesoldaten war angetreten und präsentierte das Gewehr. Stessl schloß sich den Offizieren und Würdenträgern an, die der Ehrenwache gegenüberstanden.

Mrs. Meriweather war die erste in der Reihe. Ihre Füße steckten in magnetischen Stiefeln, die ihr zu groß waren, und ihre gebrechliche Gestalt schwankte ein wenig im Luftzug der Ventilatoren. Neben ihr stand Admiral Liu Tsen, und auf ihn folgte Prof. Roquette. Insgesamt sieben oder acht Mitglieder des Projekts Adler standen zwischen Stessl und der Luftschleuse aufgereiht. Brea Gallagher war zwei Plätze von ihm entfernt.

Endlich ging die Luftschleuse auf, und die ersten Mitglieder der UN-Delegation schwebten in den Achsenkorridor. Sie trieben in der für Leute, die Schwerelosigkeit nicht gewohnt sind, charakteristischen Weise hilflos durcheinander. Mrs. Meriweather und der Admiral begrüßten jeden von ihnen der Reihe nach und reichten sie dann buchstäblich an mehrere Marinesoldaten weiter, die ihr möglichstes taten, die Ankömmlinge zum Aufzug zu geleiten. Stessl nutzte die Gelegenheit, um seinen Platz mit Elsbeth Crocker zu tauschen, die in der Reihe der Empfangspersonen neben Brea gestanden hatte. Er legte Brea den Arm um die Taille.

Sie blickte zu ihm auf und lächelte. »Freut mich zu sehen, daß du es einrichten konntest.«

»Mich auch.« Er nickte zu den zwei Dutzend Leuten, die sich mit unterschiedlicher Geschicklichkeit zum Aufzug zogen. »Ist das die Delegation?«

»Das ist der Troß. Politische Assistenten, Sekretäre, Forschungsassistenten, Köche und Begleiter. Die Abgeordneten sind alle im zweiten Boot.«

Es dauerte rund zehn Minuten, bis die Verkehrsstauung beseitigt war. In dieser Zeit hatten Stessl und Brea mehreren unter Übelkeit leidenden Leuten geholfen, die allein nicht weiterkamen. Als die Gruppe durch war, formierte sich das Empfangskomitee von neuem für die Abgeordneten.

Ihre Gruppe war kleiner als die erste – nur ein Dutzend Personen –, und die einzelnen Mitglieder der Delegation waren sich ihrer Würde sehr viel stärker bewußt. Stessl erkannte mehrere von ihnen, darunter den stellvertretenden Botschafter der Nordamerikanischen Union und den Botschafter der Europäischen Union. Das bekannteste Mitglied der Delegation war ihr Leiter, Enrique Malagar, der von den meisten politischen Kommentatoren als nächster Generalsekretär gehandelt wurde. Als sie durch die Luftschleuse kamen, machte jeder ein paar Augenblicke halt, um Mrs. Meriweather und Admiral Liu zu begrüßen und ihnen die Hände zu schütteln. Anschließend wurden jedem von ihnen zwei Marinesoldaten als Eskorte und Orientierungshilfe beigegeben.

Das vorletzte Gesicht, das aus der Luftschleuse zum Vorschein kam, war Stessl wohlbekannt. Am Tag der Debatte im Plenarsaal der Vereinten Nationen hatte er dieselben Züge auf dem Bildschirm gesehen. Ihm folgte als letztes Delegationsmitglied, das an Bord der *Bernadotte* ging, Botschafter Nicolas Boswani von der Panafrikanischen Föderation. Stessl fragte sich, ob der Symbolismus beabsichtigt sei.

Botschafter Boswani schien in der Schwerelosigkeit nicht mehr Erfahrung zu haben als jedes andere Mitglied der Gruppe. Er zog sich unbeholfen zu der Stelle, wo Mrs. Meriweather stand, schüttelte ihr die Hand und wurde Admiral Liu Tsen vorgestellt. Stessls Blick war unterdessen weitergegangen zu dem Mann hinter dem Botschafter. Im Gegensatz zu den anderen bewegte er sich in der Schwerelosigkeit mit der unbewußten Mühelosigkeit langer Erfahrung.

Boswani wandte sich zu Mrs. Meriweather und nickte seinem Begleiter zu. »Meine liebe Mrs. Meriweather, ich glaube nicht, daß Sie meinen Adjutanten kennen, Oberst Yorubi M'Buto.«

»Nein, ich hatte noch nicht das Vergnügen«, sagte sie und nickte M'Buto zu. »Bei der Gelegenheit, Oberst, würde ich Sie gern mit Admiral Liu Tsen bekanntmachen, den militärischen Kommandeur dieser Flotte.«

M'Buto streckte die Hand aus. »Eine Ehre, Admiral.«

»Und für mich ebenso«, sagte Liu.

Stessl glaubte eine kühle Reserviertheit im Verhalten seines Vorgesetzten zu bemerken, entschied dann aber, daß er vielleicht zuviel in die normale Zurückhaltung des Admirals hineininterpretierte. Seine Aufmerksamkeit kehrte zurück zu Boswani, der ein halblautes Gespräch mit Mrs. Meriweather angeknüpft hatte.

»... werden wir mit Ihrem mechanischen, insektenäugigen Ungeheuer zusammenkommen, Mrs. Meriweather?«

»Wann Sie wünschen, Mr. Boswani. Ich würde aber empfehlen, daß Sie warten, bis Sie sich ins Bild gesetzt haben. Die Unterrichtung wird ungefähr zwei Tage in Anspruch nehmen und sollte alle auf den letzten Stand unserer Erkenntnisse bringen, seit die Sonde eintraf.« Sie lachte. »Sogar ein Diplomat kann seine Arbeit besser verrichten, wenn er weiß, worüber er redet. Meinen Sie nicht?«

Boswanis Antwort war unverbindlich. Der Admiral dirigierte Boswani und M'Buto zum Aufzug, wo die anderen Delegationsmitglieder warteten. Als sie an Stessl vorbeikamen, blieb der Admiral stehen.

»Botschafter Boswani, Oberst M'Buto, darf ich Ihnen meinen Projektleiter Major Stessl vorstellen?«

Der Botschafter murmelte eine höfliche Begrüßung, aber M'Buto merkte auf. »Ach ja. Major Stessl leitete die Organisation und Aufbau des Projekts Adler. Das war eine ausgezeichnete Leistung, Major. Sie sind zu beglückwünschen.« Er wandte sich zu Brea, brachte es irgendwie fertig, sich zu verbeugen, während er sich am Korridorkabel verankerte, und küßte ihr die Hand.

»Und dies muß die Dame sein, die alles in Gang gebracht hat! Es war ein schicksalhafter Tag für die Menschheit, als Sie zufällig diesen Lichtblitz am Himmel sahen, Mrs. Gallagher.«

Brea errötete.

M'Butos Augen waren zwei weiße Kreise in einer ebenholzschwarzen Fläche. »Ich denke, nur die Zeit wird erweisen, ob es eine gute oder eine verhängnisvolle Fügung des Schicksals war.«

Wenn M'Buto bemerkte, daß Stessl sich über seine Bemerkung ärgerte, ließ er es sich nicht anmerken; er entschuldigte sich und folgte Boswani zum Aufzug. Er bewegte sich mit den flüssigen Bewegungen eines Fisches im Wasser. Als er gegangen war, knurrte Stessl: »Für wen, zum Teufel, hält er sich?«

»Es ist nicht wichtig, Erich.«

»Irgendwie glaube ich nicht, daß ich mich mit Oberst M'Buto anfreunden werde.«

Stessl ärgerte sich noch immer, als er in die Zentrale zurückkehrte. Fregattenkapitän Harmon blickte auf, sah die verdrießliche Miene und sagte sich, daß es nicht die rechte Zeit für einen müßigen Schwatz sei.

»Sie haben unseren Touristen gefangen, Major«, sagte er.

»Wollte er die Sonde erreichen?«

Harmon schüttelte den Kopf. »Das ist der seltsame Teil der Geschichte; er war von *Asgard* direkt hierher unterwegs. An Bord der *Gottmann* wurde er durchsucht. Keine Bomben oder Waffen irgendwelcher Art. Aber auch keine Identifikation, und er weigert sich, zu irgend einem anderen als dem Admiral zu sprechen.«

»Haben sie ihn geröntgt?«

»Nein, meines Wissens nicht.«

»Nun, dann sollen sie es nachholen, und wenn er

nicht will, brauchen sie ihn nicht mit Glacéhandschuhen anzufassen. Wenn sich herausstellt, daß er sauber ist, sollen sie ihn unter Bewachung herüberschicken. Ich werde in meinem Büro sein.«

»Alles klar.«

Eine halbe Stunde später wurde an Stessls Tür geklopft. Er wandte sich ihr zu und rief die Besucher herein.

Die Tür ging auf, und ein grimmig blickender Marinesoldat führte den Verdächtigen herein. Ihre Blicke begegneten sich. Der Mann war nicht genau, was Stessl erwartet hatte. Er war groß und fett und spannte die Nähte des Marinearbeitsanzugs, in den man ihn gesteckt hatte. Seine Fettleibigkeit zwang ihm einen watschelnden Gang auf, sein Hals war unter einem dreifachen Kinn verborgen, und seine Finger erinnerten Stessl an rohe Rindsbratwürste. Er wunderte sich, wie der Mann es fertiggebracht hatte, eine medizinische Unbedenklichkeitserklärung zum Verlassen der Erde zu bekommen. Einen passenden Schutzanzug zu finden konnte ihm auch nicht leichtgefallen sein.

Der Blick des Mannes ging über Stessl und sein Büro. »Sie sind nicht Liu Tsen!«

»Ich bin Leiter des Projekts Adler und ihm in dieser Funktion unmittelbar unterstellt.«

»Ich rede mit keinem als dem Admiral.«

Stessl trommelte mit den Fingern auf die Tischplatte und musterte seinen Besucher. Schließlich beugte er sich mit aufgestützten Ellbogen vor und sagte: »Sie reden mit mir, oder wir stecken Sie in den Bunker. Also, wer sind Sie und was, zum Teufel, tun Sie hier?«

Der Mann zögerte, dann zuckte er die Achseln. Er griff in die Brusttasche seines Arbeitsanzugs und zog eine Kunststoffkarte heraus. »Meine Beglaubigung.«

Stessl nahm die Karte entgegen. Das Foto des Mannes zierte die obere rechte Ecke. Dem Konterfei gegenüber waren aber zwei Symbole, die von größerem unmittelbarem Interesse waren: der Adler der Nordamerikanischen Union und das Siegel des Amtes für Auslandsaufklärung. Darunter stand einfach:

MURRAY DANZIGER
Feldagent

Stessl untersuchte die Karte und überlegte dabei, wie man es anstellte, eine Fälschung zu erkennen. Das Foto hatte nicht allzuviel Ähnlichkeit mit dem Mann vor ihm, aber das bewies nichts. Stessls Ausweisfoto sah ihm auch nicht besonders ähnlich. Er befahl dem Bewacher, im Korridor zu warten. Als der Marinesoldat die Tür geschlossen hatte, wedelte Stessl mit der Karte vor dem Gesicht des Agenten. »Ich hatte eine Meldung, daß Sie ohne Identifikation seien.«

»Wir haben unsere Mittel, Major.«

»Das kann ich mir denken. Ich würde gern wissen, von welcher Art sie sind, damit ich beurteilen kann, ob ich Sie noch einmal durchsuchen lassen muß.«

Danziger biß sich auf die Unterlippe und nickte. »Da ich etwas Übergewicht habe – wie Sie zweifellos bemerkt haben –, fehlt es mir nicht an zusätzlicher Polsterung. Ich ließ chirurgisch eine Tasche in meinen linken Oberschenkel implantieren. Sie ist mit einem weichen Spezialkunststoff gefüttert und von der richtigen Größe, um die Karte in Ihrer Hand zu verbergen. Wenn ich achtgebe, daß die Ränder des Einschnitts richtig aufeinanderliegen, sieht die Öffnung wie Narbengewebe aus, das von einer alten Operation zurückgeblieben ist.«

»Warum durchkreuzt ein Agent der Nordamerikanischen Auslandsaufklärung den Raum in einem Schutzanzug, fünfzig Millionen Kilometer von zu Hause?«

Danziger schüttelte entschieden den Kopf. »Tut mir leid, Major, aber ich muß wirklich darauf bestehen, Admiral Liu Tsen zu sprechen. Was ich zu sagen habe, ist für jeden bis auf den Spitzenmann zu wichtig. Und ich würde vorschlagen, daß Sie sich beeilen.«

»Warum, Mr. Danziger?«

»Ich sah vorhin zwei angedockte Landungsboote. Sie sind von dem Kreuzer, der die UN-Delegation brachte, nicht wahr?«

»Ja.«

»Dann ist Oberst M'Buto bereits an Bord?«

»Woher kennen Sie M'Buto?«

Danziger lachte. »Er und ich sind in der gleichen Branche. Man könnte sagen, daß wir nicht so freundliche Konkurrenten sind. Zuletzt trafen wir uns vor ungefähr sechs Monaten in dieser Hawaii-Bar an Bord der Erdstation Eins.«

»Die mit den Palmen?«

Danziger nickte. »Das ist sie.«

»Was taten Sie zwei an Bord der Station?«

»Wir waren dort aus dem gleichen Grund wie alle anderen. Wir versuchten herauszubringen, warum die Friedenssicherungsstreitkräfte die wissenschaftliche Elite dienstverpflichtet und entführt hatte. Nun, Major, ich fürchte, daß ist alles, was ich sagen kann, bis ich Ihren Chef sehe. Tut mir leid, aber ich habe meine Befehle.«

»Der Admiral steckt im Augenblick mit den Würdenträgern zusammen, Mr. Danziger. Unabkömmlich. Vielleicht später.«

»Ich schlage vor, daß Sie ihn jetzt loseisen. Was ich zu sagen habe, kann nicht warten.«

»Ich höre«, sagte Liu Tsen.

Danziger und Stessl saßen dem Admiral gegenüber am Schreibtisch, während zwei Marinesoldaten draußen im Korridor Wache hielten. Der Admiral hielt die Ausweiskarte des Amtes für Auslandsaufklärung leicht zwischen dem Daumen und zwei Fingern und betrachtete abwechselnd Vorder- und Rückseite, als ob sein eines Auge ein Mikroskop wäre.

Danziger saß zurückgelehnt, hatte die Hände über

der Rundung des Bauches gefaltet und ließ das Rückgrat in die Polster sinken. Einmal hob er die Hand an die Nase, rieb sie und seufzte.

»Ich glaube, am besten fange ich mit einem unserer Agenten namens Henry Philbin an. Er war von Haus aus Planetologe und arbeitete für uns Teilzeit als eine Art Hobby. Vor vier Jahren ließ er sich von dem Provinzcollege, wo er unterrichtete, Forschungsurlaub geben und traf eine Vereinbarung mit einer der Gesellschaften, die draußen im Gürtel tätig sind, um eine begrenzte Zeit für sie zu arbeiten. Er hatte irgendwelche verrückten Vorstellungen davon, wie Planeten entstehen, und brauchte Feldarbeit, um seine Theorie zu untermauern. Ich habe nicht alle Einzelheiten, aber soviel ich weiß, gehörten zu seiner Beweisführung genaue Radarmessungen der Umlaufbahnen so vieler Asteroiden, daß er daraus eine statistisch gültige Probe gewinnen konnte. Er hatte die Absicht, seine Daten einem Computer einzugeben, und wenn er Glück hätte, würde der ihm ein Modell des Asteroidengürtels zur Zeit seiner Entstehung liefern.

Da Hank, wie wir Henry Philbin nannten, ein freier Bürger war und nur nebenbei in Teilzeit für uns arbeitete, schenkten wir seinen Plänen nicht allzu viel Beachtung. Aber ungefähr sechs Monate später bekamen wir Meldungen von ihm, die von Unregelmäßigkeiten in einigen der Schiffsfahrpläne draußen im Gürtel sprachen. Anscheinend zeichnete seine Radaranlage nicht nur die Geschwindigkeitsvektoren der lokalen treibenden Gesteinstrümmer auf, sondern auch diejenigen der abreisenden und eintreffenden Raumfahrzeuge. Er mußte neugierig geworden sein und begann die Flugbahnen verschiedener Frachter rückwärts zu verfolgen.

Dabei stellte er fest, daß ein bedeutsamer Prozentsatz der Schiffe einer bestimmten Nation andere Orte anflog als die in ihren Flugplänen angegebenen. Können Sie sich denken, um welche Nation es sich handelte?«

»Panafrika, natürlich«, sagte Liu.

Danziger nickte. »Volltreffer, Admiral. Zu unserem Pech endete Hank Philbin nicht viel später ohne seinen Schutzanzug außerhalb einer Luftschleuse auf Pallas. Ungefähr um diese Zeit kam ich an Bord. Sehen Sie, uns waren von Zeit zu Zeit Gerüchte zu Ohren gekommen, daß ein schwunghafter Handel mit nicht registrierten Singularitäten im Gang sei. Um eine lange Geschichte kurz zu machen, das Amt für Auslandsaufklärung beschloß die Situation zu durchleuchten, um herauszubringen, was tatsächlich vorging.«

»Warum haben Sie das Problem nicht uns übergeben?« fragte Stessl.

Danziger lachte. »Eure Leute erzählen uns auch nicht, was sie tun. Warum sollten wir entgegenkommender sein?«

Stessl setzte zu einer Antwort an, doch Admiral Liu winkte ab und sagte: »Fahren Sie fort, Mr. Danziger.«

»Nun, die Ermittlungen kamen ungefähr so schnell voran wie ein Gletscher. Immerhin erfuhren wir unter anderem, daß die Panafrikaner tatsächlich mit einer Art Masche beschäftigt sind. Sie kaufen alle Arten von Materialien, Maschinen und Anlagen, die notwendig sind, um Raumschiffe auszurüsten, darunter auch Dinge, die sie nicht haben sollten – Dinge, die in waffenfähigen Lasern und Raketen gebraucht werden können, zum Beispiel. Die Operation scheint ihre Basis im Gürtel und auch an Bord mehrerer von den Lagrange-Stationen zu haben. Und meine alte Nemesis, Yorubi M'Buto, scheint in der ganzen Operation die *numero uno* zu sein.

Es gelang uns, ein paar von M'Butos Agenten an Bord der Station *Galilei* zu identifizieren, und wir näherten uns der Aufklärung des Geheimnisses, als diese Sonde daherkam und alles durcheinanderbrachte. Kurz vor dieser Zeit ergaben unsere Ermittlungen jedoch eine Anzahl interessanter Hologramme.« Danziger reichte Stessl einen Mikrowürfel. Stessls Augenbrauen hoben sich in unausgesprochener Frage.

Danziger lächelte. »Ich muß übersehen haben, meinen anderen Känguruhbeutel zu erwähnen, Major. Ich bin froh, diesen Würfel loszuwerden. Es war verdammt unbequem, darauf zu sitzen.«

Stessl steckte den Würfel in das Lesegerät auf dem Schreibtisch des Admirals und schaltete es ein. Die holographische Projektion zeigte eine Szene, die im grünlichen Lichtschein eines Bildverstärkers lag. Eine geisterhafte grünlichweiße Gestalt starrte aus der Projektion. Das Bild war zu unscharf, um die Person zu identifizieren, aber Stessl hatte den bestimmten Eindruck, daß ihm das Gesicht bekannt war. Das nächste Bild war aus einer Menschenmenge heraus von zwei Männern aufgenommen, die an einem Kaffeehaustisch saßen. Wieder wechselte das Bild, und nun war zu sehen, wie einer dem anderen eine Karte übergab, die das Firmenzeichen der Bank der Station *Galilei* zeigte.

Das Hologramm war von ausgezeichneter Qualität und zeigte die Männer in klarem Profil, so daß sie aussahen, als ob sie mit den drei Beobachtern zusammen im Raum wären. Stessl hatte keine Mühe, sie wiederzuerkennen.

Sie waren Angai Yahaya und Don Bailey.

»Erklären Sie dies, Mr. Danziger«, sagte der Admiral.

»Ist es nicht offensichtlich?« erwiderte Danziger. »Yahaya zahlt Bailey aus, wahrscheinlich für das Schmuggeln einer I-Masse zur Station *Galilei,* um sie dort oder in der Nähe energetisch aufzuladen. Wir glauben, daß die Panafrikaner I-Massen für eine Phantomflotte brauchen, die sie in direkter Verletzung des Raumabrüstungsvertrages gebaut haben.«

»Wann wurde dieses Hologramm aufgenommen?«

»Vor etwa einem halben Jahr.«

»Und warum erzählen Sie es uns jetzt?«

»Es ist uns gelungen, einen Agenten in den Außenbereich der Panafrikanischen Operation zu bringen. Er ist nicht nahe genug am Entscheidungszentrum, um gute, harte Fakten zu bekommen, verstehen Sie, aber er kann Gerüchte auffangen. Unser Mann bekam Wind davon, daß eine große Sache in Vorbereitung sei, und meine Vorgesetzten entschieden, daß ich besser am Schauplatz des Geschehens sein sollte, um die Entwicklungen zu überwachen.«

»Warum zogen Sie diese *Asgard*-Nummer ab?« fragte Stessl. »Warum gingen Sie nicht direkt ins UN-Hauptquartier und ließen sich einen offiziellen Flug geben?«

Danziger drehte sich mit seinem Sessel herum und blickte Stessl an. »Sie haben nicht viel mit Mantel und Degen operiert, nicht wahr?«

»Überhaupt nicht.«

»Nun, was Sie vorschlagen, wäre für einen listenreichen alten Halunken wie mich zu geradlinig gewesen. Außerdem wäre es viel zu öffentlich geworden. Ich schlage vor, daß Sie mich zu dem Zerstörer zurückschicken, von dem ich gerade kam, bevor M'Buto von meiner Anwesenheit Wind bekommt.«

»Sie haben uns noch nicht erzählt, was diese große Operation ist, Mr. Danziger«, sagte der Admiral.

»Habe ich noch nicht? Nun, sie hat einen Namen, nämlich Projekt Isandhlwana, was für sich genommen recht interessant ist. Die Schlacht von Isandhlwana fand im späten 19. Jahrhundert in Südafrika statt, und in dieser Schlacht schlugen die traditionell mit Speeren und Schilden bewaffneten Zulus die modern ausgerüsteten Briten. Unser Gewährsmann berichtete von einer Sitzung des Panafrikanischen Herrscherrates hinter verschlossenen Türen, die vor annähernd zwei Monaten stattfand. Beratungsthema war die Sonde, und dieses Thema war für sie von so großer Bedeutung, daß sie sechsundzwanzig Stunden darüber diskutierten. Was dort entschieden wurde, wird in diesem Augenblick ins Werk gesetzt.«

Admiral Liu lehnte sich zurück und musterte Danziger. Seine gewöhnlich ausdruckslose Miene verriet Beunruhigung. Er schien einige Sekunden lang tief in Gedanken versunken zu sein, dann richtete er sich auf und nickte Stessl zu.

»Haben Sie in letzter Zeit Fortschritte in Ihrer Ermittlung des versuchten Einbruchs in die Nachrichtenzentrale gemacht?«

»Nein, Sir. Das Direktorat ist noch immer mit der Überprüfung von möglichen Verdachtspersonen beschäftigt, und ich konnte nicht viel tun, solange ich abkommandiert war.«

»Sind Yahaya und Bailey noch auf der Liste der Tatverdächtigen?«

»Ja, Sir. Ziemlich weit oben!«

»In diesem Fall, Major, ordne ich die Festnahme von Angai Yahaya und Don Bailey an. Die Anklage lautet auf versuchten Einbruch zum Zweck des Geheimnisverrats, Körperverletzung und Verstoß gegen Sicherheitsbestimmungen. Wir werden Mr. Danzigers Verdacht in Reserve halten, um nicht die falschen Leute zu alarmieren.«

»Ja, Sir.«

24

Der unabhängige Prospektor *Liars Luck* näherte sich rückwärts auf einem zehn Kilometer langen Feuerschweif aus weißglühendem Plasma seinem Ziel. In der Pilotenkabine saß Don Bailey, eine Hand leicht um den Steuerknüppel gelegt und die andere über den Knöpfen der Triebwerkszündung, während sein besorgter Blick die Statusanzeigen auf seinen Bildschirmen beobachtete. Schweißperlen rannen ihm übers Gesicht, vom Beschleunigungsdruck nach hinten umgelenkt. Ein tiefes Brüllen vibrierte in den Metallwänden.

Plötzlich war der alles einhüllende Triebwerkslärm verstummt, und mit ihm war der Druck von Baileys Brust gewichen. Seine Finger tanzten über die Computertastatur vor ihm. Sekunden später signalisierte seine Konsole akustisch um Aufmerksamkeit, als die hochverstärkende Suchantenne des Schiffes ihr Ziel fand. Bailey schaltete den Sender ein.

»*Liars Luck* ruft *Bernadotte* Anflugüberwachung.«

Eine Stimme mit britischem Akzent antwortete beinahe sofort: »Anflugüberwachung an *Liars Luck*. Wir haben Ihr Manöver verfolgt. Bitte Meldung.«

»Verstanden, Anflugüberwachung. Wir sind mit einer Ladung Stahl neun Tage außerhalb der Mondumlaufbahn, einhundert Kilometer hinter Ihrer Umlaufposition und nähern uns. Erbitten Anweisungen für letzte Annäherungsphase und Rendezvous.«

»Verstanden, *Liars Luck*. Geben Sie Ihre Vektoren durch, wenn Sie bereit sind.«

»Information über Masse und Geschwindigkeit kommt … jetzt!«

Ein rascher Ausbruch komprimierter Computerdaten zischte über die Audioverbindung.

»Daten erhalten. Was ist Ihr Ziel?«

»Abdeckerei Sechs.«

»Kursinformation folgt, *Liars Luck*. Sie sind gewarnt, die innere Sperrzone zu meiden.«

»Verstanden, Anflugüberwachung. *Liars Luck*, Ende.«

»Anflugüberwachung, Ende.«

Bailey wandte den Kopf und sah zu seinem Copiloten. »Na«, fragte er, »möchtest du diese Annäherung programmieren?«

Lisa Moore, deren kindliche Gestalt in den rechten Beschleunigungssitz geschnallt war, starrte ihn mit großen Augen an. Sie hatte seinen Austausch mit der Anflugüberwachung mit jugendlicher Konzentration verfolgt.

»Darf ich, Onkel Don?«

»Jeder muß einmal lernen. Sieh aber zu, daß du diese Daten doppelt überprüfst, bevor du Gebrauch davon machst. Unsere Ladung wird eine mächtige Delle in das Schiff unseres Arbeitgebers stoßen, wenn sie uns außer Kontrolle gerät.«

Lisa beugte sich über ihre Ablesungen und überprüfte die Zahlen der Anflugüberwachung. Bailey überwachte unauffällig ihre Arbeitstechnik. Als er mit ihrem Fortschritt zufrieden war, wandte er seine Aufmerksamkeit der Ladung zu.

Wo er saß, war es unmöglich, von der Ladung mehr zu sehen als die sonnenbeschienenen Enden eines halben Dutzends großer Doppel-T-Träger. In seiner Vorstellung aber sah er die ganze Länge der sperrigen Masse, wie er sie in der Mondumlaufbahn übernommen hatte. Die Ladung war durch das Verschweißen mehrerer Querstreben über die Doppel-T-Träger zu einer Einheit zusammengesetzt worden und mittels eines massiven Schubrahmens mit dem Bugende des Schiffes verbunden. Die Anordnung erinnerte Bailey an nichts so sehr wie an einen Schubverband von Flußschiffen, wo ein Schlepper seine Reihe von Lastkähnen flußaufwärts schob.

Nur hatte dieser Lastkahn eine bösartige Neigung zu dynamischer Instabilität. Obschon ausbalanciert, drohte er jeden Augenblick außer Kontrolle zu geraten. Ständige Korrekturen des Schubvektors, um das Schiff mit seiner Schubleistung stets auf die genaue Mitte der Masse auszurichten, hatten ihm besonders während der siebenstündigen Beschleunigungsphase, die zum Erreichen der Reisegeschwindigkeit von zweihundert Kilometern pro Sekunde erforderlich war, zu Magendrücken und durchgeschwitzter Kleidung verholfen.

»Was ist los, Onkel Don?« fragte Lisa, als sie den schmerzlichen Ausdruck in seinem Gesicht sah.

»Nichts Ernstes, Kind. Es ist bloß das Nachlassen der Anspannung, diese Ladung Eisen zu schieben.«

»Du solltest es nicht tun, wenn es dich krank macht.«

Don lachte humorlos. »Ich hatte keine andere Wahl, liebes Kind.«

Und das war die nüchterne Wahrheit. Rückblickend war ihm klar, daß er seinen Fehler vor sechs Monaten gemacht hatte, als er um einen Termin bei Admiral Liu Tsen gebeten hatte, um die Erlaubnis zur Rückkehr nach Ceres zu erwirken.

»Sie wollen uns verlassen?« hatte der Admiral ihn gefragt und sein gesundes Auge starr auf Bailey gerichtet.

»Ja, Sir. Die Nachricht ist draußen, also gibt es keinen Grund mehr, mich hier festzuhalten. Je eher ich wieder das tun kann, worauf ich mich am besten verstehe, desto besser. Die nächste Hypothekenzahlung ist nicht mehr so fern.«

»Vielleicht kann ich Ihnen behilflich sein, Mr. Bailey. Ihr Schiff ist von der Calverton-Werft, Modell VII, nicht wahr?«

Bailey grunzte zustimmend. Das Gespräch nahm eine Richtung, die ihm nicht gefiel.

»Calverton baute gute Schiffe, bevor sie bankrott ging. Und ziemlich stark, glaube ich.«

Bailey nickte. »Natürlich nicht mit den großen Schleppern zu vergleichen, aber sie hat Beine. Würde andernfalls nicht kosteneffektiv sein. Die Zahl der Treffer, die ein Schiff während seines Arbeitslebens erzielt, ist abhängig von der Zahl der Objekte, die es überprüfen kann. Dazu sind schnelle, hyperbolische Flugbahnen nötig.«

»Und kurze Urlaubszeiten?«

»Und kurze Urlaubszeiten«, bestätigte Bailey. »Diese ist bereits dreimal länger, als ich sie mir leisten kann. Bis ich nach Ceres zurückkomme, werde ich annähernd ein Jahr meines Lebens verloren haben.«

»Ich verstehe Ihr Problem und glaube, daß ich Ihnen helfen kann, es zu lösen. Ich würde Ihr Schiff gern chartern, Mr. Bailey. Wir sind knapp an Transportmitteln, besonders während der ersten sechs Monate nach Ankunft der Sonde. Ihr Schiff könnte mithelfen, die Situation zu entspannen.«

»Ich, ein Lastwagenfahrer? Nein, danke, Admiral.«

»Wir machen Ihnen ein gutes Angebot, das es Ihnen erlauben wird, Ihren Zahlungsverpflichtungen nachzukommen und außerdem einen hübschen Gewinn zu machen.«

»Sehen Sie, Admiral, ich bin mein eigener Herr, und das gefällt mir.«

»Wir könnten Ihr Schiff jederzeit beschlagnahmen, Mr. Bailey.«

»Das ist Erpressung!«

Liu Tsen nickte. »Manche Leute würden es so nennen.«

Bailey blickte ihm ins Auge, und schließlich schluckte er und sagte: »Admiral, hat Ihnen schon mal jemand gesagt, daß Sie ein absoluter Scheißkerl sind?«

Liu Tsen warf den Kopf zurück und lachte. »Mr. Bailey, wie, meinen Sie, wäre ich sonst Admiral geworden?«

Und so war Don Bailey dazu gekommen, im Frachtverkehr Ladungen zu transportieren.

»Ich bin fertig, Onkel Don«, sagte Lisa, nachdem sie die Annäherungsdaten verglichen hatte.

»Gut, dann fang mit deiner Startzählung an. Laß eine Hand auf dem Steuerknüppel, damit du für den Fall, daß der Autopilot versagen sollte, bereit bist. Wie lange willst du die Zündung einschalten?«

»Zwölf Sekunden.«

»Dann gib acht auf die Reichweite. Sieh zu, daß gut gedrosselt ist. Wir wollen niemanden mit unserem Plasmastrahl rösten. Nun halte dich bereit ... fünf ... vier ... drei ... zwei ... eins ... los!«

Das Triebwerk zündete, und eine sanfte Hand drückte sie in die Beschleunigungssitze. Zwölf Sekunden später waren sie stationär in bezug auf die Ansammlung von Gerümpel, das um die *Graf Bernadotte* im Raum trieb.

Das Entladen der Fracht von Stahlträgern war für einen Mann im Schutzanzug eine Sache von zwanzig Minuten. Bailey schwitzte in der heißen Sonne und grunzte gelegentlich vor Anstrengung, als er die Schäkel am Schubrahmen löste. Als er damit fertig war, stemmte er die Stiefel gegen die Bugverkleidung des Schiffes und den Rücken gegen die dicke Platte, die an die Träger punktgeschweißt war. Er spannte seine Kräfte an und drückte die Beine durch. Die Träger waren zwar schwerelos, hatten aber ein beträchtliches Trägheitsmoment. Es kostete ihn eine Anstrengung von sechzig Sekunden, um eine erkennbare Bewegung in Gang zu setzen.

Dann richtete er sich auf und ließ den Geist Sir Isaac Newtons und seines Ersten Bewegungsgesetzes die Arbeit der Trennung der Ladung von seinem Schiff vollenden. Als er sich mitschiffs in die Schleuse gezogen, den Anzug abgelegt hatte und an seinen Platz zurückgekehrt war, betrug die Distanz der *Liars Luck* von ihrer Ladung bereits zwei Meter und vergrößerte sich langsam.

»Zeit, nach Haus zu gehen«, sagte Bailey.

Es dauerte eine halbe Stunde, bis er die *Liars Luck* langsam durch die Masse der Schiffe zu der ihr zugewiesenen Position in der Flotte manövriert hatte. Weitere zwanzig Minuten nahmen die Vorbereitungen zur Positionssicherung in Anspruch – die Prüfung und Einstellung der selbsttätigen Steuerimpulse, die das Schiff an seinem Platz im Verband halten würden. Dann mußten die Energie des Masseumwandlers abgesenkt und die Notschaltung überprüft werden, die bei einem Systemausfall das Magnetfeld um die I-Masse aufrechterhielt.

Als alles getan war und Bailey und Lisa ihre persönlichen Habseligkeiten eingepackt hatten, gab es einen sanften Stoß an die Bordwand, unmittelbar gefolgt vom Geräusch der Düsen, die das Abdriften kompensierten.

»Das Taxi ist da, Onkel Don.«

Bailey nickte. »Und keinen Augenblick zu früh. Ich schmecke schon das erste kalte Bier in der Bordkantine!«

Sie zogen sich durch den zentralen Gang zur Luftschleuse und öffneten sie. Anstelle des ergrauten Bootsmanns, der den Taxidienst der Flotte besorgte, sah Bailey sich jedoch einem Marineunteroffizier in einem Schutzanzug gegenüber. Hinter ihm, eingerahmt von vier offenen Schleusentüren, die in ein beträchtlich größeres Schiff als ein Taxi führten, standen zwei ähnlich gekleidete Marinesoldaten mit Maschinenpistolen im Hüftanschlag.

»Donald Bailey?« fragte der Unteroffizier. Seine Stimme drang blechern aus dem Helmlautsprecher.

Bailey nickte.

»Ich habe einen Haftbefehl für Sie. Bitte kommen Sie mit.«

Zum erstenmal seit Tagen hatte Erich Stessl Gelegenheit, in der Turnhalle der *Bernadotte* etwas gegen den Muskelschwund zu tun. Nachdem Danziger zur *Gottmann* zurückgebracht worden war, um dort zu warten, hatte Admiral Liu Tsen annähernd drei Stunden mit der Abfassung eines Berichts verbracht, der in seinem persönlichen Code dem UN-Hauptquartier zugeleitet wurde.

Zwölf Stunden später hatte er eine verschlüsselte Antwort erhalten, und Stessl wurde in die Admiralskajüte gerufen.

»Wir haben Probleme, Major«, sagte Liu Tsen, sobald Stessl sich gesetzt hatte. »Im Hauptquartier hat man die gleichen Gerüchte gehört, die Danzigers Gewährsmann meldete, aber weniger detailliert. Sie machen sich jetzt Sorgen, daß die Panafrikaner eine illegale Kriegsflotte aufbauen könnten. Unglücklicherweise gibt es noch keinen Beweis, daß sie etwas Unrechtes getan haben, und darum können wir nicht offiziell gegen die Panafrikaner vorgehen. Wir können nicht einmal eine Alarmstufe auslösen, ohne den Anschein zu erwecken, wir hegten einen Groll gegen sie, weil sie gegen den freundschaftlichen Empfang der Sonde stimmten.

Meine Botschaft an Generaladmiral Maxwell bewirkte immerhin gewiß, daß er anfing, sich Sorgen zu machen, und Teile der Flotte ohne viel Aufhebens in Positionen zurückzog, wo sie eine Postenkette zum Schutz der Erde gegen Angriffe aus dem Raum bilden. Gleichzeitig wird sich das Direktorat darauf konzentrieren, die geheime Basis der Panafrikaner ausfindig zu machen. Das ist eine gute Nachricht für alle bis auf uns. Wir sind viel zu weit von der Erde entfernt, um von den Maßnahmen zu profitieren. Tatsächlich werden wir durch sie geschwächt. Die *Cape of Good Hope* ist bereits für den Dienst in der Postenkette abgezogen worden.«

Stessl schüttelte den Kopf. »Danziger sagte, die Sonde stehe im Brennpunkt aller Vorgänge. Man sollte die Flotte hier zusammenziehen, nicht zu Hause.«

»Das Risiko können sie nicht eingehen. Wir werden selbst für unseren Schutz sorgen müssen – und den der Sonde.«

»Wie sollen wir das anfangen?«

»Wir haben *Gottmann*.«

Stessl schnaubte. »*Gottmann* ist nur ein leichter Zerstörer. Würde in einem wirklichen Gefecht keine zehn Minuten überdauern.«

»Richtig. Darum werden wir auch die Bewaffnung der *Graf Bernadotte* reaktivieren. Was haben Sie, Major? Gefällt Ihnen die Idee nicht?«

»Das ist es nicht, Sir. Ich gebe gern zu, daß man heute nicht mehr so massiv baut wie damals, als *Bernadotte* aus der Werft kam. Aber wir wissen nicht, in welchem Zustand die Waffen sind. Die Gefechtsstände sind versiegelt geblieben, seit wir an Bord kamen. Seit annähernd fünfzig Jahren ist niemand in einem gewesen.«

Der Admiral nickte. »Das ist richtig. Aber ich habe mir die Unterlagen angesehen. *Bernadotte* wurde während einer der periodischen Debatten über zu hohe Ausgaben für das Militär eingemottet, die in den 20er Jahren immer wieder aufkamen. Und ich stellte fest, daß das Schiff gerade überholt worden war, als es außer Dienst gestellt wurde.«

»Das erklärt, warum alles so blitzsauber war, als wir an Bord kamen.«

»Sorgen Sie dafür, daß das Schiff in Gefechtsbereitschaft gebracht wird«, sagte Liu Tsen. »In zwei Wochen werden wir Munition und Personal bekommen. Unglücklicherweise könnte das zu spät sein. Also werden wir in der Zwischenzeit Männer und Material von *Ziol-*

kowskij stehlen, bevor sie auf Heimatkurs geht. Bis das Hauptquartier davon erfährt, wird es zu spät sein, um etwas dagegen zu tun. Ich möchte, daß die Gefechtsbereitschaft der *Bernadotte* in längstens sieben Tagen hergestellt ist.«

Stessl stieß die Luft aus. »Das ist ziemlich viel verlangt, Sir. Was ist mit Botschafter Boswani und Oberst M'Buto?«

»Was soll mit ihnen sein?«

»Wenn sie einen Angriff planen, wird all diese Aktivität ihnen verraten, daß wir ihnen auf die Schliche gekommen sind.«

»Das hat Yahayas Verhaftung bereits getan. Wir werden sie einfach irgendwie verunsichern müssen. Fangen Sie damit an, daß Sie das Gefechtsdeck für Besucher sperren. Wenn jemand fragt, sagen Sie, daß wir das Schiff zu einem permanenten Hauptquartier für die Überholung der Sonde umbauen. Inzwischen werden wir die ganze Delegation kaltstellen. Glücklicherweise ist die Entscheidung, die Verhandlungen an Bord der *Concordia* zu verlegen, genau das Richtige für uns ...«

Stessl stemmte eine übergroße Hantel und grunzte unter der Anstrengung. Er hatte Tage hektischer Aktivität hinter sich. Die Mannschaft, die *Graf Bernadotte* für das Projekt Adler hergerichtet hatte, war von der Vorgabe ausgegangen, daß der Vertrag zur Abrüstung im Weltraum buchstabengetreu befolgt werden müsse. Jeder Gefechtsstand, jede Drehlafette für Laser, Raketen und Schnellfeuerkanonen und sogar die Feuerleitzentrale waren versiegelt worden, indem man die Zugangsluken an die Rahmen geschweißt und die Zahnkränze durch eingeschweißte Keile blockiert hatte. Das alte Kampfschiff war so konstruiert, daß jeder Gefechtsstand eine abgeschlossene, gepanzerte Einheit mit eigenem Zielgerät bildete, um eine unabhängige Gefechtsführung auch dann zu gewährleisten, wenn das Schiff durchlöchert oder teilweise zerstört und die Feuerleitzentrale ausgefallen war. Das Öffnen der Panzerluken und die Entfernung der Blockierungen erforderte stundenlange Präzisionsarbeit mit feinen Schneidbrennern.

Sobald die Gefechtsstände geöffnet waren, mußten die alten Systeme überprüft, die Energieversorgung gesichert und nötige Reparaturen ausgeführt werden. Jahrzehntelanger Beschuß durch kosmische Strahlung hatte die Elektronik der Feuerleitsysteme ruiniert und ihre angeblich permanenten Programmschaltungen unbrauchbar gemacht. Jedes derartige Problem bedeutete stundenlanges Suchen in alten Unterlagen, um die technischen Anleitungen der jeweiligen Ausrüstungen wiederzufinden, und weitere Stunden, um einen Arbeitsplan zu entwickeln und zu verwirklichen.

Die Folge von alledem war, daß Stessls Arbeitstrupps in drei Nächten weniger als acht Stunden Schlaf bekommen hatten. Und trotz dieser Anstrengungen hatten sie nur etwa ein Viertel der Laserbatterien des Schiffes einsatzfähig gemacht und noch nicht einmal angefangen, die Raketen der Ziolkowskij an die veralteten Abschußgeräte der *Bernadotte* anzupassen.

»Erich!«

Breas Stimme hallte durch den Raum. Langsam ließ Stessl die Spannung an dem Federsystem zurückgehen, die als Ersatz für das tote Gewicht der Hantel diente. Er richtete sich von der gepolsterten Bank auf und wartete. Sie war offensichtlich erregt, und der Grund war nicht schwer zu erraten. Tatsächlich hatte Stessl diesen Augenblick seit Tagen gefürchtet.

Er machte ihr Platz auf der Bank. Sie setzte sich, und er legte die Arme um sie. Sie barg das Gesicht an seiner Schulter und begann zu schluchzen, als er sie leicht auf die Stirn küßte. »Was ist passiert?« fragte er, obwohl er wußte, was die Antwort sein würde.

»Lisa erzählte mir eben, daß Don verhaftet worden ist!«

»Ja, ich weiß«, sagte er so ruhig und freundlich, wie er konnte.

Es war, als hätte sie ein elektrischer Schlag getroffen. Ihr Kopf fuhr hoch, und sie sah ihm mit schreckgeweiteten Augen ins Gesicht. »Du *weißt* es?«

»Ich war anwesend, als der Admiral den Befehl erteilte.«

»Aber warum, um Himmels willen?«

»Die Anklage lautet auf versuchten Einbruch und Verstoß gegen Sicherheitsvorschriften. Wir glauben, daß Don an dem Versuch beteiligt war, in die Nachrichtenzentrale einzudringen.«

»Aber dafür habt ihr doch Angai Yahaya festgenommen!«

»Wir haben Grund zu der Annahme, daß sie den Einbruchsversuch gemeinsam unternahmen.«

»Das ist lächerlich!«

»Meinst du? Warum erwähnte dann keiner der beiden, daß sie einander schon vor Dons Dienstverpflichtung für das Projekt Adler getroffen hatten?«

»Weil sie sich nie gesehen hatten!«

»Wir haben den fotografischen Beweis, daß sie im vergangenen Herbst zusammen in der Bar der Station *Galilei* tranken.«

Brea war plötzlich still. Sie biß sich auf die Unterlippe, um ihre Gefühle unter Kontrolle zu bringen. Schließlich blickte sie zu ihm auf und sah erst jetzt das rote Gesicht und die Schweißtropfen, die seine Anstrengungen ihm auf die Stirn getrieben hatten.

»Ich glaube es nicht«, sagte sie. »Aber selbst wenn du es glaubst, beweist das überhaupt nichts. Natürlich war Don damals in der Station *Galilei.* Er arrangierte die Überholung unseres Schiffes. Wenn er dort Yahaya über den Weg lief, dann ist es nur natürlich, daß die beiden zusammen ein Glas tranken. Schließlich stammen sie beide aus Südafrika.«

»Es ist nicht wahrscheinlich, daß Yahaya ihm einen

Zahlungsbeleg aushändigen würde, wenn er nur eine Zufallsbekanntschaft war, nicht?«

»Einen Zahlungsbeleg?«

Stessl nickte. »Wir glauben, daß Don eine nicht registrierte I-Masse aus dem Gürtel zur Aufladung zu einer der Lagrange-Energiestationen schmuggelte.«

Brea löste sich mit einem Ruck aus seiner Umarmung. In ihrem Ausdruck war etwas, das er nicht näher bestimmen konnte. Er vermutete, daß es eine Mischung von Furcht und Trotz war. »Dann beschuldigt ihr ihn auch des Schmuggels?«

Er schüttelte den Kopf. »Kein Beweis.«

Sie holte tief Luft, schien ihre Worte sorgfältig zu überlegen. »Natürlich ist dir klar, daß Don unmöglich eine I-Masse an Bord unseres Schiffes geschmuggelt haben konnte, ohne daß ich davon wußte.«

Stessl nickte.

»Warum habt ihr mich dann nicht verhaftet?«

»Ich sagte es dir – kein Beweis.«

»Ist das dein Ernst? Glaubst du wirklich, Don und ich hätten geschmuggelt?«

»Habt ihr es nicht getan?« fragte er zurück. Seit er die Implikationen von Danzigers Anschuldigungen erkannt hatte, war in seinem Magen ein schmerzender Knoten gewachsen. In den letzten paar Minuten hatte sich der Knoten durch seinen ganzen Leib ausgebreitet.

»Würdest du mir glauben, wenn ich es verneinte?«

»Vielleicht.«

»Nun, tue dir keinen Zwang an, Major Stessl. Ich bestehe auf meinen Rechten als nordamerikanische Bürgerin. Wenn du glaubst, du hättest Beweise für eine Missetat meinerseits, fordere ich dich auf, deine Pflicht zu tun und mich zu verhaften.«

Sie saßen einander starr gegenüber, beide schwer atmend, die Blicke ineinandergebohrt. So verharrten sie annähernd dreißig Sekunden.

»Ich hoffe, du verstehst etwas, Brea. Sollte ich den

Beweis finden, werde ich dich verhaften. Es wird mir nicht gefallen, und ich werde danach nicht gut schlafen, aber ich werde es tun. Es ist meine Pflicht.«

Das Klatschen einer flachen Hand auf einer Wange hallte durch den Raum. Er blieb steif sitzen und sah ihr nach, wie sie schluchzend hinauslief. Erst als der helle Klang ihrer eiligen Schritte auf dem Stahldeck nicht mehr zu hören war, hob er die Finger zu dem roten Handabdruck, der sich auf seiner Wange bildete.

25

Die Zwillingseinheiten, die Lebenssonde 53 935 ausmachten, warteten geduldig, daß ihre Gastgeber sich für ernsthafte Verhandlungen organisierten. Das Surrogat verbrachte die Zeit damit, Augusta Meriweather und andere ausgewählte Menschen zu interviewen. Die Sonde überwachte diese Diskussionen, obwohl sie Menschen individuell so unverständlich fand wie in der Masse. Sie bemerkte jedoch eine Veränderung im Surrogat. Ihres Sprößlings Verständnis der Zweifüßler von Sol III wuchs mit jedem Gespräch.

Während das Surrogat seine Ausbildung und sein Wissen förderte, richtete die Sonde ihre Aufmerksamkeit größtenteils auf die Beobachtung der umgebenden Flotte. Sie vermerkte das Kommen und Gehen der kleinen Arbeitsfahrzeuge mit der gleichen Aufmerksamkeit, die sie den großen interplanetarischen Schiffen widmete. Sie registrierte das aufgeregte Hin und Her individueller Menschen in Schutzanzügen, die ihre verschiedenen orbitalen Konstruktionsprojekte vorantrieben. Sie sah das grelle bläulichweiße Licht der Schweißgeräte, lauschte dem ständigen Geplapper auf den Kommunikationsfrequenzen der Arbeiter, fühlte mit ihrer Oberfläche den ständigen Beschuß durch schnelle Sauerstoff- und Stickstoffmoleküle. Diese letzteren waren das Ergebnis von Ausgasungen der menschlichen Raumfahrzeuge, die, gemessen an den Standards der Schöpfer, Siebe waren.

Mit besonderem Interesse verzeichnete sie die Ankunft der Verhandlungsdelegation der Vereinten Nationen an Bord der *Konstantin Ziolkowskij*. Gleichzeitig lauschte sie dem Informationsaustausch zwischen Erich

Stessl und dem Kapitän der *Asgard* und richtete ihre Teleskope auf das entfernte Passagierschiff. Dunkle, menschenähnliche Schatten bewegten sich hinter den beleuchteten Bullaugen auf dem Promenadendeck. Später überlegte die Sonde, welche Bewandtnis es mit der plötzlichen Abreise des Kreuzers *Cape of Good Hope* und später der *Ziolkowskij* haben mochte. Sie registrierte ähnliche Manöver einer Anzahl anderer UN-Kriegsschiffe und dachte über die möglichen Ursachen nach. Und während sie die Menschen und ihr Wirken beobachtete, machte sie selbst eine Metamorphose durch.

Daß die Schöpfer klug konstruiert hatten, war in der Existenz der Sonde immer eine gegebene Tatsache gewesen. Ihre erfolgreiche Reise über tausend Lichtjahre war Beweis genug für die Tüchtigkeit der Schöpfer und die Präzision ihrer Arbeit. Aber das Ende der Reise war eine Art Katalysator gewesen, und erst jetzt entdeckte die Sonde das wahre Ausmaß ihres Könnens.

Während der ganzen Dauer ihrer Existenz war die Sonde ein Geschöpf des interstellaren Raums gewesen und als solches Temperaturen nahe dem absoluten Nullpunkt ausgesetzt. Nun, nur 150 Millionen Kilometer entfernt von einem ziemlich aktiven Stern, waren ihre normalen Kühlungsmethoden unzulänglich. Beim ersten Anstieg der Temperatur waren jedoch die dem Sonnenschein ausgesetzten Teile der Sonde reflektierend geworden. Oberflächen im Schatten wurden perfekt isolierende schwarze Körper, und Mechanismen, die seit der Indienststellung untätig gewesen waren, begannen überschüssige Wärme in eine Serie großer Radiatoren zu leiten.

Kurz nach dem Erreichen des Rendezvouspunktes begann flüssiges Helium aus dem Zentralspeicher des Schöpferwissens tief im Innern der Sonde zu verdampfen. Die Speicher wurden lebendig, und nicht nur hier. Denn tief im Kern der Sonde begraben war ein Duplikatsatz von Instruktionen, wie Jurul sie der Sonde kurz vor dem Start mitgegeben hatte. Verblüfft beobachtete die Sonde, wie sich ganze Reihen neuer Speichereinheiten von selbst ihrem Zugriff öffneten.

Mehrere tausend Sekunden studierte sie das neue Wissen und verglich es mit dem in zehntausend Jahren ihres Fluges erworbenen. Einige der Diskrepanzen waren überraschend. Schließlich wandte sich die Sonde, der Selbstbeschau müde, zum Surrogat. »Wie lange ist es her, seit diese Delegation an Bord der *Bernadotte* kam?«

»Einhundertsechs Stunden, zwanzig Minuten und dreizehn Sekunden sind vergangen, seit ihr Raumfahrzeug andockte«, erwiderte das Surrogat.

»Und sie sind noch immer nicht bereit, mit der Diskussion zu beginnen? Soll ich diese Geschöpfe nie verstehen?«

Das Surrogat überlegte, ob die Frage rhetorisch gemeint sein könnte, bevor es erkannte, daß Rhetorik eine menschliche Schwäche war, die von der Sonde nicht geteilt wurde. »Auch ich finde die Verzögerung schwierig zu verstehen. Ich habe Brea Gallagher danach gefragt, fürchte aber, daß mir das von ihrer Erklärung verkörperte Konzept entgangen ist. Auch schien sie bekümmert und geistesabwesend, und ihre Erklärungen waren nicht so deutlich wie sonst.«

»Sicherlich gab sie dir irgendeinen Hinweis.«

»Sie sagte: ›Sie kommen in Schwung.‹«

»Und was bedeutet es?«

»Es bezieht sich auf die Verarbeitung uns betreffender Daten. Die Delegation zögert, die Verhandlungen zu eröffnen, bevor sie volle Kenntnisse der Umstände hat, denen sie sich gegenübersieht. Sie befürchtet, wir werden ihre Unwissenheit zu unserem Vorteil wenden.«

»Wie können wir sie übervorteilen? Wir sind diejenigen, die gestrandet und unfähig sind, aus dieser Orbitalposition herauszukommen. Unser einziger Verhandlungsvorteil ist die Schnelligkeit, mit der wir ihnen die Daten der Schöpfer übergeben können.«

»Dies alles habe ich Augusta Meriweather erklärt«, erwiderte das Surrogat. »Sie sagt, daß sie verstehe, aber wir müßten geduldig sein.«

»Was ist mit den Unterhändlern? Hast du sie als Individuen studiert?«

»Ich habe alle gespeicherten Hinweise, die von einzelnen Mitgliedern der Delegation sprechen, durch Querverweise in Verbindung gebracht. Sie scheinen eine ungewöhnlich kompetente Gruppe darzustellen. Die größte Akte betrifft den Vorsitzenden, Mr. Malagar. Er blickt auf zwanzig Jahre Tätigkeit im Parlament der Menschen zurück. Die meisten sprechen achtungsvoll von ihm. Viele prophezeien, daß er zum nächsten Generalsekretär gewählt werden wird, wenn der gegenwärtige Amtsinhaber nächstes Jahr zurücktritt. Malagar sprach in der Debatte über die Unterstützung für die Resolution.«

»Und die anderen?«

»Robert Kenzie, der Nordamerikaner, und Jacques Villart, der Europäer, unterstützen die Resolution ebenso wie Admiral Liu Tsen und Augusta Meriweather, welche das Militär und den Regierungsapparat repräsentieren. Mr. Souvantawong, Mrs. Darvi und Mr. Po sind nominell Gegner, da sie gegen die Resolution gestimmt haben, aber alle sprachen nach der Abstimmung, daß sie den Willen der Mehrheit akzeptieren. Unser einziger wirklicher Gegner ist der Panafrikaner, Nicolas Boswani.«

»Der Führer der Opposition?« fragte die Sonde.

»Ja.«

»Dann ist Boswani der Schlüssel zu den Verhandlungen?«

»Ja. Wenn wir ihn umstimmen könnten, sollte die Opposition erlöschen. Zumindest wird sie führerlos sein.«

»Dann wirst du die besten Möglichkeiten, dieses Ziel zu erreichen, in Erwägung ziehen.«

»Ich habe das Problem bereits erwogen.«

»Hast du eine Lösung?«

»Ich habe eine Anzahl möglicher Lösungen. Allerdings fehlt mir noch immer das Verstehen, um zu wissen, welches die richtige ist.«

»Setze deine Bemühungen fort. Wir werden auf eine günstige Gelegenheit warten.«

Die Nacht nach Don Baileys Verhaftung verbrachte Brea Gallagher schlaflos. Ursache war zu gleichen Teilen Sorge um ihren Partner und die Stressreaktion auf ihren Streit mit Erich. Während der langen Stunden wurde sie abwechselnd von Schuldgefühlen und Empörung gepeinigt. Auf der einen Seite machte ihr das Gewissen zu schaffen. Mehrmals beschloß sie, Erich alles zu gestehen. Aber jedesmal wandten ihre Gedanken sich den Folgen zu, die ein Geständnis nach sich ziehen würde. Das einzige, was Don und sie vor einer Verurteilung zu hohen Gefängnisstrafen bewahrte, war das Fehlen schlüssiger Beweise, daß sie eine nicht registrierte Singularität geschmuggelt hatten. Ganz gleich, was die Friedenssicherungsleute argwöhnten, wenn sie es nicht beweisen konnten, würden sie Don schließlich freilassen müssen.

Das Anbrechen des neuen Tages an Bord der *Bernadotte* brachte keine Befreiung aus ihrem Dilemma. Müde kroch sie unter dem zerwühlten Bettzeug hervor, schleppte sich zu dem kleinen Waschbecken, das eine Wand ihrer Kabine schmückte, und hielt ihr Gesicht mit den brennenden Augen unter das kalte Wasser. Es half wenig. Sie trocknete sich das Gesicht und blickte in den Spiegel über dem Becken.

»Wie konntest du nur so dumm gewesen sein! Hättest du dich von Don nicht überreden lassen …« Ihre Stimme klang seltsam in der winzigen Kabine. Sie biß sich auf die Unterlippe, und Tränen hilflosen Zorns brannten ihr in den Augen. Endlich ließ der innere Sturm nach. Sie trocknete sich die Augen und schlüpfte in ihren besten Pullover. Trotz des Umstandes, daß ihr persönliches Leben in Scherben gegangen war, stand ein großer Tag bevor, weil die Delegation zum erstenmal der Sonde begegnen würde.

Brea seufzte bei dem Gedanken an die Streitigkeiten, die in diese erste Verhandlungssitzung zwischen Sonde und Politikern eingegangen waren. Was als eine zweitägige Information und Unterweisung geplant gewesen war, hatte sich zu vier Tagen des Tauziehens und Zankens über Fragen des Vorrangs und Protokolls verwandelt. Zuerst hatte Gidaya Darvi sich beschwert, daß Augusta und Brea viele Fragen des Surrogats beantwortet hatten, ohne jede Frage vorher der Delegation zu unterbreiten. Sie war besorgt, daß eine achtlose Antwort der Sonde eine schlechte Meinung von der Menschheit vermitteln könnte. Zu Breas Überraschung hatte Augusta Meriweather mit Heiterkeit auf Mrs. Darvis Beschwerde reagiert.

»Liebe Mrs. Darvi! Die Sonde hat alle Fernseh- und Radioprogramme gesehen, die in den letzten hundert Jahren ausgestrahlt wurden. Wenn ihr das nicht die Augen über die Menschheit geöffnet und einen schlechten Geschmack im Mund hinterlassen hat, wird nichts dazu imstande sein.«

Als nächstes hatte Rava Souvantawong beanstandet, daß die Verhandlungen überhaupt stattfanden, solange die Wissenschafter noch nicht genug Zeit gehabt hatten, die Sonde zu studieren.

»Wie lange möchten Sie die Verhandlungen verschieben?« fragte Robert Kenzie.

»Bis wir wissen, womit wir es zu tun haben«, erwiderte Souvantawong.

»Ich fürchte, das könnte eine beträchtliche Zeit in Anspruch nehmen«, sagte Enrique Malagar, der Delegationsleiter, in seinem akzentbehafteten Englisch. »Kommen Sie, meine Damen und Herren. Wir sind hier, um mit dieser Maschine über einen Vertrag zu verhandeln. Der Umstand, daß wir mit einem fremden Wesen verhandeln, macht das Prinzip des Verhandelns nicht von vornherein ungültig. Und wenn den Unvorsichtigen Fallen gestellt worden sind, so haben wir, die um diesen Tisch sitzen, sicherlich genug Erfahrung, um ihnen auszuweichen.«

Augusta Meriweather nickte. »Wir müssen anfangen. Sie haben alle die Berichte gesehen. Diese Überholung wird die Fähigkeiten unserer Raumfahrtindustrie bis zu den Grenzen ihrer Möglichkeiten beanspruchen. Ich bezweifle, daß ich zu meinen Lebzeiten die Sonde auf dem Weg nach Prokyon sehen werde, aber ich würde sehr gern noch erleben, wie die Überholung in Angriff genommen wird.«

Kenzie schmunzelte. »Kokettieren Sie nicht immer mit Ihrem Alter, Mrs. Meriweather.«

»Ich werde sogar darauf pochen müssen, wenn das Tempo unserer Arbeit nicht bald an Schwungkraft gewinnt.«

Während dieser Vorgespräche saß Nicolas Boswani schweigend und beobachtete seine Kollegen.

Zu ihrem ersten Interview mit dem Surrogat versammelte sich die Delegation in einem umgebauten Frachter, der eigens für den Zweck ausgestattet und auf den Namen *Concordia* getauft worden war. Neben einem zentralen Konferenzraum, wo jedes Delegationsmitglied über einen vollständigen Datenanschluß verfügte, war der Frachter mit geräumigen Besprechungszimmern, einer erstklassigen Küche und allen Ablenkungs- und Unterhaltungsmöglichkeiten ausgestattet, die Admiral Liu Tsen innerhalb der kurzen zur Verfügung stehenden Zeit hatte beschaffen können. Es war sein Plan gewesen, die Verhandlungen auf das Konferenzschiff zu verlagern und die Unterhändler zu ermuntern, so viel Zeit wie möglich dort zu verbringen.

Die offizielle Erklärung, daß die Verlegung vom Flaggschiff zum Konferenzschiff lange geplant gewesen sei, war richtig. Liu Tsen hatte den Umbau des Frachters ungefähr zur gleichen Zeit befohlen, als die *Graf Bernadotte* am Rendezvouspunkt eingetroffen war. Daß die Umsiedlung der Delegation die *Bernadotte* für Kampfhandlungen freimachen würde, sollte die Notwendigkeit entstehen, war mehr als ein zweitrangiger Vorteil. Die Entfernung der Delegation und ihrer Zuarbeiter von Bord der *Bernadotte* verbarg den Umfang der Wiederbewaffnung des alten Kampfschiffes und verhütete peinliche Fragen, wenn die Notwendigkeit bestand, die Rotation des Schiffes für bestimmte Arbeiten anzuhalten.

Die acht Mitglieder der Delegation – Enrique Malagar, Robert Kenzie, Rava Souantawong, Jacques Villart, Po Dua, Gidaya Darvi, Augusta Meriweather und Liu Tsen selbst – bestiegen das Konferenzschiff und nahmen um den runden Tisch Platz. Jedes Delegationsmitglied war von einem Assistenten begleitet. Admiral Liu Tsen hatte zu diesem Zweck Elsbeth Crocker ausgewählt, da Erich Stessl die Wiederbewaffnungsanstrengungen der *Graf Bernadotte* überwachte. Brea saß am äußeren Ring von Tischen, der den runden Konferenztisch umgab, neben Elsbeth Crocker. Während die Delegierten sich auf ihren Plätzen einrichteten, plauderten sie miteinander. Als Admiral Liu Tsen Elsbeth zu sich winkte, blickte Brea im Raum umher und begegnete Oberst M'Butos Blick. Sie musterten einander einen Augenblick lang, bis er wegsah.

In diesem ersten Augenblick unvorsichtigen Kontakts hatte sie in M'Butos Gesichtsausdruck etwas gesehen, was sie bis dahin nur einmal beobachtet hatte. Als sie zwölf gewesen war, hatte ihr Onkel sie eingeladen, den Sommer auf seiner Farm in Saskatchewan zu verbringen. Eine Woche nach ihrer Ankunft veranstaltete er ein Grillfest für seine Nachbarn und schlachtete zu diesem Anlaß ein Stierkalb, um es am Spieß zu braten. Brea hatte die Anweisungen ihres Onkels mißachtet und ein Versteck in der Scheune gefunden, wo sie alles beobachten konnte. Das unglückliche Tier war zu zwei schweren Pfosten geführt und der Kopf zwischen sie geschoben worden, während es vor Angst geblökt hatte. Zwei Helfer hatten unter dem Kopf des Tieres einen Querbalken zwischen die Pfosten geschoben, um das Stierkalb in Position zu halten, bis ihr Onkel mit einem Vorschlaghammer ausgeholt und ihm den Schädel eingeschlagen hatte. Überraschenderweise war es nicht das Töten gewesen, das den stärksten Eindruck auf sie gemacht hatte, sondern der Gesichtsausdruck ihres Onkels. Augenblicke bevor der Vorschlaghammer niedergesaust war, hatte ihr Onkel das Tier mit einem nachdenklichen Ausdruck angesehen, als wollte er ihm sagen: »Tut mir leid, Kleiner, aber man muß essen.«

»Sind alle bereit?« fragte der Delegationsleiter und blickte in die Runde. Allgemeines Kopfnicken antwortete ihm. Er aktivierte den Mechanismus, der einen großen holographischen Projektionswürfel von oben herab auf die Mitte des Konferenztisches senkte. Im Würfel erschien die Hologrammprojektion des Surrogats in Gestalt des freundlichen Großvaters/Diplomaten, der durch nichts aus der Ruhe zu bringen ist.

Augusta Meriweather ergriff als erste das Wort. »Surrogat, ich möchte die Mitglieder der Delegation der Generalversammlung der Vereinten Nationen vorstellen. Zu meiner Linken ist der Hochwohlgeborene Enrique José Malagar, Leiter der Delegation ...« Die Projektion des Surrogats wandte sich von einem zum anderen und folgte so den Vorstellungen. Bei jeder Vorstellung stellte es ein paar persönliche Fragen, erkundigte sich nach der Gesundheit der Ehefrauen, Ehemänner oder Kinder. Im Falle von Po Dua wußte es sogar den Namen des Hundes, den der Diplomat besaß. Bei einem Menschen wäre das Interesse als bloße leere Höflichkeit abgetan worden, doch da es von der Sonde kam, war die Wirkung elektrisierend. Alle Anwesenden begannen die Macht und Leistungsfähigkeit des Computers zu erkennen, der hinter dem Hologramm stand.

Augusta Meriweathers Vorstellungen gingen um den Tisch zu Botschafter Boswani.

»... und der ehrenwerte Nicolas Gladstone Boswani, Botschafter der Föderation Panafrikanischer Staaten.«

Das Double des Surrogats lächelte und hielt dabei beide Hände vertikal vor sich in einem Abstand, daß sie sein Gesicht einrahmten. Es war eine rein afrikanische Geste. »Ich bin geehrt, den Krieger kennenzulernen, der während der letzten Debatte der Vollversammlung so geschickt für seine Überzeugungen kämpfte«, sagte er in Xhosa. Dann ging er ins Englische über und fuhr fort: »Ich respektiere den Standpunkt des Botschafters und hoffe zu beweisen, daß meine Freundschaft allen Bewohnern der Erde gilt.«

»Dann sind unsere Differenzen vielleicht nicht so wesentlich, wie ich gedacht hatte«, antwortete Boswani unverbindlich.

Als die Vorstellungen beendet waren, nickte Mrs. Meriweather dem Delegationsleiter zu, der sich räusperte und sagte: »Ich möchte diese Konferenz mit einer formalen Erklärung unserer Ziele beginnen.« Er streckte die Hand zur Konsole aus und rief den Text seiner vorbereiteten Rede über den Bildschirm vor sich ab.

Das Double des Surrogats brachte es fertig, besorgt auszusehen.

»Ist etwas nicht in Ordnung?« fragte Mrs. Meriweather.

»Eine Frage an den Delegationsleiter«, sagte das Surrogat.

Malagar blickte von seinem Bildschirm auf. »Wie?«

»Ist Ihre Erklärung sehr umfangreich, Mr. Malagar?«

»Eine Stunde oder so.«

»Dann möchte ich einen Vorschlag machen«, sagte das Surrogat. »Es soll keine Mißachtung sein, wenn ich Ihnen sage, daß meine Denkprozesse sehr viel schneller ablaufen als die Ihren. Zum Beispiel hat die Vorstellung für meine Begriffe bereits einen Zeitraum in Anspruch genommen, der mehreren Ihrer Tage entspricht. Ich schlage vor, daß Sie den Text Ihrer Botschaft direkt mit hoher Geschwindigkeit senden, damit die Sonde und ich sie in Ruhe studieren können. Inzwischen können Sie und Ihre Kollegen wertvolle Zeit sparen, indem Sie zusammenfassen, was Sie hatten sagen wollen.«

Mehrere Muskeln zuckten in Malagars Gesicht. »Ich bin in meinen Verhandlungen nicht gern nachlässig, Surrogat.«

Die Gestalt im Hologramm hob die Hände in einer Geste der Resignation. »Wir auch nicht, Mr. Malagar. Ich hatte nur gehofft, die Vergeudung der kostbaren Zeit dieser Delegation zu vermeiden. Ich ziehe den Vorschlag zurück. Fahren Sie fort, wie es Ihnen beliebt.«

»Nein, Ihr Vorschlag ist ausgezeichnet. Ich muß mich bemühen, daran zu denken, wer und was Sie sind.« Er bediente die Tastatur, und ein paar Sekunden später signalisierte der Bildschirm ÜBERTRAGUNG ABGESCHLOSSEN.

Malagar wandte sich wieder dem Hologramm in der Mitte des Konferenztisches zu, machte es sich in seinem hochlehnigen Stuhl bequem und begann zu sprechen: »Wie ich es sehe, ist unser Zweck hier weniger das Aushandeln eines Abkommens als die Formulierung eines Rechtsvertrages. Stimmen Sie mir zu?«

»Ja.«

»Ein Vertrag sollte die Rechte, Verantwortlichkeiten und Pflichten aller Beteiligten genau festlegen, um einen geeigneten Handlungsrahmen abzugeben.«

»Ganz gewiß«, sagte das Surrogat.

»Dann stelle ich hiermit unser Verständnis vom Zweck dieser Verhandlungen fest.« Malagar blickte auf seinen Bildschirm und begann die Zusammenfassung abzulesen, die in leuchtend grünen Buchstaben vor ihm erschien.

»Erstens: Es ist unsere Absicht, einen Vertrag zur Überholung, Reparatur, Neuausrüstung und Treibstoffversorgung der als ›Die Sonde‹ bekannten Maschine zu schließen.

Zweitens: Daß die Organisation der Vereinten Nationen nach dem mit der vorerwähnten Sonde geschlossenen Vertrag und dessen Ratifizierung durch eine Mehrheit der Vollversammlung und seine Billigung durch den Generalsekretär alles erforderliche Personal, Material, Labor- und Produktionseinrichtungen sowie Transportmittel bereitstellen wird, die notwendig sind, um die Vertragsbedingungen zu erfüllen. Besagte Ressourcen sind in solchen Mengen bereitzustellen, daß die Fertigstellung der Überholungsarbeiten in der effizientesten Art und Weise gewährleistet ist, aber nicht in dem Ausmaß, daß die gesamte Wirtschaft der Erde oder eines Mitgliedsstaates der Vereinten Nationen geschädigt würde.

Drittens: Im Austausch für besagte Überholung wird die als ›Die Sonde‹ bekannte Einheit den Vereinten Nationen Aufzeichnungen aller fortgeschrittenen wissenschaftlichen Erkenntnisse, die sie besitzt, zur Verfügung stellen.« Malagar blickte von seinem Bildschirm auf. »Es folgen noch mehrere Punkte. Soll ich fortfahren?«

»Es ist nicht erforderlich, Mr. Malagar. Die Sonde und ich haben den gesamten Text eingehend studiert. Wir befinden uns mit der Mehrzahl der Bedingungen in völliger Übereinstimmung. Unsere einzige Schwierigkeit betrifft einiges von dem, was Sie als das Kleingedruckte bezeichnen.«

»Mr. Malagar!«

»Bitte sprechen Sie, Mr. Kenzie.«

Kenzie wandte sich dem Hologramm zu. »Der Vertragstext sagt, *alle* fortgeschrittenen wissenschaftlichen Erkenntnisse, verstehen Sie das, Surrogat?«

»Natürlich. Es ist ganz offen ausgesprochen.«

»Ich möchte nicht auf dem Punkt herumreiten, aber ich werde immer mißtrauisch, wenn jemand nicht um den Preis feilscht. Warum sind Sie so großzügig?«

»Großzügig?«

»Es sollte offensichtlich sein, daß Sie Ihre Überholung auch im Austausch für nur einen kleinen Prozentsatz des Wissens haben könnten, das Sie in Ihren Datenspeichern mit sich führen.«

»Ja, natürlich.«

»Warum lassen Sie dann zu, daß wir Sie so ausnehmen? Könnte es sein, daß Ihnen der Preis gleichgültig ist, weil Sie nicht die Absicht haben, überhaupt zu bezahlen?«

Die Projektion des Surrogats brachte einen Ausdruck verletzter Unschuld zustande. »Ich habe keinen Grund, Sie zu betrügen, Vizebotschafter Kenzie. Im Gegenteil, ich würde Ihnen alles in meinem Besitz befindliche Wissen der Schöpfer geben, ob Sie danach fragten oder nicht. Und nicht nur das Wissen der Schöpfer. Die Sonde ist das Archiv des vereinten Wissens von annähernd tausend intelligenten Spezies.«

»Ich glaube, der Botschafter möchte mit seinem Einwand sagen«, erklärte Malagar in einem Versuch, die Kontrolle über den Gang der Verhandlung zurückzugewinnen, »daß das Angebot überraschend uneigennützig und großzügig erscheint.«

»Es ist weder großzügig noch knauserig. Es entspricht den Wünschen der Schöpfer. Lassen Sie mich erklären.

Bevor Sie in einer Überholung von Nutzen sein können, werden Sie vieles lernen müssen. Stellen Sie sich das Dilemma eines Menschen vor, der gezwungen ist, im England William Shakespeares ein Raumfahrzeug zu konstruieren, das von einer Singularität angetrieben wird. Selbst wenn er Zugang zu all Ihren gegenwärtigen wissenschaftlichen Erkenntnissen hätte, würde er gezwungen sein, Generationen mit der Verbesserung des gegenwärtigen Standes der Technik zu verbringen, bevor auch nur die einfachste Arbeit des Schiffbaues in Angriff genommen werden könnte.

Wie Sie bemerkt haben, ist das technologische Niveau der Schöpfer erheblich höher als das Ihre. Das ist keine Kritik. Die Sonde hat Sie mehr als ein Jahrhundert beobachtet, und Ihre Fortschrittsrate ist überdurchschnittlich gewesen. Mit meiner Hilfe wird sie sich erheblich beschleunigen lassen. Sie werden ungefähr drei Jahrzehnte benötigen, um das Wissen und den Aufbau der industriellen Basis zu erreichen, die als Vorbedingung der Überholung anzusehen sind.

Sie sehen also, daß die Sonde und ich gezwungen sind, Ihnen einen großen Teil vom Wissen der Schöpfer zugänglich zu machen, wenn Sie uns helfen sollen. Zu den ersten Dingen, die Sie lernen werden, gehört der Bau von Gedächtnisspeichern, wie die Schöpfer sie verwenden. Sie werden Ihnen die Möglichkeit geben, die Informationen zu speichern und nutzbar zu machen, die ich Ihnen übergeben werde.

Wenn Sie sich alles angeeignet haben, was Sie für die Überholung wissen müssen, werde ich mit der Übertragung des gesamten Inhalts der Zentralspeicher der Sonde beginnen. Die Übertragungsrate wird auf den Fortschritt bei der Überholung abgestimmt und erst vollständig sein, wenn die Sonde startbereit ist. Und natürlich erwarte ich gleichzeitig den Inhalt Ihrer eigenen großen Archive im Austausch zu erhalten.«

»Das beantwortet noch immer nicht meine Frage«, sagte Kenzie. »Warum sind Sie so begierig, uns mit Geschenken zu überschütten?«

»Sicherlich ist Ihnen klar, Mr. Kenzie, daß ein so komplexer Mechanismus wie die Sonde vielfache Missionsaufgaben hat. Der wichtigste Grund, daß die Schöpfer Lebenssonden konstruierten, war die Suche nach dem Geheimnis des überlichtschnellen Reisens. Mrs. Meriweather wird Ihnen sicherlich berichtet haben, daß die Sonde Hinweise auf eine Spezies entdeckt hat, die das System Prokyon bewohnt und dieses Geheimnis einem widerspenstigen Universum entrissen hat.

Aber die Mission einer Lebenssonde beschränkt sich bei weitem nicht auf die Suche nach überlichtschnellen Schiffen. Die Schöpfer machten ihre Maschinen auch zu Sammlern der wissenschaftlichen Erkenntnisse anderer. Wir sammeln Daten von überall, und die Schöpfer gebrauchen sie als einen Quell neuer Ideen in vielen Bereichen.

Wie aber, wenn etwas in der Denkweise der Schöpfer sie unfähig macht, den entscheidenden Durchbruch in der Erforschung des überlichtschnellen Antriebs zu erzielen? Wir Lebenssonden sind konstruiert, auch dieses Problem zu lösen. Wie die Bienen auf Erden bestäuben die Sonden die verschiedenen Kulturen, mit denen sie in Berührung kommen, mit dem Gedankengut und den Erkenntnissen anderer. Mit der Aussendung ihrer Sonden verfolgen die Schöpfer das Endziel, so viele Intelligenzen wie möglich für die Arbeit an dem Problem zu gewinnen.

Die Schöpfer brauchen den überlichtschnellen Antrieb, und es ist ihnen gleich, wer ihn erfindet. Wenn die Sonde von hier weiterreist, wird sie Prokyon ansteuern, um Verhandlungen zum Erwerb des Geheimnisses zu führen. Aber solch eine Reise ist mit vielen Gefahren verbunden. Schließlich beweist eine einzige Bugwelle, daß überlichtschnelles Reisen möglich ist, aber es ist noch kein schlüssiger Beweis, daß Prokyon der Mittelpunkt solch einer Zivilisation ist. Vielleicht war das Schiff nur auf der Durchreise.

Oder vielleicht wird die Sonde die Reise nicht überleben, oder die denkenden Wesen, welche die Lichtschranke durchbrochen haben, werden nicht bereit sein, das Geheimnis preiszugeben. Oder vielleicht wird die Sonde nicht imstande sein, sie zu überzeugen. daß die lange Reise zur Sonne der Schöpfer lohnend für sie sein könnte. Sollte einer dieser Umstände eintreten, wird die Sonde in ihrer Mission versagt haben.

Um die Erfolgsaussichten zu verbessern, haben die Schöpfer daher vorgesorgt, daß die Forschungsanstrengungen auf möglichst breiter Grundlage vorangetrieben werden. Wenn die Sonde von hier abreist, wird sie eine weitere Spezies zurücklassen, die alle verfügbaren Daten über das Problem besitzt. Die Wissenschaftler und Ingenieure von Sol III werden in die große Anstrengung mit einbezogen sein. Sie werden unfähig sein, sich der Aufgabe zu entziehen. Lange nachdem die Sonde und ich weitergereist sein werden, werden Sie an der Lösung des Problems arbeiten. Sie werden forschen, experimentieren und wieder forschen. Und, wer weiß, vielleicht werden es die Menschen sein, die in hunderttausend Jahren den großen Durchbruch erzielen.

Sollte die Sonde in Prokyon scheitern, könnten Sie vielleicht die letzte und größte Hoffnung der Galaxis sein!«

26

Nachdem das Surrogat geendet hatte, blieb es lange still im Konferenzraum. Brea ließ ihren Blick über die Gesichter der Delegierten schweifen. Sogar Botschafter Boswani schien verlegen. Sie konnte es gut verstehen. Selbst ein hartgesottener Diplomat wie er mußte Schwierigkeiten haben, eine politische Position zu vertreten, die sich der großen Aufgabe verschloß. Doch, wie Don Bailey gern zu sagen pflegte, kann ein Mensch sich von allem überzeugen, wenn er sich genügend darum bemüht. Boswani benötigte nicht lange, um seine Fassung wiederzugewinnen.

»Mr. Malagar.«

»Bitte sprechen Sie, Botschafter.«

»Das Surrogat hat uns heute morgen eine Menge zu denken gegeben. Ich beantrage, daß wir diese Sitzung vertagen und die angeschnittenen Probleme unter uns diskutieren.«

»Ich unterstütze den Antrag, Mr. Malagar«, sagte Gidaya Darvi.

Malagar blickte in die Runde. »Ist jemand dagegen?«

Es gab keine Einwände. Malagar wandte sich dem Hologramm zu, wo die Projektion des Surrogats geduldig wartete.

»Haben Sie Einwände gegen die Unterbrechung dieses Gesprächs, Surrogat?«

»Keine Einwände, wenn es Ihr Wunsch ist, Mr. Malagar. Ich habe jedoch eine Bitte.«

»Lassen Sie hören.«

»Es ist die Erfahrung früherer Lebenssonden gewesen, daß eine Übereinkunft am raschesten erzielt werden kann, wenn zwischen einer Sonde und ihren Gastgebern ein hohes Maß an gegenseitigem Verstehen gegeben ist. Ich möchte um die Gelegenheit bitten, unter vier Augen mit jedem Mitglied dieser Delegation zu sprechen.«

»Zu welchem Zweck?«

»Um jeden von Ihnen persönlich kennenzulernen und Ihnen die gleiche Möglichkeit zu geben.«

Malagar schien unschlüssig. Nach kurzer Pause nickte er. »Ich begrüße solche zwanglosen Kontakte, solange sie unter der Voraussetzung erfolgen, daß die dabei geführten Gespräche in keiner Weise offiziell sind. Nichts, was von irgendeinem Mitglied dieser Delegation gesagt wird, kann als bindend betrachtet werden, solange es nicht zum Gegenstand einer Abstimmung gemacht wird.«

»Einverstanden.«

»Gut. Ich werde dafür sorgen, daß ein Konferenzplan aufgestellt wird.«

Die Projektion des Surrogats lächelte. »Es ist nicht nötig, daß Sie sich Ungelegenheiten bereiten, Mr. Malagar. Ich bin durchaus imstande, jede Zahl von separaten Gesprächen gleichzeitig zu führen.«

Malagar nickte. »Da von den Delegationsmitgliedern keine Einwände erhoben werden, werde ich es den interessierten Mitgliedern überlassen, Terminabsprachen mit Ihnen zu treffen.« Malagar hielt ein und blickte Boswani an. »Ich möchte jedoch darauf hinweisen, daß alle derartigen Gespräche aufgezeichnet werden und daß ich mir das Recht vorbehalte, das eine oder das andere persönlich abzufragen.

Und nachdem dies klar ist, erkläre ich diese Sitzung hiermit für vertagt!«

Zwei Tage später glitt Yorubi M'Buto wie ein Schlittschuhläufer durch die ein Drittel Ge der Korridore *Concordias* zu Botschafter Boswanis Kabine. Seine Miene war die eines Mannes, der in letzter Zeit zu viele schlechte Nachrichten erhalten hat. Unmittelbarer Anlaß seiner gegenwärtigen Stimmung war die Entdeckung, daß die Friedenssicherung die Rotation der *Graf Bernadotte* angehalten hatte. Kleine Reparaturboote und Arbeiter in Schutzanzügen schwärmten um mehrere der Gefechtsstationen des Schiffes. Solche Arbeiten, gesehen in Verbindung mit Yahayas Verhaftung, erzeugten in M'Buto ein Gefühl von Hilflosigkeit, das er in seiner Laufbahn selten erlebt hatte. Zu viel war geschehen, und alles war schlecht für die Sache Panafrikas.

M'Buto erreichte die Tür zur Suite des Botschafters, klopfte, wartete zehn Sekunden und trat ein. Boswani saß an seinem Schreibtisch vor einem Bildschirm. Er machte Gebrauch von einem der großen Teleskope, um Details der Sonde zu beobachten. Massive Strukturen glitten über den Bildschirm und wurden von anderen, ebenso unverständlichen Teilen fremder Maschinerien abgelöst. Als M'Buto vor seinem Schreibtisch stand, schwenkte Boswani seinen Drehsessel herum. »Guten Morgen, Oberst.«

»Exzellenz.«

»Was ist los? Sie machen ein Gesicht, als hätte ein Europäer gerade Ihrer Schwester einen Heiratsantrag gemacht.«

»Ich werde dieser Einkerkerung überdrüssig, Exzellenz.«

»Kommen Sie, Oberst!« Der Botschafter machte eine lässig ausgreifende Armbewegung durch seine Suite von Kabine und Büro. »Wie können Sie dies ein Gefängnis nennen? Haben wir nicht alle Bequemlichkeiten erhalten, die wir uns wünschen können?«

M'Buto nickte. »Es erinnert einen an ein Hurenhaus in Kapstadt, nicht wahr?«

Boswanis Humor war plötzlich vergangen, und sein Ausdruck wurde todernst. »Ja, das stimmt, Oberst. Nun, welche Nachrichten haben Sie für mich?«

»Sie haben die Rotation der *Bernadotte* gestoppt. Zahlreiche kleine Fahrzeuge und Mannschaften arbeiten an den Gefechtsstationen.«

»Das bestätigt unseren Verdacht. Dieses geheimnisvolle Bauprojekt hat den Zweck, das alte Ungetüm wieder in volle Gefechtsbereitschaft zu versetzen. Wir werden sofort Johannesburg verständigen.«

M'Buto griff in eine Tasche seines Uniformrocks und zog einen kleinen Würfel hervor. »Schon diktiert, Exzellenz. Sie brauchen dies nur in Ihren täglichen Bericht aufzunehmen, dann werden die Leute zu Hause vollständige Einzelheiten haben.«

Boswani nahm den Würfel und hielt ihn ins Licht, um den Regenbogen gebeugter Farben im Innern zu betrachten. Er blickte lange nachdenklich hinein. Schließlich ließ er ihn auf den Schreibtisch fallen und seufzte.

»Ist Ihnen jemals aufgefallen, wie die wirklich großen Entwicklungen es an sich haben, für uns unerwartet zu kommen, Oberst?«

»Exzellenz?«

»Nehmen Sie diese Maschine dort draußen«, sagte Boswani und zeigte zum Bildschirm. »Unser Isandhlwana-Projekt ist seit mehr als zwanzig Jahren in Vorbereitung gewesen. Wir nähern uns rasch dem Gipfelpunkt unseres Ringens gegen den Kolonialismus und sind dem Erfolg so nahe, daß er in Reichweite ist – innerhalb eines Jahres, denke ich. Doch nun finden wir, wie unsere mühselig aufgebauten Reserven anderen Zwecken als denen zugeführt werden, für die sie vorgesehen waren. Und warum? Weil das Schicksal diesen Augenblick gewählt hat, um einen Joker in dieses Pokerspiel zu werfen. Glauben Sie, die alten Pharaonen hatten mit ihren Plänen so viele Schwierigkeiten?«

»Es ist eines der Risiken dieses Geschäfts, Exzellenz.«

»Wie steht es um Ihren Mann Yahaya?«

»Ich bin nicht in der Lage gewesen, Verbindung aufzunehmen, glaube aber mit Bestimmtheit, daß er ihnen noch nichts erzählt hat.«

»Was bringt Sie zu dieser Überzeugung?«

»Hätte er geredet, wären sie schon gekommen.«

»Vielleicht.« Boswani lehnte sich zurück. »Unsere Geschicke sorgen mich nicht allzusehr, Oberst. Die Ereignisse sind bereits in Bewegung. Selbst wenn wir zwei festgenommen werden, wird es ihnen nicht gelingen, Isandhlwana zu stoppen. Das ist meine Trumpfkarte in diesem Spiel. Nur ich kann das tun, und ich werde es nicht tun, es sei denn, die Sonde wäre bereit, zu meinen Bedingungen mit mir abzuschließen.« Boswani blickte M'Buto aufmerksam ins Gesicht. »Unglücklicherweise kann ich meine Trumpfkarte nicht ausspielen, weil ich keine Möglichkeit habe, ungestört unter vier Augen mit der Sonde zu sprechen. Haben Sie schon eine Lösung gefunden?«

»Ja, Exzellenz, ich habe.«

»Was ist es? Funkverbindung?«

»Nein, Exzellenz«, sagte M'Buto. »Sie haben zweifellos die kleinen Detektorsatelliten bemerkt, die um die Sonde stationiert sind. Die Friedenssicherung überwacht alle Kommunikationen, die dort eintreffen oder abgehen. Offensichtlich soll verhindert werden, daß die Sonde mit jeder beliebigen Person spricht.«

»Wir sind nicht irgendwelche beliebigen Personen, Oberst.«

»Nein, Exzellenz, das sind wir nicht. Aber sie wollen insbesondere verhindern, daß sie mit uns spricht.«

Boswani lachte. »Kann es ihnen nicht verdenken.«

M'Buto nickte. »Die Detektoren, mit denen sie arbeiten, sind äußerst effektiv und können sogar auf den schwächsten Sender reagieren. Ein gebündelter Richtstrahl taugt auf diese Entfernung auch nicht. Fünf Sekunden nach Beginn der Sendung werden hier überall die Alarmglocken schrillen.«

»Wie wäre es dann mit einem Laser?«

»Beinahe genauso schlecht, Exzellenz. Diese große Flotte hat das gesamte lokale Vakuum verseucht mit Ausgasungen und Verbrennungsrückständen aus Reaktionsdüsen. Ein Kommunikationslaser würde leuchten wie eine Taschenlampe in einem staubigen Zimmer. Die gestreuten Reflexe würden uns in einer Sekunde verraten.«

»Ich bin nicht daran interessiert, was nicht zu machen ist, Oberst.«

»Nein, Exzellenz. Ich verstehe das. Ich habe folgendes entwickelt ...« M'Buto griff in eine Innentasche des Uniformrocks und zog eine flache Packung hervor, die in seine Handfläche paßte. Das einzige erkennbare Merkmal war ein kleiner Lautsprecher mit Festschaltung, der in die Oberfläche eingelassen war.

Der Botschafter nahm die schwarze Schachtel und betrachtete sie. »Was ist das?«

»Eine akustische Koppel, manchmal auch als Modem bezeichnet.«

»Etwas Neues und Geheimes aus einem Spionagelabor?«

»Nein, Exzellenz. Etwas, das alt ist wie die Berge und längst obsolet – so lange schon, daß ich glaube, unsere Gegenspieler werden nicht dagegen gewappnet sein. Modems waren weit verbreitet in den Tagen, bevor Glasfaserkommunikation populär wurde. Sie ermöglichten die Kopplung von Computern über das alte vorvisuelle Telefonsystem.«

»Wie funktioniert es?«

»Es wandelt Computersprache in ein Audiosignal um. Dieses wird über einen Audioschaltkreis gesendet, geradeso wie die Stimme gesendet wird. Wenn der Computer am anderen Ende die Töne empfängt, übersetzt er sie in Daten zurück.«

»Und wie verwenden wir dieses alte Wunderding?«

»Einfach, Exzellenz. Ich habe bereits gefolgert, daß jedes nicht autorisierte Signal, das dieses Schiff verläßt, augenblicklich ausgemacht wird. Es gibt jedoch ein Signal, das ungehindert direkt zur Sonde geht.«

Boswani nickte. »Die Kommunikationsverbindung zwischen der Sonde und der Delegation …«

»… oder den Delegationsmitgliedern«, ergänzte M'Buto. Er nahm dem Botschafter die kleine Schachtel aus der Hand und steckte sie wieder ein. »Ich schlage vor, daß Sie Ihr Interview mit der Sonde für heute nachmittag einplanen. Wenn Sie gehen, stecken Sie dies in die Brusttasche. Ich habe seine Ausgabe hoch in den Ultraschall-Frequenzbereich gelegt, so daß es in der Operation unhörbar ist. Während Sie mit der Sonde über Belanglosigkeiten diskutieren, werde ich über den Bildschirm in meiner Kabine mit dem Modem kommunizieren. Die Ultraschallpulse werden vom Mikrophon im Besprechungszimmer aufgenommen und der Sonde zusammen mit Ihrer Stimme gesendet.«

»Und wenn die Friedenssicherung hinter diesen kleinen Kniff kommt?«

M'Buto hob die Schultern. »Dann werden wir wahrscheinlich Yahayas Zelle mit ihm teilen.«

Der Botschafter lachte humorlos. »Ich darf Sie daran erinnern, Oberst, daß es heute in vier Tagen äußerst ungesund sein wird, an Bord eines der Schiffe dieser Flotte zu sein. Deshalb schlage ich vor, daß Sie uns lange genug aus der Gefängniszelle heraushalten, bis wir das Schiff wie geplant verlassen haben.«

M'Buto nickte. »Ich werde mein Bestes tun, Exzellenz.«

»Sehr gut. Bitte informieren Sie den Nachrichtenoffizier, daß ich mit der Sonde zu sprechen wünsche.«

»Ich begann zu glauben, daß er ablehnen würde«, sagte die Sonde, als das Surrogat sie vom bevorstehenden Interview verständigte.

»Die Wahrscheinlichkeit, daß er eine Audienz suchen würde, lag über siebzig Prozent«, erwiderte das Surrogat. »Es ist wahrscheinlich, daß er einen privaten Handel besprechen möchte.«

»Und die Überlegung dahinter?«

»Daß die oppositionellen Nationen während der Überholung an relativem Status verlieren werden, weil die älteren Industrienationen den größten Teil der Geräte und Anlagen, des qualifizierten Personals und der Transportmittel bereitstellen werden. Auch sind sie besser qualifiziert, von unserem Wissen Gebrauch zu machen. Wahrscheinlich wird der panafrikanische Botschafter nach Mitteln und Wegen suchen, diesen inhärenten Vorteil der nördlichen Industrienationen zunichte zu machen.«

Die Sonde überdachte diese Situationsanalyse und konnte keinen Fehler darin finden. Was ihr Sprößling analysiert hatte, war tatsächlich nur eine Erweiterung des Ringens zwischen den reichen und den armen Nationen, das ungefähr zu der Zeit begonnen hatte, als der Wächter die ersten menschlichen Signale aufgefangen hatte. Ähnliche Szenarien waren im Laufe der letzten hunderttausend Jahre in vielen anderen Sternsystemen durchgespielt worden.

Wann immer eine Lebenssonde in ein Sternsystem eintrat, brachte ihr Erscheinen radikale Veränderungen mit sich. Anfangs waren Beeinträchtigungen die Regel – Industrien wurden obsolet, erstarrte herrschende Klassen wurden verdrängt, eine allgemeine Atmosphäre von Ungewißheit und Vergänglichkeit kam in die Lebensumstände der betroffenen Wesen. Aber innerhalb weniger Jahrzehnte durchdrangen die Erleichterungen und Verbesserungen des technologischen Wandels gewöhnlich alle Schichten der besuchten Zivilisationen. Der unausweichlich folgende Innovationsschub glich alle vorübergehenden Beeinträchtigungen, unter denen die Bevölkerung zu leiden hatte, in der Folgezeit mehr als aus.

»Sicherlich können diese Menschen die langfristigen Vorteile sehen«, sagte die Sonde.

»Du denkst wie ein Schöpfer«, erwiderte das Surrogat. »Die Menschen sehen die Dinge anders an. Ihre kurzen Lebensspannen machen es ihnen schwer, langfristig zu denken.«

»Dann ist das vielleicht die richtige Zugangsweise. Wir bieten ihnen Langlebigkeitsbehandlung.«

»Ich habe solch eine Alternative bereits durchdacht«, sagte das Surrogat. »Mit den Langlebigkeitstechniken sind jedoch ernste Gefahren verbunden. Das Übervölkerungsproblem würde noch wesentlich verschärft, und die Techniken würden von verschiedenen menschlichen Erlösungsreligionen als Bedrohung angesehen.«

»Vielleicht kann der Anreiz weniger direkt gebraucht werden. Wie wäre es, wenn wir diesem Boswani die Langlebigkeitsbehandlung im Austausch gegen seine Unterstützung der Überholung anbieten würden?«

»Eine Möglichkeit, die erforscht werden sollte«, sagte das Surrogat.

Ein vertrautes Signal durchlief die Schaltungen der Sonde. »Die Menschen sind bereit, mit der Kommunikation zu beginnen«, sagte sie. »Sei wachsam in unseren Verhandlungen mit diesem Geschöpf. Der Erfolg unserer Mission kann davon abhängen, wie wir an ihn herantreten.«

Das Surrogat wandte seine Aufmerksamkeit dem Bild des dunkelhäutigen Menschen zu, das plötzlich auf seine Sinne traf. »Ah, Mr. Boswani! Es ist nett von Ihnen, daß Sie uns ein paar Augenblicke von Ihrem vollen Terminplan schenken.«

»Nicht der Rede wert, Surrogat«, antwortete Boswani. »Ich dachte, es sei an der Zeit, daß wir einander besser kennenlernen.«

Die Worte kamen entspannt, aber das Surrogat hatte gelernt, die nichtverbalen Kommunikationshinweise zu lesen, die von den Menschen Körpersprache genannt wurden. Der Botschafter war sehr angespannt, verbarg es jedoch gut.

»Vielleicht gibt es Fragen, die Sie uns zu stellen wünschen?«

Boswani lächelte. »Ja, danke. (ACHTUNG!) Vielleicht sollten wir damit anfangen (WENN SIE DIES VERSTEHEN KÖNNEN), daß Sie mir etwas mehr (ANTWORTEN SIE AUF GLEICHEM WEGE) über diese Entdeckung eines überlichtschnellen Schiffes aus der Region Prokyon erzählen.«

Das Surrogat ließ seine menschliche Projektion lächeln, als es über den großen Plan zu sprechen begann, den die Schöpfer entwickelt hatten und der die Erforschung der Galaxis zum Ziel hatte. Gleichzeitig wurde eine Reihe von Ultraschallsignalen zurückgesandt, von empfindlichen Mikrophonen in Boswanis Kabine aufgefangen und zu Oberst M'Butos Quartier weitergeleitet, wo sie auf einem fluoreszierenden Bildschirm in Worte umgesetzt wurden.

Beide Gespräche, das offene wie das verdeckte, mündeten sehr rasch in substantielle Verhandlungen.

27

Trotz der scheinbar endlosen Probleme und Frustrationen, die mit dem Versetzen der *Graf Bernadotte* in Einsatzbereitschaft verbunden waren, ließ Erich Stessl es nie so weit kommen, daß er alle Abende durcharbeitete. Montags, mittwochs und freitags nahm er sich abends eine oder zwei Stunden frei, selbst wenn es bedeutete, daß er auf eine Mahlzeit verzichten oder bis nach Mitternacht arbeiten mußte. Er zahlte den Preis ohne zu klagen.

Um zwanzig Uhr an jedem zweiten Wochentag fand im Gemeinschaftsraum eine zwanglose Zusammenkunft statt, die sich an Bord der *Bernadotte* zu einem gesellschaftlichen Ereignis entwickelt hatte. Die Wissenschaftler des Projekts Adler diskutierten bei diesen Anlässen über die Natur, den Zweck und technische Einzelheiten der Sonde und hörten Berichte über die letzten Entdeckungen, die in diesem Zusammenhang gemacht worden waren.

Zehn Minuten vor dem Beginn der Zusammenkunft betrat Stessl den Gemeinschaftsraum, nickte einigen regelmäßigen Besuchern zu und suchte seinen gewohnten Platz in der Nähe des Rednerpults auf. Er bemerkte, daß Lisa Moore am Ende der Sitzreihe vor ihm saß, und lächelte ihr zu, nur um vom plötzlichen Anblick ihres Hinterkopfes begrüßt zu werden. Er seufzte. Wie Brea machte Lisa ihn persönlich verantwortlich für Don Baileys Verhaftung.

Bailey weigerte sich noch immer, über seine Geschäfte mit Angai Yahaya zu sprechen. Der Gerichtsoffizier der Friedenssicherungskräfte hatte gedroht, ihn wegen Behinderung der Justiz zu belangen, aber geradesogut hätte er zu einem Stein sprechen können. Und je länger er aushielt, desto gereizter wurde Stessl.

Seine Gereiztheit war zu einem guten Teil eine Folge seiner eigenen Zerrissenheit. Einerseits ärgerte ihn der Gedanke, daß der zähe alte Prospektor Informationen zurückhalten mochte, die für die Verteidigung der Flotte entscheidend sein konnten, andererseits fürchtete er, daß Bailey zusammenbrechen und ein Geständnis ablegen würde, das auch für Brea Verurteilung und Gefängnis bedeuten mußte. Daß Brea seine Anrufe nicht annahm, war auch nicht geeignet, seine Stimmung zu verbessern.

Auch Yahaya war ein hartgesottener Bursche. Zwei Vernehmungsbeamte hatten ihn die letzten sechs Tage sechzehn Stunden täglich verhört. Nach den ersten drei Tagen hatte Stessl Murray Danziger gebeten, die Vernehmungsbeamten zu unterstützen. Yahaya, der den nordamerikanischen Agenten nie gesehen hatte, war durch scheinbar unabsichtliche Andeutungen zu der Annahme verleitet worden, ihn als einen Vernehmungsspezialisten der Friedenssicherungskräfte zu sehen, der für die Verhöre eingeflogen worden sei. Trotz Danzigers nahezu virtuosen Leistungen im Vernehmungsraum hatte es jedoch keine nennenswerten Resultate gegeben.

Spät am vergangenen Abend war Danziger in Stessls Büro gekommen. Der Agent hatte Schweißperlen auf der Stirn und Schweißflecken unter den Armen und auf der Brust gehabt. »Eins muß man den Panafs lassen, sie bilden ihre Agenten gut aus.«

»Nichts?«

»Überhaupt nichts, Major. Er behauptet nach wie vor, dies alles sei ein großes Mißverständnis.«

»Dann werden wir uns am Morgen wieder Bailey vornehmen.«

Danziger hatte seinen massigen Leib in einen der Besuchersessel gezwängt und theatralisch geächzt. »Wissen Sie, es wäre viel einfacher, wenn wir ihm und Ihrer Freundin Schutz vor Strafverfolgung versprechen könnten.«

»Wir wissen nicht genau, daß Brea in die Sache verwickelt ist«, knurrte er. »Bis wir darüber Klarheit haben, wollen wir sie aus dem Spiel lassen.«

Danziger hob abwehrend die Hände. »Ich wollte Ihnen gegenüber nicht respektlos sein, Major. Ich habe volles Verständnis für Ihre delikate Situation. Ich wollte nur die Frage der Immunität mit Ihnen erörtern.«

»Sie kennen die Antwort darauf so gut wie ich, Mr. Danziger. Wir sprechen von möglichen Verletzungen des Gesetzes über die Abrüstung im Weltraum. In Fällen dieser Größenordnung läßt das Hauptquartier nicht mit sich handeln.«

Danziger zuckte die Achseln. »Gut, es ist eine UN-Schau. Wir werden es am Morgen wieder versuchen.«

Zwanzig Stunden später, als die im Gemeinschaftsraum versammelte Menge ihr Gemurmel allmählich einstellte, war Stessl noch immer schlechter Laune. Er sah Dr. Wojzelew und Helene Reinhardt hereinkommen. Während die letztere sich im rückwärtigen Teil des Raumes einen Platz suchte, trat Wojzelew gleich ans Rednerpult. Stessl schlug sich die Sorgen aus dem Kopf, lehnte sich zurück und wartete der Dinge, die da kommen sollten.

»Ich begrüße Sie, Mitinsassen«, begann Wojzelew. Da und dort wurde gelacht. »In unseren Beobachtungen der Sonde haben wir in den letzten paar Tagen Glück gehabt. Wir glauben, daß wir das System der Energieerzeugung zutreffend graphisch dargestellt haben. Und wenn wir uns jetzt das erste Diapositiv anschauen, kommen wir gleich zur Sache unseres heutigen Gesprächs.«

Auf der großen Projektionswand erschien eine Aufnahme der Sonde. Das aus zwölf Kilometern Entfernung aufgenommene Bild zeigte zwei große Sphäroide aus offenem Gitterwerk, verbunden durch die zentrale Röhre mit den außen angebrachten Treibstoffbehältern. Der Sphäroid zur Linken enthielt die Triebwerke, der zur Rechten die Kontrollfunktionen und Datenspeicher.

»Nun eine Nahaufnahme des Antriebsteils«, sagte Wojzelew zum Vorführer, und es erschien ein neues Bild. »Dies«, sagte er und schaltete einen Lichtzeiger ein, um seine Worte zu veranschaulichen, »ist der Hauptmasseumwandler. Sie werden bemerken, daß seine Konstruktion nicht allzu verschieden von der unserer Umwandler ist. Er hat magnetische Rückhaltespulen, Generatoren und alle übrigen Teile, die benötigt werden, um eine aufgeladene I-Masse zu kontrollieren. Natürlich ist die Anlage jetzt außer Betrieb. Es fehlt ein Mittel, die Fusionsreaktion in Gang zu setzen, weil die Sonde ihre größte Singularität vor einigen Monaten ausstieß. Es scheint jedoch, daß es nicht die einzige I-Masse an Bord war. Es gibt mindestens drei weitere, alle ganz klein. Hier ... hier ... und hier.« Der Lichtzeiger tanzte über die Sonde und verweilte, wo die kleineren Singularitäten lagen.

»Diese sekundären Singularitäten erzeugen die elektrische Energie der Sonde. Dabei geht ihre Leistung weit über den normalen Verbrauch hinaus. Sie liegen weit auseinander und sind, soweit wir es beurteilen können, völlig unabhängig voneinander. Sehr starke Kabel führen von den sekundären Masseumwandlern durch die zentrale Röhre zum Kontrollteil. Wir vermuten, daß es sich bei dem Energiesystem um eine dreifache Redundanz aus Sicherheitsgründen handelt.« Der Lichtzeiger folgte dem Weg der Kabel. Das nächste Bild zeigte eine Nahaufnahme einer Serie ringartiger Strukturen, die auf Pfosten saßen.

»Dies ist ein interessantes Merkmal«, sagte Wojzelew. »Es scheint ein hoch abstimmbarer elektromagnetischer Projektor zu sein. In ihm vermuten wir die Quelle sowohl des Röntgenlasers als auch der Ultrakurzwellensendung, mit der die Sonde Verbindung aufnahm. Sie werden bemerken, daß nichts darin enthalten ist, was auch nur entfernt einer Linse ähnelt. Anscheinend bündelt die Sonde Licht- und Radiowellen durch immaterielle Mittel. Ich würde vieles dafür geben, wenn ich erfahren könnte, wie das bewerkstelligt wird.«

»Dr. Wojzelew!«

»Ja, Major Stessl?«

»Gibt es eine Möglichkeit, daß dieser Projektor noch einsatzbereit ist?«

»Nun, das weiß ich wirklich nicht«, sagte Wojzelew.

»Nehmen wir dann also an, daß der Projektor einsatzbereit ist. Können Sie die Energie berechnen, die mit dem ursprünglichen Röntgenstrahl freigesetzt wurde? Wie würde der Röntgenlaser aus einer Distanz von fünfzig Millionen Kilometern ausgesehen haben?«

Wojzelew begann sich über die Unterbrechung seines Vortrags zu ärgern, willigte aber ein. Er starrte zur Deckenbeleuchtung auf und begann zu murmeln. »Die Sonde war ursprünglich zweitausend astronomische Einheiten entfernt, als sie Röntgensignale zu emittieren begann. Gegenwärtig sind wir ein Drittel von einer AE von der Erde entfernt. Laser gehorchen demselben quadratischen Abstandsgesetz wie alle anderen elektromagnetischen Strahlungen. Das wäre das Quadrat der Quantität zweitausend, geteilt durch null Komma dreiunddreißig …

Es scheint, Major, daß die Größenordnung des Röntgenlasers ungefähr siebenunddreißig Millionen mal die Größenordnung vor sieben Monaten übertreffen würde.«

»Das scheint ziemlich viel zu sein«, sagte Stessl. »Was bedeutet das in Begriffen, die ein armer militärischer Verstand begreifen kann? Besteht eine Gefahr für die Erde?«

»Angenommen, die Sonde ist unfähig, ihren Laser

genauer als letztes Mal zu richten, würde ein Strahl die Energie haben...« Dr. Wojzelew rechnete und blickte unbehaglich zu Stessl. »Wenn ich mich in meiner Berechnung nicht irgendwo um eine Dezimalstelle geirrt habe, würde ich sagen, daß der Strahl nach kumulativer Wirkung von etwas mehr als einhundert Stunden töten würde.«

Unter den Zuhörern wurde erstauntes Gemurmel laut. »Würde die Erdatmosphäre für solche Strahlung nicht undurchlässig sein?«

Wojzelew schüttelte den Kopf. »Hundert Kilometer atmosphärischer Abschirmung würden gegen einen Röntgenstrahl solcher Intensität nicht viel Schutz bieten. Auch die sekundären Auswirkungen der Strahlung würden sehr schädlich sein.«

»Wie groß ist der Strahl, von dem wir sprechen? Welchen Durchmesser oder Wirkungskreis würde er am Erdboden haben?«

Wojzelews Gesichtsausdruck wurde abwesend, als er die Geometrie des Strahls ausarbeitete. »Ich fürchte, der Durchmesser würde bei dieser Distanz ein Mehrfaches des Erddurchmessers betragen.«

Bevor jemand merkte, was geschah, war Stessl aufgestanden, hatte sich durch die Reihen der Sitzenden geschlängelt und war fort. Mit ein paar Dutzend langen Schritten war er im Korridor des Alpha-Decks, dann begann er zu rennen.

Admiral Liu Tsen lauschte mit ausdrucksloser Miene, als Stessl berichtete, was er im Gemeinschaftsraum erfahren hatte. Als er geendet hatte, schüttelte der Admiral verwundert den Kopf. »Gott schütze uns vor den Wissenschaftlern, Major!«

»Ja, Sir.«

»Ich frage mich, wie lange sie dieses kleine Bißchen Information in ihren Köpfen herumgetragen haben, ohne daran zu denken, es jemandem zu sagen.«

»Ich gewann den Eindruck, daß sie so überrascht waren wie ich selbst, als die Zahlen der überschlägigen Berechnung genannt wurden, Sir.«

»Wollen Sie mir erzählen, dieses Fiasko sei bloß ein Versehen? Wir haben hier, sozusagen auf unserem Hinterhof, eine Maschine, die imstande ist, jedes Lebewesen auf Erden zu töten, und niemand dachte daran, ein wenig nachzurechnen?«

»So ist es, Sir.«

Der Admiral kam aus dem Kopfschütteln nicht heraus. »Wissen Sie, was geschehen wird, wenn das an die Öffentlichkeit dringt?«

»Unruhen, natürlich.«

»Die sind die geringste unserer Sorgen, Major. An dem Tag, da diese Geschichte bekannt wird, ist der UN-Vollversammlung zuzutrauen, daß sie der Sonde den Krieg erklärt. Und wenn die Panafrikaner die Absicht haben, uns einen Schlag zu versetzen, werden sie die Unterstützung der ganzen Menschheit haben! Und als ob unser Problem noch nicht kompliziert genug wäre, haben wir die Malagar-Delegation an Bord der *Concordia* und eine ganze Schiffsladung von Medienleuten kaum mehr als hundert Kilometer von hier. Wie viele Leute waren im Gemeinschaftsraum?«

»Ungefähr fünfzig, Sir.«

»Da wird es verdammt schwer sein, dieses Geheimnis unter der Decke zu halten!« Der Admiral schwenkte seinen Sessel zum Bildschirmgerät und drückte einen Kommunikationscode, während er halblaut »Wissenschaftler!« hervorstieß. Aus seinem Mund hörte es sich wie der schlimmste Fluch an.

»Sicherheitsdienst«, sagte eine Stimme aus dem Bildschirmlautsprecher.

»Geben Sie mir den Deckoffizier.«

»Jawohl, Sir!« Sehr rasch wurde das Gesicht des Mannes von einem Offizier in Schwarz und Silber abgelöst.

»Leutnant Grayson.«

»Leutnant, Sie alarmieren Ihre gesamte Truppe. Im Gemeinschaftsraum werden Sie die übliche Soiree vorfinden. Ich wünsche, daß alle Anwesenden unter Quarantäne gestellt werden! Niemand darf den Raum verlassen, niemand darf hinein. Geben Sie den Befehl und halten Sie sich in Bereitschaft.«

»Jawohl, Sir!«

Stessl lauschte, während im Hintergrund Befehle hin und her flogen. Nach den Geräuschen zu urteilen, war außerhalb des Aufnahmebereichs beträchtliche Bewegung entstanden. Bald kam der Leutnant in den Kamerabereich zurück.

»Alles Erforderliche veranlaßt, Sir.«

»Gut. Nehmen Sie die Leute, die zur Abriegelung des Gemeinschaftsraums nicht benötigt werden, und postieren Sie sie in der Nachrichtenzentrale, an der Hauptluftschleuse und vor den Rettungsbootstationen. Dieses Schiff steht ab sofort unter einer vollständigen Nachrichtensperre. Es wird keinerlei eingehende oder ausgehende Kommunikationen geben, keinen Funkverkehr irgendwelcher Art, auch keinen Bootsverkehr, bis Sie von mir gegenteilige Weisung erhalten. Ist das klar?«

»Jawohl, Sir.«

»Fein. Wo sind Ihre Leute jetzt?«

Grayson blickte zur Seite. »Sie treffen gerade vor dem Gemeinschaftsraum ein, Sir.«

»Verbinden Sie mich mit dem verantwortlichen Unteroffizier.«

»Eine Sekunde, Sir.« Es folgte ein Schauer bunter Interferenzen, und das Gesicht des Leutnants wurde von dem eines stämmigen Unteroffiziers verdrängt, der ein Funksprechgerät benutzte. Die Kurzbereichslinse am handgehaltenen Instrument verzerrte die Tiefenwahrnehmung so, daß das Gesicht des Mannes kaum zu erkennen war.

»Sergeant Williams, Sir. Meine Männer sind vor ...« – Williams blickte auf seine Armbanduhr – »zwanzig Sekunden eingetroffen. Die Leute im Raum sind ziemlich aufgeregt, aber ich habe alle Ausgänge besetzt.«

Liu nickte. Er hörte ziemlichen Lärm im Hintergrund. »Guter Mann, Williams. Halten Sie Ihre Position. Lassen Sie durch Ihre Männer feststellen, ob jemand zwischen Major Stessls Weggang und Ihrer Ankunft den Raum verlassen hat. Wenn es der Fall ist, müssen die Betreffenden zurückgebracht werden. Seien Sie freundlich und behutsam, aber lassen Sie sich von Widersetzlichkeit nicht beeindrucken.«

»Verstanden, Sir.«

»Gut. Ich werde selbst nach vorn kommen.« Liu Tsen schaltete das Gerät aus und wandte sich zu Stessl. »Schicken Sie sofort einen Kurier zum Hauptquartier. Die Botschaft erhält die höchste Geheimhaltungsstufe und darf nur durch Offizier überbracht werden. Sie ist Generaladmiral Maxwell persönlich zu übergehen. Sorgen Sie dafür, daß der Kurier versteht, daß er sich im Hauptquartier nicht einschüchtern oder überreden läßt, sie irgendeinem anderen zu übergeben.«

»Kurier, Sir?«

Liu Tsen fixierte Stessl mit seinem einen Auge. »Haben Sie eine bessere Idee?«

»Wir würden Zeit sparen, wenn wir auf der geschützten Frequenz einen verschlüsselten Funkspruch an Tycho zur Weiterleitung zur Erde durchgeben.«

»Vergessen Sie nicht die Sonde, Major?«

»Die Sonde, Sir?«

»Dieses Ding da draußen ist so konstruiert, daß es über hundert Lichtjahre Entfernung oder mehr ein Flüstern aus dem kosmischen Hintergrundgeräusch herausfiltern kann. Ich zweifle nicht daran, daß es jedem elektromagnetischen Signal lauscht, das von dieser Flotte ausgeht, und wahrscheinlich vielen anderen im ganzen System. Sie wissen so gut wie ich, daß ein

Richtsignal, ganz gleich, wie scharf gebündelt es ist, immer eine gewisse Streuung hat. Ein Kurier mag langsam sein, aber die Sonde wird keiner Botschaft lauschen können, die er im Umschlag bei sich hat. Noch irgendwelche Fragen, Major?«

»Nein, Sir.«

»Dann sollten wir jetzt hingehen, bevor die Typen aus dem Elfenbeinturm anfangen, an die Decke zu springen. Es wird eine verdammt lange Nacht werden, bevor wir damit fertig sind.«

Er sollte recht behalten.

28

Auch Brea Gallagher und Augusta Meriweather machten Überstunden. Da sie die meiste Erfahrung im Dialog mit dem Surrogat hatten, war ihnen von Enrique Malagar die Aufgabe zugewiesen worden, die Aufzeichnungen aller privaten Interviews zu überprüfen. Sie suchten nach Widersprüchlichkeiten in den Bemerkungen der Sonde. Soweit ein Urteil möglich war, hatte sie sich in ihren Diskussionen mit der Delegation als unbedingt ehrlich erwiesen. Eine gegenteilige Entdeckung würde ernste Auswirkungen auf den Gang der Verhandlungen haben.

»Wie geht es voran?« fragte Brea, als sie die Überwachung eines Gesprächs zwischen Jacques Villart und der Sonde beendete.

Mrs. Meriweather rieb sich die müden Augen, während auf ihrem Bildschirm Nicolas Boswani und die Projektion des Surrogats in stummer Diskussion begriffen waren. »Ich weiß nicht, Brea. Vielleicht liegt es nur an mir.«

»Was liegt an Ihnen?«

»Ich habe so ein Gefühl. Dieser verdammte Boswani hat in den letzten drei Tagen sechs Stunden mit der Sonde gesprochen, und soweit ich ausmachen kann, hat er in Wirklichkeit nichts gesagt. Etwas kommt mir daran eigenartig vor, aber ich kann nicht mit dem Finger darauf zeigen.«

»Wie das?« fragte Brea.

»Sehen Sie sich dies an«, sagte Mrs. Meriweather mit einer Handbewegung zu ihrem Bildschirm. »Ich kenne Boswanis steinerne Miene seit zehn oder zwölf Jahren, und er ist nie so wortreich gewesen. Was heißt wortreich! Er wird regelrecht geschwätzig.«

»Welche Bezugsnummer?« fragte Brea.

Mrs. Meriweather gab ihr die Nummer, und Brea rief die Aufzeichnung an ihrem eigenen Datenanschluß ab und schaltete den Ton zu. Nachdem sie dem Gespräch zwischen Boswani und dem Surrogat eine Minute lang gelauscht hatte, verstand sie, was Augusta Meriweather meinte. Boswanis Antworten auf die Fragen der Sonde waren umständlich und gespreizt, als wäre er ein Schauspieler in einem schlechten Stück. Außerdem ließ er sich endlos und weitschweifig aus. Brea hätte es als Zeichen einer überaktiven Phantasie abgetan, wäre nicht eine überraschende Beobachtung hinzugekommen. Auch das Surrogat redete weitschweifig und unkonzentriert!

»Ich glaube, Sie haben recht«, sagte Brea. »Etwas stimmt nicht.«

»Wir sollten unsere Beobachtung dem Delegationsleiter melden. Vielleicht möchte er Boswani dazu befragen.«

»Lassen Sie mich ein paar Versuche machen, bevor wir in die Trillerpfeife blasen, Mrs. Meriweather.«

»Was wollen Sie tun?«

»In den Tagen meiner Tätigkeit als Astronomin hatten wir eine Redensart: ›Hast du Zweifel, sieh dir das Spektrum an.‹« Brea gab eine Instruktion ein, und Boswanis Bild wurde durch eine Serie gezuckter Linien ersetzt.

»Hm, da ist nichts«, sagte Brea zu sich selbst. »Versuchen wir es mit einem Frequenzverteilungsdiagramm.« Sie wartete, und eine neue Abbildung erschien. Sofort merkte sie auf.

»Was gibt es?« fragte Mrs. Meriweather.

»Dies ist nur Stimme und Bild, richtig? Es sind keine Datenübertragungen eingestreut, nicht wahr?«

»Es sollten keine darunter sein.«

»Dann könnte ich auf etwas gestoßen sein. Ich habe eine Spitze in der Audioskala, die nicht dorthin gehört. Sie ist im Ultraschallbereich, hoch über der Frequenz, die als normale Obergrenze menschlichen Gehörs gilt.«

»Können Sie herausbringen, was es ist?«

»Vielleicht.« Brea rief eine Darstellung des geheimnisvollen Signals in gedehnter Zeitskala ab. Auf dem Bildschirm erschien eine überraschend eckige Wellenform.

»Damit ist der Fall klar!« sagte Brea mit grimmiger Befriedigung. »Wenn es bloß Geräusch wäre, würde es eine Sinuskurve sein, nicht eine eckige Impulsreihe.«

»Verzeihen Sie die Unwissenheit einer alten Frau, Brea, aber was bedeutet das in allgemeinverständlicher Sprache?«

»Das ist nicht weiter geheimnisvoll, Mrs. Meriweather. Es ist Computersprache. Wahrscheinlich nichts weiter als Interferenz von einem anderen Kommunikationsschaltkreis. Warten Sie einen Augenblick, und wir werden Klartext bekommen.«

Boswanis Bild erschien wieder. Nach zehn Sekunden kroch am Fuß des Bildschirms eine Textzeile langsam von rechts nach links.

> ...PANAFRIKA IST BEREIT, ALLE EINWÄNDE GEGEN DIE ÜBERHOLUNG FALLENZULASSEN, ERWARTET ABER EINE GEGENLEISTUNG. ZUM BEISPIEL WERDEN WIR NIEMALS EINER SITUATION ZUSTIMMEN, DIE DER FORTDAUERNDEN BEHERRSCHUNG DES SÜDENS DURCH DIE NÖRDLICHE HEMISPHÄRE VORSCHUB LEISTET. UNS SCHEINT, DASS DIESES PROBLEM LEICHT GELÖST WERDEN KANN, WENN SIE EINVERSTANDEN SIND, UNS BESTIMMTE TEILE DES SCHÖPFERWISSENS AUF EINER EXKLUSIVEN BASIS ZU ÜBERLASSEN...

Mrs. Meriweather starrte überrascht auf die Niederschrift, bevor sie ihren Gefühlen Luft machte: »Mein Gott, er versucht einen separaten Handel abzuschließen!«

Brea sagte nichts. In ihre Befriedigung über das aufgedeckte Komplott mischte sich Erschrecken. Boswani war aktiv in eine verräterische Handlung verwickelt, die sich nicht gegen ein einzelnes Land richtete, sondern gegen die Vereinten Nationen und indirekt gegen die ganze Menschheit!

Nicolas Boswani saß an seinem Schreibtisch, hatte den Kopf in die Hände gestützt und rieb sich energisch die schmerzenden Schläfen, während er zum fünfzigstenmal überlegte, was zu tun sei.

Die verdammte Sonde war bei weitem zu klug! Von Anfang an hatte das Surrogat den Anschein erweckt, Verhandlungen zu begrüßen. Und die Gespräche waren sehr gut vorangekommen – bis zu einem gewissen Punkt. Nicht viel war während der ersten Sitzung geschehen, als M'Buto und das Surrogat miteinander Bekanntschaft gemacht hatten; obwohl der Oberst ein guter Techniker war, gebrach es ihm an der Autorität, ohne Boswanis Billigung in ernsthafte Verhandlungen einzutreten. Und Boswani schauspielerte vor den Kameras, was ihm die Teilnahme unmöglich machte. Daß die Hauptpersonen keinen direkten Kontakt miteinander hatten, hatte sich als zu umständlich und ineffektiv erwiesen.

Bei der zweiten Sitzung hatte Oberst M'Buto das Problem gelöst. Er hatte Boswani mit einem in der Hand gehaltenen Computerterminal des Typs versehen, der allgemein für Notizen gebraucht wurde. Wenn Boswani mit der Sonde sprechen wollte, tippte er seine Bemerkungen in die Tastatur auf seinem Schoß. Die Information ging von dort zu M'Butos Datenanschluß, wo sie in die geheime Kommunikationsschaltung aufgenommen wurde. Die Antworten des Surrogats nahmen umgekehrt den gleichen Weg, nur erhielt Boswani seine Antworten von M'Buto über einen in seinem rechten Ohr steckenden Mikrokommunikator.

Es war ein gutes System, aber langsam. Um die langen Pausen zu tarnen, die durch die zahlreichen Relais notwendigerweise entstanden, war Boswani gezwungen gewesen, mehr zu reden als er es sonst in Jahren tat. Das gleiche galt am anderen Ende für die Sonde. Wenn Boswani sendete, tarnte das Surrogat ihre Aktivität durch lange Monologe. Auf diese Weise gelang es ihnen, mehrere Stunden Aufnahmezeit zu füllen, während sie heimlich die Möglichkeiten der Zusammenarbeit erforschten. Doch in all den Stunden stiller Verhandlungen hatte das Surrogat sich niemals auf eine bindende Erklärung eingelassen, die über Allgemeinplätze wie »Es ist gut, miteinander zu reden« hinausgegangen wäre.

Tatsächlich war die Sonde ein erfahrener Unterhändler. Ein Dutzend Male dachte Boswani, er habe eine bindende Zusage erhalten, nur um bei genauerem Nachlesen zu entdecken, daß die Zusage nichts als semantisches Geräusch war. Unglücklicherweise wurde die Zeit knapp. Weniger als zehn Stunden standen zur Verfügung, bevor Isandhlwana seinen Höhepunkt erreichte. In nicht mehr als acht Stunden würde Nicolas Boswani gezwungen sein, die wichtigste Entscheidung seines Lebens zu treffen. Wenn er richtig vermutete, dann würde Panafrika den ihm zustehenden Platz unter den führenden Nationen der Erde einnehmen. Wenn er sich geirrt hatte, konnte es möglicherweise aufhören, als eine souveräne politische Einheit zu existieren.

Das Summen seiner Gegensprechanlage riß ihn aus seinen Betrachtungen. Er richtete sich auf und drückte den Annahmeknopf. Es war M'Buto.

»Ja, Oberst?«

»Zerhacker einschalten, Sir.«

Boswani schaltete den Zerhackercode des Tages ein. Als er es tat, ging ein scharfer Schmerz durch seinen Magen, der ihm schon die ganze Woche Schwierigkeiten bereitet hatte. »Zerhacker ein.«

»Sie sind uns auf der Fährte!«

»Wer?«

»Die Meriweather, möglicherweise noch eine Person.«

»Sind Sie sicher?«

M'Buto nickte. »Zu den Sicherheits-Unterprogrammen, die ich kurz nach unserer Ankunft in den Zentralcomputer einschmuggelte, war die Anweisung, mich zu verständigen, wenn jemand unsere Interviewaufzeichnungen aus dem Archiv abrufen würde. Vor zwei Stunden kam die Warnung über meinen Bildschirm. Ich arbeitete mich durch bis zu dem Terminal, wo die Abspielung stattfindet, und erhielt Zugang zu allem, was Mrs. Meriweather an ihrem Ende sieht. Vor zehn Minuten rief ein zweiter Terminal die Aufzeichnung ab und entdeckte unseren Ultraschallträger. In diesem Augenblick lesen sie eine entschlüsselte Aufzeichnung der gestrigen Verhandlungen.«

Boswani biß sich auf die Unterlippe, erwog alle Optionen, die ihm offenstanden, und traf seine Entscheidung. Seit langem hatte er Gefahren wie diese ins Auge gefaßt und alle Möglichkeiten durchdacht, und so nahm der Entscheidungsprozeß nicht mehr als eine Viertelsekunde in Anspruch. »Wir werden den Absprung acht Stunden früher einleiten. Sie gehen sofort zum Andockportal und sichern unser Transportmittel. Ich werde nachkommen, sobald ich meine Unterlagen hier vernichtet haben werde. Abreise in fünf Minuten.«

»Verstanden, Exzellenz.«

Boswani vergeudete keine Zeit mit Beschuldigungen. Er hätte gern noch eine Gelegenheit gehabt, mit der

Sonde zu verhandeln, aber anscheinend sollte es nicht sein. Wenn das Schicksal es bestimmt hatte, daß Isandhlwana Wirklichkeit werden sollte, mußte es ihm recht sein. Alles, was jetzt noch zu tun blieb, war die Vernichtung der Beweise.

Vergangen waren die Zeiten unsichtbarer Tinte und geheimer Briefe. Wie so viele andere Berufe, war auch die Spionage längst technisiert und automatisiert. Boswani gab das Kommando, das eine spezielle Modifikation aktivierte, die Oberst M'Buto in seinem Datenanschluß installiert hatte. Ein kleiner Schalter schloß sich, und die feinen Schaltungen der Speichereinheiten wurden unter volle Voltstärke gesetzt und kurzgeschlossen. Es folgte ein elektrisches Knistern, ein platzendes Geräusch, und es stank nach verbranntem Kunststoff.

Boswani nahm die kleine rückstoßfreie Pistole, die in seinem Gepäck verborgen war, vergewisserte sich, daß das Magazin der knapp fingerlangen Raketengeschosse gefüllt war, und schlüpfte hinaus in den Korridor. Er verbarg die Waffe in der Handfläche und machte sich in gemächlichem Schritt auf den Weg zur Andockbucht der *Concordia*. Weniger als zwei Minuten, nachdem er Oberst M'Butos Warnung erhalten hatte, traf er dort ein.

M'Buto stopfte gerade den erschlafften Körper des diensttuenden Wachposten in einen Spind für Schutzanzüge.

»Er ist nicht tot, oder?« fragte Boswani. Sein Tonfall verriet die Mischung von Erregung und Sorge, die ihn nun erfüllte, da die Wartezeit endlich um war.

»Nein, Exzellenz«, antwortete M'Buto.

Boswani nickte. Sie hatten diese Phase der Operation ausführlich diskutiert. Der Versuch, jemanden kampfunfähig zu machen, ohne ihn zu töten, war immer mit einem Risiko verbunden. Das Risiko war doppelt hoch, wenn das Opfer ein Marinesoldat der Friedenssicherungskräfte war. Aber ihr Entkommen hing ab vom natürlichen Wunsch der UN-Autoritäten, einen internationalen Zwischenfall zu vermeiden. Wenn sie einen Leichnam zurückließen, würden sie es dem Admiral erleichtern, ihr entführtes Orbitalboot mit einer Rakete abschießen zu lassen, bevor sie ihr Fluchtschiff erreichten. Wie die Dinge lagen, würde der Admiral nun raten müssen, bis es zu spät wäre.

M'Buto trat an die luftdichte Sicherheitsluke, die die Andockbucht vom Rest des Schiffes trennte. Er schloß die Luke und drückte den Verschlußhebel bis zum Anschlag hinunter. Dann stemmte er eine Stiefelsohle gegen die Stahltür, stützte den Rücken gegen einen Pfeiler und spannte jeden Muskel in seinem Körper. Mit lautem Knacken brach der Schließhebel aus seiner Führung.

»Das sollte sie eine Weile aufhalten«, sagte M'Buto. »Jetzt werden sie einen Schweißbrenner brauchen, um hier hereinzukommen.«

Eilig legten die beiden Verschwörer Schutzanzüge an, dann gingen sie zur Luftschleuse, hinter der das Beiboot der *Concordia* seinen Liegeplatz hatte. Botschafter Boswani konnte ein Schmunzeln nicht unterdrücken, als sie sich anschnallten.

»Alles in Ordnung, Exzellenz?« fragte M'Butos besorgte Stimme in den Kopfhörern.

»Alles in Ordnung, Oberst«, erwiderte Boswani. »Ich dachte gerade an das Gesicht des armen Yaruanda, als Sie die *Asgard*-Besichtigungsreise als unseren Fluchtweg vorschlugen. Ich frage mich, wie er sich gehalten hat.«

M'Buto schmunzelte mit ihm. Der Gedanke, daß General M'awa Yaruanda und seine Truppe handverlesener Söldner aus aller Herren Länder seit zwei Wochen die Rolle reicher Müßiggänger an Bord der *Asgard* spielten, war genau, was er brauchte, um die Spannung zu lösen. Er lachte noch, als sie aus der Andockbucht der *Concordia* glitten und er das Fadenkreuz des Bordteleskops auf den fernen Stern ausrichtet, der das Passagierschiff war. Dann aktivierte er das kleine Feststoff-Raketentriebwerk. Auf Gedeih oder Verderb, sie waren festgelegt!

Enrique Malagar war eben im Begriff, sich schlafen zu legen, als Mrs. Meriweather mit den Fäusten an die Tür seiner Kabine trommelte. Er murrte ein wenig, lauschte aber aufmerksam, als sie darlegte, was Brea festgestellt hatte. Als sie geendet hatte, saß Malagar tief in Gedanken. Es war schwierig, das volle Ausmaß und die Konsequenzen des panafrikanischen Komplotts zu erfassen.

Gegen Boswani und M'Buto würde ein Verfahren vor dem Internationalen Gerichtshof eingeleitet werden müssen, und die Vereinten Nationen würden die Panafrikanische Regierung unter Androhung von Sanktionen zwingen, einer Untersuchung zuzustimmen, um zu sehen, wie weit der Krebs sich ausgebreitet hatte. Wenn die Pan-Afs sich der Untersuchung widersetzten, konnte es durchaus geschehen, daß die Friedenssicherungskräfte sich in ihren ersten wirklichen Schießkrieg verwickelt sahen. In den vergangenen siebzig Jahren hatten sie an zahlreichen Polizeiaktionen teilgenommen, aber keine souveräne Nation hatte jemals die Entscheidung gewagt, ihre Macht offen gegen die Vereinten Nationen einzusetzen. Bis jetzt. »Ich nehme an, Sie können diese Anschuldigungen durch Beweise stützen«, murmelte er.

»Zeigen Sie ihm, was wir haben, Brea.«

Bevor die beiden zu Malagar gegangen waren, hatte Brea den Computer programmiert, alle Interviewaufzeichnungen Boswanis zu analysieren. Nun rief sie die gespeicherten Daten ab. Die Zeilen wanderten beinahe zu schnell über den Bildschirm, um mitzulesen.

Nach dieser Vorführung schaltete der Delegationsleiter die Gegensprechanlage ein und wählte die Nummer des Sicherheitsdienstes. Er gab Anweisung, Botschafter Nicolas Boswani und Oberst Yorubi M'Buto zu suchen und festzunehmen. Nach kurzem Zögern fügte er hinzu, es müsse davon ausgegangen werden, daß sie bewaffnet und gefährlich seien. Der diensthabende Offizier nahm den Befehl mit einem halb fragenden und halb spöttischen Ausdruck entgegen.

»Bitte besorgen Sie mir einen Ausdruck von diesen Daten, Mrs. Gallagher«, sagte Malagar, als er die Verbindung mit dem Sicherheitsdienst unterbrochen hatte.

Brea gab einen entsprechenden Befehl ein, und Sekunden später begann der gefaltete Papierstreifen leise aus einem Schlitz unter der Tastatur zu fließen. Malagar überflog den Text und hielt einige Male inne, um einzelne Absätze genauer zu lesen.

Er hatte den Ausdruck noch in der Hand, als die Gegensprechanlage summte. Er nahm den Anruf entgegen und fand, daß der Sicherheitschef der *Concordia* der Anrufer war.

»Ich höre, daß wir ein Problem haben, Sir.«

»Ob es ein Problem ist, werden Sie mir sagen müssen, Hauptmann. Haben Sie die beiden gefaßt?«

»Nein, Sir. Wir konnten bis jetzt keinen der beiden Verdächtigen ausfindig machen. Einer meiner Männer meldet, daß die Tür zur Andockbucht blockiert sei. Wir versuchen sie jetzt aufzuschneiden. Das sollte fünf Minuten oder so dauern.«

»Sehr gut. Halten Sie mich auf dem laufenden.«

Mehr als eine Viertelstunde war vergangen, als sich der Chef des Sicherheitsdienstes wieder meldete. »Die Tür ist offen, Sir. Sie haben den Wachtposten überwältigt und ein Beiboot gestohlen. Es war zweifelsfrei M'Buto.«

»Danke, Hauptmann.« Sobald die Verbindung unterbrochen war, wählte Malagar eine neue Nummer.

»Nachrichtenzentrale der Flotte.«

»Hier Malagar. Verbinden Sie mich sofort mit Admiral Liu Tsen.«

»Tut mir leid, Sir. Der Admiral ist indisponiert und hat Anweisung gegeben, daß er nicht gestört zu werden wünscht.«

»Dann Major Stessl.«

»Er ist beim Admiral, Sir. Sie haben sich zurückgezogen, und alle Kommunikationen zu dem Teil des Schiffes sind vorübergehend unterbrochen.«

Malagars Miene veränderte sich. Es war nicht so sehr ein Ausdruck von Zorn als vielmehr der eines mächtigen Mannes, der nicht bereit ist, sich von Subalternen abweisen zu lassen. »Gefreiter, ich schlage vor, daß Sie den einen oder den anderen aufsuchen und zu einem Apparat bringen. Sie haben zwei Minuten.«

»Ja, Sir!«

Innerhalb einer Minute ersetzte Erich Stessls Gesicht das des nervösen Nachrichtenmannes. Malagar gab ihm eine kurze Zusammenfassung der Ereignisse an Bord der *Concordia*. Stessl lauschte mit ernster Miene und bat Malagar dann, an der Leitung zu bleiben. Der Bildschirm ging aus, aber weniger als eine Minute später war Stessl zurück.

»Die Verkehrsüberwachung der Flotte hat Ihr gestohlenes Beiboot im Radar, Sir. Vor zwei Minuten hat es bei *Asgard* angedockt. Wollen Sie die beiden festnehmen und zurückbringen lassen?«

»Natürlich. Aber sagen Sie Ihren Leuten, daß sie sich in acht nehmen sollen ...«

Er brachte nicht mehr zu Ende, was er sagen wollte. Im Hintergrund begannen an Bord der *Bernadotte* Alarmsirenen zu heulen. Stessl wandte sich vom Bildschirm ab, und gleich darauf verstummten die jaulenden elektronischen Sirenen. Nach ein paar Sekunden kam er wieder ins Bild. »Kapitän Rieger von *Asgard* meldete soeben, ein Dutzend Bewaffneter habe ihr Schiff in seine Gewalt gebracht. Sie geben ihr Anweisung, die Rückreise zur Erde anzutreten. Wir senden die *Gottmann* aus, um *Asgard* aufzuhalten, sollte es notwendig werden, ein Entermanöver zu unternehmen. Ich schlage vor, Exzellenz, daß Sie sehen, ob Sie an Ihrem Ende irgendwelche Hinweise darauf finden, was, zum Teufel, hier vorgeht.«

»Wird gemacht, Major.«

»Ist Brea Gallagher dort, Exzellenz?«

Brea schnürte es die Kehle zu, als sie in den Aufnahmebereich trat. »Ich bin hier, Erich.«

»Was immer geschieht, ich liebe dich! Ich muß jetzt abschalten. Wir besetzen hier die Gefechtsstationen. Mr. Malagar, bitte unterrichten Sie uns, wenn Sie etwas herausfinden. Brea, wir sprechen später miteinander. *Bernadotte,* Ende.«

»*Concordia,* Ende«, sagte Brea. Erst als der Bildschirm leer war, merkte sie, daß sie Tränen in den Augen hatte. Tränen des Glücks oder der Angst, sie wußte es nicht genau.

Am 8. Februar 2066 trat die Verhandlungsdelegation minus ein Mitglied zu einer Sondersitzung zusammen. Der Delegationsleiter unterrichtete die Mitglieder von den Ereignissen des Abends. Benommenes Schweigen war die erste Reaktion auf seine Eröffnung.

Fast eine Minute verging, bevor Mrs. Darvi sich zu Wort meldete. »Können wir die Beweise sehen, Mrs. Malagar?«

»Es ist alles im Computer, gespeichert unter dem Stichwort ›Fünfte Kolonne‹, Mrs. Darvi. Sie können sich alles in Muße ansehen. Die Tatsache, daß Boswani und seine Handlanger die *Asgard* in ihre Gewalt gebracht haben, sollte jedoch für jeden von uns Beweis genug sein.«

»Wie entwickelt sich diese Situation?« fragte Vizebotschafter Kenzie.

Mrs. Meriweather nickte Brea zu, die den Funkverkehr auf den taktischen Frequenzen der Flotte verfolgt hatte.

»Der Zerstörer *Gottmann* ist längsseits gegangen und hat den Auftrag, den Start der *Asgard* zur Erde zu verhindern. Die Entführer haben mit der Tötung zahlreicher Passagiere gedroht, sollten die Marinesoldaten versuchen, an Bord zu gehen, aber ansonsten scheinen sie sich mit dem gegenwärtigen Stand der Dinge zufriedenzugeben.«

»Ich frage mich, warum?« sagte Mr. Souvantawong.

Po Dua legte die gefalteten Hände vor sich auf den Konferenztisch und sagte: »Ich bin weniger besorgt über Boswani als über die Tatsache, daß die Sonde mit ihm kooperiert hat.«

»Richtig«, sagte Malagar. »Wenn diese Krise überstanden ist, müssen wir unsere Beziehung zu unserem Besucher von den Sternen einer Neubewertung unterziehen.«

»Warum das nicht jetzt gleich tun?« fragte Brea.

»Wie bitte, Mrs. Gallagher?«

»Man könnte das Surrogat auffordern, sich dazu zu äußern.«

Jacques Villart machte ein skeptisches Gesicht. »Halten Sie das für klug?«

»Nicht nur für klug, sondern für geboten«, erwiderte Brea.

Mrs. Meriweather sprang ihr bei. »Ich stimme Ihnen zu. Wir haben es hier mit einer instabilen Situation zu tun, die sich mit der Zeit nur verschlechtern kann. Ich sehe nicht, daß wir uns den Luxus leisten können, mit dem Kreuzverhör der Sonde zu warten.«

Malagar blickte in die Tischrunde. »Ist jemand dagegen? Gut. Fangen Sie an, Mrs. Meriweather.«

Sie wählte an ihrer Konsole die Nachrichtenabteilung der *Concordia* und ließ eine Verbindung mit der Sonde herstellen. Das zentrale Hologramm über dem Konferenztisch zeigte kurz darauf die Projektion des Surrogats. »Guten Abend, meine Damen und Herren. Ich habe diesen Anruf erwartet.«

»Sie haben ihn erwartet?«

»Selbstverständlich, Mrs. Meriweather. Wir haben die Kommunikationen der Flotte überwacht und sind uns der gegenwärtigen Probleme an Bord der *Asgard* bewußt. Ich bin sehr bekümmert. Besteht keine Hoffnung auf eine friedliche Lösung?«

»Das«, sagte Mrs. Meriweather mit einer Andeutung von Kälte in der Stimme, »hängt von Ihnen und Ihrem Herrn ab.«

»Von uns?« fragte das Surrogat.

»Sind Sie sich nicht der Tatsache bewußt, daß Sie die Ursache dieser Krise sind?« rief Robert Kenzie.

»Wir sind uns dessen bewußt, Mr. Kenzie. Wir bedauern wirklich, daß die Dinge an den Rand eines offenen Krieges geraten sind. Wir hatten gehofft, den Botschafter Panafrikas durch Vernunft zu gewinnen.«

»Wir haben eine Niederschrift von Boswanis geheimer Kommunikation«, sagte Mrs. Meriweather. »Es wurde davon gesprochen, Panafrika Exklusivrechte auf einige Daten der Schöpfer zu geben.«

»Nicht von mir, Mrs. Meriweather. Der Botschafter erwähnte das als eine seiner Bedingungen für die Zustimmung zur Überholung.«

»Sie taten nichts, um ihn zu entmutigen.«

Der Mann in der holographischen Darstellung zuckte die Achseln. »Seit unserer Ankunft in diesem Sternsystem habe ich zwei menschliche Fraktionen kennengelernt – eine zugunsten meiner Anwesenheit, die andere dagegen. Sie können mir schwerlich vorwerfen, daß ich versuchte, die Opposition zu überzeugen, daß die Sonde und ich nichts Böses im Schilde führen.«

»Sie hätten Boswani sofort melden sollen!« sagte Malagar.

»Als Außenseiter bin ich nicht in einer Position, die es mir erlaubt, irgend jemanden zu beleidigen, Mr. Malagar. Sicherlich können Sie das verstehen. Wenn ich diese Delegation gekränkt habe, bitte ich Sie ergebenst um Verzeihung. Ich erkenne, daß mein Irrtum mich teuer zu stehen gekommen ist. Ich werde lange und angestrengt darüber nachdenken, wie ich mich Ihnen wieder als zuverlässiger und ehrlicher Partner beweisen kann.«

»Eine Möglichkeit ist«, sagte Jacques Villart, »uns zu sagen, warum Nicolas Boswani diesen Zeitpunkt gewählt hat, um die *Asgard* in seine Gewalt zu bringen.«

»Ich kann nur annehmen, daß er von Ihren Verstärkungen erfahren hat und nicht hier zu sein wünscht, wenn sie eintreffen.«

»Verstärkungen?« fragte Malagar.

»Die sechs Kriegsschiffe aus dem Asteroidengürtel, die innerhalb der nächsten acht Stunden hier sein sollen«, antwortete das Surrogat.

Mrs. Meriweather wandte sich zu Brea. »Haben Sie vielleicht auf den Flottenfrequenzen etwas darüber gehört?«

Brea schüttelte den Kopf.

»Sind Sie sicher, Surrogat? Es kann kein Irrtum vorliegen?«

»Nein. Die Sonde hat ihren Kurs seit einiger Zeit verfolgt.«

»Was hat Sie zu dem Schluß geführt, es seien Kriegsschiffe der Vereinten Nationen?«

»Ihr Radar-Querschnitt ist typisch für solche Schiffe. Nach ihrer Größe hat die Sonde geschätzt, daß es zwei Kreuzer und vier Zerstörer sind. Und wer sonst hat Kriegsschiffe im Sonnensystem?«

»Die Panafrikaner«, sagte Brea.

Alle Gesichter um den Konferenztisch wandten sich ihr zu. »Wie ist das möglich?« fragte Po Dua.

Sie wich ihren Augen aus. »Es ist möglich.«

»In diesem Fall«, sagte Mrs. Meriweather, »tun wir gut daran, *Graf Bernadotte* zu warnen. Es scheint, daß wir Zeugen der ersten von Menschen im Weltraum ausgetragenen Schlacht werden sollen.«

29

Ungeachtet menschlicher Vorurteile, ist der Ablauf der Zeit im Raum unsichtbar. Keine Sonnenauf- oder -untergänge bestätigen periodisch die natürliche innere Uhr des Menschen, keine Morgendämmerung weckt den schlafenden Körper, noch bereitet ihn die anbrechende Dunkelheit auf den Schlaf vor. Die endlose Leere kennt nur einen einzigen Augenblick gefrorener Zeit. Es ist immer und überall Mittag. Und obwohl die Uhren der *Graf Bernadotte* beharrten, daß es noch mitten in der Nacht sei, bereitete sich die Flotte unter einer strahlenden Mittagssonne auf den Kampf vor.

Einem zufälligen Beobachter, der aus der Ferne auf das buntgemischte Sortiment von Schiffen hinabblickte, wäre in den Wochen seit dem Eintreffen der Sonde kaum eine Veränderung aufgefallen. Noch immer hing sie bewegungslos im Raum und beherrschte die kleineren menschlichen Raumfahrzeuge in ihrem Umkreis. Aus hundert Kilometern Distanz zeigten nur die Sonde und *Graf Bernadotte* sichtbare Formen. Jeder, der sich aus dieser Distanz näherte, würde ein Teleskop mittlerer Vergrößerung benötigen, um den Schwarm kleiner intraorbitaler Raumfahrzeuge zu sehen, die um das Flaggschiff schwebten.

Die *Bernadotte* rotierte nicht mehr um die Achse. Orbitale Kleinfahrzeuge waren in Gruppen von zwei und drei versammelt und warteten vor den großen Ladungsöffnungen. Kleine Leichter, mittelgroße Frachtschiffe und ein größerer Wasserstofftanker schwebten in Wartestellung. Sie hatten alles an Bord, was das alternde Kriegsschiff für den bevorstehenden Kampf benötigen würde.

Vom Tanker führten stark isolierte Leitungen durch den Raum zu den Treibstofftanks des Kriegsschiffes. Aus Sicherheitsgründen waren seit der Reise vom Erde-Sonne-Lagrange-Punkt nur minimale Quantitäten Reaktionsmasse an Bord genommen worden. Nun waren die Treibstofftanks randvoll mit Cryogen. Die kleineren Frachtschiffe wurden, soweit sie nicht andocken konnten, durch Leichter entladen. Wenn ihre Frachten von schwitzenden, fluchenden Marinesoldaten entladen worden waren, legten sie wieder ab, vollgestopft mit Menschen – zivilen Wissenschaftlern und Technikern, die in Erwartung des bevorstehenden Gefechts evakuiert wurden.

Erich Stessl saß auf dem Kommandantenplatz in der Feuerleitzentrale der *Bernadotte* und versuchte das Übernehmen von Munition, Sauerstoff, cryogenen Flüssigkeiten, Ersatzteilen und Reaktionsmasse zu beaufsichtigen, während er gleichzeitig den reibungslosen Abtransport von Nichtkombattanten kontrollierte. Manchmal schien beides sich gegenseitig auszuschließen.

Seine Finger gingen über die Konsole und ließen die Darstellung auf dem Bildschirm von einem Punkt innerhalb des Schiffes zum anderen springen. Auf den anderen Plätzen der Zentrale murmelten Techniker in ihre Mikrophone, jeder von ihnen betraut mit Kontrollaufgaben in seinem Bereich.

Stessl schaltete auf eine Kamera, die eine wichtige Kreuzung von Korridoren auf dem Alpha-Deck kontrollierte. Eine Verkehrsstauung größeren Ausmaßes bot sich seinem Blick. Fluchende Marinesoldaten bugsierten lange rote Zylinder durch einen Korridor und waren im Bereich der Kreuzung hoffnungslos verkeilt in eine große Gruppe gepäckbeladener Zivilisten, die in der ungewohnten Schwerelosigkeit unbeholfen manövrierten. Stessl rief den Koordinator für Arbeitseinsätze an.

»Larsen, wir haben eine Stockung in Alpha-Siebzehn.

Die Wissenschaftler und das sonstige Zivilpersonal, die durch Schleuse Drei geleitet werden, sind der Munitionskolonne zur Raketenbatterie Sechs in die Quere gekommen. Alles staut sich in der Kreuzung. Schicken Sie ein paar Leute hinunter, daß sie die Zivilisten zu Schleuse Vier umleiten. Halten Sie den Korridor frei!«

»Verstanden, Major.«

Eine Minute später erschienen sechs uniformierte Gestalten im Aufnahmebereich der Kamera und begannen das Durcheinander zu entwirren. Stessl beobachtete den Vorgang ein paar Sekunden lang, dann schaltete er weiter. Die Zeit war zu kurz und die Probleme zu zahlreich, um jedem mehr als ein paar Minuten zu widmen.

Als er seinen elektronischen Kontrollgang durch das Schiff fortsetzte, summte die Gegensprechanlage, und ein Marinesoldat mit genervtem Gesichtsausdruck starrte aus dem kleinen Bildschirm.

»Verzeihen Sie die Störung, Sir. Wir haben hier eine Zivilistin, die sich mit einem Materialtransport von der *Concordia* unbefugt hier eingeschmuggelt hat und darauf besteht, mit Ihnen zu sprechen. Sie weigert sich, unserem Befehl zur Rückkehr Folge zu leisten.«

Während der Mann sprach, war im Hintergrund eine vertraute Stimme zu hören: »... fassen Sie mich nicht an, Sie Stinkstiefel!«

Stessl lächelte. »Schicken Sie sie zur Feuerleitzentrale herauf. Gehen Sie dann wieder an Ihre Arbeit.«

»Jawohl, Sir.«

Mehrere Minuten später schwebte Brea Gallagher durch die Panzerluke der Feuerleitzentrale. Sie zog sich sorgfältig Hand über Hand zu Stessls Platz. Er grinste ihr zu.

»Was ist so komisch?« fragte sie stirnrunzelnd.

»Nichts«, sagte er. »Ich freue mich bloß, dich zu sehen.«

Sie lächelte. »Ich mich auch, Erich. Du bist mir nicht böse, nicht wahr?«

»Nein, ich bin dir nicht böse.«

»Gut. Ich könnte es nicht ertragen. Ich mußte dich einfach sehen, bevor…« Sie schlug den Blick nieder aufs Stahldeck.

Er streckte die Hand aus, umfaßte ihr Kinn und zwang sie, ihn anzusehen. »Du brauchst uns noch nicht abzuschreiben, Brea. Dieser alte Seelenverkäufer hat mehr Muskeln als du glaubst.«

»Aber das Surrogat sagt, es seien sechs Schiffe, darunter zwei Kreuzer.«

»Na und? *Bernadotte* kann mit ihnen fertig werden.«

Ihr besorgter Blick suchte in seinen Zügen. »Ist das die Wahrheit?«

»Nichts als die Wahrheit.«

»Dann glaube ich, ist es Zeit, daß ich dir etwas sage, Erich. Es wäre nicht recht, wenn ich dich in den Kampf gehen ließe, ohne daß du es weißt.«

»Hat es etwas mir dir, Don Bailey und Angai Yahaya zu tun?« Sie nickte.

»Ist es wichtig für unsere gegenwärtige taktische Situation?«

»Nein.«

»Dann will ich es nicht hören. Wie die Lage jetzt aussieht, habe ich keinen Beweis, daß du und Don Bailey etwas getan habt. Ich würde es dabei belassen.«

Sie seufzte tief. »Danke.«

»Wofür?«

»Einfach dafür, daß du du bist.« Sie beugte sich über ihn und küßte ihn leicht auf die Lippen. Als sie sich aufrichtete, bemerkte Stessl, daß eine Anzahl Köpfe sich wieder ihren Konsolen zuwandte. Er räusperte sich, setzte sich aufrecht.

»Wir scheinen eine Menge Aufmerksamkeit auf uns zu ziehen. Ich sollte jetzt weitermachen, bevor der Admiral mich erwischt. Du nimmst die nächste Transportgelegenheit zurück und verschwindest von hier.«

Sie schüttelte lebhaft den Kopf. »Kann ich nicht. Ich muß Lisa suchen.«

»Sie ist schon evakuiert. Vor mehr als einer Stunde sah ich sie und Bailey mit einer Gruppe Zivilisten von Bord gehen.«

»Bailey?«

Er lächelte. »Ich hatte noch keine Gelegenheit, es dir zu sagen. Der Admiral ließ Bailey und Yahaya frei, als er der *Gottmann* Anweisung gab, die *Asgard* nicht mehr an der Abreise zu hindern.«

»Er ließ auch Yahaya gehen? Und Boswani und M'Buto? Ist das nicht gefährlich?«

Stessl zuckte die Achseln. »Sie kommen nicht weit. Das Direktorat bereitet schon eine Aktion gegen die Regierung in Johannesburg vor. Wenn ein entsprechender Beschluß von der Vollversammlung verabschiedet wird, soll Panafrika für eine Generation unter die Mandatsverwaltung der Vereinten Nationen kommen, oder wenigstens so lange, bis wir alle ausgemerzt haben, die mit diesem Komplett etwas zu tun hatten. Wenn Yahaya schuldig ist, werden wir ihn bald wieder fassen. Und Boswani ist bloß an einer längeren Leine. Wenn die *Asgard* zur Erde kommt, wird sie von der Hälfte der UN-Flotte empfangen.

Aber nun solltest du gehen. Wir haben noch Rückstände aufzuholen, und ich habe eine Menge zu tun, bevor wir diesen alten Eimer ins Schwarze steuern können.«

»Ich gehe.« Sie wandte sich um, zögerte und kam noch einmal zurück. »Erich!«

»Ja?«

»Ganz gleich, was geschieht, denk immer daran, daß ich dich liebe.«

»Nichts wird geschehen«, sagte er. »Ich liebe dich auch. Nun kratz die Kurve!«

Zwei Stunden später war die *Bernadotte* gefechtsbereit. Die letzte Raumfähre hatte abgelegt, die stark gepanzerten Frachtschleusen waren geschlossen und verriegelt, das gesamte Personal hatte Schutzanzüge angelegt und die Gefechtsstationen bemannt. Alle Abteilungen meldeten ihre Bereitschaft.

Die Feuerleitzentrale war in Bereitschaft, seit die Aufregung und der Lärm der Evakuierung abgeklungen waren. Vor Stessl und seinen Helfern waren Reihen von Bildschirmen angeordnet, die Ansichten der Sonde, der umgebenden Flotte und des Himmelsbereichs zeigten, wo nach Angabe des Surrogats der Feind war. Bisher war er noch nicht geortet.

Stessl blickte auf zu der Panzerglaskuppel über sich. Ihr offizieller Name war Befehlszentrale, aber allgemein wurde sie Krähennest genannt. Inmitten der Bildschirme und Instrumententafeln, die den kleinen Raum füllten, war eine undeutlich wahrnehmbare Silhouette zu sehen. Sie bewegte sich, und Admiral Liu Tsens Stimme drang aus Stessls Konsolenlautsprecher.

»Beginnen Sie die Startzählung, Major.«

»Ja, Sir.« Stessl drückte die Schaltung für allgemeine Durchsagen.

»Achtung. Alle Schiffe und Besatzungen in Bereitschaft. Die nicht am Kampf beteiligten Schiffe zerstreuen sich nach Plan. Startzählung beginnt. T minus dreißig Sekunden …«

Er beobachtete das Chronometer, das die letzten Sekunden zum Augenblick der Entscheidung heruntertickte. »… Fünf … Vier … Drei … Zwei … Eins … Start!«

Gleichzeitig mit den Worten drang dumpfes Brüllen durch das Deck unter seinen Füßen, und eine sanfte Hand stieß ihn in die Sitzpolsterung. Stessl beobachtete die Außenansicht. *Gottmann*, die neben der *Bernadotte* Position hielt, spie bläulichweißes Feuer aus, als die beiden Kriegsschiffe ihre Position verließen.

»Beginnen Sie programmierten Einsatz, Major.«

Stessl gab den Befehl, und der Zerstörer entfernte

sich langsam von der *Bernadotte*. Hinter ihnen flammten weitere Plasmastrahlen auf, als die Schiffe der Flotte sich zerstreuten. In weniger als zwanzig Minuten war die Sonde allein im Raum.

Stessl beschäftigte sich mit letzten Kontrollen und Vorbereitungen. Gefechtsköpfe wurden scharfgemacht und Schaltungen erprobt. Er ging die Checkliste durch, als die Gegensprechanlage summte. Er schaltete ein und blickte in Elsbeth Crockers besorgtes Gesicht.

»Was ist los, Leutnant?«

Sie zögerte, offenbar in Verlegenheit. »Haben Sie Brea Gallagher aufgefordert, an Bord zu bleiben?«

»Zum Teufel, nein!« Dann, als ihm der wahrscheinliche Grund der Frage bewußt wurde, zog sich sein Magen zusammen. »Ist sie da?«

Die andere nickte. »Vor fünf Minuten tauchte sie bei uns in der Sanitätsabteilung auf. Sie sagte, Sie hätten ihr einen Platz bei uns zugewiesen.«

»Lassen Sie sie heraufbringen«, knurrte Stessl durch zusammengebissene Zähne.

Eine Minute später wurde die Tür im Panzerschott hinter ihm geöffnet, und Brea Gallagher kam herein, flankiert von zwei Marinesoldaten. Die drei nahmen Haltung an. Ihre magnetisierten Stiefel hielten sie auf den Stahlplatten des Decks. Alle drei trugen Schutzanzüge und die Helme unter den Armen. Einer der Marinesoldaten salutierte, und Stessl erwiderte die Ehrenbezeigung, dann entließ er die Eskorte und fixierte Brea mit verdrießlicher Miene.

»Ich dachte, ich hätte dir Anweisung gegeben, von Bord zu gehen?«

Brea hob die Hand, um eine Haarsträhne aus den trotzig blickenden Augen zu streifen. »Richtig.«

»Was, zum Teufel, tust du dann hier?«

»Ich versuchte zu gehen, Erich. Ehrlich. Ich konnte einfach nicht.«

»Warum nicht, in drei Teufels Namen?«

»Ich weiß wirklich nicht. Hauptsächlich, weil ich mich schuldig fühlte, nehme ich an. Der Gedanke, daß ihr alle hier draußen euer Leben aufs Spiel setzt, während ich mich in Sicherheit bringe ...«

»Wo hast du den bekommen?« fragte er mit einer Kopfbewegung zu ihrem Schutzanzug.

Brea grinste und posierte wie ein Fotomodell. »Gefällt er dir? Ein netter Mann in der Kleiderkammer gab ihn mir. Ich sagte ihm, du hättest mir befohlen, einen Schutzanzug anzulegen.«

Stessl zeigte zu einem leeren Platz im Halbrund der Konsolen. »Dieser grinsende skandinavische Typ dort ist Leutnant Olaf Gruen von der UNS *Konstantin Ziolkowskij*. Du setzt dich neben ihn an die Konsole und hilfst ihm bei der Überwachung der Detektoren mit großer Reichweite. Die Instrumente ähneln denen, die du in deiner astronomischen Arbeit gebrauchst.«

»Ja, Sir«, sagte sie und imitierte die Ehrenbezeichnung, die sie dem Marinesoldaten abgeguckt hatte.

»Und noch etwas ...«

»Ja?«

»Diesmal befolgst du alle Befehle!«

»Ja, Erich«, sagte sie mit gespielter Unterwürfigkeit.

»Eine Botschaft von der Sonde, Major«, meldete sich die Nachrichtenzentrale.

»Stellen Sie durch.«

Gleich darauf erschien das Alter ego des Surrogats auf dem Bildschirm der Konsole. Die Projektion brachte es fertig, besorgt auszusehen. »Haben Sie die nicht identifizierten Raumfahrzeuge bereits geortet, Major Stessl?«

»Noch nicht.«

»Das dachte ich mir. Sie setzen relativ wirksame Anlagen zur Radarabsorption ein. Die Sonde verfolgt ihren Kurs. Es würde mir eine Ehre sein, wenn Sie mir erlaubten, Ihnen die Vektoren anzugeben.«

Stessl zögerte. Wie fast alle anderen an Bord, hatte er

in den vorausgegangenen sechzehn Tagen gelernt, der Sonde zu vertrauen. Die jüngsten Ereignisse hatten dieses Vertrauen erschüttert, doch konnte die frühzeitige Kenntnis der Feindposition ausschlaggebend für Sieg oder Niederlage sein.

»Wir begrüßen jede Hilfe, die Sie uns geben können, Surrogat. Um aber Gewißheit zu haben, auf welcher Seite Sie stehen, sollten wir vielleicht ein paar Dinge genau klären – zum Beispiel den Zweck der Schiffe dort draußen.«

»Ihr Zweck ist leider eindeutig. Sie beabsichtigen die Zerstörung der Sonde.«

»Ich kann mir nicht denken, daß sie es auf die Zerstörung der Sonde abgesehen haben«, erwiderte Stessl. »Wahrscheinlicher ist, daß sie an Geiselnahme denken. Sobald sie uns ausgeschaltet haben, werden sie Sie als Geisel festhalten, bis die Vereinten Nationen auf ihre Bedingungen eingehen.«

»Ich wünschte, Sie hätten recht, Major Stessl. Hätten sie es auf eine Geiselnahme abgesehen, so würden sie schon vor drei Stunden mit der Verlangsamung begonnen haben. Die Sonde hat sie sehr sorgfältig beobachtet. Bisher deutet nichts auf ein Manöver zur Verlangsamung hin.«

Stessl meldete die Angaben des Surrogats dem Admiral, der bloß nickte. »Ich hatte es bereits vermutet, Major. Da es Boswani mißlungen ist, die Sonde für seinen Plan zu gewinnen, hat er ihre Zerstörung beschlossen. Ich denke, wir können uns auf die volle Kooperationsbereitschaft des Surrogats verlassen. Bitte ersuchen Sie ihn, unserem Rechner die gegnerischen Positionen durchzugeben.«

Innerhalb von Sekunden änderte sich die Darstellung der taktischen Situation. Nun waren außer den grünen, goldenen und blauen Punkten, welche die Positionen der Flotte und der Sonde kennzeichneten, sechs rote Sterne erschienen. Sie waren geometrisch präzise in einem Bogen von annähernd hunderttausend Kilometern Spannweite angeordnet. Die numerische Information neben jedem verriet genauere Einzelheiten. Alle fünf beschrieben einander schneidende hyperbolische Bahnen, die alle im selben Augenblick die Position der Sonde erreichen würden. So präzise war die Vorausberechnung, daß der Rechner am Zielort keine orbitale Trennung erkennen konnte. Aus einer Distanz von einer Million Kilometern sah es wie ein Kollisionskurs für alle Beteiligten aus.

Innerhalb von einer halben Stunde hatte sich die Situation entwickelt. Der Admiral erteilte seine Befehle der Schiffsleitung und der Feuerleitzentrale. Die Schiffsleitung übersetzte seine Wünsche in genaue Anweisungen für den taktischen Computer, der die Manöver der *Bernadotte* steuerte. Mit ihm verbunden war der Gefechtsrechner der Feuerleitzentrale, der die kontinuierlich sich verändernden Positionen beider Seiten und die daraus folgenden Veränderungen der Vorhaltewinkel errechnete. Während die Computer so mit Hochdruck arbeiteten, hatten die dreihundert Mann Besatzung ihre Gefechtsstationen besetzt und warteten in Schutzanzügen auf den Beginn des Gefechts.

Seltsamerweise schienen die feindlichen Raumfahrzeuge die Anwesenheit der beiden UN-Kriegsschiffe nicht zu bemerken. Weder hatten sie Ausweichmanöver eingeleitet noch auch nur die elementaren Vorsichtsmaßnahmen verschiedener Annäherungsgeschwindigkeiten, um Voraussagen über ihre bevorstehenden Aktionen zu erschweren. Sie hielten stur ihren Kurs.

»Sicherlich müssen sie uns gesehen haben«, murmelte Stessl.

»Daran ist nicht zu zweifeln«, erwiderte das Surrogat aus dem Bildschirm.

»Warum halten sie dann ihre Formation wie auf einem Schießstand?«

»Es scheint tatsächlich sonderbar, daß alle auf ihrem gegenwärtigen Kurs bleiben. Könnte es sein, daß sie mich rammen wollen?«

»Unwahrscheinlich«, erwiderte Stessl. »Ich glaube eher, daß sie Ihnen Kies in den Weg streuen werden, bevor sie den Kurs ändern. Es ist primitiv, aber schwierig zu kontern.«

»Ich denke nicht«, sagte das Surrogat. »Die Streuung der einzelnen Partikel würde zu groß sein, wenn sie ihren Kies in einer angemessenen Entfernung ausstießen. Ein paar kleine Steine werden die Sonde nicht ernstlich beschädigen.«

»Vielleicht wissen sie das nicht.«

»Zweifelhaft, Major Stessl. Die Dispersionsgleichungen sind ganz elementar. Sicherlich haben sie Computersimulationen dieses Angriffs durchgeführt.«

»Ich wünschte, *wir* hätten es getan«, sagte Stessl. Wie immer es um die Gründe der seltsamen Strategie der Panafrikaner bestellt sein mochte, sie schienen entschlossen daran festzuhalten. Indem sie in einer Reihe nebeneinander angriffen, hatten sie das Überleben wenigstens eines ihrer Schiffe praktisch gesichert. Die bevorstehenden Feindseligkeiten würden nicht länger als elf Minuten dauern. Danach würde jeder überlebende Panafrikaner die Abwehrfront der *Bernadotte* und *Gottmann* überwunden haben und außer Reichweite sein, ohne ein weiteres Hindernis zwischen ihr und der Sonde.

Endlich war das nervenzehrende Warten vorbei, und das Gefecht nahm seinen Anfang.

Der Gefechtsrechner der Feuerleitzentrale eröffnete die Feindseligkeiten, als das erste Ziel in Reichweite der schweren Laserkanonen kam. Die scharf gebündelten Strahlen blitzten ein Dutzend Male oder mehr aus den Mündungen, und Mikrosekunden später flammte die Wiedergabe des nächsten panafrikanischen Schiffes mit dem Tausendfachen seiner normalen Helligkeit auf. Aber die Fernsensoren meldeten nur wenige Anzeichen nennenswerter Schäden.

»Das befürchtete ich«, sagte Admiral Liu Tsen über die Befehlsschaltung. »Diese Schiffe müssen starke Antilaser-Schutzschilde haben. Gehen Sie auf Raketen über, und setzen Sie die Laser zur Abwehr ankommender Geschosse ein, bis wir die Distanz verringert haben.«

Stessl bestätigte den Befehl und gab ihn in den Gefechtsrechner ein.

Mehrere Minuten vergingen, während die beiden Streitkräfte sich einander näherten. Dann schien alles auf einmal loszugehen. Stessl sah, wie die drei entferntesten Feindschiffe Projektile auf *Gottmann* zu speien begannen. Der Zerstörer antwortete mit einem Schwarm aus seinem eigenen Arsenal. Winzige Funken bewegten sich zwischen größeren Lichtpunkten, beschleunigten mit mehr als tausend Ge. Eine Serie tödlicher Blitze entlud sich im freien Raum, als die beiden in der Schwärze zusammentrafen.

Dann war die *Bernadotte* im Bereich der taktischen Raketen. Dumpfe Stöße gingen mit jedem Abschuß durch das Schiff. Wieder trat eine Pause ein, als die Geschosse feindwärts rasten. *Bernadottes* tödlicher Schwarm wurde im Flug von panafrikanischen Raketen abgefangen. Wieder kam es zu einem kurzen Gewitter blitzender Entladungen, aber im Gegensatz zur ersten Salve hatte es damit nicht sein Bewenden. Eine halbe Minute später platzte einer der Eindringlinge in einer grellen Explosion auseinander und war verschwunden.

Hochrufe drangen aus der offenen Gegensprechanlage und verstummten rasch wieder. Die Geräusche und Erschütterungen abgefeuerter Raketen gingen jetzt ineinander über, als die *Bernadotte* die feindliche Abwehr zu durchbrechen suchte. Gleichzeitig blitzten große Laser auf, unsichtbar im Vakuum des Raumes, um Feindraketen abzuwehren, die auf das UN-Flaggschiff zielten.

Sieben Minuten nach Gefechtsbeginn verschwand ein weiteres Feindschiff vom Bildschirm.

»*Gottmann* hat's erwischt«, meldete einer der Techniker von den Detektoren.

Wie um seine Worte zu betonen, erschien weit abseits von den anderen der Lichtblitz einer schweren Explosion. Sekunden später kam die ruhige Stimme des Nachrichtenoffiziers aus den Lautsprechern der Feuerleitzentrale: »Kapitän Parkinson von *Gottmann* meldet Volltreffer. Luftverlust im ganzen Schiff, ein Quadrant aufgerissen, umfangreiche Schäden und zahlreiche Tote und Verletzte.«

»Angriff fortsetzen«, befahl der Admiral über die allgemeine Schaltung. »Feuerleitzentrale: Laser auf Angriff umstellen.«

Beinahe sofort setzten die großen Laserbatterien ein, und diesmal zeigten sie Wirkung. Die Trefferauswertung meldete das Durchschlagen der Laserabwehr. Das feindliche Schiff verschwand hinter einer Wolke, die im Spektrographen als Wasserstoff, Sauerstoff und Wasserdampf identifiziert wurde. Zehn Sekunden später flog das Schiff auseinander, als eine Rakete der *Bernadotte* einschlug.

Damit waren noch drei übrig.

Stessl blickte auf und sah, daß seit Gefechtsbeginn annähernd zehn Minuten vergangen waren. Die Gegner waren fast auf minimale Reichweite herangekommen. Zwei von ihnen waren auf der Seite von *Gottmann,* eines auf *Bernadottes.* Der schwerbeschädigte UN-Zerstörer feuerte ein halbes Dutzend Raketen ab und traf mit seinen kleinen Lasern. Dann explodierte er lautlos. *Bernadottes* Teleobjektive erfaßten den wachsenden Feuerball, der noch vor Augenblicken ein Schiff mit einhundertsechs Mann Besatzung gewesen war.

»Verdammt!« murmelte Stessl. Das war alles. Zum Trauern würde später Zeit sein – wenn er überlebte. Im Augenblick hatte er andere Probleme.

Das letzte panafrikanische Schiff vor der *Bernadotte* feuerte mit allem, was es hatte. Es füllte den Raum mit seinen Geschossen. Die *Bernadotte* feuerte mit Raketen zurück, und wieder nahmen sich die Laserbatterien der Aufgabe an, ankommende Raketen zu zerstören.

Stessl war eben im Begriff, Befehl zum Anrichten der schweren Laser auf das feindliche Schiff zu geben, als ein schwerer Stoß die *Bernadotte* erschütterte. Ein Donnerschlag dröhnte auf seinen Trommelfellen, und in der Feuerleitzentrale wurde es dunkel. Sein Schutzanzug blies sich auf, während ein steifer Wind ihn aus seinem Sitz zu ziehen drohte. Die Kopfhörer waren voller Schreie und Flüche, dann hatte der Sturmwind sich verloren.

Er schaltete die Stirnlampe seines Helms ein. Überall im Feuerleitstand taten andere das gleiche.

»Jemand verletzt?« rief er in das Mikrophon seines Helms. Seine Stimme hallte ihm unheimlich in den Ohren.

»Hier ...«

Stessl merkte, wie es ihm die Kehle zuschnürte. Es war Breas Stimme gewesen.

»Gruen ist verletzt.«

Einen Augenblick überkam ihn Schuldgefühl ob der plötzlichen Erleichterung, die er fühlte. Er sah, daß sich mehrere Stirnlampen um eine Stelle formierten, und schaltete das Mikrophon ein.

»Was ist geschehen?« schrie jemand. Im selben Augenblick nahm die Gegensprechanlage wieder den Betrieb auf, und die Notbeleuchtung ging an.

»Achtung!« rief Stessl ins Mikrophon. »Jeder bleibt auf seinem Platz. Sanitäter und Schadenbehebungstrupps zur Feuerleitzentrale. Wir sind von Schrapnell durchlöchert. Alle Abteilungen geben Schadensmeldungen an die Schiffsleitung.«

Während Stessl sich wieder dem Bildschirm des Gefechtsrechners zuwandte, lag der Techniker Gruen zusammengesunken in seinem Sitz. Aus seiner Brust ragte ein zehn Zentimeter langer Splitter Panzerglas. Um die Stelle, wo er den Schutzanzug durchschlagen hatte, bildete sich roter Schaum.

»Sein Anzug ist undicht!« rief Brea. »Um Himmels willen, jemand muß helfen!« Die anderen hatten befehlsgemäß ihre Plätze eingenommen, aber wenige Sekunden später kamen zwei Sanitäter hereingestürzt und beugten sich im Halbdunkel der Notbeleuchtung über den Verletzten. Es war eine Angelegenheit von wenigen Sekunden, den Splitter zu entfernen und das Loch im Schutzanzug mit einem selbstklebenden Flicken zu verschließen.

Stessl sah die Sanitäter den verletzten Techniker hinausbugsieren, um ihn in der Lazarettabteilung zu verarzten. Erst als sie draußen waren, kam Stessl der Gedanke nach der Herkunft des Splitters. Ein tiefer Schreck durchfuhr ihn, als er zur Befehlszentrale aufblickte.

Dort oben hing das Panzerglas zersplittert im Rahmen, durchzogen von einem Spinnennetz langer Sprünge, die von einem Punkt ausgingen, der nicht mehr zu erkennen war, weil ein Geschoß oder Trümmerstück den Rest des Panzerglases zerstört hatte. Was immer es war, es mußte mit sehr hoher Geschwindigkeit eingeschlagen haben. Ein langsames Projektil hätte nicht diese Wirkung erzielt.

Rings um die aufgerissene Öffnung und verteilt über das Innere der Befehlszentrale waren große und kleine rötlichbraune Spritzer von vakuumgefrorenem menschlichem Blut.

Stessl nickte dem nächsten Techniker zu. »Sehen Sie nach dem Admiral, schnell!«

Der Mann enterte die Leiter hinauf und brauchte ein paar Sekunden, um sich den Weg durch Trümmer zu bahnen, die einen Teil der Lukenöffnung versperrten. Gleich darauf kam er wieder herunter, um Meldung zu machen. Seine Stimme bebte.

»Der Admiral ist tot, Major. Das Geschoß muß ihn glatt durchschlagen haben.«

30

Stessl konnte nicht aufrichtig behaupten, daß er Liu Tsen gemocht habe. Der Admiral war eine zu distanzierte Persönlichkeit gewesen, ein Mann, dem die Schranke zwischen Befehlshaber und Untergebenen stets bewußt war. Ihre Beziehung war rein dienstlich gewesen, ohne die Casino-Kameradschaft, die sich normalerweise im Offizierskorps entwickelt. Gleichwohl war Liu Tsen ein guter Kommandeur gewesen, einer der besten, unter dem Stessl je gearbeitet hatte. Ohne Liu Tsen und seinen beinahe sechsten Sinn für geheimnisvolle Lichter am Himmel hätte das Projekt Adler niemals seinen Anfang genommen. Und nun war er nicht mehr.

Die Verantwortung für die Kampfkraft der *Graf Bernadotte* und ihren Einsatz gegen die Angreifer war auf Stessl übergegangen. Er tat einen tiefen Atemzug, der angereichert war mit Schweißgeruch und anderen, weniger leicht bestimmbaren Aromen. Eine eisige Ruhe kam über ihn.

Noch immer durchliefen die Erschütterungen von Raketenabschüssen das Schiff und sagten ihm, daß der Rechner und zumindest einige der Gefechtsstationen intakt geblieben waren. Als erstes rief er die Schiffsleitung.

»Hier Stessl. Kapitän, der Admiral ist tot. Für die Dauer des Gefechts übernehme ich das Kommando. Ist das Schiff manövrierfähig?«

»Noch nicht, aber es wird daran gearbeitet. Kann noch eine Weile dauern.«

»Danke, Kapitän.«

Als nächstes rief er den Nachrichtenoffizier. »Haben wir Verbindung nach außen?«

»Nein, Sir. Im Moment sind wir taub, stumm und blind.«

»Wie lange wird die Reparatur dauern?«

»Eine halbe Stunde, vielleicht etwas länger.«

»Ich muß wenigstens eine Verbindung haben, und wenn es zwei Konservendosen und ein Draht ist. Sie haben fünf Minuten.«

»Ja, Sir.«

»Detektoren!«

»Major?«

»Ich brauche taktische Daten, sofort.«

»Nicht möglich, Major. Die Fernbereichssensoren sind intakt, aber die Gyroskope funktionieren nicht. Mit diesem Schrott kann ich keine Flugbahn verfolgen.«

»Machen Sie es manuell.«

Der andere hob frustriert die Hände. »Ohne Gruen haben wir keinen, der mit der manuellen Steuerung umgehen kann.«

»Irrtum.« Stessl wandte sich um. »Brea!«

»Ja, Erich?«

»Geh zur Bahnverfolgungsstation und sieh zu, ob du die Fernbereichssensoren manuell ausrichten kannst, daß wir ein Bild von der Sonde bekommen.«

»Wird gemacht.«

Er überprüfte seine Konsole und war angenehm überrascht, daß sie teilweise einsatzbereit war.

»Geben Sie mir den Chefingenieur«, befahl er.

»Ich kann nur Audioverbindung herstellen, Sir.«

»Tun Sie es.«

»Chefingenieur«, kam sofort die Meldung.

»Hier Stessl. Der Admiral ist tot. Wie sieht es mit den Triebwerken aus, Chef? Der Kapitän sagt, wir seien manövrierunfähig.«

»Das ist richtig, aber es könnte schlimmer sein, Major. In ungefähr zehn Minuten werden wir den Antrieb wieder in Gang bringen.«

»Gut. Haben Sie schon einen Überblick, was geschehen ist?«

»Ein Trümmerstück hat einige elektrische Kabel durchschnitten, die zu den Feldspulen der I-Masse führen. Die Sicherheitsabschaltung hat das System stillgelegt. Das war gut so, sonst hätten wir unsere Singularität verloren und wären wirklich in Schwierigkeiten!«

»Halten Sie mich auf dem laufenden.«

»Ja, Sir.«

»Schadenskontrolle.«

»Unteroffizier Abdullah.«

»Hier Stessl, jetzt kommandierender Offizier. Wie sieht es aus?«

»Wir sind ziemlich durchlöchert, Major, sollten aber in ein paar Stunden wieder luftdicht sein. Der Brocken scheint nahe Luftschleuse Fünf durch den Bug gekommen zu sein, ging der Länge nach durch den dritten Quadranten und durch den Maschinenraum wieder hinaus. Keine irreparablen Schäden. Aber eine Menge sekundäre Beschädigungen durch Splitter.«

»Wir sind in der Feuerleitzentrale, Abdullah. Sehen Sie zu, ob Sie uns hier mit Luft versorgen können.«

»Ja, Sir. Wir werden uns gleich darum kümmern.«

»Geben Sie mir eine allgemeine Schaltung.«

»Sie sind dran, Major.«

»Achtung, alle Besatzungsmitglieder und Gefechtsstationen. Hier spricht Major Stessl. Der Admiral ist gefallen. Ich übernehme das Kommando. Unser Schiff ist beschädigt, scheint aber reparaturfähig zu sein. Alles bleibt auf Gefechtsstationen. Der Gefechtsrechner ist einsatzfähig, hat aber keine selbsttätige Bahnverfolgung. Gefeuert wird vorerst nur nach genauer Zielansprache und Entfernungsmessung. Ich weiß, daß Sie alle in den kommenden Stunden Ihr Bestes geben werden. Das ist alles.«

Er hatte kaum ausgeschaltet, als Brea einen Freudenruf ausstieß. »Ich habe etwas!« sagte sie. »Ich übertrage es dir jetzt, Erich.«

Stessls Bildschirm leuchtete auf und zeigte eine vergrößerte Ansicht der Sonde. Sie war überbelichtet und unscharf und sprang ziemlich stark im Blickfeld herum, aber es war ein Bild. Soweit schien die Sonde unbeschädigt. Stessl blickte zum Chronometer und bemerkte überrascht, daß erst fünf Minuten vergangen waren, seit sie den Treffer erhalten hatten.

»Radar, können Sie Messungen machen?«

»Ich kann Ihnen jetzt ein Bild geben, aber nur mit Entfernung und Geschwindigkeit, fürchte ich. Die übrigen Funktionen sind noch nicht wiederhergestellt.«

»Geben Sie mir, was Sie können. Übertragen Sie es auf den großen Projektionsschirm.«

»Ja, Sir.«

Sekunden später ging die große holographische Projektion an. Markierungen zeigten Positionen und Geschwindigkeit der zwei überlebenden Panafrikaner. Einen Augenblick später wurden *Bernadotte* und die Sonde hinzugefügt. Die taktische Situation sah nicht gut aus. Die Geschwindigkeit der Panafrikaner hatte sie nach Durchbrechen der UN-Abwehr gerettet. Sie waren bereits auf weniger als hunderttausend Kilometer an die Sonde herangekommen. Das bedeutete, daß sie weniger als fünf Minuten vom erfolgreichen Abschluß ihrer Mission trennten.

»Raketen?«

»Hier, Major.«

»Empfangen Sie das Radarbild auf Ihren Bildschirmen?«

»Ja, Sir.«

»Ist ein Raketenangriff auf die Eindringlinge möglich?«

»Nein, Sir. Mit ihrer Geschwindigkeit sind sie für einen Schuß von hinten vor knapp zwei Minuten außer Reichweite gekommen.«

»Laser?«

»Außer Reichweite, Sir.«

Grenzenlose Enttäuschung überkam Stessl. Er hatte erst vor fünf Minuten das Kommando übernommen und sah sich bereits seiner ersten Niederlage gegenüber. »Nachrichtenzentrale, können Sie mich mit der Sonde verbinden?«

Statt einer Antwort erschien sofort die Projektion des Surrogats auf dem Bildschirm.

»Wir konnten sie nicht aufhalten«, sagte Stessl.

Das Surrogat nickte. »Wir beobachteten es. Ein tapferer Versuch, Major Stessl.«

»Wir sind die letzten dreihundert Sekunden nicht auf dem laufenden gewesen. Was ist vorgegangen?«

»Die Feindschiffe haben ihre Bahnen angeglichen. Sie sind entschieden auf Kollisionskurs. Wir erwarten, daß sie jeden Augenblick Geschosse abfeuern werden. Ich korrigiere mich, sie *haben* ihre Geschosse abgefeuert!«

Auf der großen Projektion der Feuerleitzentrale begannen die beiden roten Sterne der Panafrikaner wieder kleine Lichtfunken zu spucken. Sie füllten den Himmel mit ihnen. Stessl zählte mehr als zwei Dutzend der tödlichen kleinen Glühwürmchen, bevor das Unerwartete geschah.

Eines nach dem anderen erloschen die Glühwürmchen.

»Die Sonde ist eben hellviolett geworden!« meldete Brea von der Detektorstation, wo sie das Teleskop im Handbetrieb auf dem Ziel zu halten suchte.

Stessl nickte. »Sie setzt ihren Laser ein. Wahrscheinlich gibt es einen Energieverlust, der eine Koronaentladung verursacht. Ich frage mich, warum sie so lange wartete.«

Was auch der Grund gewesen sein mochte, die Sonde fuhr fort, panafrikanische Raketen abzuwehren, bis es keine mehr gab. Dann richtete sie ihre Abwehr auf die Abschußrampen. Einen Augenblick hielten zwei zu allem entschlossene Angreifer mit hoher Geschwindigkeit auf die Sonde zu. Im nächsten waren sie nur noch zwei expandierende Plasmawolken.

»Sie hat sie zerstört!« rief einer aus der Detektorabteilung in sein Anzuggerät. »Sie hat die verdammten Scheißkerle in die Hölle gepustet!«

Stessl zuckte unter dem Schmerz in seinen Ohren zusammen und befahl dem Zwischenrufer, ruhig zu sein. Er sank in seinen Sitz zurück und atmete erleichtert auf. So saß er noch und ließ die Spannung allmählich in eine angenehme Mattigkeit übergehen, als seine Konsole summte. Er streckte die Hand aus und nahm den Anruf an.

Das Surrogat erschien im Bild.

»Sie haben es geschafft«, sagte Stessl ruhig. Alle Erregung und freudige Erleichterung war von ihm gewichten.

»Sie sind zerstört«, sagte das Surrogat. Stessl bemerkte, daß die Projektion mechanischer als sonst wirkte, als ob das Surrogat sich weniger darum bemühte. »Aber die Gefahr ist noch lange nicht vorüber. Die Sonde hat die Überlegung hinter ihrer Strategie aufgedeckt.«

»Was macht es jetzt noch aus? Zwei große Wolken abkühlendem Plasmas können uns nicht weh tun.«

»Die Wolken vielleicht nicht, aber was sie enthalten.«

»Was?«

»Vielleicht liegt der Fehler bei mir. Weil die Methoden der Angreifer unorthodox waren, wies mir die Sonde die Aufgabe zu, Szenarien zu studieren, die solche Taktiken logisch sinnvoll machten. Das Problem erwies sich als schwierig, und die Lösung nahm viel mehr Zeit in Anspruch als erwartet. Die Analyse ist eben abgeschlossen worden. Die Schiffe sind zerstört, aber ihre I-Massen nicht.«

Stessl fühlte sich für einen Moment wie gelähmt. Es war das lähmende Unbehagen, das einen überkommt, wenn man einen Freund am Sterbebett besucht. Die Panafrikaner hatten ihre Schiffe sorgfältig auf einen Kollisionskurs mit der Sonde gebracht und ihre Zielgenauigkeit bis zuletzt verfeinert. Vermutlich hatten sie Befehl, auf diesem Kurs zu bleiben, bis sie die Zerstörung der Sonde durch Raketenangriff beobachteten. Wenn die Angreifer selbst zerstört würden, bevor sie das Ziel erreichen konnten, würden die sechs winzigen Punkte unendlich verdichteter Materie ihre Rächer sein.

»Besteht eine Aussicht, daß die Singularitäten Sie verfehlen werden?«

»Es ist möglich, Major Stessl, aber nicht wahrscheinlich. Sie hatten mehrere Tage Zeit, in denen sie ihre Flugbahnen korrigieren und angleichen konnten. Wir werden es in Kürze wissen. Die Sonde hat berechnet, daß der Augenblick größter Gefahr jetzt in siebenunddreißig Sekunden kommen wird.«

Stessl ließ die teleskopisch vergrößerte Ansicht der Sonde auf die Projektionswand der Feuerleitzentrale übertragen. Dann wartete er. Niemand im Raum sagte ein Wort; alle saßen wie hypnotisiert und starrten die Projektion an. Es gab keinen Hinweis darauf, wo die sechs freigesetzten I-Massen waren, aber es fiel nicht schwer, sich vorzustellen, wie sie auf das zu drei Vierteln dunkle Bild der Sonde zurasten.

Dann, gerade als Stessl Hoffnung zu schöpfen begann, blitzte im Bild ein Punkt blendender greller Strahlung auf. Die jäh aufflammende Nova befand sich im vorderen Sphäroid der Sonde, als eine oder mehr Singularitäten unmittelbar einschlugen. Als der Feuerball weißglühender Strahlung größer wurde, schien er die ganze vordere Hälfte der Sonde zu umschließen. Die Glut brannte vielleicht dreißig Sekunden lang, dann begann sie langsam zu erlöschen.

Stessl drückte eine Nummer. »Nachrichtenabteilung, geben Sie mir die Sonde.«

Nach fünfzehn Sekunden antwortete eine ernste Stimme: »Antwortet nicht, Major.«

»Verdammt!« Am liebsten hätte Stessl seine Faust durch die Projektion getrieben und den Anblick des Wracks ausgelöscht, das einmal der erste Besucher von einem anderen Stern gewesen war. Dann machte sein Zorn der Enttäuschung und Scham Platz. Sein Magen krampfte sich zusammen und stieß Übelkeit in ihm hoch, bis er nahe daran war, sich den Schutzanzug vom Leib zu reißen und vor Schmerz zu krümmen. Übelkeit würgte ihn, bis er fest die Augen schloß und die Aufwallung mit einer Willensanstrengung unterdrückte.

Die Schöpfer hatten es gewagt, die Weiten der Galaxis herauszufordern. Sie hatten ihre Sonden mit liebevoller Sorgfalt und Umsicht konstruiert und auf den Weg gebracht. Zehntausend Jahre lang hatte ihr Diener die Leere des Weltraums nach einem Zeichen von Intelligenz durchsucht. Er hatte es gefunden, und nachdem er jahrtausendelang den Gefahren und Härten des interstellaren Raumes getrotzt hatte, hatte er es gewagt, sich der Güte und Wohltätigkeit menschlicher Wesen anzuvertrauen. Nun, gerade sechzehn Tage nach seiner Ankunft unter den nackten Affen des Planeten Erde, lag dieses Wunderwerk aus alter Zeit zerstört und verwüstet, getötet von Meuchelmördern.

Irgendwo weinte jemand.

Zwanzig Stunden vergingen, bis es der *Bernadotte* gelang, zum Rendezvouspunkt zurückzuhinken. Der neue kommandierende Offizier des Schiffes, der seit zwei Tagen kein Auge zugetan hatte, übergab das Kommando endlich dem Kapitän, der sich besser als er darauf verstand, das beschädigte Flaggschiff zur sich sammelnden Flotte zurückzuführen.

Das letzte, an was er sich erinnerte, war Brea Gallagher, die ihm sanft murmelnd die müden Schultern durch den zerknitterten Schiffsdrillich massierte. Später wurde er irgendwann unsanft von Elsbeth Crocker wachgerüttelt.

»Es ist Zeit, Major.«

Er öffnete die schmerzenden Augen und ächzte. Sein Mund fühlte sich trocken und pelzig an, und seine Atemwege und die Kehle waren wund von den großen Mengen reinen Sauerstoffs, die er in seinem Schutzanzug geatmet hatte. Er richtete sich auf und rieb die Augen. Sie fühlten sich an, als wären seine Lider aus Sandpapier.

»Wie lange habe ich geschlafen, Leutnant?«

»Drei Stunden, Sir.«

»Haben Sie was zu melden?«

»Wir werden in fünfzehn Minuten den Rendezvouspunkt erreichen. Brea Gallagher ist seit einer Stunde in der Nachrichtenzentrale und bespricht mit Professor Roquette Möglichkeiten, aus der Sonde zu retten, was wir können. Vor ein paar Minuten rief sie mich an und bat mich, Sie zu wecken. Sie fragt, ob Sie sie in der Feuerleitzentrale treffen können. Sie hörte sich aufgeregt an.«

Stessl bückte sich, um die Reißverschlüsse an seinen Stiefeln zu schließen. Jetzt erst bemerkte er das Gefühl von Schwere um sich. Die *Bernadotte* mußte wieder in Rotation sein. Er nahm sich die Zeit, kaltes Wasser in sein Gesicht zu schöpfen, bevor er Elsbeth Crocker begleitete.

Brea saß an seiner Konsole und sprach lebhaft in einen Bildschirm, aus dem Henri Roquettes Gesicht blickte. Der Hintergrund verriet Stessl, daß der Professor an Bord der *Concordia* war.

»Was gibt es?« fragte er, nachdem er sein Gesicht in den Aufnahmebereich geschoben hatte.

»Das Surrogat ist am Leben!« rief Roquette.

»Ausgeschlossen«, erwiderte er heiser. »Sie sahen die Explosion.«

»Ich habe mit ihm gesprochen! Die Hauptpersönlichkeit wurde zerstört, aber das Surrogat ist am Ende eines dieser langen Instrumentenausleger. Anscheinend war es weit genug entfernt von der Stelle, wo die I-Masse einschlug, um durchzukommen. Ich habe es nach den Datenspeichern der Schöpfer gefragt. Vieles davon soll auch überlebt haben. Warten Sie einen Augenblick... Ich habe Ihr Kommen angekündigt. Das Surrogat möchte Sie sprechen.«

Stessl setzte sich neben Brea an die Konsole. »Schalten Sie mich zu.«

Als die vertraute Stimme kam, klang sie viel mechanischer als je zuvor. »Ich bin hier, Major Stessl.«

»Sie haben überlebt?«

»Ich bin unverletzt.«

»Ein unglaubliches Wunder!« murmelte Stessl.

»Ich stimme Ihnen zu, daß mein Überleben höchst unwahrscheinlich war«, sagte das Surrogat. »Aber darüber möchte ich mit Ihnen sprechen. Sie müssen Ihren Schiffen das Verlassen dieses Ortes befehlen.«

»Warum?«

»Ich bin dabei, meine Energiequellen zu überladen. Die resultierende Explosion wird extrem stark sein. Ihre Schiffe könnten beschädigt werden.«

»Ich verstehe nicht.«

»Ich plane Selbstmord.«

»Aber warum?«

»Das ist offensichtlich. Da die Sonde zerstört ist, gibt es keine Möglichkeit, mit der Zivilisation Verbindung aufzunehmen, die den überlichtschnellen Antrieb besitzt. Ohne diesen aber muß die Zivilisation der Schöpfer unausweichlich zugrunde gehen. Ich bin eine Maschine, deren einziger Zweck die Suche nach dem ist, was jetzt unerreichbar ist. Können Sie die Heftigkeit meiner Verzweiflung verstehen?«

Stessl dachte zurück an seinen eigenen Schmerz in jenen ersten Augenblicken nach der Zerstörung der Sonde. »Ich verstehe es besser, als Sie glauben.«

»Dann müssen Sie wissen, daß das Bewußtsein meines Versagens mich sehr leicht um meine innere Ausgeglichenheit bringen könnte. Ich könnte den Verstand verlieren, besonders angesichts der sensorischen Deprivation, die mir nun durch die Zerstörung der Sonde aufgezwungen ist. Daher ist es das beste, wenn ich mich selbst zerstöre, solange ich die Herrschaft über mein Handeln habe.«

»Könnten Sie Ihren Verstand bewahren, wenn Ihre Mission kein Fehlschlag wäre?«

»Die Frage ist hypothetisch und ohne Sinn.«

»Antworten Sie einfach.«

»Ja, wenn es eine Methode gäbe, den Fehlschlag noch abzuwenden. Dann könnte ich mein Gleichgewicht erhalten. Ich sehe aber keine Möglichkeit. Die Suche ist zu Ende. Ich habe vollständig versagt.«

»Sie haben nicht versagt! Es gibt noch eine Chance.«

»Es gibt keine Chance.«

»Solange man lebt, gibt es immer eine Chance. Das einzige endgültige Versagen liegt im Tod.«

»Ein Gedanke, der strenger Analyse nicht standhält«, erwiderte das Surrogat.

In Stessls Ohren nahm sich die Erwiderung so aus, als sei das Surrogat im Entschluß, seiner Existenz ein Ende zu machen, wankend geworden. Er überlegte flüchtig, wieviel Vertrauen er in die anthropomorphen Qualitäten des Surrogats setzen konnte. Da es auf diese Frage keine schlüssige Antwort gab, blieb nichts zu tun, als das Surrogat wie ein menschliches Wesen zu behandeln und zu hoffen, daß dies der rechte Weg sein würde.

»Ich kann Ihre Empfindungen verstehen. Sie haben die Sonde verloren. Das ist ein schwerer Schlag. Aber auch ich habe Freunde verloren. Admiral Liu Tsen ist tot, ebenso wie mehr als fünfzig Mitglieder seiner Besatzung und all diese armen Teufel an Bord der *Gottmann*. Jeder von diesen Leuten war ein Freund oder Bekannter von mir.

Sie trauern, Surrogat, aber Sie arbeiten weiter. Sie sind beschädigt. Also zeigen Sie uns, was wir wissen müssen, und wir werden Sie reparieren. Sie können die Mission noch immer vollenden.«

»Unmöglich«, sagte das Surrogat.

»Weshalb?«

»Die dazu benötigten Kenntnisse und Techniken würden mehrere Größenordnungen über denen liegen, die für eine Überholung erforderlich wären. Sie würden nicht in tausend Jahren dazu imstande sein.«

»Ich möchte wetten, daß wir es könnten. Aber selbst wenn es tausend Jahre dauern würde? Für eine Lebenssonde ist das nicht allzu lang, nicht wahr? Sie sind die einzige Hoffnung der Schöpfer. Wenn Sie sich selbst zerstören, verurteilen Sie sie zu Stagnation und Niedergang.«

»Dazu sind sie bereits verurteilt. Selbst wenn die Menschheit die Fähigkeiten hätte, würden sie vergeblich sein.«

Stessl änderte die Taktik und ließ einen Anflug von kameradschaftlichen Optimismus in seinen Tonfall einfließen. Er war wie ein Polizist, der mit einem potentiellen Selbstmörder auf einem Sims im zehnten Stockwerk balancierte. Ein Ausrutscher, und sie stürzten beide ab.

»Kommen Sie, Sie sind nur starrsinnig. Es ist möglich. Geben Sie es zu!«

»Es ist unmöglich, Major. Als Sicherheit gegen ungewollte Enthüllungen im Verlauf von Diskussionen mit Ihnen verwahrte die Sonde alles Wissen der Schöpfer in einem speziellen Datenspeicher. Dieser Speicher war Teil der Anlagen, die zerstört wurden.«

»Ich verstehe nicht«, sagte Stessl, aber das Herz schlug ihm im Hals, denn er fürchtete, daß er nur zu gut verstanden hatte.

»Begreifen Sie nicht?« erwiderte das Surrogat. »Ich weiß nicht, wo ich die Schöpferwelt finden soll. Ich wäre so wenig wie Sie imstande, ein Schiff – überlichtschnell oder nicht – dorthin zu führen.«

Stessl dachte angestrengt über das Dilemma nach. Auf den ersten Blick sah es wie das Ende der Argumentation aus. Dann schoß ihm eine mögliche Lösung durch den Kopf. Die Idee war so unerhört, daß er sie mehrere Sekunden von allen Seiten betrachten mußte, bevor er sie seinen Stimmbändern anvertraute. Endlich brach er sein Schweigen mit einem aus Verzweiflung geborenen Optimismus.

»Ach was, Sie müssen es nicht wissen. Wir werden sie für Sie suchen!«

Stessl hatte sich an die blitzschnellen Antworten des Surrogats gewöhnt. Als die Antwort jetzt fast eine Sekunde auf sich warten ließ, war es ein bedeutsames Zeichen, ein Beweis, daß seine Argumente Wirkung zu zeigen begannen – hoffte er.

»Bitte erklären Sie sich.«

»Es ist ganz einfach, wirklich«, sagte Stessl, obwohl ihm klar war, daß es weder einfach noch leicht sein würde, sondern vielmehr die schwierigste Aufgabe, die der Menschheit je gestellt worden war. »Sie haben wahrscheinlich recht darin, daß wir nicht in der Lage sind, den Schaden zu reparieren. Also lassen wir das. Sie lehren uns die Schöpfertechnik des Schiffbaus, und wir werden ein eigenes Schiff konstruieren. Wir Menschen werden die Expedition nach Prokyon durchführen. Wir werden das Geheimnis des überlichtschnellen Antriebs erwerben, eine Flotte solcher Schiffe bauen und selbst die Suche nach dem Schöpfer aufnehmen.«

»Sie könnten sie nicht finden. Die Galaxis ist viel zu groß.«

»Bestimmt könnten wir sie finden – schließlich. Wir kennen die Richtung und die ungefähre Entfernung. Das beschränkt die Suche auf einen Sektor, der vielleicht nicht mehr als tausend Sterne enthält. Wenn zahlreiche Schiffe an der Suche beteiligt sind, könnten wir sie im Laufe von zehn oder zwanzig Jahren finden, vielleicht noch eher. Ja, es würde nicht lange dauern, bis wir die Fähigkeit besitzen, die ganze Galaxis abzusuchen, wenn es ein müßte.«

Das Surrogat blieb skeptisch. »Eine erregende Vision, aber nicht durchführbar. Die Menschen als Gattung sind unfähig, solch eine Anstrengung über die erforderlichen Zeiträume hinweg aufrechtzuerhalten. Sobald sie das Wissen der Schöpfer haben, werden sie die Expedition zu Prokyon aufgeben.«

»Unsinn!« sagte Breas Stimme neben Stessls Ohr. Er wandte den Kopf und sah, daß die ganze Abteilung sich um ihn versammelt hatte, um die Diskussion zu verfolgen.

»Erinnern Sie sich, was Sie den Delegierten während unserer ersten Zusammenkunft sagten?« fragte Brea. Sie brach ab und stieß ein kurzes, nervöses Lachen aus. »Dumme Frage. Sie sind ein Computer, also können Sie nicht vergessen. Sie sagten uns, daß wir den überlichtschnellen Antrieb ebenso benötigten wie die Schöpfer. Und Sie hatten recht! Sie haben unsere internen Streitigkeiten erlebt. Sie wissen, daß der Angriff der Panafrikaner tatsächlich keine einzigartige Erscheinung in unserer Geschichte ist.

Dennoch können Sie sicher sein, daß wir diese Expedition zum System Prokyon unternehmen werden, sobald die technischen Voraussetzungen gegeben sind. Wir werden es nicht aus Loyalität oder aus Reue oder dergleichen tun. Wir werden es tun, weil wir langfristig keine Wahl haben. Wenn wir in diesem einen System bleiben, werden wir mit Sicherheit in Stagnation und Niedergang enden.«

»Und nachdem Sie das Geheimnis erlangt haben? Würden Sie wirklich die Suche nach den Schöpfern aufnehmen?«

Stessl preßte die Lippen aufeinander. Der offensichtliche Fehler in seinem Plan war der, daß künftige Generationen die Dinge anders sehen mochten. Sobald die Menschheit den überlichtschnellen Antrieb hätte, würde sie sehr rasch das Versprechen wegrationalisieren, das kaum noch erinnerte frühere Generationen der Sonde gegeben hatten. Dann aber sah er, daß es auch für dieses Problem eine einfache Lösung gab.

»Ich verstehe, was Sie damit sagen wollen, Surrogat. Sie können uns nicht vertrauen, ob wir Wort halten werden. Ich kann Ihnen darin nur zustimmen. Es besteht wirklich keine Notwendigkeit, Vertrauen zur Grundlage dieses Handels zu machen. Sie können dabeisein und dafür sorgen, daß wir unser Versprechen einhalten.«

»Wie?«

»Wir werden Ihre Speichereinheiten und Schaltungen ausbauen und zu unserem Schiff transferieren. Sie können die Reise als Agent der Schöpfer mit uns machen. Sie werden uns grundlegendes Wissen über den Bau des Schiffes und danach zur Verfügung stellen. Das gibt Ihnen eine starke Position uns gegenüber. Beim ersten Anzeichen, daß wir planen, den Vertrag zu brechen, weigern Sie sich, uns weitere Informationen zu geben.«

Diesmal war die Pause länger. Beinahe fünf Sekunden lang schwieg das Surrogat. Als es antwortete, war große Vorsicht spürbar. »Eine interessante Idee, Major Stessl. Ich werde allerdings sehr sorgfältig darüber nachdenken müssen, bevor ich eine Entscheidung treffe.«

»Warum? Es wird funktionieren.«

»Ja, das glaube ich auch. Eine vorläufige Analyse ergibt für eine Prokyonexpedition, an der ich als Berater teilnehme, eine geschätzte Erfolgswahrscheinlichkeit von achtzig Prozent. Es gibt jedoch einen Faktor, der wichtiger als alles andere ist, ein Problem, das trotz allem das Scheitern meiner Mission bedeuten mag.«

»Welches Problem meinen Sie?«

Eine weitere lange Pause folgte. »Ich möchte Sie nicht

kränken, Major Stessl. Ich finde Gefallen an den Menschen. Ich kann nicht anders, da die Sonde mich zu einem der Ihren machte. Ich finde im Lernen neuer Erkenntnisse über meine angenommene Art eine endlose Quelle von Unterhaltung. Wäre nicht meine Verantwortung den Schöpfern gegenüber, würde ich gern die Ewigkeit hier verbringen und versuchen, alles über die faszinierenden Geschöpfe zu lernen, unter denen ich hier bin.

Mir ist allerdings auch bewußt, daß die Menschen komplizierte, fleischfressende Tiere sind. Sie sind Nachkommen Tausender Generationen von Jägern und haben die Aggression zur Ebene einer hohen Kunst entwickelt. Es gibt viele kriegerische Spezies in der Galaxis, aber die Schöpfer kannten keine mit Ihrer unbegrenzten Kapazität für Konflikte. Und obwohl ich einer Gruppe von Menschen für ihren Schutz dankbar bin, kann ich nicht vergessen, daß es eine andere war, die mich beinahe zerstörte. Um ganz aufrichtig zu sein, Ihre Art könnte für die Schöpfer eine weit größere Gefahr sein als die Unfähigkeit, einen überlichtschnellen Antrieb zu entwickeln.

Aus diesem Grund muß ich sorgfältig überlegen, ob ich es wagen darf, *Homo sapiens Terra* auf eine nichtsahnende Galaxis loszulassen.«

EPILOG

PFADFINDER

... und so erhob sich Pfadfinder I *wie ein Phoenix aus der Asche der Lebenssonde 53 935. Größer, besser und schneller als die fremde Konstruktion, der sie entstammt, ist* Pfadfinder *nicht so sehr ein Raumschiff als vielmehr eine Stadt am Rande der interstellaren Leere. Er ist das mächtigste Monument der Menschheit und ein lebendiges Zeugnis der beharrlichen Entschlossenheit einiger weniger Visionäre. Er ist ein Beweis dafür, was die Menschheit erreichen kann, wenn sie sich einer hohen Herausforderung gegenübersieht. Noch wichtiger vielleicht ist, daß sie die Buße der Menschheit für die schändliche Tat darstellt, die in jener schrecklichen Nacht vor dreißig Jahren von einigen wenigen verzweifelten Männern verübt wurde.*

Denn mit der Konstruktion des mächtigen Schiffes, das die Prokyon-Expedition zu ihrem Rendezvous mit dem Schicksal tragen wird, hat sich die Menschheit entsühnt. Wenn die Menschen schließlich einmal draußen unter den Sternen anderen intelligenten Wesen begegnen, werden sie es stolz und mit erhobenen Kopf tun können. In seiner Rede anläßlich der Indienststellung der Pfadfinder *erklärte der Generalsekretär der Vereinten Nationen dazu kürzlich:*

»Wenn wir zu den Sternen hinausstreben, suchen wir weder Vorteil noch Herrschaft. Wir werden nicht Herren, noch wollen wir Sklaven sein. Wir werden stolz, aber nicht eitel sein. Denn mit diesem Schiff haben wir endlich die Sünde des Brudermordes von unseren Seelen getilgt.

Wenn das Forschungsschiff der Vereinten Nationen Pfadfinder I *endlich den unsichtbaren Ketten der Sonne entgleitet, wird es für immer auch jenen, die zurückbleiben, die Fesseln abnehmen.*

Gott stehe dir bei, Pfadfinder!*«*

– Von Prelude zu Pfadfinder:
Eine offizielle Geschichte.

Stessl saß an seinem Schreibtisch und betrachtete die Erscheinung, die in der Luft über seinem Kommunikationsprojektor hing. In der vergangenen Stunde hatte er wenig anderes getan. Und obwohl er das Schiff, dessen Hologramm vor ihm hing, Träger um Träger, Platte um Platte hatte wachsen sehen, war es noch immer sein bevorzugter Anblick.

Pfadfinder sah nicht wie ein Schiff aus, das zu den entfernten Sternen flog, und das war es auch nicht. Jedenfalls kein echtes Sternenschiff. *Pfadfinder* war, was das Surrogat ein langsames Boot nannte, ein Fahrzeug für viele Generationen.

Die anfängliche Besatzung würde etwa zehntausend Personen zählen. Wenn das Schiff in das System Prokyon eintrat, würde die Bevölkerungszahl wahrscheinlich näher bei fünfzigtausend liegen. Denn sollten die Planeten Prokyons nicht der Sitz einer hochentwickelten Zivilisation sein, die den überlichtschnellen Antrieb geschaffen hatte, sollten die Männer und Frauen der *Pfadfinder* versuchen, dort den Samen menschlicher Zivilisation auszusäen.

Aber wenn das Schiff sehr wenig Ähnlichkeit mit den stromlinienförmigen überlichtschnellen Schiffen der Holofilme hatte, so war die Ähnlichkeit mit der Lebenssonde, der es sein Entstehen verdankte, noch geringer. *Pfadfinder* war ein abgeflachter Ring, dessen Wohnquartiere sich in einem Wulst befanden, dessen Durchmesser eintausend und dessen Länge fünfhundert Meter betrug. Dieser bewohnte Ring enthielt in manchen Bereichen zwanzig Decks übereinander und rotierte um seine Achse, wodurch er im ringförmigen äußeren Rumpf normale Erdschwerkraft erzeugte. Der Antrieb befand sich in einem langen Zylinder, der durch die Mitte des Ringes als Rotationsachse verlief und in den Raum ragte. *Pfadfinder* war der Sonde auch in anderer Hinsicht unähnlich. Die Antriebskraft war gegenüber der aller Vorgänger deutlich verbessert. Zur Beschleunigung aus dem Sonnensystem diente ein konventionelles Triebwerksbündel, dessen Prinzip auf der gleichen Technik beruhte, die einst die Sonde von der Schöpfersonne ins All getragen hatte. Waren fünf Prozent der Lichtgeschwindigkeit erreicht, wechselte der Antrieb jedoch von Fusionsraketen zu Staustrahltriebwerken. Starke Kraftfelder leiteten interstellaren Wasserstoff als Antriebsmittel in die Triebwerke und in Vorratstanks zur Ergänzung verbrauchter Treibstoffvorräte. Denn anders als die Sonde sollte *Pfadfinder* sein Ziel mit ausreichender Reaktionsmasse erreichen, um den Flug ohne Abwurf seiner I-Masse zu verlangsamen.

Stessl betrachtete sein Schiff wie aus großer Höhe und gedachte jenes fernen Tages, als Henri Roquette zuerst ein Staustrahltriebwerk als die beste Lösung für den interstellaren Antrieb vorgeschlagen hatte.

»Sie müssen sich um eine Dezimalstelle verrechnet haben«, hatte er schmunzelnd erwidert.

»Wieso?«

»Nach Ihrer Berechnung würden wir nur siebenundachtzig Jahre nach dem Start eintreffen.«

»Und?«

»Wenn dieses Staustrahltriebwerk brauchbar wäre, hätten es die Schöpfer in ihre Sonden eingebaut.«

»Nicht zwangsläufig.«

»Wie bitte?«

»Lassen Sie mich erklären«, hatte Roquette gesagt. »Die Schöpfer haben seit Jahrtausenden Lebenssonden in alle Richtungen entsandt. Mir scheint, daß die Geschwindigkeit, mit der eine jede Sonde zurückkehrt, kein bedeutsamer Faktor ist. Es sind zu jeder gegebenen Zeit so viele unterwegs, daß es einen gleichmäßigen Strom von Rückkehrern geben muß, die mit Wissen und Erkenntnissen beladen sind.

Nein, ihre Konstruktionskriterien waren Einfachheit und Verläßlichkeit, nicht Geschwindigkeit. Die Schöpfer müssen sich frühzeitig für die Maximierung der Investitionserträge entschieden haben. Darum bauten sie lieber mehr Sonden als größere. Jede Einheit ist langsamer, als machbar wäre, aber insgesamt gewinnen die Schöpfer ein Maximum an wissenschaftlichen Daten in der kürzesten Zeit.«

Es hatte zwei Jahre angestrengter Arbeit gekostet, um den Beweis zu führen, daß Roquette in seiner Analyse recht hatte. Stessl bedauerte nur, daß der freundliche Franzose nicht mehr die Fertigstellung seines Werkes erlebt hatte.

Und dann waren da alle anderen, die Männer und Frauen, die ihr Leben für den Traum des Durchbruchs zu den Sternen gegeben hatten. Stessl zählte sie in Gedanken ab. Die Explosion von August 2068. Etwas war bei den frühen Erprobungen eines Kraftfeldes der Schöpfer schiefgegangen. Fünfunddreißig Wissenschaftler, Ingenieure und Techniker waren in den Trümmern des Forschungssatelliten umgekommen.

Dann die Debatte der Generalversammlung im März 2074, als die neue Nordamerikanische Regierung versucht hatte, die Mittel für das Projekt *Pfadfinder* in der Vollversammlung zu halbieren. Augusta Meriweather hatte den Versuch in einer virtuosen Leistung parlamentarischer Manöver, die drei nervenaufreibende Tage umfaßten, schließlich abgewehrt. Eine Stunde nachdem sie die Abstimmung gewonnen hatte, war sie an einem Gehirnschlag gestorben.

Das Feuer im Dezember 2079 war in einem Bausatelliten ausgebrochen, wo leicht brennbare Bindemittel unter Druck gelagert waren. Don Bailey, der als Vorarbeiter an Bord geblieben war, ging durch die Luftschleuse hinein, um zehn Arbeiter zu retten, die drinnen in der Falle saßen. Nicht einer kam mit dem Leben davon.

Im Laufe der Jahre hatten 203 weitere Männer und Frauen ihr Leben für das Projekt gelassen. Jeder Name war jetzt auf einer Gedenktafel im Bugraum des Schiffes verewigt, das sie alle erbauen geholfen hatten.

Der einzelne mag sterben, aber die Rasse lebt weiter.

Der Signalton der Gegensprechanlage riß Stessl aus seinen Betrachtungen. Er drückte die Annahmetaste. Über seinem Schreibtisch nahm das lebensgroße Hologramm einer drallen jungen Frau in der grünweißen Arbeitskleidung des technischen Personals Gestalt an.

»Sie wollten von der Ankunft des Generalsekretärs verständigt werden, Kommodore. Ankunft in fünfzehn Minuten.«

»Danke für die Warnung, Marilee. Bitte verständigen Sie Kapitän Albright und sagen Sie ihm, daß die Ehrenwache zur Hangarbucht geschickt wird.«

»Schon dort, Sir.«

»Wo ist meine Frau?«

»Sie hat das Observatorium im Gamma-Deck verlassen.«

Stessl seufzte. »Wahrscheinlich beschimpft sie wieder die armen Techniker wegen der Kraftfeldkalibrierung des Fernrohrs. Bitte sagen Sie ihr, sie möge in zehn Minuten zu mir ins Hangardeck kommen.«

»Ja, Sir.«

»Das ist alles. Ich werde bald oben sein. Ende.«

»Brücke Ende.«

Das Bild der jungen Frau verschwand so rasch, wie es gekommen war. Stessl gab eine zehnstellige Codenummer ein. Diesmal blickte er in die Augen eines großväterlichen Typs mit einem zuversichtlichen Lächeln und wohlklingender Stimme. »Sie sind da«, sagte Stessl.

Das Surrogat nickte. »Ich habe deine Kommunikationen verfolgt. Es ist ein großer Tag für die Menschen, Erich.«

»Es ist ein großer Tag für alle. Ich bin überzeugt, daß die Schöpfer erfreut sein würden, wenn sie es wüßten.«

»Ich kann es mir denken.«

»Du wirst natürlich die Zeremonie der Schiffstaufe verfolgen, nicht?«

»Natürlich, alter Freund. Wie im Vertrag festgelegt, werde ich am Ende der Zeremonie die Kontrolle über alle Datenspeicher abgeben.«

Stessl nickte, sagte aber nichts. Er gab sich damit zufrieden, in die nachgeahmten Gesichtszüge des fremden Computers zu blicken, der all diese Jahre hindurch sein Partner gewesen war. In vielerlei Hinsicht fühlte sich Stessl dem Surrogat enger verbunden als jedem menschlichen Wesen mit der möglichen Ausnahme Breas. Er genoß die vertraute Kameradschaft mit seinem alten Freund und genoß den Augenblick, solange er währte.

»Nun, ich werde mich auf die Beine machen müssen. Kann den Generalsekretär nicht gut warten lassen, nicht?«

»Nein, das wäre schlecht«, pflichtete ihm das Surrogat bei, bevor es die Verbindung unterbrach.

Erich Stessl, Oberbefehlshaber des einzigen Sternenschiffs der Erde, stand auf und ging zur Tür seines Büros. Bei seiner Annäherung zog die Tür sich lautlos in die Wand zurück. Er blieb stehen und wandte sich um. Die Gegensprechanlage hatte sich wieder auf Bereitschaft geschaltet. Über seinem Schreibtisch hing wieder die Außenansicht des Schiffes. Er beobachtete das mächtige Rad, wie es langsam an der Kamera vorbeirotierte, und das Herz schlug ihm höher.

Endlich war das Schiff fertig, das Werk eines Menschenlebens vollendet.

Rasch schritt er zum Aufzug, der ihn zur Hangarbucht und zu der Taufzeremonie bringen würde. Als er um eine Ecke bog, stieß er auf eine kleine Gruppe von Kindern zwischen sechs und zwölf Jahren. Sie drängten sich um eines von ihnen, das die Wand mit einem Farbstift besprühte. Stessl blieb stehen und räusperte sich. Die Wirkung war durchschlagend. Acht Köpfe flogen herum, acht Gesichter erbleichten. Eine dünne Stimme keuchte: »Mensch, der Kommodore!«

Er setzte seine ernsteste Miene auf und grollte: »Was macht ihr hier?«

»N-n-nichts, Sir!« stammelte ein dünnes Mädchen von zehn oder elf Jahren.

»Das sieht nicht nach ›nichts‹ aus. Laßt mich mal sehen.«

Die Gruppe schob sich zögernd aus dem Weg und gab ihr Werk frei. Er hatte sie auf frischer Tat beim Aufsprühen von Graffiti an die Korridorwand ertappt, einem Vergehen, das mit mehreren Stunden Arbeit in den Viehstallungen bestraft wurde. Ihr Thema war eine Redensart, die von den Medien populär gemacht worden war:

PROKYON ODER KAPUTTGEHEN!

Stessl unterdrückte ein Lächeln und wandte sich den Kindern zu. »Diesmal werde ich euch nicht melden, aber ich will so etwas nicht wieder sehen. Dies ist unser Heim, und wir können nicht dulden, daß Leute darin herumschmieren oder Unordnung schaffen. Ist das klar?«

»Ja, Kommodore«, riefen sie im Chor. »Es tut uns leid.«

»Nun verschwindet. Morgen früh wird dies als erstes weggeputzt. Verstanden?«

»Ja, Kommodore.«

Stessl lächelte in sich hinein, als er in die Hangarbucht kam. Das Schiff des Generalsekretärs wurde eben von zwei Andockträgern durch den Luftvorhang gezogen.

»Was hast du?« fragte seine Frau, als sie ihn sah.

Er erzählte ihr von den Kindern im Korridor und der Botschaft, mit der sie die Wand geschmückt hatten.

»Und?«

»Vor noch nicht zehn Minuten fühlte ich mich sehr selbstzufrieden. Ich glaube sogar, daß ich mir eine Schulter gezerrt habe, als ich mir auf die andere klopfte.«

»Du hast den *Pfadfinder* fertiggestellt«, sagte Brea. »Du hast ein Recht, selbstzufrieden zu sein.«

Stessl nickte. »Die Arbeit eines Menschenlebens«, zitierte er sich selbst.

»Natürlich.«

»Falsch. Das ist das Denken alter Leute.« Er machte eine Kopfbewegung zu den Metallwänden des Hangars. »Diese Kinder hatten recht, weißt du. Dies ist nicht die wichtigste Sache. *Pfadfinder* ist kein Selbstzweck, sondern ein Mittel.«

»Ich sehe den Unterschied nicht«, sagte Brea.

»Die Reise, das ist wichtig. Wir gehen hinaus zu den Sternen! Wir haben unser Lebenswerk nicht beendet. Weit entfernt. Wir haben es erst begonnen!«

ÜBER DEN AUTOR

Michael McCollum wurde 1946 in Phoenix, Arizona, geboren und ist Absolvent der Staatsuniversität von Arizona, wo er im Hauptfach Antriebstechnik für Luft- und Raumfahrt und im Nebenfach Kerntechnik studierte. Seit seiner Graduierung ist er als Luft- und Raumfahrtingenieur beschäftigt und hat an nahezu allen militärischen und zivilen Flugzeugen gearbeitet, die heute gebaut werden. McCollum arbeitete auch am Vorläufermodell des Haupttriebwerks des Space Shuttle, einem Sicherheitsventil für Nuklearanlagen als Ersatz für das in Three Miles Island defekt gewordene Ventil und verschiedenen Lenkraketen.

Er begann 1974 zu schreiben und hat regelmäßig Beiträge für *Analog Science Fiction* verfaßt. Erzählungen von ihm erschienen auch in *Isaac Asimov's Science Fiction Magazine* und in *Amazing*. Dies ist sein zweiter Roman. Sein Erstling, *A Greater Infinity,* erschien 1982 bei Del Rey Books.

Michael McCollum ist verheiratet und Vater von drei Kindern: Robert, Michael und Elizabeth.

HEYNE BÜCHER

Endlich ist er wieder da!

Bill, der galaktische Held

Er ist der perfekte Sternenkrieger, der beste Mann für diesen Job, den man sich nur vorstellen kann: Er hat nämlich zwei rechte Arme - was in jeder Hinsicht enorm praktisch ist -, und er hat sich ein paar ungeheuer eindrucksvolle Hauer implantieren lassen, vor denen seine Gegner erzittern. Sein Name ist Corporal Bill, und er gilt als der unbestrittene Held der gesamten Galaxis.

Ein interstellarer Spaß von und mit dem Bestseller-Autor HARRY HARRISON

Mit Cover-Illustrationen von Andreas Reiner

Der unglaubliche Beginn
06/5171

Die Welt der Roboter-Sklaven
06/5172

Die Welt der eßbaren Gehirne
(mit Robert Sheckley)
06/5173

Weitere Romane in Vorbereitung

Wilhelm Heyne Verlag
München

DAVID WINGROVE

Die Chronik des Chung Kuo
Nach dem Untergang der westlichen Zivilisation der Aufstieg Chinas zur Weltherrschaft

Im 22. Jahrhundert ist die Welt der Hung Mao, der »Westmenschen«, vergangen. Das große Reich der Han, der Chinesen, ist wiedererstanden. Chung Kuo, das Reich der Mitte, umspannt die ganze Erde. Sieben gewaltige Städte, Hunderte von Ebenen hoch, überwölben die Kontinente, um die riesigen Bevölkerungsmassen zu beherbergen. Sieben T'ang, Kaiser von gottgleicher Macht, herrschen über sie.

Das Reich der Mitte
06/5251

Die Domäne
06/5252

Die Kunst des Krieges
06/5253

Schutt und Asche
06/5254

Wilhelm Heyne Verlag
München